Stuart

Mortell

Traduit de l'
par Ber

R u

©
7-

Mic
LAF

Il faisait sombre dans la rue lorsqu'ils pénétrèrent dans le bâtiment muré. Trois hommes et deux femmes, presque identiques : jeans effilochés, sweats à capuche, nez, oreilles, et Dieu sait quoi d'autre troués de piercings. Tout en eux appelait au meurtre.

Il sourit. Ils n'allaient pas tarder à être exaucés.

Le squat se trouvait au milieu d'une rangée d'immeubles identiques à un étage, en granit, mal éclairés par les lampadaires, les fenêtres obturées par d'épais panneaux de bois. À l'étage, pourtant, l'une de ces fenêtres, débarrassée de sa planche, laissait filtrer par ses carreaux sales une lumière glauque et une lourde musique de danse. Le reste de la rue était désert, abandonné, condamné comme ses habitants. Pas une âme en vue. Personne pour le regarder opérer.

À 23 h 30, le volume de la musique augmenta ; le martèlement de la basse couvrirait sans peine le bruit qu'il ferait. Il utilisa le rythme pour chaque coup de tournevis, puis se recula pour admirer son œuvre. Des vis de trois pouces en acier galvanisé disposées tout autour de la porte la maintenaient solidement rivée au cadre, empêchant toute ouverture. Un sourire éclaira son visage. Ça allait être bien. Superbe.

Il glissa le tournevis dans sa poche et en caressa pendant un moment le manche dur et froid. Une joie à peine dissimulée tendait aussi l'étoffe de son pantalon, à l'endroit de la braguette. Il adorait cet instant fugace, juste avant le départ du feu, lorsque tout était encore en place et qu'ils n'avaient aucun moyen de s'enfuir. Lorsque la mort était en route.

Tranquillement, il tira du sac posé à ses pieds trois bouteilles en verre et un bidon d'essence, passa une minute délicieuse à remplir les bouteilles et à ajuster les mèches en chiffon, puis s'en retourna vers la porte condamnée. Il souleva le volet de la boîte aux lettres et vida le restant du bidon d'essence par l'ouverture, goûtant le murmure du liquide qui s'écoulait sur le plancher et qu'on distinguait à peine à travers le martèlement de la musique. Un filet d'essence glissa sous la porte et se répandit sur les marches du perron, formant une petite mare à leurs pieds. Parfait.

Il ferma les yeux, récita une prière et jeta une allumette enflammée dans la flaque d'essence par terre. Shouuuuuuuuf ! Une flamme bleue festonnée de jaune se rua sous la porte, à l'intérieur de la maison. Un, deux, trois, quatre... le temps que l'incendie se développe. Il jeta une moitié de brique dans la fenêtre du premier étage laissant s'échapper la musique. Des jurons fusèrent de l'intérieur. Puis il lança son premier cocktail Molotov qui s'écrasa sur le sol, inondant la pièce d'essence enflammée. Les jurons se muèrent en hurlements. En souriant, il envoya les autres cocktails dans la fournaise.

Alors il gagna l'autre côté de la rue et se fondit dans l'obscurité pour les regarder brûler. En se mordant la lèvre inférieure, il libéra son membre en érection. S'il faisait vite, il pourrait jouir avant que quelqu'un arrive.

Il n'eut pas à se dépêcher. On ne signala l'incendie qu'au bout d'un quart d'heure et il fallut douze minutes supplémentaires aux pompiers pour arriver sur les lieux.

À ce moment-là, tout le monde était mort.

— 2 —

La mort de Rosie Williams ressemblait à sa vie : elle était moche. Étendue sur le dos dans une ruelle pavée, les yeux ouverts sur la nuit grise et orange, la peau luisante sous les gouttes de pluie fine qui lavaient le sang rouge et sombre sur son visage. Nue comme au jour de sa naissance.

Deux agents de police, un homme et une femme, furent les premiers sur les lieux. L'agent Jacobs se mit à danser nerveusement d'un pied sur l'autre sur le pavé glissant, tandis que sa collègue étouffait un juron en contemplant le corps pâle et sans vie.

– Finie, la tournée tranquille !

Un cadavre, cela signifiait de la paperasse à remplir. Un faible sourire apparut sur le visage de la policière. Un cadavre, cela voulait dire aussi des heures supplémentaires, et elle en avait bien besoin.

– J'appelle du renfort ?

L'agent Jacobs tira sa radio de son étui et appela le Central pour les avertir que le tuyau anonyme était bon.

– Va falloir attendre, répondit l'opérateur avec un fort accent d'Aberdeen. Et garder la boutique pendant un bout de temps, parce que tout le monde est sur ce putain d'incendie. Je vous envoie un inspecteur dès qu'y en aura un de libre.

– Quoi ?

Buchanan lui arracha la radio, ce qui eut pour effet de le déséquilibrer, car l'appareil était encore fixé à son épaule.

7

– Comment ça, « dès qu'y en aura un de libre » ? Il s'agit d'un meurtre ! Pas d'un incendie à la con. Comment ça se fait qu'un incendie soit plus important qu'un…

L'opérateur lui coupa la parole.

– Écoutez, je me fous de savoir si vous avez des problèmes personnels ! Laissez-les chez vous. Vous ferez ce qu'on vous dit ! Sécurisez les lieux du crime en attendant que je vous envoie un inspecteur. Et si ça doit prendre toute la nuit, vous attendrez toute la nuit. Compris ?

Le visage de la policière s'empourpra.

– Bien, sergent.

– Parfait.

Buchanan laissa échapper une nouvelle volée de jurons. Comment sécuriser les lieux du crime sans une équipe d'enquêteurs ? Et avec cette flotte qui tombait, tous les indices allaient être lessivés ! Et la police judiciaire ? C'était quand même une enquête criminelle et il n'y avait pas le moindre inspecteur !

Elle prit l'agent Jacobs par le bras.

– Tu veux un boulot ?

– Quel genre de boulot ? demanda-t-il, soupçonneux.

– Il nous faut un inspecteur chef. Ton copain, le héros, il vit bien par ici, non ?

Jacobs dut bien admettre que, oui, il vivait dans le quartier.

– Eh bien, va réveiller ton pote. C'est à lui de s'occuper de ça.

L'agent Watson possédait la plus hideuse collection de soutiens-gorge et de culottes qu'on pût imaginer. À croire qu'ils avaient été taillés dans de la toile grise à zeppelin avant la Première Guerre mondiale. Non qu'en ce moment Logan eût souvent l'occasion d'admirer les sous-vêtements de Jackie, mais il arrivait parfois, rarement, que leurs services coïncident. Il sourit paresseusement et se retourna ; par la porte ouverte, la lumière du couloir éclairait le lit défait.

Le réveil marquait 2 heures. Plus que cinq heures avant de reprendre le boulot. Mais cinq heures quand même.

La lumière du couloir disparut brutalement, et une mince silhouette apparut dans l'encadrement de la porte avant de se diriger vers le lit. L'agent Jackie Watson glissa son bras valide sur la poitrine de Logan et lui balaya les lèvres et les narines de ses cheveux bouclés. Il ôta délicatement les mèches importunes et déposa un baiser sur le sommet de son crâne, goûtant la fraîcheur de son corps contre le sien. Elle laissa alors courir un doigt le long de la cicatrice en zigzag sur la poitrine de Logan. Finalement, cinq heures, cela risquait de ne pas être si long que ça...

Les choses commençaient à prendre une tournure intéressante quand la sonnerie de la porte d'entrée retentit.

— Et merde, grommela Logan.

— Laisse tomber, c'est probablement un soûlard.

Nouvelle sonnerie, plus insistante. Comme si l'importun cherchait à enfoncer la sonnette avec son pouce.

— Va te faire foutre ! hurla Logan dans l'obscurité.

Jackie pouffa, mais on ne cessa pas de carillonner. Puis la sonnerie du mobile de Logan se joignit au concert nocturne.

— Oh, putain !

Il roula sur le côté et saisit son appareil sur la table de nuit.

— Quoi ?

— Allô ? Inspecteur McRae ?

C'était l'agent Steve Jacobs, le plus célèbre strip-teaseur de la police d'Aberdeen.

Logan enfouit son visage dans l'oreiller, le téléphone collé à l'oreille.

— Que puis-je pour vous, Jacobs ?

— Euh... inspecteur... nous avons un cadavre... et...

— Je ne suis pas en service.

Jackie fit vertement remarquer que si, il était bien en service, mais que ça ne regardait en rien la police des Grampian.

— Je sais, mais tout le monde est parti sur un incendie, et on n'a ni inspecteur ni enquêteur, personne.

Logan étouffa un juron dans son oreiller.

— Bon, d'accord. Où êtes-vous ?

La sonnerie de la porte retentit à nouveau.

– Euh… devant chez vous.

Putain de merde !

Furieux, Logan quitta son lit douillet, enfila ses vêtements et se retrouva bientôt dehors, mal fagoté et pas rasé. Steve, célèbre pour avoir donné une version dénudée de *A Kind of Magic* du groupe Queen, se tenait sur la dernière marche du perron, penaud.

– Excusez-moi, inspecteur. De l'autre côté de la rue, il y a le cadavre d'une femme. Apparemment, elle a été passée à tabac avant sa mort.

Logan vit s'évanouir en un instant toute idée de passer encore un moment de tendresse avant l'aurore.

Ce mardi, à 1 h 45 du matin, le port était plutôt désert. Les immeubles de granit gris dressaient leurs silhouettes lugubres aux contours estompés dans la lueur irréelle des lampadaires. Un gros cargo peint en orange vif était amarré à l'extrémité de Marischal Street, brillant de mille feux. Ils s'engagèrent dans Shore Lane, une ruelle étroite à sens unique, en plein cœur du quartier chaud d'Aberdeen, bordée d'un côté par des immeubles crasseux de cinq étages en granit gris aux fenêtres aveugles, et de l'autre par des constructions de hauteurs diverses. Même à cette heure de la nuit, il y régnait une odeur particulière. Trois jours de pluie torrentielle avaient entraîné la noyade d'un nombre incalculable de rats qui pourrissaient dans les égouts. Des lampadaires étaient accrochés à intervalles réguliers aux façades des immeubles, mais seuls quelques-uns restaient intacts, trouant çà et là l'obscurité de flaques de lumière jaune. Glissant sur le pavé mouillé, Steve et Logan s'avancèrent en direction d'un espace sombre où une femme policier était penchée sur une forme blanche allongée en travers de la ruelle. Le cadavre.

À leur approche, la policière se releva et leur braqua en plein visage le faisceau de sa torche électrique.

– Ah, c'est vous, dit-elle sans enthousiasme.

Elle recula d'un pas et éclaira le corps dénudé.

C'était une femme, les os du visage broyés, un œil gonflé, presque fermé, le nez aplati, la pommette écrasée, la mâchoire brisée, des dents en moins. Pour tout vêtement, une série d'hématomes autour du cou.

Elle n'était plus toute jeune : la chair blanche et grasse de ses cuisses était gonflée de cellulite, son ventre sillonné de plis qui formaient comme des dunes de peau et son pubis épilé présentait une myriade de petits points rouges laissés par une cire mal appliquée. Juste au-dessus du sein gauche, sur la peau laiteuse, on apercevait un tatouage représentant une rose et un poignard dégoulinant de sang que la pluie ne parvenait pas à effacer.

— Mon Dieu, Rosie, fit Logan en posant un genou sur le pavé froid et mouillé. Qui t'a fait ça ?

— Vous la connaissez ? demanda la policière sans la moindre trace d'aménité dans la voix. Vous étiez un de ses réguliers ?

Logan ignora la remarque.

— Elle s'appelle Rosie Williams. Elle travaille dans la rue depuis toujours et elle a été arrêtée un nombre incalculable de fois pour racolage.

Il se pencha pour tâter le pouls à la jugulaire.

— Ça peut vous paraître bizarre, mais on l'a déjà fait. Elle est morte et bien morte.

La pluie entêtante étouffait les cris et les chants lointains d'ivrognes sur les quais. Logan se redressa et regarda autour de lui.

— Il y a une équipe d'enquêteurs, l'identité judiciaire, le médecin de permanence ?

— Vous voulez rire ? lança la policière d'un ton méprisant. Ils sont tous sur l'incendie. C'est beaucoup plus important qu'une pauvre pute qui s'est fait zigouiller. (Elle croisa les bras sur la poitrine.) Comme on n'avait même pas d'officier de police judiciaire, on a dû faire appel à vous.

Logan serra les dents.

— Vous avez autre chose à dire ?

Il s'approcha d'elle. Son haleine empestait la cigarette. Elle soutint son regard, l'air hautain.

— Comment va l'agent Maitland ? demanda-t-elle d'un ton glacial. Toujours en vie ?

Logan réprima la réplique cinglante qui lui venait aux lèvres. Il était son supérieur, il devait se conduire de façon responsable, mais il aurait volontiers ramassé un rat crevé dans le caniveau pour le lui balancer au visage.

Des cris retentirent à l'extrémité de la ruelle, au coin de Regent Quay. Trois hommes apparurent, riant et titubant, le pantalon baissé, arrosant les murs d'urine. Logan se retourna vers la policière qui le toisait toujours d'un air hautain.

— Madame l'agent, dit-il avec un petit sourire, vous êtes censée sécuriser les lieux du crime. Alors, pourquoi y a-t-il ici trois types en train de pisser ?

L'espace d'un instant, il crut qu'elle allait lui tenir tête, puis elle se rua vers le fond de la ruelle en hurlant :

— Hé, vous ! À quoi vous jouez, là ?

Logan et Steve restèrent seuls face au cadavre meurtri de Rosie Williams. Logan tira son mobile de sa poche et appela le quartier général pour demander qu'on lui envoie le médecin de permanence, une équipe de l'identité judiciaire, le médecin légiste, le procureur et tout le cirque qu'on déplace chaque fois qu'on découvre une mort suspecte. Pas de chance, tout ce joli monde se trouvait encore à Northfield pour l'incendie, mais l'inspecteur principal McPherson se rendrait sur les lieux le plus rapidement possible. Entre-temps, Logan devait rester sur place et faire en sorte qu'il n'y ait pas d'autres morts.

Une heure plus tard, il n'y avait toujours aucun signe ni de l'inspecteur principal McPherson ni de l'identité judiciaire, mais le médecin de permanence était arrivé. Au moins avait-il cessé de pleuvoir. Le médecin enfila une combinaison blanche jetable et passa sous le ruban de police bleu qui barrait l'entrée de Shore Lane.

À 3 h 30 du matin, les yeux rougis par un mauvais rhume et des poches sous les yeux, le Dr Wilson laissa échapper un juron et lança sa sacoche dans une flaque malodorante.

– Bonjour, docteur, fit Logan, ne s'attirant qu'un grognement en guise de réponse.

Le médecin se pencha sur le corps et chercha le pouls.

– Elle est morte.

Il se redressa et se dirigea vers sa voiture.

– Hé, attendez un peu, dit Logan en le retenant par le bras. C'est tout ? « Elle est morte » ? On le sait bien, qu'elle est morte, mais vous ne pourriez pas nous dire à peu près quand et de quoi ?

– C'est pas mon boulot, cracha-t-il, furieux. Demandez à un médecin légiste.

Surpris, Logan lui lâcha le bras.

– La nuit a été dure ?

Le Dr Wilson passa une main lasse sur son visage râpeux.

– Excusez-moi, je suis crevé… (Il jeta un coup d'œil par-dessus son épaule au corps dénudé de Rosie et poussa un soupir.) À mon avis, elle a été frappée avec un instrument contondant. Les hématomes ne sont pas très importants, donc la circulation sanguine a dû s'arrêter rapidement. Et vu la lividité cadavérique, je dirai qu'elle est morte il y a environ trois, peut-être quatre heures. (Il réprima un bâillement.) Tabassée à mort.

Les premiers enquêteurs n'arrivèrent qu'à 4 h 20, alors que le Dr Wilson était parti depuis longtemps. Le soleil commençait déjà à poindre, le ciel gris prenait des teintes citronnées, mais Shore Lane demeurait plongée dans l'obscurité.

La camionnette blanche crasseuse de l'identité judiciaire apparut la première, conduite par un technicien en combinaison jetable. Les portières s'ouvrirent à l'arrière, prélude à l'habituelle bataille contre la tente en plastique bleu destinée à abriter le corps. Un générateur électrique démarra en rugissant, jetant dans le ciel de l'aube des panaches de fumée de diesel qui se mêlèrent aux relents des rats pourrissants. Deux lampes à arc s'illuminèrent. Peu après, le procureur gara sa voiture au coin de Regent Quay. C'était une belle blonde d'une quarantaine d'années, visiblement aussi épuisée que Logan, et qui exhalait une vague odeur de fumée. Une femme plus jeune, les cheveux frisés, l'air sérieux, la suivait à quelques pas, un bloc-notes à la main. Tandis qu'elles enfilaient leurs combinaisons jetables, Logan les mit rapidement au courant de la situation, mais il dut tout recommencer depuis le début à l'arrivée du médecin légiste, le Dr Isobel MacAlister. Elle était fatiguée, irritable, trop heureuse de s'en prendre à Logan. Rien de tel qu'une ancienne amante pour ôter tout charme aux lieux d'un crime. Et toujours aucune nouvelle de l'inspecteur principal McPherson, ce qui signifiait que Logan serait tenu pour responsable de la moindre erreur. Comme s'il n'avait pas assez d'ennuis comme ça ! Seule consolation, ça ne durerait pas. À la suite d'une expédition ratée, il avait failli faire tuer l'agent Maitland, et on ne risquait pas de lui confier de sitôt la responsabilité d'une autre enquête criminelle. On la donnerait plutôt à quelqu'un qui ne risquait pas de la bousiller. Il consulta sa montre. Presque 5 heures. Sa journée de travail était censée commencer dans deux heures, et il avait déjà passé dehors la moitié de la nuit.

En bâillant, Logan gagna l'abri de la tente de police. La journée promettait d'être longue.

3

Le quartier général de la police des Grampian était situé dans un immeuble de sept étages, strié de larges bandes noires et grises de verre et de béton, dans une petite rue à l'est d'Union Street. Hérissé d'une couronne d'antennes de télé-communication et de sirènes, le bâtiment ne pouvait décemment passer pour l'un des plus beaux d'Aberdeen, mais Logan s'y sentait chez lui.

Il prit un gobelet de café à la machine et un biscuit dans la salle de presse. Aucune trace de l'inspecteur principal McPherson, ni dans son bureau ni dans la salle des opérations. Logan se rendit au bureau des affectations, où il apprit que McPherson avait appelé le matin à 5 h 45 depuis l'hôpital pour annoncer qu'il avait une jambe et un poignet cassés à la suite d'une chute dans l'escalier.

– Pourquoi est-ce que personne ne m'a prévenu ? pesta Logan. Je l'attends depuis 2 h 30 du matin !

Mais l'agent chargé des affectations haussa les épaules. Il n'était pas chargé d'assurer le secrétariat. Si Logan cherchait à confier son affaire à quelqu'un, le mieux était encore de voir avec l'inspecteur principal Insch, même s'il avait déjà fort à faire avec l'incendie.

La réunion matinale de l'inspecteur principal Insch était sinistre. Assis sur un bureau à l'extrémité de la salle, vêtu d'un élégant complet gris qui craquait à toutes les coutures sous la pression de sa considérable silhouette, l'homme semblait épaissir d'année en année, tandis que son visage rond et son crâne chauve et luisant le faisaient ressembler à un œuf rose. Dans un silence de plomb, il annonça que l'état de l'agent Maitland ne s'améliorait pas : on avait bien extrait la balle, mais il était toujours dans le coma. On organiserait une collecte pour sa famille.

Puis on passa aux violences liées au trafic de drogue. De nouveaux trafiquants avaient fait leur apparition, déclenchant une mini-guerre des gangs. Pas encore de morts, mais les choses allaient certainement se gâter.

Logan eut ensuite droit à cinq minutes pour le meurtre de Rosie Williams, avant qu'Insch ne reprenne la parole devant la salle bondée pour exposer l'affaire de l'incendie. Le feu s'était déclaré dans un des vieux immeubles de Kettlebray Crescent, dans une rue minable bordée d'immeubles déjà condamnés en raison de leur insalubrité. Depuis deux mois, le numéro 14 était squatté par trois hommes, deux femmes et un bébé de neuf mois, tous présents le soir de l'incendie. Cela expliquait l'inimitable odeur de cochon grillé qui régnait dans les lieux lorsque les pompiers avaient finalement pu enfoncer la porte. Il n'y avait aucun survivant.

L'inspecteur se tortilla pour fouiller dans la poche de son pantalon, faisant gémir le bureau sous son poids.

– Une équipe fera du porte-à-porte des deux côtés de la rue. Trouvez-moi tout ce que vous pourrez sur les squatteurs, notamment leurs noms. Je veux savoir qui c'était. Une deuxième équipe ratissera les immeubles alentour, les jardins et les terrains vagues. *Il-faut-trouver-des-indices*, chantonna-t-il sur un ton de comptine. Qui était le cuistot du barbecue d'hier soir ? Trouvez-moi quelque chose.

Lentement, les policiers quittèrent la salle, mais Logan resta sur place, s'efforçant de dissimuler son épuisement.

– Alors, dit Insch lorsque la salle se fut vidée, à quelle heure devez-vous aller voir Dracula ?

Logan s'enfonça dans son siège.

– À 11 h 30.

Insch étouffa un juron et plongea la main dans la poche de sa veste.

– Qu'est-ce que c'est que cet horaire ? S'il compte vous bouffer tout cru, pourquoi ne pas vous avoir convoqué à 7 heures ? Ça fait une matinée de perdue…

Avec un grognement de satisfaction, il trouva au fond de sa poche un paquet de dinosaures gélifiés. Il en fourra un dans sa bouche et le mâcha d'un air pensif.

– Il vous a dit de venir avec un représentant syndical ?

Logan secoua la tête en signe de dénégation.

– Dans ce cas, il ne veut probablement pas vous révoquer. (Il se releva du bureau.) Puisque vous n'allez voir l'Inquisiteur qu'à 11 heures, vous avez le temps d'aller rendre les derniers hommages à Rosie Williams. L'autopsie a lieu à 8 heures. Moi, je dois tenir une conférence de presse sur ce putain d'incendie. Avec ce con de McPherson qui est encore malade, j'ai pas le temps de regarder la Reine des Glaces dépiauter une pute assassinée. Vous pourrez assurer sans moi. Allez-y. (Il le chassa d'un petit geste de la main.) Vous faites désordre, ici.

La morgue occupait une série de pièces de tailles différentes et inhabituelles, enfouies dans les sous-sols du quartier général de police, mais qui ne faisaient pas véritablement partie du bâtiment. Dans la grande salle de dissection, tout en carrelage blanc et tables d'acier inoxydable étincelant sous la lumière des néons, l'odeur de désinfectant le disputait vainement à celle de la chair brûlée. Contre le mur du fond, six corps enveloppés dans des sacs en plastique étaient allongés sur des chariots.

Logan arriva cinq minutes en avance, seul être vivant en ces lieux. Il poussa un long bâillement et s'étira pour tenter de dissiper la tension accumulée au niveau des épaules. Le manque de sommeil et les six heures passées dans le froid commençaient à se faire sentir. Il se pencha ensuite sur le corps nu et déjà lavé de Rosie Williams, étendu sur l'une des tables de dissection en acier brillant, sous la hotte de l'extracteur. Sa peau était encore plus pâle que lorsqu'il l'avait vue dans la ruelle. Sous l'effet de la pesanteur, le sang était descendu lentement dans les tissus pour s'accumuler dans le bas du dos, sous les bras et les jambes, bleuissant la peau de porcelaine là où elle touchait la table. Pauvre vieille Rosie. Sa mort n'avait même pas eu les honneurs de la première page des journaux et n'était annoncée que par un bref entrefilet dans le *Press and Journal* du matin qui arborait en une : « Six morts dans un incendie criminel ! »

Logan examinait une grosse protubérance au niveau de la cage thoracique lorsque la porte de la salle s'ouvrit brutalement, livrant le passage au médecin légiste, un homme d'environ cinquante-cinq ans, trop gros, chauve, les oreilles poilues.

– Si vous êtes en train de tomber amoureux, je peux revenir plus tard, dit le nouveau venu en souriant. Je sais que vous avez un faible pour les femmes un peu froides. (Logan ne put s'empêcher de lui rendre son sourire.) À propos, vous serez déçu d'apprendre que Son Altesse impériale la Reine des Glaces ne pourra se joindre à notre petite fête. Des obligations médicales : elle ne se sent pas très bien depuis hier soir.

Logan laissa échapper un soupir de soulagement. Après avoir constaté son humeur massacrante sur les lieux du crime, il n'avait guère envie de revoir Isobel. Le Dr Fraser désigna les six chariots rangés dans un coin.

– Le temps que je me prépare, vous pouvez jeter un œil, si vous en avez envie.

Contre toute attente, Logan s'avança jusqu'aux chariots. De près, l'odeur de brûlé et de graisse frite était encore pire. L'un des sacs était soigneusement plié en quatre et fixé avec du ruban adhésif argenté jusqu'à correspondre parfaitement à la taille d'un bébé de neuf mois. Logan prit alors une profonde inspiration, se demandant si c'était vraiment une bonne idée, puis il tira sur la fermeture Éclair. Il ne restait plus grand-chose du visage : le nez et les yeux avaient disparu et l'on n'apercevait plus que quelques dents d'un jaune brun pointant à travers la chair noircie, la bouche ouverte en un dernier hurlement.

Logan réprima un haut-le-cœur, referma le sac et s'en revint à la table de dissection.

– Joli, hein ? dit le Dr Fraser en souriant derrière son masque chirurgical. J'en ai fait un quand ils les ont amenés ici, eh bien, je vais vous dire, il était croustillant à l'extérieur et cru au milieu. Comme chaque fois que c'est ma femme qui s'occupe du barbecue.

Logan ferma les yeux.

– Ils ne devraient pas être dans la chambre froide, au lieu de se trouver exposés là ?

Le Dr Fraser acquiesça.

– Ouais, mais le treuil est en panne et comme j'ai mal au dos, il n'est pas question que je le fasse sans matériel. Brian s'en chargera à son arrivée.

Le dénommé Brian – chef technicien du service d'anatomo-pathologie – fit son apparition à 8 heures tapantes, en même temps que le procureur, son substitut, un photographe de la police et le médecin légiste vérificateur chargé de s'assurer que le Dr Fraser ne bousillait pas l'autopsie. C'était un homme cadavérique aux yeux de poisson malade et à la poignée de main à l'avenant. Le substitut du procureur, une jeune femme fraîchement émoulue de la faculté de droit, était celle-là même qu'il avait vue en pleine nuit sur les lieux du crime. Vêtue d'une combinaison chirurgicale complète, avec masque et bonnet, les yeux brillant d'un mélange de peur et d'excitation, elle semblait visiblement décidée à grimper rapidement les échelons de la hiérarchie judiciaire. Logan avait l'impression qu'elle assistait pour la première fois à une autopsie.

– Tout le monde est prêt ? demanda le Dr Fraser lorsque chacun eut enfilé une combinaison chirurgicale.

– Euh... avant qu'on commence, intervint la jeune femme, en jetant un coup d'œil à sa supérieure, comme pour lui demander l'autorisation de poursuivre, je voudrais savoir où se trouvent les vêtements de la victime. Ont-ils été examinés ?

– Sur le lieu du crime, elle était nue, répondit Logan. Nulle trace de vêtements. J'ai envoyé deux agents fouiller les ruelles avoisinantes. Sans résultat.

Elle fronça les sourcils.

– Alors celui ou ceux qui l'ont tuée ont emporté ses vêtements, dit-elle sans remarquer le regard navré qu'échangèrent Logan et le Dr Fraser. A-t-elle été violée ? Y a-t-il des traces de rapport sexuel ?

Le Dr Fraser fit la moue et Logan comprit qu'il cherchait une façon polie de lui dire de la boucler et d'aller se faire foutre.

– Nous n'en sommes pas encore là, mais comme elle faisait le trottoir, je serais étonné qu'on ne trouve pas de trace de rapports récents. (Il dit à Brian de démarrer l'enregistrement.) Bon, eh bien, si tout le monde est confortablement installé, nous allons pouvoir commencer.

Lorsque Fraser eut terminé l'examen externe, il entreprit ses incisions au scalpel et Logan s'efforça de ne pas regarder de trop près les organes extraits par gros paquets, tant il sentait son propre estomac se retourner. Apparemment, le petit déjeuner de la jeune substitut du procureur menait la même danse macabre. Ses yeux avaient pris une teinte rosée et toute couleur avait disparu du minuscule espace de peau qu'on apercevait entre son masque et son bonnet. Il y avait quelque réconfort à voir qu'il n'était pas le seul.

Lorsque tout fut terminé et que le cerveau de Rosie flotta dans un seau de formol, le Dr Fraser ordonna à Brian de mettre un terme à l'enregistrement et de faire bouillir de l'eau pour le thé. Le moment des révélations était arrivé.

Debout dans le petit bureau, ils attendirent que l'eau bouille, tandis que le Dr Fraser traduisait en anglais courant le jargon médical. Rosie Williams avait été violemment tabassée jusqu'à ce que mort s'ensuive : dénudée, frappée à coups de poing et de pied, piétinée et étranglée. Pas forcément dans cet ordre.

– Mais elle n'est pas morte d'asphyxie due à l'étranglement. Le poumon droit était perforé ; la côte a sectionné la veine en s'enfonçant et elle s'est en quelque sorte noyée dans son propre sang. Mais de toute façon, elle n'aurait pas tardé à succomber à ses autres blessures. Oh, et elle était enceinte. D'environ huit semaines.

La sonnerie du mobile du procureur retentit alors, soulevant un concert poli de protestations ; ne parvenant pas à obtenir la communication, elle dut quitter la pièce. Dès que sa supérieure fut partie, la nouvelle substitut prit la parole.

– Il faudrait procéder à une analyse ADN du fœtus, de façon à identifier le père de l'enfant.

À présent que la découpe de viande avait cessé, elle semblait plus sûre d'elle. Débarrassée de sa combinaison chirurgicale, elle arborait un sévère tailleur noir et des bottes élégantes. Elle avait de beaux cheveux couleur de bière éventée, frisés aux extrémités, un joli visage au nez un peu long, des taches de rousseur et une allure plutôt commune.

– Et les violences sexuelles ? ajouta-t-elle.

Fraser hocha la tête.

– De nombreuses traces d'activité sexuelle récente – par les trois orifices –, mais pas de pénétration forcée. Des traces de lubrifiant aux trois orifices, probablement des préservatifs avec spermicide, mais pour en être sûr il faut attendre les résultats du labo. Pas de sperme.

– Bon, sergent, dit-elle en se tournant vers Logan. Je veux que vous fassiez ramasser tous les préservatifs dans la ruelle. Si nous pouvons... (Elle remarqua la mimique de Logan et s'interrompit.) Quoi ?

– Shore Lane est une longue ruelle où l'on ne fait que ça. Il doit y avoir des centaines de préservatifs usagés par terre, et nous n'avons aucun moyen de savoir depuis combien de temps ils s'y trouvent, qui les a utilisés, et avec quelle fille.

– Mais l'ADN...

– Pour que l'ADN puisse servir de preuve, il faut d'abord prouver que ce préservatif l'a bien pénétrée, elle, ensuite qu'il a été utilisé par l'assassin et pas seulement par l'un de ses clients réguliers. Sans parler du moment où il aurait pu être utilisé. Et on ne sait même pas si son assassin a eu des rapports sexuels avec elle avant. (Une pensée horrible lui traversa l'esprit.) Ou après.

Il lança un coup d'œil au Dr Fraser, mais celui-ci hocha la tête en signe de dénégation.

— Rien à craindre de ce côté-là. Il y a eu une sale histoire comme ça il y a un an, quand des petits garçons ont été enlevés, étranglés et ensuite violés et mutilés, mais là ce n'est pas le cas.

— Je vois. (Elle fronça ses sourcils soigneusement épilés.) J'imagine aussi que ça coûterait horriblement cher d'analyser l'ADN de tous ces préservatifs.

— Horriblement ! s'écrièrent Logan et le Dr Fraser d'une même voix.

— Je veux quand même qu'on les ramasse. On peut les congeler en attendant qu'on ait un suspect.

Logan n'en voyait pas l'utilité, mais après tout il n'était qu'un simple inspecteur chef avec le grade de sergent. Du moment que ce n'était pas lui qui était chargé d'ordonner aux agents de ramasser les vieux préservatifs, de préférence remplis.

— Entendu, dit-il.

— Très bien. (Elle tira de la poche de sa veste un mince portefeuille noir et y prit deux cartes de visite fraîchement imprimées, qu'elle leur tendit.) S'il y a le moindre fait nouveau, n'hésitez pas à m'appeler, de jour comme de nuit.

Et elle disparut.

— Alors ? demanda le Dr Fraser lorsque la porte de la morgue se fut refermée. Qu'en pensez-vous ?

Logan baissa les yeux sur la carte qu'il tenait à la main : « Rachael Tulloch, substitut du procureur ».

En soupirant, il la glissa dans la poche de poitrine de sa veste.

— Je crois que j'ai d'autres soucis en tête.

À 11 h 25, Logan ne tenait plus en place. Pour ne pas risquer de faire mauvaise impression, il était arrivé en avance dans les bureaux du Comité d'éthique professionnelle, tout en sachant qu'il était déjà trop tard. L'inspecteur Napier ne l'aimait pas. Ne l'avait jamais aimé. Ne cherchait qu'un prétexte pour le virer. À 11 h 40, Logan fut enfin appelé dans l'antre de l'inspecteur.

D'un naturel aigri, Napier avait choisi une carrière au sein de laquelle son visage ingrat, ses cheveux couleur d'eau de vaisselle et son nez crochu constituaient un avantage indéniable. Sans se lever à l'entrée de son visiteur, il désigna du bout de son stylo une chaise en plastique d'allure inconfortable, de l'autre côté de son bureau, et se remit à griffonner sur son cahier. Un deuxième inspecteur en uniforme était assis de l'autre côté de la pièce, dos au mur, les bras croisés, le visage fermé. Il ne se présenta même pas. Logan parcourut la pièce du regard. Elle convenait bien à l'homme assis derrière son bureau : tout y était fonctionnel, nulle frivolité, pas même une photo de famille. Pour autant qu'il en eût une. Terminant son travail d'écriture par un austère paraphe, Napier leva enfin les yeux et adressa à Logan le sourire le plus minable et le plus hypocrite de toute l'histoire du genre humain, effaçant d'un revers de main un pli malencontreux sur son uniforme noir aux boutons étincelants sous la lumière des néons.

– Sergent, je voudrais que vous me racontiez toute l'histoire concernant l'agent Maitland et que vous m'expliquiez pourquoi il se retrouve à présent à l'hôpital, dans l'unité de soins intensifs. (Il s'enfonça dans son siège.) Quand vous voudrez, sergent.

Logan fit le récit de l'opération catastrophique, tandis que l'homme silencieux dans le coin prenait des notes. Le tuyau anonyme : quelqu'un était en train de voler du matériel électrique dans un entrepôt abandonné de Dyce. Il avait rassemblé des policiers, moins qu'il n'aurait souhaité, mais il n'y en avait pas plus de disponibles. Ils s'étaient rendus sur les lieux en pleine nuit et il avait disposé ses hommes autour de l'entrepôt. Une vieille Transit bleue était stationnée devant la porte. Il avait alors donné l'ordre d'investir le bâtiment. C'est là que tout avait dérapé. L'agent Maitland, touché à l'épaule par une balle, était tombé de la rampe d'accès, sur le béton, trois mètres en contrebas. L'un des malfaiteurs avait lancé une grenade fumigène et ils étaient tous parvenus à s'enfuir. Lorsque la fumée s'était dissipée, les policiers avaient pu constater qu'il n'y avait pas la moindre trace d'objets volés. Ils avaient immédiatement transporté l'agent Maitland aux urgences, mais les médecins ne lui donnaient guère de chances de survie.

– Je vois, dit Napier lorsque Logan eut terminé. Et pourquoi avez-vous décidé d'utiliser une équipe d'enquêteurs sans armes au lieu d'agents expérimentés et armés ?

Logan baissa les yeux sur ses mains.

– Je croyais que ce n'était pas nécessaire. Notre informateur n'avait pas parlé d'armes. Et il s'agissait de vol de marchandises, d'une petite affaire sans importance. Lors de la réunion préparatoire, nous avons évalué les risques...

– Vous assumez donc l'entière responsabilité de ce... de ce fiasco ?

Logan opina du chef. Il n'avait pas le choix.

– Il y a également la mauvaise publicité, dit Napier. Une affaire comme celle-ci attire l'attention des médias comme un cadavre en décomposition attire les mouches.

Il exhiba un exemplaire de la veille de l'*Evening Express*. La une était consacrée aux prix des maisons à Oldmeldrum, mais il déploya sur le bureau la page centrale où figurait la rubrique « À mon avis ». Dans cette rubrique, les journalistes invitaient les notables locaux, politiciens ou anciens chefs de la police à donner leur opinion. Ce jour-là, c'était au tour du dénommé Marshall, un conseiller municipal au sourire mielleux, dont la photo, comme de coutume, ornait le haut de l'article.

Une fois encore, la police démontre son incompétence. Il suffit pour s'en convaincre d'examiner l'expédition ratée de la semaine précédente. Aucune arrestation, et un policier entre la vie et la mort. Alors que nos braves agents en uniforme bleu patrouillent les rues, aux prises avec d'innombrables difficultés, il est chaque jour plus évident que leurs officiers ont du mal à assumer leurs traditionnelles beuveries dans les pubs...

L'article se poursuivait sur la page entière, utilisant le fiasco de l'opération contre l'entrepôt comme métaphore de tout ce qui n'allait pas dans la police de la ville. Pris de nausée, Logan repoussa le journal.

Napier tira alors d'un tiroir un dossier intitulé « Inspecteur chef L. McRae » et ajouta aux autres coupures de presse qu'il contenait l'article du conseiller municipal Marshall.

– Vous avez eu une chance incroyable de ne pas être assassiné par la presse pour votre implication dans cette affaire, sergent, mais j'imagine que cela est dû à vos amitiés dans certains de ces cloaques. (Il replaça le dossier dans son tiroir.) Je me demande si les médias locaux vous chériront autant après la mort de l'inspecteur Maitland… Bon, je ferai mes recommandations au directeur de la police. Vous apprendrez le moment venu la décision qui aura été prise. Entre-temps, sachez que si vous voulez évoquer plus avant cette affaire, ma porte vous sera toujours ouverte.

– Très bien, monsieur, je vous remercie, fit Logan.

À coup sûr, ils allaient le révoquer.

4

À l'heure du déjeuner, Logan attendait encore le couperet de la guillotine. Installé à une table dans un coin de la cantine, il fourrageait avec sa fourchette dans des lasagnes en voie de congélation. Entendant un bruit d'assiettes, il leva la tête et aperçut l'agent Jackie « Casse-couilles » Watson qui le regardait en souriant. Sur un plateau, elle avait disposé un bol de Scotch Broth et une assiette de haddock avec des frites. Elle eut un peu de mal à déposer le plateau sur la table à cause de son plâtre, mais y parvint sans lui demander d'aide. Ses cheveux bruns et bouclés ramenés en un chignon réglementaire, quelques touches discrètes de maquillage, l'allure très professionnelle, Jackie Watson ne ressemblait en rien à la femme avec qui il avait passé la nuit et qui éclatait de rire quand il lui soufflait à grand bruit sur le ventre.

Elle baissa les yeux sur l'assiette de Logan.

— Pas de frites ?

— Non, soupira-t-il. Je suis au régime, rappelle-toi.

— Ah bon, les frites sont interdites, mais les lasagnes autorisées ? (Elle plongea la cuiller dans son bol de soupe et se mit à manger.) Comment ça s'est passé, avec le gardien de la crypte ?

— Oh, comme d'habitude : je suis la honte de la police, je salis la réputation de la maison… (Il s'efforça en vain de sourire.) Je commence à me dire que Maitland a été la connerie de trop. Bon… et toi ? Comment va ton bras ?

Elle haussa les épaules et montra son plâtre recouvert de signatures.

– Ça démange un max. (Elle lui saisit la main du bout des doigts. Ses ongles dépassaient du plâtre comme des pattes de bernard-l'ermite.) Tu peux te servir dans mes frites, si tu veux.

Un petit sourire apparut sur les lèvres de Logan, qui prit une frite, mais le cœur n'y était pas.

Jackie attaqua le haddock.

– Je ne sais pas pourquoi j'ai persuadé le médecin de la police de me laisser revenir pour faire du boulot pas trop pénible : tout ce qu'on me donne à faire, c'est du classement.

Le Dr McCafferty, le médecin de la police, était un vieux dégoûtant, perpétuellement la goutte au nez, qui manifestait un goût immodéré pour les femmes en uniforme. Bien évidemment, il n'avait pu résister à l'offensive de charme de Jackie.

– Tu sais, c'est incroyable le nombre d'analphabètes dans le service, poursuivit-elle. Le nombre de dossiers que j'ai trouvés à la lettre T alors qu'ils auraient dû se trouver…

Mais Logan ne l'écoutait plus. L'inspecteur principal Insch et l'inspecteur Napier venaient de pénétrer dans la cantine. Ni l'un ni l'autre ne semblait d'humeur joyeuse. Du doigt, Insch lui fit signe de venir. Jackie lui étreignit la main.

– Qu'ils aillent se faire foutre ! lança-t-elle. Après tout, ce n'est qu'un boulot.

Qu'un boulot !

Ils gagnèrent la salle vide la plus proche. Insch referma la porte derrière eux, s'assit sur le rebord d'une table et tira de sa poche un paquet de réglisses. Il en offrit un à Logan, mais pas à Napier.

L'inspecteur du Comité d'éthique professionnelle fit mine de ne pas s'en apercevoir.

– Sergent McRae, j'ai parlé de votre situation au directeur de la police et vous serez heureux d'apprendre que j'ai réussi à le convaincre de ne pas prendre contre vous de mesure de révocation, ni même de suspension. (C'était parfaitement invraisemblable, mais Logan eut la sagesse de ne faire aucun commentaire.) Cela dit, poursuivit Napier en ôtant une peluche imaginaire sur la manche de sa veste d'uniforme impeccable, le directeur estime que vous avez bénéficié d'une trop grande liberté ces derniers temps et que vous devriez être plus sérieusement encadré. (Insch le fusilla du regard, mais Napier l'ignora.) Vous serez donc affecté à l'équipe de l'inspecteur principal Steel. Sa charge de travail est infiniment moins importante que celle de l'inspecteur Insch et elle pourra consacrer plus de temps à votre « formation professionnelle ».

Logan tressaillit. Il ne lui manquait plus qu'un transfert dans l'équipe des Branleurs. Napier lui adressa un sourire glacial.

– J'espère que vous considérerez cette nouvelle affectation comme une occasion de vous amender, sergent.

Logan grommela qu'il ferait de son mieux et Napier quitta la pièce, rayonnant. Insch prit un cube noir et blanc dans son paquet de réglisses et se mit à le mâcher consciencieusement tout en imitant le nasillement de Napier.

– J'ai réussi à le convaincre de ne pas prendre contre vous de mesure de révocation, ni même de suspension... Mon cul ! (Le cube fut suivi d'une roue à la noix de coco.) Ce petit minable a sûrement essayé d'avoir votre peau, mais le directeur ne veut pas vous virer parce que vous êtes un héros de la police. En tout cas, c'est comme ça qu'on vous appelle dans les journaux, alors ce doit être vrai. De toute façon, Napier ne fera rien avant la fin de l'enquête administrative. S'il y avait eu la moindre chance de vous révoquer pour négligence coupable ou manquement caractérisé aux règles de la profession, vous auriez déjà été suspendu. Ne vous inquiétez pas, ça se passera bien.

– Je vais quand même chez l'inspecteur Steel.

Insch haussa les épaules d'un air résigné et prit une pastille rose de réglisse anisé.

– C'est vrai, y a ça. Vous êtes affecté chez les Branleurs. Et alors ? Faites gaffe, ne commettez pas d'erreur et vous vous en tirerez. (Il resta un instant songeur.) Du moins si l'agent Maitland ne meurt pas.

L'inspecteur principal Insch tenait fermement les rênes de son équipe. Ponctuel, connaissant à fond ses dossiers, il tenait des réunions toujours claires et sans bavardages inutiles. Il en allait tout autrement de l'inspecteur principal Steel. Elle ne fixait aucun ordre du jour précis, tout le monde parlait en même temps, tandis qu'elle-même, assise près d'une fenêtre ouverte, fumait cigarette sur cigarette en se grattant l'aisselle. Elle n'avait guère plus de quarante ans, mais son menton pointu surmontant son cou de poulet et les nombreuses rides sillonnant son visage osseux la faisaient paraître beaucoup plus âgée. Elle était en outre affligée d'une coupe de cheveux particulièrement désastreuse, mais personne n'osait lui en faire la remarque.

Son équipe se réduisait à six inspecteurs en civil et deux agents en uniforme, de sorte qu'ils ne s'asseyaient pas en rang, comme l'exigeait l'inspecteur principal Insch, mais en désordre autour de quelques tables. Ce jour-là, ils ne parlaient même pas de travail ; une moitié de la salle discutait de l'émission de télévision de la veille, et l'autre moitié du match de football opposant Aberdeen à Saint Mirren. Assis un peu à l'écart, tout seul, Logan contemplait le ciel bleu par la fenêtre. Comment en était-il arrivé là ?

La porte s'ouvrit soudain, livrant passage à un homme vêtu d'un complet flambant neuf, tenant à deux mains un plateau de cafés et de biscuits au chocolat. Il lui fallut quelques instants, mais Logan finit par reconnaître l'agent Simon Rennie, désormais promu au rang d'inspecteur. En apercevant Logan, il déposa le plateau sur une table, prit deux tasses de café et une poignée de biscuits et le rejoignit près de la fenêtre. Visiblement ravi, il tendit une tasse à Logan.

L'inspecteur Steel avala une gorgée de café et alluma une nouvelle cigarette.

– Bon, déclara-t-elle dans un nuage de fumée, maintenant que l'inspecteur Rennie nous a apporté le désinfectant, on peut commencer. (Les conversations s'éteignirent.) Mesdames et messieurs, comme vous pouvez le constater, nous avons deux nouvelles recrues. (Elle fit signe à Logan et à Rennie de se lever, tandis que des applaudissements polis s'élevaient du petit groupe.) Ces deux hommes ont été choisis parmi des centaines de candidats désireux de rejoindre notre équipe.

(Quelques rires dans l'assistance.) Avant de poursuivre, je voudrais adresser le petit discours d'usage aux nouveaux venus.

Murmures de protestation.

– Vous êtes ici pour une seule et unique raison, dit-elle en se grattant l'aisselle. Comme moi, vous êtes des nuls et aucune autre équipe ne voudrait de vous.

L'inspecteur Rennie semblait outré. Ce n'était pas ce qu'on lui avait dit ! Il n'était enquêteur que depuis trois jours, comment aurait-il pu avoir merdé dans son travail ?

Steel l'écouta avec compassion avant de lui présenter ses excuses.

– Excusez-moi, enquêteur. Je me suis trompée. Les gens qui sont ici ont tous merdé ; vous, vous avez été affecté à cette équipe parce que tout le monde s'attend à ce que vous merdiez. (Des éclats de rire saluèrent la remarque.) Mais ce n'est pas parce que ces abrutis pensent qu'on est des nuls qu'on doit leur donner raison ! Nous allons faire du bon boulot. On arrêtera des escrocs et on les fera condamner. Compris ? (Elle jeta un regard furibond aux policiers présents.) On n'est pas des branleurs, compris ? Allez, répétez tous après moi : « On n'est pas des branleurs. » (Son invite ne rencontra guère d'écho.) Allez, tous en chœur : « On n'est pas des branleurs ! »

Cette fois, la salle s'époumona.

Logan observa ses collègues rassemblés dans la petite pièce crasseuse. Qui croyaient-ils convaincre ? Non seulement c'étaient tous des branleurs, mais on lui avait taillé le même costard sans lui dire quand il pourrait le quitter. Pourtant, la harangue de l'inspecteur principal Steel semblait avoir produit son effet et ils détaillèrent ensuite avec fierté, le menton levé, les progrès accomplis dans les tâches qu'on leur avait assignées : à l'hôpital, un inconnu exhibait ses génitoires à qui voulait bien y jeter un œil ; des vols à répétition au magasin Ann Summers, lingerie coquine et accessoires pour adultes ; quelqu'un pénétrait furtivement dans des fast-foods et se servait dans les tiroirs-caisses ; un videur de l'Amadeus, la grosse boîte de nuit de la plage, s'était fait sérieusement tabasser.

Lorsque tout le monde eut terminé, l'inspecteur Steel les envoya jouer dans les bacs à sable, mais demanda à Logan de rester.

— Monsieur le héros de la police, dit-elle lorsqu'ils se retrouvèrent seuls, je ne pensais pas que vous alliez vous retrouver ici. Au milieu de tous ces tocards.

— C'est à cause de l'agent Maitland. La goutte qui a fait déborder le vase.

En dehors de sa relation avec l'agent Jackie Watson, il avait joué de malchance depuis Noël. Tout avait marché de travers.

Steel opina du chef.

Elle-même n'avait guère eu plus de chance. Elle se pencha vers lui et, d'un ton de conspiratrice, lui murmura à l'oreille :

— Si quelqu'un est capable d'émerger de toute cette bande de branques, c'est bien vous. Vous êtes un excellent policier. (Elle recula d'un pas et lui sourit, ce qui creusa un peu plus les rides autour de ses yeux.) Figurez-vous que je dis ça à tous les nouveaux. Mais dans votre cas, c'est sincère.

Curieusement, il n'en éprouva nul réconfort.

Une demi-heure plus tard, Logan et Steel se retrouvaient à bord d'une vieille Vauxhall conduite par Rennie, en compagnie d'un inspecteur chargé des relations avec les familles. Steel avait réussi à convaincre le directeur de lui confier l'affaire Rosie Williams, probablement parce que l'inspecteur Insch était débordé de travail et que personne d'autre n'était disponible. Mais bien sûr, Logan ne lui dirait jamais une chose pareille. Steel, de son côté, voyait là une occasion unique de redorer son blason. Logan et elle résoudraient cette affaire et feraient oublier jusqu'à l'appellation infâmante d'« équipe des Branleurs ». Rennie remâchait sa rancune parce que l'inspecteur avait dit qu'on s'attendait à ce qu'il merde, et Steel déployait des efforts inouïs pour ne pas fumer. L'inspecteur chargé des relations avec les familles, une femme, avait essayé de meubler la conversation et, devant son insuccès, s'était à son tour réfugiée dans un silence maussade. C'était d'autant plus regrettable qu'au-dehors le temps était magnifique. Pas un nuage dans le ciel, les immeubles de granit scintillaient dans la lumière du soleil et les gens se promenaient main dans la main, le sourire aux lèvres. La pluie et le froid viendraient bien assez tôt.

Rennie s'engagea dans Bedford Road, puis tourna à gauche dans Powis. Ils passèrent devant de petites échoppes aux fenêtres grillagées, les murs couverts de graffitis, et longèrent une longue route circulaire bordée d'immeubles miteux de trois étages. Rosie Williams habitait une de ces rues aux bâtiments murés. Une camionnette jaune de la municipalité d'Aberdeen était garée devant chez elle et l'on entendait un bruit de perceuse dans un escalier voisin. Rennie se gara devant l'immeuble.

– Bon, dit l'inspecteur Steel en tirant un paquet de cigarettes de sa poche avant de l'y remettre. Qui y a-t-il, dans la famille ?

– Deux enfants, pas de mari. D'après la brigade des mœurs, elle est liée à un certain Jamie McKinnon, dit l'inspecteur chargé des relations avec les familles. On ne sait pas très bien si c'est son copain ou son julot. Peut-être un peu les deux.

– Ah bon ? Le mignon petit Jamie McKinnon ? Je dirais plutôt que c'est son gigolo. Elle doit être deux fois plus vieille que lui ! (Steel renifla bruyamment et demeura un instant songeuse.) Allez, on y va. Le boulot va pas se faire tout seul !

Rennie, qui s'efforçait en vain de ne pas avoir l'air d'un policier en civil, fut laissé à la garde de la voiture. L'entresol où se trouvait l'appartement de Rosie était plongé dans la pénombre en raison du morceau de carton obstruant la fenêtre. L'inspecteur Steel frappa à la porte d'un gris indéfinissable, percée en son milieu d'un judas par lequel on devinait une vague lueur.

Pas de réponse.

Elle frappa de nouveau, plus fort cette fois, et Logan entendit distinctement qu'on traînait quelque chose derrière la porte. Steel frappa une nouvelle fois et la lueur dans le judas disparut.

– Allez, Jamie, on sait que vous êtes là. Laissez-nous entrer.

Après un moment de silence, une voix haut perchée se fit entendre.

– Allez vous faire foutre. On veut pas de flics ici. Merci.

Steel appliqua son œil contre le judas.

– Jamie ? Arrêtez de déconner. Il faut qu'on vous parle de Rosie. C'est important.

Nouveau silence.

– Qu'est-ce qu'elle a ?

– Allez, Jamie, ouvrez la porte.

– Non. Allez vous faire foutre.

L'inspecteur passa une main lasse sur son front.

– Elle est morte, Jamie. C'est terrible. Rosie est morte. Il faut que vous veniez l'identifier.

Cette fois, le silence dura beaucoup plus longtemps. Puis on entendit un raclement derrière la porte, un bruit de chaîne et de verrou. Le battant s'ouvrit, révélant un enfant plutôt laid, vêtu d'un vieux tee-shirt du club de football d'Aberdeen, d'un jean trop large à la façon des voyous américains, les cheveux coupés au bol au sommet du crâne et rasés sur les côtés. Derrière lui, on apercevait un fauteuil déglingué. Il ne devait pas avoir plus de sept ans.

– Comment ça, « elle est morte » ? demanda-t-il d'un air soupçonneux.

– C'est la maison de ton papa ? demanda Steel.

– Jamie c'est pas mon père, rétorqua l'enfant, méprisant. Lui, y fait que dépenser le fric des passes de maman. Ça fait des s'maines qu'elle l'a foutu dehors à coups de pompe dans l'cul. Putain, moi j'en sais rien qui c'est mon père, passeque ma mère elle en sait que dalle... (Il examina les visiteurs des pieds à la tête.) C'est vrai qu'elle est morte ?

Steel acquiesça.

– Désolée, mon garçon, tu n'aurais pas dû l'apprendre comme ça...

L'enfant se mordit la lèvre.

– Ouais. Ça chie.

Il voulut leur claquer la porte au nez, mais Steel l'en empêcha. Au fond de l'appartement, un bébé se mit à pleurer.

L'inspecteur chargé des relations avec les familles s'accroupit à la hauteur du garçon.

– Bonjour, je m'appelle Alison. Qui s'occupe de vous quand votre maman est sortie ?

L'enfant regarda tour à tour les trois policiers.

– T'es conne, ou quoi ? Maman est pas « sortie », elle est morte. (Mais sa voix commençait à trembler.) T'as compris, grosse vache ? Elle est morte !

Dans la pièce du fond, le bébé poussa un hurlement. Le garçon se retourna et lui lança une bordée d'injures, détaillant les sévices qu'il lui infligerait s'il ne fermait pas sa gueule tout de suite. Déjà, ses yeux se remplissaient de larmes.

Ils laissèrent l'inspecteur chargé des relations avec les familles appeler les services sociaux qui prendraient en charge les enfants.

De retour au poste, Logan se sentait profondément déprimé. Pour couronner le tout, ils avaient dû expliquer au garçon que sa petite sœur et lui allaient séjourner dans un foyer pour enfants. Hurlements, jurons, menaces, coups de pied…

Au moins avaient-ils un suspect, Jamie McKinnon, maquereau et ancien gigolo de Rosie Williams. Son casier était chargé : agressions, détention d'armes, vol avec effraction, vol à l'étalage, vol de moteurs. Tout et n'importe quoi. D'après son fils, Rosie avait chassé Jamie parce qu'il l'avait si violemment tabassée qu'elle n'avait pas pu aller travailler pendant une semaine. Steel avait fait transmettre l'information à toutes les voitures en patrouille dans la ville : qu'on lui ramène Jamie, de gré ou menotté.

– Bon, fit-elle après avoir lancé son appel. Vous avez autre chose à me raconter ?

Logan lui rapporta alors que le nouveau substitut du procureur voulait qu'on ramasse tous les préservatifs usagés. Steel éclata d'un rire tonitruant, à s'en arracher les poumons.

– Je préfère que ce soit vous qui vous en chargiez plutôt que moi, mon chéri !

– Qu'y a-t-il de si drôle ?

– C'est vous qui allez dire à l'équipe de ramasser toutes ces capotes d'occasion ! Y vont avoir une attaque !

– Hé, pourquoi est-ce que c'est à moi de leur dire ? C'est vous qui êtes chargée de l'enquête !

Steel lui adressa un large sourire, laissant filer un nuage de fumée entre ses dents.

– Je délègue, monsieur le héros de la police, je vous délègue ça. Allez, c'est parti ! Oh… tant que vous y êtes, appelez votre amie qui aime tant les capotes et demandez-lui un mandat d'amener pour Jamie.

Logan se dirigea vers l'ascenseur. Ça, c'était tout Steel ! Il faisait tout le boulot, pendant qu'elle tirait sur ses clopes et récoltait les bénéfices. Furieux, il appela Rachael Tulloch et lui parla de Jamie McKinnon. Elle promit de lui envoyer aussitôt un mandat d'amener. Logan appela ensuite les membres de l'équipe chargée de ratisser la ruelle et leur apprit qu'ils devaient ramasser tous les préservatifs qu'ils trouveraient. Le moins qu'on puisse dire, c'est qu'ils accueillirent la nouvelle sans enthousiasme, mais Logan s'en fichait. Il était presque 17 heures et cela faisait quatorze heures et demie qu'il travaillait. Sa journée était finie. Il était temps de rentrer.

5

Une surprise nauséeuse attendait Logan sur son bureau, lorsqu'il revint au travail le mercredi matin. Conformément aux ordres reçus, l'équipe de recherche avait ramassé tous les préservatifs possibles trouvés dans Shore Lane. Et il y en avait beaucoup ! Des petits tuyaux en latex laissant échapper leur contenu dans des sachets en plastique, entassés dans l'une de ses corbeilles à courrier. En grimaçant, Logan versa le tout dans une boîte en carton, préférant ne pas penser à ce qui rendait les sachets si moites et si froids.

L'inspecteur principal Steel n'assista pas à la réunion matinale ; de sorte que l'équipe des Branleurs bavarda devant des tasses de café. *Harry Potter* fournissait le sujet du jour. Événement crucial du cinéma mondial ou ramassis de clichés ? Logan les laissa à leur discussion et descendit avec son carton de préservatifs à la morgue, où l'on pourrait les congeler en vue d'analyses futures. Ah, les procureurs !

Il poussa la grande porte à deux battants et pénétra dans la salle de dissection au carrelage impeccable scintillant à la lueur des néons. Aucune trace de l'écœurant barbecue de la veille. Il flottait dans la salle une odeur de formol et de désinfectant au pin. Une silhouette familière se tenait de dos, déposant quelque chose dans le seau posé sur la table de dissection.

– Bonjour ! lança Logan.

C'était le Dr Isobel MacAlister, dite la Reine des Glaces,

médecin légiste en chef et son ancienne maîtresse. Elle avait meilleure allure que la veille : ses cheveux étaient soigneusement ramenés sous un bonnet chirurgical, et ses lèvres parfaites dissimulées sous un masque vert. Elle rougit. Ainsi qu'à son habitude, elle était vêtue comme pour une soirée au théâtre : tailleur en lin de couleur crème, bottines en cuir, chemisier en soie recouvert d'une blouse de laboratoire blanche ouverte. Sous ses gants en latex, on devinait des bagues en or. Visiblement, elle ne s'apprêtait pas à découper un malheureux en petits morceaux.

– Bonjour. (Silence gêné.) Comment vas-tu ?

Logan haussa les épaules.

– Comme d'hab'. Et toi, tu vas mieux ?

L'espace d'un instant, elle sembla déconcertée.

– Oh, pour ce matin… (À son tour elle haussa les épaules.) Un simple problème d'estomac. Tu voulais quelque chose en particulier, ou tu venais chercher des claques ?

– Non, non, je venais pour le travail…

Jetant un coup d'œil dans le seau, Logan aperçut alors un cerveau flottant dans le formol qui formait autour de la masse grise une sorte d'auréole laiteuse. Réprimant un frisson, il posa son carton sur la table.

– J'ai un cadeau pour toi.

Isobel souleva alors l'un des sachets en plastique et l'examina à la lumière. Un sourire naquit sur ses lèvres.

– Des contraceptifs usagés… comme c'est gentil. Et on dit que la galanterie a disparu. (Elle remua le carton.) Il doit bien y en avoir deux cents. Fais attention, tu risques de devenir sourd.

Ce fut au tour de Logan de rougir.

– Ils ne sont pas à moi. C'est pour l'affaire Rosie Williams. Ils proviennent tous de Shore Lane, il faut les conserver à fin d'analyse d'ADN.

– Tu es fou ? s'écria-t-elle, stupéfaite. Tu sais le temps que ça prendra d'analyser l'ADN de deux cents préservatifs ? En plus, ça va coûter une fortune !

Logan leva les mains.

– C'est pas moi, c'est le nouveau substitut du procureur.

En grommelant, Isobel ôta le carton de la table de dissection, versa le contenu dans un grand sac en plastique qu'elle plaça dans un congélateur et fit signer un reçu à Logan. Après cela, il n'avaient plus rien à se dire.

L'inspecteur Steel se pointa à 7 h 45, l'air d'avoir dormi dans un cendrier. Elle enchaîna cigarettes et tasses de café tout au long de la réunion avant d'expédier les membres de son équipe au travail en leur recommandant de ne pas jouer les branleurs. Logan resta sur place. Elle avait un boulot pour lui : rechercher Jamie McKinnon.

Dehors, le soleil brillait et le ciel était d'un bleu lumineux. Flanquée de Logan, Steel descendit Queen Street à pied. Ils remontèrent Union Street, goûtant la tiédeur de cette fin d'été. Lorsque le temps était maussade, Aberdeen s'en ressentait. Immeubles gris, ciel gris, rues grises, passants gris, mais au premier rayon de soleil tout se métamorphosait. La ville de granit étincelait, ses habitants délaissaient anoraks, parkas et duffel-coats au profit des jeans, tee-shirts et courtes robes d'été. Une brunette piquante, vêtue d'une minijupe à fleurs et d'un chemisier plus mini encore, dévoilant un ventre délicatement bronzé, n'attira même pas le regard de Steel.

De l'autre côté de la rue, une blonde vêtue d'un jean à la taille fort basse et d'un bustier coupé laissant voir en un éclair plus de peau qu'on ne peut en voir en un an s'immobilisa pour héler un taxi. Toujours aucun commentaire de Steel.

– Ça va ? demanda Logan.

Elle haussa les épaules.

– J'ai passé une mauvaise nuit. Et avant de m'en demander plus, sachez que ça ne vous regarde pas.

Très bien, pensa Logan, *va te faire voir.*

Au milieu d'Union Street, les Union Terrace Gardens déchiraient la muraille d'immeubles, livrant au regard leurs larges étendues vertes qui s'étiraient jusqu'à la façade du His Majesty's Theatre. Les jardins formaient un parc entouré de pelouses en pente raide bordées d'arbres qui descendaient bien en dessous du niveau de la rue. En bas, on apercevait un petit kiosque à musique fraîchement repeint, et, sur le côté, une horloge florale offrant au soleil d'août son cadran multicolore. Vision de carte postale.

Au coin d'Union Terrace se dressait une haute statue en marbre blanc du roi Édouard VII, les épaules royalement ornées de fientes de pigeon. Derrière la statue, des bancs disposés en demi-cercle permettaient à ses plus proches conseillers d'écluser des bières fortes, les lèvres vissées aux canettes, à 9 h 30 du matin.

Il y avait là une ou deux authentiques putains en pantalon crasseux, veste tachée et plaies encroûtées, d'autres en jean et blouson de cuir fatigué malgré le soleil éclatant. Steel parcourut du regard l'assemblée de buveurs matinaux et désigna une jeune femme criblée de piercings au nez, aux lèvres et aux oreilles, le visage recouvert d'une épaisse couche de maquillage, les cheveux roses et filasse. Elle buvait une Red Stripe à même la canette.

— Salut, Suzie. (Steel jeta son mégot par-dessus la barrière métallique.) Comment va ton frangin, ces temps-ci ?

De plus près, on se rendait compte que la fille n'était pas aussi jeune qu'elle le paraissait ; elle devait bien avoir trente-cinq ans. L'épaisse couche de fond de teint dissimulait une multitude de rides et de crevasses, et le rouge à lèvres noir une bouche en cul-de-poule.

— Ça fait des s'maines que j'ai pas vu ce p'tit trou-du-cul, répondit-elle.

— Ah bon ?

Steel se laissa tomber sur le banc à côté d'elle et passa son bras sur le dossier, de manière à lui enserrer les épaules.

Suzie gigota, mal à l'aise.

— Vous voulez me draguer ?

— T'as de la chance : pas du tout. Non, je veux savoir où est ton frère.

— Qu'esse j'en sais, moi ? (Elle avala une longue gorgée de bière.) Il doit être en train de baiser sa vieille pute.

— C'est drôle que tu parles de ça, Suzie, parce que cette « vieille pute », comme tu dis, eh bien, on l'a retrouvée hier matin, morte, passée à tabac. Et Jamie, c'est le genre à savoir se servir de ses poings, hein ?

La fille se raidit.

– C'est pas Jamie qui l'a tuée.

Mais à quoi jouait Steel ? Logan voyait Suzie se refermer comme une huître : ils n'allaient plus rien tirer d'elle. Steel aurait dû la jouer à la coule, faire croire qu'il ne s'agissait de rien d'important, ne pas foncer comme ça, tête baissée ! Pas étonnant qu'on lui ait confié l'équipe des Branleurs.

– Tiens, dit Steel en lui tendant une carte de la police des Grampian. Si t'as la moindre idée, appelle-moi, d'accord ?

Elle se leva, alluma une cigarette et fut prise d'une quinte de toux.

Suzie lui indiqua l'endroit où elle pouvait se mettre sa putain de carte, termina sa dernière gorgée de bière et partit en trombe.

Logan attendit que la fille soit suffisamment loin pour ne plus l'entendre.

– Pourquoi lui avoir dit que Rosie était morte ? Maintenant, elle ne va plus nous dire où est Jamie !

Un sourire carnassier apparut sur les lèvres de Steel.

– Vous faites erreur, monsieur le héros de la police. Elle va nous dire exactement où il se trouve. Sauf qu'elle ne s'en rendra pas compte.

À pas de loup, Steel suivit Suzie McKinnon dans Union Street.

– Allez, c'est pas le moment de la perdre.

En compagnie de Logan, elle traversa la rue, manquant se faire renverser par un autobus, puis s'engouffra à l'arrière de la Vauxhall en stationnement interdit. Rennie était au volant, de grosses lunettes noires sur le nez qu'il ôta dès que Logan se fut installé à son tour.

Ils suivirent lentement Suzie, aisément repérable à ses cheveux roses et à son blouson de cuir noir qui tranchait au milieu des vêtements d'été. Elle traversa la rue, passa sous les colonnes doriques de Music Hall et descendit Crown Street d'un pas rapide, suivie à distance par Rennie. Dix minutes plus tard, ils se garèrent en face d'un immeuble de Ferryhill, dans une rue déglinguée, pleine de nids-de-poule. Une Ford Escort rouillée agonisait le long du trottoir, laissant échapper un filet d'huile. Un coup de téléphone au Central leur apprit qu'elle appartenait à un certain Jamie McKinnon. Steel sourit à Logan.

– Quand est-ce que je dois vous sortir « Je vous l'avais bien dit », maintenant ou plus tard ?

La porte de l'immeuble n'était pas fermée, en sorte que Steel et Logan descendirent directement l'escalier menant à l'appartement en sous-sol. Rennie, lui, restait dehors au cas où Jamie tenterait de fuir.

Au milieu du couloir, qui sentait la moisissure, Steel se retourna vers Logan.

– Vous vous sentez prêt, malgré vos blessures au ventre ?

– Ça fait presque deux ans, répliqua-t-il sèchement. Ça va.

Menteur ! Ses blessures, bien que cicatrisées, lui faisaient encore mal lorsque le temps changeait ou qu'il se penchait trop rapidement.

L'inspecteur Steel frappa doucement à la porte, demandant d'une voix flûtée si Jamie n'avait pas vu son chat. Une clé tourna bruyamment dans la serrure et un homme à l'air hagard, vêtu d'un uniforme Burger King taché, ouvrit la porte. Des cheveux blonds oxygénés en épis, les yeux injectés de sang, le nez épaté, un peu trop gros, un petit bouc pendant au bout du menton.

– J'ai vu aucun... (Ses yeux s'agrandirent comme des soucoupes.) Et merde !

Il voulut claquer la porte, mais Steel l'avait bloquée avec son pied. Elle poussa un grognement de douleur et Jamie McKinnon battit précipitamment en retraite.

– Espèce de salaud ! lança Steel en sautillant dans le couloir, tenant à deux mains son pied endolori.

Logan se rua à l'intérieur de l'appartement et découvrit Suzie, debout au milieu du salon, sidérée, une canette de Red Stripe à la main. Aucun signe de Jamie. Se retournant, il aperçut alors une porte ouverte donnant sur une petite salle de bains crasseuse et, au bout, une autre porte, celle de la cuisine, en train de se refermer.

Poussant un juron, il courut dans cette direction. Pourquoi Jamie n'avait-il pas choisi de fuir par la porte d'entrée, où Rennie aurait pu le cravater ? Dans la cuisine, il aperçut Jamie disparaissant par la fenêtre ouverte. La porte de derrière étant bloquée par une vieille machine à laver, Logan n'eut d'autre choix que de grimper par la fenêtre à sa suite et atterrit dans le jardin. Jamie courait comme un dératé vers le mur du fond, haut d'un mètre quatre-vingts, qui assurait la séparation d'avec les autres immeubles.

Pour une fois, la chance sembla du côté de Logan, car Jamie se prit les pieds dans une corde à linge traînant sur le sol et s'affala, tête la première, sur un vieil extincteur. Il poussa un juron, porta la main à son nez dégoulinant de sang et se remit debout en titubant. Logan put alors le plaquer au sol, dans l'herbe jaunie.

Mais la chute avait réveillé ses anciennes blessures à l'abdomen et, courbé en deux, il ne put empêcher Jamie de se relever et de sauter sur le mur. Surmontant l'atroce douleur, il parvint quand même à saisir la jambe qui pendait au-dessus de lui et à tirer le fuyard en arrière. Le menton de Jamie heurta violemment le haut du mur et il s'affala dans un buisson de roses, envoyant voler des pétales en tout sens.

Haletant, Logan se jeta sur lui, et le menotta dans le dos avant de s'appuyer contre le mur pour calmer la douleur fulgurante dans ses entrailles. Quelques instants plus tard, il remit Jamie sur ses pieds.

Burger King risquait fort de ne pas apprécier le traitement subi par son uniforme. Le nez et les lèvres de Jamie dégoulinaient de sang, et son visage était sillonné d'égratignures. En jurant, il cracha un paquet de sang dans le rosier.

– À cause de vous, j'me suis mordu la langue !

– Mon Dieu, Logan, dit Steel lorsqu'il ramena Jamie dans l'appartement en sous-sol, je vous avais dit de l'arrêter, pas de le passer à tabac.

Jamie prit aussitôt un air de fouine.

– Oui, il m'a cogné ! C'est de la brutalité policière ! Je veux voir mon avocat ! Je vais vous foutre un procès au cul !

Steel lui intima l'ordre de la fermer. Suzie, elle, était assise sur le rebord d'un canapé délabré, les yeux baissés, creusant avec le doigt un trou de plus en plus grand dans le coussin rempli de mousse jaune.

– Espèce de conne ! dit Jamie en envoyant sur la moquette un crachat sanguinolent. C'est toi qui les as conduits ici !

Suzie poursuivit son travail de creusement.

– Exactement, mon chéri. (Steel tira une cigarette d'un paquet froissé, l'alluma et souffla voluptueusement la fumée par le nez.) Ça ne t'ennuie pas si on jette un petit coup d'œil chez toi, hein ?

– Bien sûr que si, ça m'ennuie !

Le sourire de Steel s'élargit.

– Manque de bol, j'ai un mandat. (Elle tapota son mégot dont la cendre tomba sur la table basse.) T'as envie de nous dire quelque chose, avant qu'on fasse notre petit tour ? (Silence.) Non ? (Toujours pas de réponse.) T'es sûr ? (Dehors, un camion passa bruyamment.) D'accord, c'est toi le patron.

Bien entendu, Steel ne procéda pas elle-même à la perquisition, elle avait pour cela un enquêteur et un inspecteur chef.

Ils trouvèrent deux petits paquets d'héroïne, une boîte à moitié remplie de seringues et un bâton de résine de cannabis de la taille d'un Mars. Ce fut Logan qui trouva le carton plein d'uniformes dans le placard de la chambre.

De retour dans le salon, il demanda à Jamie comment se déroulait sa carrière dans les fast-foods. Jamie le fusilla du regard. Le sang coulant de son nez avait fini par sécher, laissant une croûte brunâtre sur la partie inférieure de son visage et solidifiant sa barbiche comme les mèches gominées de sa chevelure.

– Je bosse, d'accord ? Je ne cherche pas d'ennuis.

– Au Burger King ?

– Ouais, au Burger King.

– Dans ce cas, dit Logan en montrant le carton, vous devez travailler comme un galérien ! Servir tous ces hamburgers au

Burger King ! (Il tira du carton un autre uniforme.) Et au McDonald's (un autre uniforme) et au Tasty Tattie (un autre uniforme)…

Il y avait là les vêtements de travail de six fast-foods d'Aberdeen, tous munis du badge habituel « Bonjour, je m'appelle… », mais sur aucun ne figurait « James McKinnon ».

Steel semblant déconcertée, Logan éclaira sa lanterne.

– Jamie se sert dans les tiroirs-caisses des fast-foods de toute la ville. Comme il se pointe en uniforme, personne ne fait attention au nouveau venu. Après tout, qui irait revêtir un tel uniforme pour le plaisir ? Après l'heure de pointe du déjeuner, il nettoie le tiroir-caisse, se change et va dans un autre restaurant.

Steel jeta sa cigarette sur la moquette et l'écrasa sous la semelle de sa chaussure.

– Parfait, Sherlock Holmes, lâcha-t-elle, guère impressionnée. Mais on a un boulot plus important à finir. James Robert McKinnon, je vous arrête pour le meurtre de Rosie Williams.

Jamie se mit à hurler qu'il n'avait tué personne, mais Steel ne l'écoutait pas. Lorsqu'elle eut fini de lui énoncer ses droits, elle ordonna à Rennie de conduire le suspect à la voiture par la peau du cou. Pendant tout ce temps, la sœur de Jamie, le regard rivé au sol, massacrait le canapé.

– Ah, Suzie, merci pour votre aide, dit Steel avec un clin d'œil. Sans vous, on n'y serait pas arrivés.

6

Après avoir été examiné et pansé par le médecin de permanence, Jamie fut conduit dans la salle d'interrogatoire numéro 3.

– Putain, c'est un four, ici !

Il n'avait pas tort. En dépit du soleil qui chauffait les pavés de la rue, le radiateur était allumé. Mais comme toutes les autres salles d'interrogatoire étaient occupées, ils avaient dû se rabattre sur celle-ci.

Suant, grommelant, Logan mit en place le matériel audiovisuel nécessaire, puis énonça à haute voix les informations d'introduction, date, heure, personnes présentes, avant de se reculer dans son siège pour laisser l'inspecteur principal Steel poursuivre la tâche.

Silence.

Logan lança un coup d'œil en direction de Steel qui le regardait, étonnée.

– Eh bien, lui dit-elle enfin, allez-y. Il fait trop chaud pour perdre du temps.

Il fallait s'y attendre ! Une fois encore, c'était lui qui ferait tout le travail. En soupirant, Logan disposa sur la table une série de photos de Rosie, prises après sa mort.

– Parlez-nous de Rosie Williams.

Jamie les regarda d'un air méprisant.

– Je ne dirai rien avant d'avoir vu mon avocat.

— Non, gronda Steel. Combien de fois faudra-t-il que je le répète ? Selon la loi écossaise, tu ne peux avoir accès à un avocat avant qu'on en ait fini avec toi. Pas d'avocat. L'interrogatoire d'abord, l'avocat ensuite. Comprendre ?

Jamie ne se départit pas de son air méprisant.

— Vous mentez. Je l'ai vu à la télé. J'ai le droit de voir un avocat.

— Eh, non ! (Elle ôta sa veste anthracite, révélant de larges taches de transpiration sous les aisselles de son chemisier rouge.) C'est la télé qui ment. Elle montre le système judiciaire anglais. Ça n'est pas le même. Ici, on n'attend pas qu'un avocat véreux vienne vous aider à mentir. Et maintenant, magne-toi et dis-nous pourquoi t'as tué Rosie Williams, qu'on puisse sortir de cette étuve.

— Je n'ai tué personne !

— Arrête tes conneries, Jamie, j'suis pas d'humeur.

Il s'enfonça dans son siège.

— J'ai vraiment pas le droit d'avoir un avocat ?

— Non ! Et maintenant parle-nous de Rosie Williams avant que je t'arrache ta barbiche ridicule, poil par poil !

Jamie leva les mains, comme pour se protéger.

— C'est bon, c'est bon ! Eh bien, on était... vous voyez, quoi... j'suis resté avec elle un bout de temps...

— Tu étais son maquereau.

— On se marrait bien....

— Se marrer ? Elle avait l'âge d'être ta grand-mère ! Elle faisait le tapin tous les soirs, et pendant ce temps-là, qu'est-ce que tu faisais, toi ? Tu gardais les enfants à la maison ?

Jamie baissa les yeux.

— Elle était pas si vieille que ça.

— Bien sûr que si ! Et laide, avec ça !

— Non, elle était pas laide ! s'écria-t-il. Elle était pas laide !

Un sourire éclaira le visage de Steel.

— Tu l'aimais, n'est-ce pas ?

Jamie rougit et détourna le regard.

— Tu l'aimais, n'est-ce pas ? Tu l'aimais, mais elle était dehors tous les soirs, à sucer des bites d'inconnus. Elle se faisait baiser dans les portes cochères. Ta chère Rosie, dehors avec....

– Fermez-la ! Putain, mais fermez-la !

– C'est pour ça que tu l'as tuée, hein ? T'étais jaloux parce qu'elle n'était pas complètement à toi. Tout le monde pouvait la baiser pour le prix d'un hamburger.

– Fermez-la...

Steel se recula dans son siège, grattant d'un air distrait la tache humide sous son bras gauche. Elle adressa un signe de tête à Logan qui demanda à Jamie où il se trouvait dans la nuit du lundi au mardi entre 23 heures et 2 heures du matin.

– J'étais chez moi. Je dormais. (Un éclair passa dans ses yeux.) Suzie vous le dira. Elle était là.

Steel marqua sa surprise :

– Pas dans le même lit, j'espère. (Jamie lui lança un regard méprisant.) L'identité judiciaire va passer ton appartement au peigne fin. Ils vont trouver des traces de son sang, hein ? Tu l'as tellement tabassée que tu devais en être couvert. (Elle se pencha en avant, les mains à plat sur le bureau, les doigts jaunes de nicotine.) De toute façon, c'était pas la première fois que tu la tabassais, hein ? Elle t'a foutu dehors à cause de ça.

– Je voulais pas lui faire mal !

Il commençait à pleurer. Le sourire de Steel se fit triomphant.

– Mais c'est ce qui s'est passé, hein ? Tu ne voulais pas lui faire mal, mais tu l'as sérieusement blessée. C'était un accident ? Allez, Jamie, tu te sentiras mieux après nous l'avoir dit.

Une heure plus tard, ils n'en avaient rien tiré de plus. Et comme le disait Steel, il faisait trop chaud dans cette salle pour continuer à s'emmerder comme ça. Jamie McKinnon retourna donc en cellule, tandis que Steel et Logan gagnaient la cantine. Irn-Bru glacé pour tout le monde.

– Ah, ça va mieux ! lança-t-elle deux minutes plus tard, à l'extérieur, au milieu des voitures de service, une tasse dans une main, une cigarette dans l'autre. On va transmettre la bande vidéo au procureur. « J'ai jamais voulu lui faire de mal », mon cul ! Il ne nous faut plus que quelques témoins, et l'affaire est dans le sac. (Elle sourit et avala une gorgée d'Irn-Bru.) Je savais que la chance ne tarderait pas à tourner.

Logan, lui, se montrait nettement moins enchanté. Lorsque Steel avait dit : « Il ne nous faut plus que quelques témoins », il avait compris qu'il allait devoir changer son planning et passer les deux nuits suivantes du côté des quais à bavarder avec les prostituées. C'était la première fois depuis une éternité que son planning correspondait à celui de Jackie, et sa supérieure voulait le changer à nouveau. Jackie allait le tuer.

– Vous êtes jeune, lui répondit Steel lorsqu'il lui en fit la remarque. Vous vous arrangerez. Rentrez chez vous après le déjeuner. Piquez un petit roupillon. En attendant, faisons venir le procureur...

Le procureur et son nouveau substitut visionnèrent en silence l'interrogatoire de Jamie McKinnon puis estimèrent que, si cela constituait un bon début, il leur fallait de véritables éléments de preuve matériels pour obtenir une déclaration de culpabilité.

– À propos, dit le substitut Rachael Tulloch, où en êtes-vous avec ces préservatifs ?

Le procureur ne cacha pas sa surprise lorsque Logan expliqua que deux cent treize préservatifs usagés se trouvaient à présent dans le congélateur de la morgue ; apparemment, c'était la première fois qu'elle entendait parler de la brillante initiative de son substitut. Rachael eut au moins l'esprit de rougir et d'avouer qu'elle ne s'attendait pas à un nombre aussi élevé, mais, maintenant qu'ils avaient un suspect sous la main, ne pourraient-ils pas comparer les ADN ? Prouver qu'il se trouvait bien là ? Le procureur réfléchit une minute et finit par convenir qu'après tout cela ne pouvait pas faire de mal. Logan réprima un juron. Isobel allait le tenir pour responsable de tout ce travail supplémentaire, mais il se consola en se disant que, de toute façon, elle ne l'aimait plus guère.

Descendant ensuite à la morgue pour lui annoncer la mauvaise nouvelle, il trouva Isobel à nouveau penchée sur son seau où flottait un cerveau. Lorsqu'il lui parla des analyses d'ADN, elle réagit encore plus violemment qu'il ne l'avait prévu.

– Ne me regarde pas comme ça, dit-il en profitant d'un moment où elle reprenait haleine. Je te l'ai dit, c'est ce nouveau substitut. Elle ne jure que par ces préservatifs usagés. Tu ne pourrais pas procéder à une analyse de sang dans le sperme et comparer seulement ceux dont le groupe sanguin correspond à celui de Jamie McKinnon ?

À regret, Isobel convint que cela représenterait infiniment moins de travail. Mais elle n'en était pas moins furieuse.

En grommelant, elle sortit les préservatifs du congélateur.

Logan consulta sa montre et la laissa à son travail. En se dépêchant, il pourrait déjeuner à la cantine avec Jackie avant de rentrer chez lui pour faire un petit somme. Il ne nourrissait pourtant guère d'espoir à ce sujet, car il avait toujours eu du mal à s'habituer aux horaires de nuit, et il avait en général deux jours de congé entre deux services pour récupérer. Tant pis pour le régime. Aujourd'hui, il prendrait des frites avec ses lasagnes. Et un morceau de pudding.

À la réflexion, le tapioca n'était peut-être pas une bonne idée. En contemplant les petits grains translucides refroidissant dans le bol, il ne pouvait s'empêcher de songer à Isobel dégelant ses préservatifs à la morgue. Il repoussa son bol.

– Quelle vieille chieuse ! dit Jackie avec colère en enfonçant sa cuiller dans sa gelée. Pourquoi est-ce qu'elle a encore changé ton planning ? Si tu dois faire les nuits aujourd'hui et demain… (Elle compta sur ses doigts.) Ça te donne six jours d'avance sur mon planning à moi ! Ça nous a pris un temps fou pour qu'ils correspondent !

– Je sais, je sais. Il faudra simplement que je fasse à nouveau modifier le mien. Sauf que je ne sais pas quand ce sera possible.

– Et moi, j'avais des projets.

Logan leva les yeux vers elle.

– Ah bon ? On va quelque part ?

– Non, c'est plus possible, tu vas dormir toute la journée de vendredi. (Elle enfonça rageusement sa cuiller dans la gelée.) Je vais la tuer !

– Ho, ho, en parlant du loup…

L'inspecteur Steel était à la porte, scrutant la salle. Et Logan n'avait aucun mal à deviner qui elle cherchait. Il s'apprêtait à plonger la tête sous la table, feignant d'avoir perdu sa fourchette, lorsqu'elle s'écria d'une voix forte :

– Hé, Lazare ! (Tous les regards se tournèrent vers lui.) Vous avez fini ? (Elle n'attendit pas la réponse.) Eh bien, venez ! On a des trucs à faire.

Jackie se pencha vers lui et lui glissa à l'oreille :

– Je croyais que tu devais rentrer à la maison pour dormir un peu !

Mme Margaret Hendry l'avait découvert en promenant son chien, Jack, dans le bois de Garlogie. En réalité, c'était Jack qui l'avait trouvé en bondissant et en aboyant dans le sous-bois, refusant d'obéir aux ordres de sa maîtresse qui lui criait de revenir. À la fin, elle l'avait rejoint, découvrant une grosse valise rouge, coincée entre les racines d'un arbre abattu. L'odeur de viande pourrie était effroyable. Jack, bien sûr, s'était rué dessus et cherchait à la dégager en tirant la poignée entre ses crocs. Ça, plus l'odeur, il n'était pas difficile de deviner ce qu'il y avait à l'intérieur. Margaret avait appelé la police avec son mobile.

La camionnette blanche crasseuse de l'identité judiciaire se trouvant juste à côté de la voiture de patrouille, Logan dut garer leur vieille Vauxhall rouillée sur le bas-côté herbeux, en espérant que personne ne viendrait l'emboutir. Rennie sortit avec peine de l'arrière de la voiture, essuyant la cendre de cigarette sur son visage et sur ses cheveux. Logan avait en effet choisi de conduire parce que, tout au long des seize kilomètres de trajet depuis Aberdeen, Steel n'avait cessé de fumer, vitre baissée, envoyant toute sa cendre à l'arrière. Il attendit que Steel eut envoyé sans ménagement Rennie sur le lieu du crime pour lui demander si sa présence ici le dispensait de travailler cette nuit.

– Mmmm… (Elle tira du coffre trois combinaisons jetables blanches.) Non, dit-elle enfin, désolée, mais j'ai besoin que vous alliez rechercher des témoins. Vous savez aussi bien que moi que l'alibi de Jamie ne vaut pas un pet de lapin, mais il faut le prouver.

– Dans ce cas, comment se fait-il que vous m'ayez amené ici ?

Le ton était proche de la jérémiade, mais Logan n'en avait cure. Steel soupira.

– Que voulez-vous que je fasse ? Vous savez pourquoi on l'appelle l'équipe des Branleurs ? Parce qu'on y affecte tous les couillons qui trouveraient pas leur cul si on le leur demandait. J'ai écarté tous les Branquignols de façon à ce qu'ils ne fassent pas de dégâts... (Elle sourit tristement.) Il y a un cadavre dans une valise, Logan, à qui d'autre que vous est-ce que je pouvais faire confiance ? (Elle lui tendit la combinaison.) Mais ne vous inquiétez pas, vous ne serez pas obligé d'accomplir un service complet cette nuit. Rentrez chez vous vers 2 heures. Considérez ça comme un bonus.

Puis, après lui avoir tapoté le bras de façon amicale, elle s'enfonça dans la forêt.

Ils trouvèrent Rennie à huit cents mètres environ de la route, un peu à l'écart du chemin. Des branches mortes jonchaient le sol recouvert d'aiguilles de pin jaunies et comme éraflé par endroits.

– Là, dit-il, visiblement fier de lui.

Logan lui tendit une combinaison jetable blanche. Comme le disait l'inspecteur principal, « il faut savoir déléguer ». Il faisait plus frais à l'ombre des arbres, où la lumière ne pénétrait que filtrée par les branches.

Sous ces pins, il aurait dû régner un silence de mort, mais on y entendait un véritable concert de jurons entremêlés de conseils en tout genre. Et bientôt l'odeur leur parvint. Une puanteur rance, à soulever l'estomac. Logan se mit alors à respirer par la bouche, mais ce n'était guère plus supportable.

Ils débouchèrent dans une petite clairière où un vieux pin, en tombant, avait entraîné dans sa chute quelques arbres plus petits comme autant de dominos. Ses racines terreuses dressées vers le ciel dissimulaient l'objet de toutes les attentions. L'équipe de l'identité judiciaire s'efforçait de dresser une tente de protection. Deux hommes bataillaient contre la bâche bleue, tandis que deux autres s'occupaient des racines. De l'autre côté de la clairière se tenait une femme d'âge moyen, avec en laisse un terrier Jack Russell qui bondissait. Un jeune policier en uniforme se mit au garde-à-vous à leur approche.

– C'est bon, dit Steel en tirant une cigarette de son paquet. Pas la peine de faire la révérence.

En souriant, l'agent leur expliqua que Mme Hendry l'avait guidé jusque-là et qu'il avait alors aussitôt appelé l'identité judiciaire. Un médecin de permanence et un médecin légiste étaient en route, ainsi que le procureur.

– Brave garçon, dit Steel lorsqu'il eut terminé. Si j'étais l'inspecteur Insch, je vous donnerais un bonbon.

Puis elle lui offrit une cigarette. Horrifié, le policier lui rappela qu'il était défendu de fumer sur les lieux d'un crime. Et la contamination ?

– Oui, vous devez avoir raison, lâcha-t-elle en exhalant la fumée de côté.

Ils firent raconter une nouvelle fois à Mme Hendry les circonstances de sa découverte. Non, elle n'avait rien touché ; c'était interdit, n'est-ce pas ? Surtout quand on découvre un cadavre dans une valise.

Steel attendit que l'on ait raccompagné Mme Hendry et son petit monstre pour passer à l'action.

En prenant appui sur Logan, elle fourra son bas de pantalon dans ses chaussettes et enfila la combinaison que lui tendait Rennie. Lorsqu'ils furent tous équipés et qu'on ne distinguait plus que leurs visages, elle se dirigea vers l'endroit où l'identité judiciaire avait plus ou moins bien installé la tente.

– Vous comptez y passer la journée ? demanda-t-elle, peu aimable.

Un homme mince, avec une moustache poivre et sel, la fusilla du regard.

– Ça n'est pas facile, vous savez.

– Ouais, ouais. Vous avez déjà ouvert la valise ?

– Certainement pas ! s'écria l'autre d'une voix forte.

De nos jours, on ne savait jamais à quel médecin légiste on avait affaire, et si on tombait sur cette MacAlister, on risquait de se retrouver avec les couilles dans un bocal parce qu'on avait bousillé les éléments de preuve. Cette valise resterait donc fermée jusqu'à l'arrivée du médecin de permanence ou du légiste. Steel jeta un coup d'œil à la valise en tissu rouge.

– On se croirait à la veille de Noël, hein ? dit-elle à Logan. Le cadeau est là, sous le sapin, on sait ce qu'il y a dedans, mais on n'a pas le droit de l'ouvrir avant minuit. Je ne pense quand même pas qu'un petit coup d'œil pourrait...

Elle voulut s'avancer sous la tente, mais M. Moustache grise lui barra le passage.

– Non ! Pas avant l'arrivée du médecin légiste !

– Oh, allez ! C'est moi qui suis chargée de l'affaire, hein ! Comment voulez-vous que j'attrape ce salaud si vous ne me laissez même pas jeter un œil ?

– Vous pourrez regarder tout ce que vous voudrez quand le médecin légiste aura donné son autorisation. De toute façon, ajouta-t-il en montrant la cigarette allumée au coin de ses lèvres, pas question que vous rentriez là-dedans avec ça !

– Oh, putain....

Et sur ces mots, l'inspecteur Steel s'en alla fumer sa clope un peu plus loin. Dix minutes et une cigarette et demie plus tard, on entendit un « bonjour » sonore et un bruit de branches écrasées sous des pas.

C'était le nouveau substitut du procureur, déjà vêtue d'une combinaison jetable, avec protège-chaussures bleus assortis, tandis que les personnes qui l'accompagnaient étaient encore en tenue de ville. Elle était suivie du procureur, en grande conversation avec le Dr Isobel MacAlister, et du Dr Wilson, qui peinait à l'arrière du groupe, tout seul, jetant des regards furieux en direction d'Isobel.

Le procureur leur adressa un sourire contraint, demanda à être mis rapidement au courant, revêtit une combinaison et disparut sous la tente en compagnie d'Isobel et du Dr Wilson. Son adjointe dut rester à l'extérieur, tripotant le plastique bleu du bout des doigts, car M. Moustache grise ne l'autorisa pas à entrer.

– Vous vous êtes changée trop tôt, dit-il en désignant sa combinaison et ses protège-chaussures, et vous avez ramené avec vous un paquet de terre et je ne sais quelles saletés. Il faut mettre une nouvelle protection.

Rouge de colère, elle ôta la combinaison, révélant un ensemble noir et un chemisier jaune qui lui donnaient l'allure d'une abeille. Steel l'abandonna à ses opérations vestimentaires et entraîna Logan à sa suite.

Des centaines de mouches bourdonnaient sous la tente, dans l'air fétide, et Logan en avait la chair de poule. La lumière du soleil, plus vive dans la clairière que dans la forêt proprement dite, faisait luire le plastique, donnant à toute chose une teinte bleuâtre. Semblables à des Schtroumpfs dans leurs combinaisons blanches, les techniciens de l'identité judiciaire se tenaient à distance respectueuse d'Isobel. Au cas où. L'opérateur de prises de vues réalisa deux longs plans avant de s'installer derrière l'épaule gauche d'Isobel, de façon à obtenir une bonne image du contenu de la valise lorsqu'elle l'ouvrirait. Clac ! Le flash du photographe fit soudain jaillir les couleurs avant que ne revienne l'uniforme bleuâtre. On entendit un frou-frou de plastique et Rachael, vêtue d'une combinaison toute neuve, rejoignit Logan et Steel dans la puanteur de la tente, tandis qu'Isobel examinait la valise.

– Il s'agit d'une valise de taille moyenne, relativement neuve, expliqua Isobel à l'intention du dictaphone bourdonnant dans sa poche.

La serrure étant verrouillée, elle fit appel à l'un des techniciens de l'identité judiciaire, lui répétant au moins sept fois de faire attention. La serrure finit dans un sachet en plastique et Isobel saisit le couvercle de la valise.

– Voyons ce que nous...

Une odeur puissante envahit soudain la tente, infiniment plus nauséabonde encore que celle qui flottait auparavant. La valise était relativement étanche et ce qui ressemblait à un torse flottait dans un liquide visqueux et nauséabond. Une soixantaine de centimètres de long. C'était donc un adulte. Logan supposa qu'il s'agissait d'un homme, car il ne voyait pas de seins. À moins qu'on ne les ait coupés. La peau était noirâtre, recouverte d'une sorte de moisissure velue.

À côté de lui, Rachael porta subitement la main à sa bouche et se précipita hors de la tente. On ne pouvait guère la blâmer. Logan sentait ses propres entrailles se contracter dangereusement.

– Le salaud ! s'exclama soudain Isobel.

– Quoi ? demanda Logan, inquiet.

Elle s'assit sur ses talons et, du doigt, désigna le morceau de chair putride et gonflée dans la valise.

– Ce tronc... il n'est pas humain.

7

Seul le bourdonnement des mouches rompait le silence de la tente. De grosses mouches bleues qui venaient se poser sur le tronc en décomposition. Ce fut Logan qui posa la question que tout le monde se posait.

— Comment ça, « pas humain » ?

— D'abord, il est complètement recouvert de poils.

Logan observa plus attentivement le contenu de la valise. Isobel avait raison : ce qu'il avait pris pour une sorte de moisissure noire et velue était en fait une fourrure. De la vraie, de l'authentique fourrure.

— Si ça n'est pas humain, qu'est-ce que c'est ?

Isobel tâta le tronc avec moins de délicatesse qu'elle ne l'aurait fait pour un corps humain.

— Ce doit être un chien. Peut-être un labrador. En tout cas, la SPA pourra s'en occuper.

Elle se leva, essuyant quelques traces sur sa combinaison de protection.

— Mais pourquoi se trouve-t-il là ? Pourquoi se donner tant de mal pour cacher un chien mort ?

— C'est vous les enquêteurs, c'est à vous de répondre. En tout cas, quelles que soient les motivations, ces restes ne sont pas humains. Maintenant, si vous voulez bien m'excuser, j'ai du travail qui m'attend.

Elle sortit en trombe de la tente. Logan la regarda s'éloigner, sidéré.

– C'est ma faute ? demanda-t-il à Steel.

L'inspecteur haussa les épaules et sortit allumer une cigarette, suivie de près par le procureur.

– Dites-moi, docteur, vous auriez une idée ? demanda Logan.

Le Dr Wilson le toisa.

– Oh, je vois ! Pour la grande anatomo-pathologiste, examiner un chien mort, c'est au-dessous de sa dignité, mais moi je peux toujours, c'est ça ? Eh bien, je suis médecin, pas vétérinaire !

– Je veux seulement qu'on me dise ce qui s'est passé ! s'écria Logan, furieux. Est-ce que ça vous dérangerait de cesser de jouer les divas, de descendre cinq minutes de votre piédestal et de nous aider ? Ça vous changerait !

Tout le monde se mit soudainement à contempler la pointe de ses chaussures tandis que Logan et le médecin de permanence se mesuraient du regard. Logan fut le premier à rendre les armes.

– Désolé, docteur.

Le Dr Wilson laissa échapper un soupir, haussa les épaules et se pencha vers la valise en invitant Logan à l'imiter. Comme il ne s'agissait pas d'une enquête pour meurtre, ils n'avaient plus de précautions particulières à prendre. En grommelant, le médecin tira la valise de son enchevêtrement de racines et la jeta sur le sol de la forêt, laissant s'écouler l'effroyable liquide sur le tapis d'aiguilles de pin.

Luttant contre la puanteur, le Dr Wilson retourna le tronc dans la valise. La tête, les pattes et la queue avaient été ôtées, laissant des plaies boursouflées d'une teinte rougeâtre.

– Je ne suis pas anatomo-pathologiste, mais je dirais que ces opérations ont été effectuées avec une lame aiguisée, de longueur moyenne. Peut-être un couteau de cuisine. Les coupures sont nettes, sans trop de dégâts autour. Celui qui a fait ça savait s'y prendre : inciser autour de l'articulation, puis séparer le membre de la cavité articulaire. Du beau travail. (Il le retourna de nouveau sur le dos.) Les incisions autour de la tête sont un peu moins nettes. Mais c'est pas facile de séparer une tête d'un tronc. La queue, elle, a été simplement tranchée... (Le médecin fronça les sourcils.)

– Quoi ?

Il désigna la base du tronc, là où la fourrure n'était qu'un amas de fluides et de mouches.

– La région génitale. Il y a une multitude de coups de couteau. La pauvre bête, on lui a taillé les couilles en morceaux.

C'est là que Logan comprit.

Il se redressa et ordonna à l'équipe de l'identité judiciaire de poursuivre la collecte des éléments de preuve. Il fallait traiter cette affaire comme un meurtre, même s'il ne s'agissait que d'un chien mort. Étonné, le type à la moustache voulut discuter, mais Logan se montra intraitable. Il fallait suivre les procédures à la lettre : traces de fibres, empreintes digitales, morceaux de tissu, autopsie, tout le bataclan.

– Mais enfin, pourquoi ? demanda Moustache. Ce n'est qu'un labrador !

Logan baissa les yeux sur le tronc démembré.

– Non, dit-il en éprouvant ce haut-le-cœur qui lui était familier. Ce n'est pas qu'un labrador. C'est une répétition générale.

Steel demanda à Rennie de déposer Logan chez lui, afin qu'il puisse dormir un peu avant de reprendre son service à 22 heures. Ni Steel ni le procureur n'avaient accueilli de gaieté de cœur sa théorie, mais elles avaient bien dû convenir que cela ressemblait fort, en effet, à la répétition d'un crime. Comme lorsque quelqu'un tâte du bout du pied la température de l'eau avant de s'y jeter. Le procureur avait donc autorisé une autopsie complète, ce qui, à n'en pas douter, allait ravir Isobel. Un labrador en décomposition dans sa morgue étincelante ! Elle l'en tiendrait certainement pour responsable. De méchante humeur, Logan prit une douche, s'efforçant de se débarrasser de l'odeur de chien pourri, et, une demi-heure plus tard, se retrouva assis au salon avec une canette de bière et un toast au fromage, devant la télévision, attendant que le sommeil ait raison de son ennui.

Son appartement n'était plus aussi bien rangé depuis l'arrivée de Jackie. Bien roulée, mais bordélique ! La cuisine était un véritable capharnaüm. Elle ne remettait jamais les ustensiles à leur place habituelle, il lui avait ainsi fallu dix minutes pour retrouver le grille-pain. La table basse était recouverte de magazines, le sol de journaux, les lettres encore cachetées voisinaient avec divers papiers ou menus de restaurants. Sa collection de cochons avait également élu domicile chez lui : cochons en porcelaine, en grès, en peluche rose. Ramasse-poussière. Mais pour rien au monde Logan n'y aurait touché.

À la deuxième bière, il sentit que la lumière du soleil réchauffait et adoucissait la pièce. Il commença à s'assoupir, le sommeil l'assaillait par vagues comme la marée montante, charriant avec lui des corps démembrés...

Logan se redressa brusquement sur le canapé, le regard vide, le sang cognant à ses oreilles, s'efforçant de comprendre où il se trouvait. La sonnerie du téléphone retentit à nouveau et il se retourna en poussant un juron, attrapa le combiné tandis que son rêve achevait de partir en lambeaux.

– Allô ?

Une voix avec un fort accent de Glasgow retentit à ses oreilles.

– Lazare ! Comment allez-vous ?

C'était Colin Miller, journaliste vedette au *Press and Journal*.

– Je dormais. Que voulez-vous ?

– Vous dormiez ? À cette heure ? Vous avez passé un après-midi sous la couette avec la charmante Watson, c'est ça ? (Logan ne daigna pas répondre.) Bon, écoutez, j'ai reçu un appel d'une femme qui m'a dit qu'elle avait trouvé un corps dans les bois, aujourd'hui. (*Bon Dieu*, pensa Logan, *cette Mme Hendry n'avait pas perdu de temps.*) Allez, accouchez ! Qui est-ce ?

– Vous n'avez pas encore parlé à Isobel, hein ? demanda Logan, inquiet.

Un silence gêné suivit ses paroles.

– Euh… elle ne répond pas sur son mobile, et au travail elle est sur répondeur.

Outre sa qualité de journaliste et de golden boy, Miller était également le chéri d'Isobel et occupait cette place depuis qu'elle avait rompu avec Logan. Cela seul aurait suffi à lui faire détester le bonhomme, mais curieusement ce n'était pas le cas.

– Allez, Lazare, accouchez ! Le service de presse me sert l'habituel « sans commentaires ». Vous y étiez, non ?

En soupirant, Logan se laissa retomber dans son fauteuil.

– Tout ce que je peux dire, c'est qu'aujourd'hui nous avons trouvé des restes dans les bois de Garlogie. Si vous voulez plus de détails, adressez-vous au service de presse. Ou bien attendez le retour d'Isobel.

– Et merde… Allez, Lazare, donnez-moi du grain à moudre ! J'ai été réglo, je n'ai jamais rien publié de ce qu'elle me racontait sans vous en avoir parlé d'abord… Allez, lâchez-vous !

C'était bon, pour une fois, d'avoir les cartes en main et Logan ne put s'empêcher de sourire. Si Miller publiait sans son accord un seul mot de ce que sa maîtresse lui racontait sur l'oreiller, c'en était fini pour elle. Il irait directement voir le Comité d'éthique professionnelle et leur raconterait les autres « indiscrétions » d'Isobel auprès des médias.

– Écoutez, on peut se voir pour dîner et je vous apporterai quelque chose de croustillant qui vous intéressera peut-être. On pourra faire donnant, donnant.

– Quoi ? Comme la dernière fois ? Merci beaucoup !

– Bon, je vous ai déjà présenté mes excuses. Il m'avait dit que l'endroit était plein de marchandises volées… (Silence.) Au fait, est-ce que vous bossez sur ce gros incendie ? (Logan répondit que non, mais ça ne voulait pas dire que ça ne l'inté-ressait pas ; après tout, un tuyau sur l'affaire d'Insch pouvait l'aider à quitter l'équipe des Branleurs.) Bon… Vingt heures, ça vous va ?

Un bruit de clé dans la serrure, et la porte s'ouvrit. C'était Jackie, de retour du travail, tenant contre son plâtre un carton à pizza. Elle exhiba une bouteille de syrah.

– Attendez un instant. (Il plaqua une main sur le micro du combiné.) Colin Miller veut venir dîner.

– Pas question ! lança Jackie. Pizza, vin et au lit ! Et peut-être tout ça en même temps.

Elle posa la pizza sur la table basse et commença à ôter son pantalon.

Logan sourit.

– Euh… désolé, Colin, il se passe des choses. Faut que j'y aille.

– Eh ? Qu'est-ce qui se passe ?

Logan raccrocha.

Logan remonta en bâillant Marischal Street en direction du quartier général. 21 h 45. Le soleil songeait sérieusement à aller se coucher. Les immeubles en granit rendaient lentement la chaleur accumulée dans la journée, et il revoyait encore Jackie Watson nue, la bouteille de vin et la pizza.

Le quartier général bruissait d'une animation à laquelle il ne s'attendait guère, et des policiers en uniforme affairés se croisaient en tous sens. Le gros Gary, mal fagoté dans son uniforme et semblable à un canapé trop rembourré, tenait dans son énorme pogne un biscuit au chocolat et prenait des notes, assis derrière le bureau d'accueil.

– Bonsoir, Lazare, dit-il en répandant des miettes de chocolat sur le registre des affectations.

– Salut, Gary. C'est quoi, toute cette agitation ?

– Tu sais, y a eu cet arrivage de drogue. C'est un gros coup, la moitié du service est partie jouer aux gendarmes et aux voleurs. (Préoccupé, il feuilleta le registre taché de chocolat.) Comment ça se fait que tu sois là ? T'es censé être de…

Le sourire de Logan s'effaça.

– Service de nuit aujourd'hui et demain. Mais je ne serai là que jusqu'à 2 heures du matin parce que j'ai travaillé presque toute la journée.

– Putain… (Gary griffonna quelques mots sur le registre.) Comment ça se fait qu'on me dise rien ? Qui a décidé ça ?

– L'inspecteur principal Steel.

Gary mâchonna un bout de biscuit.

– M'étonne pas ! Depuis que le procès Cleaver a foiré…

La sonnerie de son téléphone retentit. Gary décrocha.

Après avoir signé le registre, Logan quitta le quartier général. La lueur du couchant et les lampadaires du port jetaient une lumière orangée sur les cargos amarrés aux quais. Reflétant le ciel assombri, l'eau avait déjà pris une teinte violette. Au pied de la colline, Logan tourna à gauche et jeta un coup d'œil dans Shore Lane pour voir si les boutiques étaient ouvertes. Personne dans la rue.

Mains dans les poches, il déambula sur le quai, scrutant chaque ruelle, chaque parking. Les filles auxquelles il s'adressa acceptèrent de lui parler lorsqu'il eut juré sur la tombe de sa mère qu'il ne les arrêterait pas. Elles connaissaient Rosie, qui exerçait le même métier qu'elles, et se montraient touchées par sa mort. Mais elles n'avaient rien vu.

Il en était à son deuxième passage, lorsque la sonnerie de son mobile retentit. Encore Colin Miller.

– Un p'tit coup de fil pour vous dire que vous vous êtes foutu de ma gueule. D'après le service de presse, le tronc n'est pas humain. Ce n'est qu'un chien. Alors, vous pouvez aller vous faire foutre, pour le donnant, donnant.

Logan étouffa un juron. Ce n'était pas demain la veille qu'il quitterait l'équipe des Branleurs.

– Hé, Lazare ? Vous êtes encore là ?

– Ouais, je réfléchissais. (Il fallait quand même offrir quelque chose à Miller.)

Il lui fit part, alors, de sa théorie de la répétition générale.

– Putain, le service de presse s'est bien foutu de notre gueule !

– Bon, allez-y, crachez le morceau.

– Graham Kennedy, ça vous dit quelque chose ? Un peu de deal du côté du pont sur le Don, du shit, surtout, mais des trucs plus costauds quand y pouvait mettre la main dessus. (Logan n'en avait jamais entendu parler.) C'est un des squatteurs grillés à point.

Parfait : apparemment, l'inspecteur Insch n'avait pas encore identifié les corps. Pas grand-chose, mais un bon début quand même. Logan le remercia et coupa la communication. Finalement, la journée ne se terminait pas si mal !

Lorsqu'il revint dans Shore Lane, il était presque 23 h 30. Comme la veille, la ruelle était sombre, ponctuée çà et là de flaques de lumière jaune. À l'extrémité, là où les voitures quittaient la rue à deux voies, une fille attendait le chaland. Mains dans les poches, Logan s'engagea dans la ruelle qui sentait le rat crevé ; heureusement pour lui, l'odeur était moins puissante que celle du labrador en décomposition. La fille qui attendait devant l'entrepôt Share Porter ne devait pas avoir plus de seize ans. Et encore. Elle était vêtue d'une courte jupe noire, d'un haut découvrant le ventre, bas résille et chaussures noires à talons hauts. Très classe. Les cheveux relevés sur le crâne à la façon d'une rock star des années 1980, elle avait sur le visage une couche de maquillage qui aurait suffi à décorer le pont du Forth. En entendant le bruit des pas de Logan elle se tourna vers lui, visiblement inquiète.

– Bonsoir, dit-il d'un ton qu'il voulut le plus neutre possible. Vous êtes nouvelle ?

Elle le toisa.

– Quoi vous voulez ?

Elle n'était pas d'ici, son accent évoquait tout à la fois Édimbourg et l'Ukraine.

– Vous étiez là, hier ? (Elle recula d'un pas.) Pas de problème, dit-il en levant les mains en signe d'apaisement. Je veux seulement parler.

Les yeux agrandis par la peur, elle tourna soudain les talons et voulut fuir. Logan la retint par le bras.

– Vous me faites mal ! gémit-elle en se débattant.

– Je veux seulement vous poser quelques questions. C'est bon.

Une silhouette sortit de l'ombre.

– Non, c'est pas bon !

Un type costaud surgit, vêtu d'un jean et d'un blouson de cuir, le crâne rasé, barbiche. Les poings serrés.

– Fous la paix à cette fille ou je t'éclate la tête !

Logan lui sourit.

– Pas la peine de se fâcher. Je n'ai que quelques questions à lui poser et ensuite je m'en vais. Vous étiez là aussi hier soir ?

L'homme fit craquer ses phalanges et s'avança.

– T'es sourd, ou quoi ? Je t'ai dit : fous la paix à cette fille !

En soupirant, Logan tira son portefeuille de sa poche et l'ouvrit, montrant sa carte de police.

– Inspecteur chef Logan McRae. Vous voulez toujours m'éclater la tête ?

L'homme se figea, regarda tour à tour Logan et la fille puis prit ses jambes à son cou.

Pour un gaillard de cette corpulence, il courait vite. Sidérée, la fille le regarda s'éloigner, oubliant de se débattre, puis lança une bordée d'injures à son maquereau dans une langue étrangère. Logan ne comprit pas un mot, mais la signification en était claire.

– Bon, dit-il lorsqu'elle sembla à court d'inspiration, pas de problème, je ne vais pas vous arrêter. Je veux seulement parler.

– Je dis très bien des choses cochonnes. Vous voulez ?

– Non, je n'ai pas envie de parler de ce genre de choses. Venez, je vous offre un verre.

Le Regents Arm, sur Regent Quay, possédait une licence d'ouverture jusqu'à 3 heures du matin. Sombre, sale, empestant le tabac froid et la bière éventée, ce n'était pas le pub le plus élégant d'Aberdeen, mais on y trouvait toute la faune hantant les quais après la tombée de la nuit. Un coup d'œil suffit à Logan pour repérer au moins trois gaillards qu'il avait déjà arrêtés pour coups et blessures, proxénétisme ou vol avec effraction, et il se dit qu'il ne se risquerait pas aux toilettes. Pénétrer dans une petite pièce avec une seule sortie, alors que le bar était plein de types qui ne rêvaient que de voir une cervelle de flic dégoulinant sur le sol crasseux ? Autant se défoncer lui-même le crâne à coups de marteau ! Mais personne ne moufta lorsqu'il installa la jeune fille dans une stalle et lui commanda une bouteille de Bud. Si elle avait l'âge de vendre son corps dans les rues, elle pouvait bien siffler une bière.

– Alors, qui c'était, cet ami ?

Elle lança une nouvelle bordée d'injures à l'adresse de son peureux protecteur. Il l'interrogea sur la langue qu'elle parlait, et s'entendit répondre : « Le lituanien. » Elle s'appelait Kylie Smith (tu parles !) et était arrivée en Écosse environ huit mois auparavant. D'abord Édimbourg, puis Aberdeen. Elle préférait Édimbourg, mais on ne lui avait pas donné le choix. Non, elle n'avait pas seize ans, mais dix-neuf, ce que Logan ne crut pas non plus. L'éclairage du pub était minable, mais tout de même préférable à la lumière glauque et jaunâtre de Shore Lane. Elle ne devait pas avoir plus de quatorze ans. De gré ou de force, il faudrait bien, après cela, qu'elle l'accompagne au commissariat. Pas question de laisser dans les rues une gamine qui aurait dû être encore à l'école !

Son « ami » se faisait appeler Steve, mais elle demanda à Logan de ne pas l'ennuyer parce qu'elle devait rester avec lui, et que sans ça il la battrait. Logan répondit par un grognement, puis lui demanda où elle se trouvait la nuit précédente.

– Je vais avec un homme en costume, il voulait je faire des choses sales, mais il paye bien. Après, je vais avec un autre homme, il sentait mauvais les frites, la peau toute grasse. Après, je vais…

– Excusez-moi, mais ce n'est pas ce que je voulais dire. (Il tentait de chasser de son esprit l'image de mains graisseuses caressant l'écolière.) Je voulais dire, où est-ce que vous attendiez les hommes ?

– Oh, je comprends. Même endroit aujourd'hui. Toute la nuit. Je gagner beaucoup argent. Alors Steve me donnait petit déjeuner. Happy Meal.

Quel grand seigneur, pensa Logan.

– Saviez-vous qu'une fille a été attaquée, la nuit dernière ? Elle acquiesça.

– Je sais.

– Vous avez vu quelque chose ?

– Elle est là toute la nuit, seulement un homme vient pour la baiser.

– À quoi ressemblait-il ?

– C'est très sombre... (Elle fronça les sourcils.) Cheveux blancs tout pointus ? (Elle imita des cheveux dressés sur le crâne.) Vous savez ? Et barbe. (Cette fois-ci, elle fit un geste sous son menton.) Lui aussi sent les frites.

Logan s'enfonça dans son siège en souriant. Ce ne pouvait être que Jamie McKinnon, de retour de l'un de ses vols dans un fast-food ouvert la nuit. Adieu, l'alibi !

– Vous avez entendu ce qu'ils disaient ?

Elle secoua la tête et finit sa bouteille de bière.

– Je vais avec autre homme.

– Vous savez qu'on l'a tuée ? demanda Logan en la fixant dans les yeux.

Kylie laissa échapper un soupir, et soudain elle lui sembla infiniment plus âgée.

– Voulez-vous m'accompagner au commissariat ? Regarder quelques photos ? Faire une déclaration ? Simplement ce que vous venez de me dire ?

Elle refusa.

– Steve est fâché si je fais pas argent.

Elle remonta la manche de son chemisier, exhibant des brûlures de cigarette au creux de son coude. Au milieu des cicatrices, il distingua des traces de piqûres. Suffisamment pour l'accrocher à Steve.

– Vous savez, je pourrais faire en sorte que Steve ne vous fasse plus jamais de mal.

Elle rit. Quelle folie ! Elle n'irait pas avec lui, elle n'irait pas au commissariat, elle ne causerait pas d'ennuis à Steve. Logan insista en vain. Elle bondit sur ses pieds et se rua vers la porte.

Logan se précipita à sa suite, mais c'est là que les choses commencèrent à mal tourner. Un gros costaud, avec un tatouage de la taille d'un rottweiler, bloqua la sortie aussitôt que Kylie eut franchi la porte. Il faisait bien trente centimètres de moins que Logan, mais sa carrure compensait largement sa petite taille.

Logan s'immobilisa.

– La demoiselle ne souhaite pas votre compagnie, aboya-t-il avec un fort accent de Peterhead.

– Écoutez, il faut que je la rattrape ! Elle n'a que quatorze ans !

– Ha, ha ! Vous les aimez jeunes, hein ? siffla-t-il entre ses dents.

– Quoi ? Pas du tout ! Je suis inspecteur de police ! Elle...

Et ce fut là que Logan entendit le silence. Dans le pub, toutes les conversations avaient cessé.

– Connard...

– Bon ! (Il se tourna vers l'assistance.) Je cherche le salaud qui a tué Rosie Williams la nuit dernière. Je ne suis venu ennuyer personne. (Le silence s'épaissit, et Logan sentit la sueur couler le long de son dos.) Un salaud l'a rouée de coups jusqu'à la mort, il l'a étranglée, lui a brisé les côtes, écrasé le visage. Elle s'est noyée dans son sang ! (Il fit à nouveau face au tatoué qui bloquait la porte.) Elle méritait mieux que ça. Tout le monde mérite mieux que ça.

Il sentait qu'il allait se faire étriller.

Le gros costaud semblait réfléchir intensément. Le silence devenait insoutenable.

– Allez, fous le camp ! lança-t-il enfin avec un geste du pouce par-dessus son épaule. Mais faut que tu saches qu'ici t'es pas le bienvenu. Ne reviens pas.

Lorsqu'il sortit dans la rue, Kylie avait disparu.

Comme il ne parlait pas le lituanien, Logan poussa un juron en écossais.

— 8 —

Logan passa les heures suivantes à parcourir une nouvelle fois les ruelles et les parkings, en vain. Pourtant, la jeune Lituanienne était la seule à avoir vu Jamie McKinnon. Toutes les autres étaient à ce moment-là trop occupées à gagner leur vie derrière les portes cochères et dans les voitures.

Lorsqu'il poussa la porte de service du quartier général, il eut l'impression de pénétrer dans un cimetière. Personne. Sauf le gros Gary, assis derrière son comptoir avec un paquet de biscuits au chocolat.

— Des nouvelles de l'agent Maitland ? demanda Logan en lui prenant un biscuit.

Le gros policier secoua la tête.

— À ma connaissance, il est toujours en réanimation. (Il se mit à chuchoter.) Vous savez, tout le monde ne vous rend pas responsable de ça. C'est quand même pas votre faute s'ils étaient enfouraillés, hein ?

Logan sourit tristement.

— Comment ça se fait, alors, que je me sente affreusement mal ?

— Parce que vous êtes pas un salaud sans cœur, comme certains galonnés d'ici. (De sa grosse main, il tapota l'épaule de Logan.) Il va s'en tirer. Mettez un peu de fric pour la collecte, on va lui payer une strip-teaseuse. Tout ça va se tasser, vous verrez.

Logan le remercia pour son réconfort puis alla chercher à la cantine une tasse de thé et un sandwich qu'il emporta à la salle des archives. Il cherchait un grand type au crâne rasé avec une barbiche, le souteneur de la Lituanienne de quatorze ans. Les visages se mirent à défiler sur l'écran de l'ordinateur.

À 3 heures du matin, il n'avait encore vu qu'une partie de la collection. Demain, il demanderait à un technicien de lui exécuter un portrait-robot qu'il diffuserait ensuite par courriel. Il se leva en bâillant, s'étira et sortit à nouveau dans l'espoir de retrouver Kylie.

Il n'y avait guère d'activité sur les quais ; le mercredi n'était pas un jour de beuverie et on ne rencontrait guère de ces imbéciles qui sortaient en titubant des night-clubs et des boîtes de strip-tease, à la recherche d'une idylle tarifée. Cela signifiait aussi que la plupart des prostituées étaient rentrées chez elles. Ne restaient plus que les irréductibles. Les femmes les plus désespérées. Celles qui n'avaient pas eu de chance plus tôt dans la soirée. Celles qui avaient des varices et plus de dents. Celles qui ressemblaient à Rosie Williams.

Il arpenta de nouveau les quais, mais il n'y avait que quatre filles, dont trois à qui il avait déjà parlé. La dernière était vêtue d'une minijupe bon marché avec un imperméable en plastique, et chaussée de bottes en caoutchouc noir. *Pas étonnant*, se dit Logan, *qu'elle ne sorte qu'au petit matin, quand tous ses michetons étaient bourrés comme des coings et moins regardants*. Elle avait le visage curieusement déformé, bouffi... On l'avait récemment passée à tabac. Voilà pourquoi son sourire était tordu et son visage gonflé, bien qu'elle eût tenté de dissimuler ses ecchymoses sous une épaisse couche de maquillage.

– Tu veux passer un bon moment ? demanda-t-elle à Logan, qui l'observait. (Les mots étaient susurrés, comme s'il lui manquait des dents.) Un beau gars comme toi, ça doit avoir envie de passer un bon moment...

Elle exécuta quelques mouvements de hanches, lui adressa un clin d'œil et ouvrit son imperméable en plastique, révélant un bustier noir à lacets sur une peau blanche marquée d'ecchymoses.

– Ça te plaît ?

– Quelqu'un vous a passée à tabac ?

Elle haussa les épaules, tira un paquet de cigarettes de sa poche, en ficha une entre ses lèvres tuméfiées et l'alluma avec un briquet à essence.

– Vous êtes flic ? (Elle le toisa.) Vous fatiguez pas à répondre, bien sûr que vous êtes flic.

La première bouffée lui arracha une quinte de toux. Elle ferma les yeux, fit la grimace et se tint les côtes de son bras gauche.

– Ça va vous tuer, ces trucs-là.

Elle lui fit un doigt d'honneur, se racla bruyamment la gorge et lança par terre un gros crachat noirâtre.

– Quand j'aurai besoin de conseils, j'irai voir mon toubib. Qu'est-ce que vous voulez ? Une ristourne ? Un petit extra ?

Logan réprima un frisson.

– Rosie Williams. Elle a été tuée, hier. J'essaie de savoir si quelqu'un a vu le salaud qui a fait ça.

La femme chancela et ramena sur sa poitrine meurtrie les pans de son imperméable.

– Mon Dieu ! Rosie ?

Logan opina du chef.

– La nuit dernière. Vous travailliez à ce moment-là ?

– Non. (Elle inspira une longue goulée de fumée.) J'ai eu un accident il y a deux jours. (Elle montra son visage ravagé.) Je me suis cognée dans une porte.

– Ça devait être une très grosse porte.

– Ouais. Vraiment grosse. (Elle baissa les yeux.) Non, j'étais pas là, hier. Je pouvais pas bouger, et encore moins travailler. (Elle soupira.) De toute façon, avec la tête que j'ai, j'vais pas beaucoup travailler.

Son regard se perdit dans le passé.

– Dans ce cas, qu'est-ce que vous faites ici ?

Elle haussa les épaules.

– J'ai des bouches à nourrir. Et l'héroïne est vachement gourmande, vous savez.

***

Tard, très tard. Début du service de nuit, jeudi soir. La journée, il l'avait passée au lit, ne se levant qu'à l'arrivée de Jackie à 17 heures. *Fish and chips* en guise de petit déjeuner dînatoire, puis retour au lit pendant un bout de temps. Cette fois en compagnie. Ce fut donc un Logan des plus joyeux qui descendit dans la rue à 21 h 50 pour se rendre au quartier général. Mais lorsqu'il poussa la porte d'entrée, l'ambiance lui parut lourde et morose. Le sergent Eric Mitchell était assis derrière le comptoir de réception, plongé dans l'*Evening Express*, son crâne chauve luisant sous la lumière des néons. Il leva les yeux, exhibant sa grosse moustache à la Wyatt Earp.

– Qu'est-ce qui vous rend si heureux ? lança-t-il, l'air renfrogné.

– Bonsoir à vous, Eric, fit Logan en souriant. Je souris parce que j'ai passé une excellente journée. Pourquoi votre moustache est-elle toute de travers ? Le gros Gary a mangé toute la crème anglaise ?

Sans se départir de son air maussade, Eric souleva son journal de façon que Logan pût lire le gros titre : « La police se fourvoie ! » En dessous, sur la photo, on apercevait des dizaines de voitures de patrouille, de fourgons et de policiers en uniforme rassemblés devant une ancienne église de Tillydrone.

Logan réprima un sourire. Au moins n'était-il pas le seul, ce mois-ci, à avoir lancé une opération foireuse.

– Où est-ce que c'était ?

– À Kincorn. (Il claqua le journal sur le comptoir.) Bande de salauds ! Comme si on avait pas suffisamment de soucis comme ça !

Il montra un titre en petits caractères, à côté de la photo : « Incompétence de la police : l'avis d'un conseiller municipal ».

– Ce connard trouve un nouveau prétexte pour nous faire passer pour des abrutis, reprit Eric en montrant la petite photo en noir et blanc du conseiller municipal Marshall-le-saint-homme.

71

Il se rappela alors qu'il avait un message pour Logan.

– L'inspecteur principal Steel vous demande de vous pointer dans son bureau dès votre arrivée.

Tout comme celui de l'inspecteur Napier, le bureau de Steel reflétait la personnalité de son occupant : encombré, en désordre, empestant le tabac froid. Elle était assise derrière son bureau, pieds sur la table, une tasse de café dans une main, son mobile dans l'autre, la clope au coin des lèvres. Elle fit signe à Logan de prendre une chaise, coinça le téléphone entre l'oreille et l'épaule et sortit d'un tiroir un petit calepin noir et un stylo.

– Bien sûr que je t'aime, dit-elle en faisant danser la cigarette, ce qui provoqua une avalanche de cendres. Oui... Tu le sais bien... Non, jamais je ne ferais une chose pareille... (Elle griffonna gauchement quelques mots sur le calepin et le poussa vers Logan.) Mais bien sûr, Susan, tu es l'être qui compte le plus pour moi dans la vie... oui... oui...

« Vous avez identifié la pute ? » lut Logan qui lui lança en retour un regard interrogatif. Steel leva les yeux au ciel et lui fit signe de lui rendre le calepin.

– Mais oui, Susan, tu le sais bien... (Elle écrivit à nouveau.)

« Celle d'hier. Qui a vu McKinnon. » Logan secoua la tête en signe de dénégation.

– Mais enfin... Quoi ? Oh non, pas toi, Susan, j'ai déposé quelque chose... oui... euh...

Elle fit à nouveau signe à Logan de lui rendre le calepin et lui laissa un ultime message : « RV à la cantine. J'arrive. »

Il en était à sa deuxième tasse de thé au lait et avait à moitié englouti un sandwich au bacon lorsque l'inspecteur Steel pénétra enfin dans la cantine d'un pas traînant.

– Putain, je crève la dalle, dit-elle en se laissant tomber sur une chaise, en face de lui. Bon, commençons quand même par le plus important. (Elle étala sur la table un exemplaire du *Press and Journal* du matin.) Ça vous dérangerait de m'expliquer ça ? dit-elle en montrant le gros titre : « Découverte d'un tronc de chien dans une valise : un galop d'essai pour l'assassin ».

72

Avec sa légendaire habileté, Colin Miller avait transformé l'hypothèse de Logan en suspense. Pas étonnant qu'il fût le journaliste vedette du *Press and Journal.*

— Je lui ai parlé hier soir, dit Logan en lisant l'article et en poussant un grognement quand il tombait sur la mention « Logan *Lazare* McRae, le héros de la police ».

Chaque fois que Miller citait Logan dans son foutu canard, il ramenait l'histoire d'Angus Robertson, le Monstre de Mastrick, pour justifier son statut de héros.

— Et pour quelle raison avez-vous bousillé mon enquête ?

Le ton de Steel était froid, menaçant, mais Logan n'y prit pas garde.

— Celui qui a fait ça effectuait effectivement un galop d'essai, répondit Logan en souriant. Et le fait que nous ayons trouvé ce cadavre d'animal prouve au futur assassin que nous sommes sur sa piste. Une chose est de tuer un chien et de s'en débarrasser ensuite, mais c'en est une autre, et beaucoup plus difficile, de tuer un être humain, surtout quand on sait que la police est sur ses traces.

— Bon, dit Steel en adressant à Logan un sourire d'hyène. Apparemment, vous avez tout prévu, hein ? (Il acquiesça, mais le sourire de Steel se fit plus carnassier.) Alors mettons les choses au point, monsieur le héros : ici, on n'est pas en démocratie, c'est moi qui dirige l'enquête. Vous faites ce que je vous dis, quand je vous le dis, et pas quand ça vous chante ! (Logan encaissa le coup.) Et vous savez quoi ? En fait, je suis d'accord avec vous, mais ça ne justifie pas le fait de balancer des infos à la presse derrière mon dos pour vous faire de la pub !

Logan laissa tomber dans son assiette son sandwich à moitié terminé.

— Euh... excusez-moi, je ne pensais pas que vous...

— Ah bon ? Eh bien, moi, si ! (Elle rafla le sandwich et mordit dedans à pleines dents.) J'ai suffisamment de problèmes comme ça sans que vous en rajoutiez !

— Excusez-moi, dit-il à nouveau.

– Ne recommencez plus, d'accord ? (Elle engloutit le dernier morceau de sandwich et le mastiqua consciencieusement.) Bon, ajouta-t-elle lorsqu'elle eut terminé, voyons quelque chose de plus agréable. J'ai lu votre rapport sur la nuit dernière. Très bien. Mais ç'aurait été encore mieux si vous n'aviez pas perdu la pute. (Le visage de Logan s'assombrit.) J'ai dit que c'était très bien, vous avez fait de votre mieux. Ce soir, essayez de la retrouver. Vous pourrez prendre Rennie avec vous, je l'ai mis, lui aussi, de service de nuit. Ça lui évitera les embrouilles. (Elle se leva et fouilla ses poches à la recherche d'un paquet de cigarettes.) Oh, et avant que j'oublie : je veux interroger McKinnon à nouveau demain. On verra ce que ce merdeux aux cheveux oxygénés aura à nous dire après une nuit en prison.

– Je suis censé être de repos, demain ! Jackie a prévu de…

– Mais enfin ! Une femme a été tuée, et vous, vous ne pensez qu'à vos parties de jambes en l'air ? (Logan rougit.) Écoutez, interroger à nouveau Jamie McKinnon, ça ne vous prendra pas toute la journée. Vous pourrez voir votre belle ensuite, d'accord ?

– Bien, inspecteur.

– Brave garçon. Puisque vous êtes de service ce soir, allez donc voir s'ils ont déjà autopsié le clébard. Et ne passez pas toute la nuit dans les bras d'une de ces dames sur les quais. Je n'accepte aucune note de frais pour les pipes.

L'inspecteur Rennie ressemblait tellement à un policier en civil qu'il faisait peine à voir. Même en jean et en blouson de cuir, tout chez lui sentait le flic à plein nez. Pas étonnant qu'ils n'aient guère réussi à parler avec les filles du port d'Aberdeen. En outre, en apercevant le douteux personnage, les clients prenaient la tangente, de sorte que, pour prix de leur nuit de travail, Logan et Rennie n'obtinrent que des bordées d'injures.

À minuit, après avoir fait cinq ou six fois le tour du quartier, il n'avaient aperçu ni la Lituanienne de quatorze ans ni son maquereau.

– Putain, on laisse tomber ! lança Rennie. On va encore tournicoter longtemps, en se faisant insulter et cracher dessus ?

Il leva lentement les yeux. De fines gouttes de pluie commençaient à zébrer la lueur qui tombait des lampadaires. Logan se rendit à l'évidence.

– Allez, on rentre au commissariat.

Il avait encore un portrait-robot à faire établir, sans parler de l'autopsie du chien. Il ne servait à rien de rester là.

***

En voyant la voiture s'arrêter, elle sourit mais demeura à l'abri de la porte cochère. Au sec. Putain de journée : d'abord Jason qui refuse de manger son Ready Brek, ensuite il arrive en retard à l'école et elle, elle a la gueule de bois. Comment discuter avec son con de prof avec une telle gueule de bois à la vodka ? Ensuite, ces deux cons de flics font fuir le seul micheton de la soirée ! Feraient mieux d'arrêter les escrocs, ceux-là, plutôt que d'emmerder les femmes qui cherchent à gagner leur vie !

Il baisse sa vitre et doit se pencher par-dessus le siège passager pour la saluer. Elle se tient toujours du côté passager. Un jour, un connard a baissé sa vitre et lui a attrapé le nichon avant de repartir en riant. Il demande combien et elle lui donne la liste. Elle monte un peu les prix, parce que la voiture est neuve et qu'il a pas l'air fauché. Il réfléchit alors que la pluie commence à tomber à verse... Peut-être a-t-elle exagéré pour les prix ? Merde. Pourtant, elle a besoin de cet argent ; Jason use ses chaussures comme si c'était gratuit. Elle entrouvre son imperméable, laissant voir le soutien-gorge rouge qui ne dissimule presque rien ; c'est un instrument de torture, trop petit de deux tailles, mais il fait toujours son effet. Le type sourit. En quelque sorte. Elle se maintient en forme, et ça se voit. Tant pis si son allure générale n'est pas éblouissante, en tout cas elle fait des efforts là où c'est important.

– Tu veux monter ? demande-t-il.

À son tour de réfléchir. Il y a eu cette vieille putain qui a été battue à mort deux jours auparavant. Mais la voiture est belle et il pleut comme vache qui pisse. Et puis elle a vraiment, vraiment besoin de cet argent. Elle monte. La voiture sent bon le plastique et le cuir neufs, l'intérieur est impeccable, pas comme le tas de rouille qu'elle possède. Cette caisse a dû coûter une fortune. Elle glisse la ceinture de sécurité par-dessus ses seins, exposant au passage un éclair de dentelle rouge, et il sourit. Un joli sourire. L'espace d'un instant, elle pense à Julia Roberts dans *Pretty Woman*, comme chaque fois qu'elle rencontre un client gentil. Il ne sera pas brutal, ne lui demandera pas de choses dégoûtantes. Après, il prendra soin d'elle et elle ne sera plus obligée de baiser avec des inconnus. Il lance une plaisanterie, elle rit et il démarre dans la nuit pluvieuse. Il est vraiment gentil. Elle le devine, elle a un sixième sens pour ce genre de chose.

9

À presque 1 heure du matin, il régnait comme il se doit, à la morgue, un véritable silence de mort. On n'entendait que le bourdonnement des néons et le crissement des chaussures de Logan sur le carrelage. Scellé au plafond au-dessus des tables de dissection étincelantes, le gros extracteur attendait d'aspirer l'odeur de mort. Heureusement, il fonctionnait mieux que la hotte équipant sa cuisine qui ne parvenait jamais à faire disparaître les relents d'oignons frits, sans parler des remugles de labrador décomposé.

— Il y a quelqu'un ?

En principe, la morgue fonctionnait vingt-quatre heures sur vingt-quatre, mais en passant devant les armoires frigorifiques, la salle de dissection et le salon d'exposition, il ne vit personne.

— Il y a quelqu'un ?

Il découvrit enfin une femme dans le bureau de l'anatomopathologiste, assise dos à la porte, les pieds sur la table, des écouteurs aux oreilles, lisant un roman de Stephen King devant une bouteille de Lucozade. Logan lui tapota l'épaule. Elle poussa un hurlement et se retourna brutalement, faisant choir le Stephen King et la Lucozade.

– Putain de merde ! J'ai failli avoir une crise cardiaque !

Elle ôta ses écouteurs, laissant entendre une sorte de grésillement métallique et répétitif.

77

— Je pensais que vous étiez...

Elle s'interrompit. Visiblement, elle avait cru que les morts s'étaient réveillés pour l'entraîner avec eux mais n'avait aucune envie de l'avouer à Logan. Elle se nommait Carole Shaw et occupait les fonctions d'adjointe au technicien en anatomo-pathologie ; une trentaine d'années, de longs cheveux blonds et bouclés, de petites lunettes rondes et, sous sa blouse blanche tachée de Lucozade, un tee-shirt avec l'inscription : « Les techniciennes font ça avec les morts ».

— Il est bien, ce livre ? demanda Logan avec une feinte naïveté.

— Crapule. Je suis trempée, maintenant. (En maugréant, elle ramassa le livre dont les pages s'imbibaient de liquide orange.) Mais enfin, qu'est-ce que vous voulez ?

— C'est à propos du tronc de labrador qui a été apporté pour autopsie mercredi après-midi. Vous avez les résultats ?

— Putain, comment ça se fait que quand on reçoit une carcasse de clebs pourrie ça vienne toujours de vous ?

Logan ne sourit pas. L'année précédente, il leur avait adressé les corps d'un petit garçon et d'une petite fille qui ne devaient pas avoir plus de quatre ans. Tous deux morts depuis longtemps déjà.

— Je dois avoir de la chance, dit-il.

Elle fouilla dans un tiroir et en sortit une longue enveloppe en papier bulle.

— Médor a été démembré avec un couteau à viande, une lame d'environ dix-huit centimètres, évasée vers le manche, droite sur la plus grande partie de sa longueur et recourbée à la pointe. Ce genre de couteau figure dans la plupart des assortiments de couteaux de cuisine, il ne présente donc aucun signe particulier. Si on le retrouvait, on pourrait probablement déterminer si c'est bien celui-là qui a servi, mais, comme la carcasse était en très mauvais état, on ne peut rien garantir. (Elle parcourut les pages, remuant silencieusement les lèvres au fur et à mesure qu'elle parcourait le texte.) Ah, voilà quelque chose qui pourrait vous être utile : avant d'être tué, Médor a été drogué à l'amitryptiline, un antidépresseur vendu sur ordonnance. Il possède également quelques propriétés sédatives, alors on l'utilise pour calmer l'anxiété. On a récupéré dans l'estomac quelque chose qui ressemble à du bœuf émincé et environ une demi-bouteille de liquide. Je ne vous dis pas l'odeur !

Logan opina du chef. Il connaissait.

– Et la valise ?

Carole Shaw haussa les épaules.

– Il y a deux mois, les supermarchés ASDA de Dyce, Bridge of Don, Garthdee et Portlethen les vendaient en soldes. Ils en ont écoulé des centaines. (Logan étouffa un juron.) Même chose pour les empreintes digitales : que dalle. Ou pour les fibres : propre comme un sou neuf. Il s'est débrouillé pour ne laisser aucune trace.

Logan passa le reste de la nuit à dresser les portraits-robots de la Lituanienne de quatorze ans et de son maquereau, avant de les montrer à tous les policiers présents au quartier général. Après quoi il les transmit par courriel à tous les commissariats de la région.

Lorsqu'il s'en retourna chez lui, la pluie avait signé une trêve précaire avec le soleil du matin et des nuages d'un gris pourpre filaient à toute allure dans le ciel. Jackie dormait encore, recroquevillée sous la couette comme une grenade dégoupillée. L'explosion se produisit quand Logan lui apprit qu'il devait retourner au travail à 11 h 30 pour l'interrogatoire de Jamie McKinnon.

– Comment ça, tu dois y retourner ? Tu viens de terminer ton service de nuit ! Elle nous a déjà bousillé notre week-end et maintenant tu retournes au travail ? Mais j'avais des projets ! On devait faire des choses, aujourd'hui !

– Je regrette, mais c'est un...

– Ah non, ne me fais pas le coup du « je regrette » ! Tu peux pas lui dire non, à cette bonne femme ? Tu as quand même droit à ton temps de repos ! C'est qu'un boulot, merde !

– Mais Rosie Williams...

– Rosie Williams est morte ! Elle va pas ressusciter parce que tu fais des heures sup' !

Elle se précipita vers la douche en jurant comme un charretier. Un quart d'heure plus tard, elle se débattait avec un séchoir et tentait, malgré son bras dans le plâtre, de passer un peigne dans ses cheveux mouillés, se regardant dans le miroir en grommelant.

Dans l'encadrement de la porte, Logan la contemplait de dos, sans savoir quoi dire. Depuis l'arrivée de Jackie chez lui, trois mois auparavant, ils s'étaient toujours bien entendus et elle n'avait commencé que récemment à le trouver insupportable.

– Excuse-moi, Jackie. Demain, on pourra toujours...

Elle enfonça une dernière fois le peigne dans sa chevelure, le perdit dans ses boucles brunes, parvint à le retirer et le jeta sur la coiffeuse, où il bouscula pots et tubes de crème.

– Saloperie ! (Elle contempla l'étendue du désastre.) Je sors !

Elle rafla sa veste, ses clés et disparut.

Situé en haut de Marischal Street, le Black Friars était un pub tout en poutres et plancher sombres, sur trois niveaux suivant la pente de la rue. Le matin, en semaine, l'ambiance était plutôt tranquille et l'on n'y rencontrait que quelques habitués, attablés devant le petit déjeuner écossais traditionnel : œufs, saucisse, bacon, haricots, pudding noir, galettes de pommes de terre, pudding aux fruits, toasts aux champignons, le tout arrosé de sauce tomate et de quelques bières pour faire passer. Logan se percha sur un tabouret, dans la partie basse du bar, et commanda un petit déjeuner avec une pinte de Dark Island. Il était 9 h 30, et alors ? En principe, il était de repos. Avec sa compagne. Qui ne lui parlait plus, à cause de cette garce de Steel. Ils auraient pu être encore au lit, à paresser ou à jouer au docteur. Logan vida le reste de sa pinte et en commanda une deuxième.

– Un peu tôt pour se bourrer, non ?

Logan reposa une fourchette pleine de haricots, se retourna et découvrit Colin Miller, penché sur le bar à côté de lui. Comme d'habitude, le journaliste était sur son trente et un : complet noir impeccable, chemise et cravate en soie. Il était costaud, large d'épaules, et il fallait un certain temps pour s'habituer à son visage. Isobel avait tout de même réussi à tempérer le goût de son nouveau compagnon pour les bijoux clinquants. Au lieu de ses habituelles trois tonnes de boutons de manchettes, bagues, chaînes et bracelets en or, il se limitait désormais à un simple anneau d'argent au petit doigt gauche. Comme une alliance mal placée. En revanche, sa montre était suffisamment grosse pour éponger la dette d'un petit pays du tiers-monde. Il se hissa sur le tabouret voisin de celui de Logan et commanda un Mochachino avec un supplément de cannelle.

– Qu'est-ce que vous faites ici ? demanda Logan. Vous me cherchez ?

– Non. J'ai donné un rendez-vous ici parce que c'était en terrain neutre. Vous savez comment c'est. (Miller jeta un long regard autour de lui avant de porter la tasse à ses lèvres.) Alors, Lazare, comment ça va ? Ça fait une paye que j'vous vois plus.

– Ouais, depuis que vous m'avez refilé ce tuyau foireux sur l'entrepôt.

Miller haussa les épaules.

– Eh oui... on peut pas avoir raison tout le temps, hein ? Ma source jurait pourtant que c'était clean.

Avec un regard méprisant, Logan fit passer sa dernière bouchée d'œufs au plat avec une rasade de bière.

– Et qui était cette source ? Non, ne me le dites pas, intégrité du journaliste, protection des sources, c'est pas mes oignons, etc.

– Mais enfin, de quoi vous avez peur ? Est-ce que je n'ai pas pris soin, dans le journal, de ne jamais citer votre nom ? De toute façon, maintenant, je peux vous dire qui était ma source : Graham Kennedy. Vous vous souvenez de lui ? C'était l'un des squatteurs brûlés lors de l'incendie de l'autre nuit. Il m'avait dit qu'il y avait plein de marchandises volées dans cet entrepôt. Plus besoin de respecter son anonymat, puisqu'il est mort !

Logan poussa un grognement. Il avait oublié cette histoire de Graham Kennedy et n'en avait pas encore parlé à l'inspecteur Insch. Encore une boulette !

– Pourquoi ne m'avez-vous pas raconté tout ça mercredi ?

– J'savais pas que vous m'en vouliez. (Il allait porter la tasse de café à ses lèvres mais interrompit son geste.) Ouh ! Faut que je file, voilà mon rendez-vous.

Il désigna un homme debout au milieu du bar, l'air dangereux, vêtu d'un coûteux complet anthracite, qui considérait d'un œil méprisant un vieillard coiffé d'un chapeau melon aux couleurs du club de football d'Aberdeen.

– Qui est ce tueur ? demanda Logan.

– Ce n'est pas un tueur, Lazare, mais un courtier en investissements bancaires, et s'il vous entendait le traiter de tueur il vous briserait les jambes, policier ou non. (Il eut un sourire forcé.) Si vous n'avez pas de mes nouvelles demain, faites draguer le port.

Il rejoignit le « courtier », lui serra la main et l'entraîna dans un coin du bar plus tranquille. Logan les observa pendant un moment, laissant son petit déjeuner refroidir dans son assiette. Miller souriait beaucoup et riait plus qu'il n'était probablement nécessaire, faisant visiblement tout son possible pour ne pas mécontenter son interlocuteur. Le tueur faisait bien un mètre quatre-vingt-dix, les cheveux blonds coupés court, la mâchoire carrée, les dents d'une blancheur étincelante, tout droit sorties d'une publicité pour un dentifrice. Cinq minutes plus tard, l'homme au complet anthracite tendit à Miller une enveloppe brune de format A 4 ; Miller la reçut avec effusion, la tenant du bout des doigts comme une couche sale. Leur conversation semblant sur le point de se terminer, Logan se leva et, se plaçant délibérément entre leur table et la sortie, bouscula « accidentellement » l'homme au moment où il serrait la main de Miller. Sous l'œil effaré de Miller, Logan s'excusa avec profusion, l'appela dix fois de suite « mon vieux » et proposa de lui offrir un verre. La réponse fut nette et précise : « Fous le camp. » Sans crier, d'un ton calme et froid. Logan battit en retraite en levant les mains. Ces trois mots avaient suffi à lui apprendre que le type n'était pas d'ici. Probablement d'Édimbourg. L'homme lissa les revers de son veston, fusilla Logan du regard et sortit.

Dressé sur la pointe des pieds, Miller observa la silhouette en complet gris traverser la rue en courant sous la pluie et s'engouffrer à l'avant d'une grosse Mercedes gris métallisé, sur le siège du passager. Logan ne parvint pas à voir distinctement le chauffeur mais remarqua tout de même des moustaches, des cheveux noirs et longs à hauteur d'épaules, un complet. Dès que la voiture eut disparu, Miller passa la main sur son front et demanda à Logan à quoi il jouait.

— J'vous avais pas dit que ce type était capable de vous briser les jambes ? Vous voulez qu'on me coupe les doigts ?

Logan sourit.

— Vous voulez dire qu'on vous défigure ?

— Je sais ce que je dis !

Miller se jucha sur un tabouret de bar et commanda un double whisky Macallan qu'il vida d'un trait.

— Alors, dit Logan, allez-vous me dire à quoi ça rime, tout ça ?

— Que dalle ! Vous voulez faire chier quelqu'un ? Faites-vous chier vous-même ! Moi, ça va, j'ai eu ma dose !

Le journaliste s'éloigna, descendit deux à deux les marches du bar en faisant claquer ses talons. Logan retourna dans l'autre salle terminer sa bière et payer son petit déjeuner à moitié entamé.

À 11 h 15, il traînait sans but devant le quartier général. Il avait tenté de parler de Graham Kennedy à l'inspecteur Insch, mais ce dernier n'était pas là ; d'après le Central, il était parti acheter une grosse boîte de bonbons. Logan voulait-il laisser un message ? Non, certainement pas ! Il décida d'attendre Insch devant le quartier général. La lumière de cette fin d'été, annonciatrice de l'automne, incendiait d'or le granit gris, et le ciel moutonnait de grosses masses de nuages pourpres et sombres.

Les premières gouttes commencèrent à tomber au moment même où l'inspecteur Steel garait sa voiture sur le parking. En jurant, elle se débattit avec la capote, criant à Logan de venir lui donner un coup de main. Ils parvinrent à la fermer juste avant que les cieux ne se déchaînent. Logan s'assit du côté passager et regarda autour de lui.

– Super-rupin, dit-il tandis que l'inspecteur s'engageait sur Queen Street.

– La crise de la cinquantaine, mais c'est la meilleure bagnole que j'aie jamais eue. Un vrai piège à filles... (Elle mit en marche les essuie-glaces et lui jeta un regard en coin.) Déjà beurré ?

Logan haussa les épaules.

– Je gardais un œil sur un ami, dans un pub. Le mec est sur un coup.

– Ah bon ? Quelqu'un que je connais ?

Il hésita un long moment avant de répondre :

– Non.

Alors qu'ils remontaient Union Street, seuls le ronflement du moteur et le martèlement de la pluie sur la capote venaient rompre le silence. Visiblement, Steel attendait que Logan lui en dise plus, mais ce dernier restait obstinément muet. Après tout, c'était sa faute si Jackie était partie furieuse ce matin.

En s'écrasant sur le pare-brise, les gouttes de pluie capturaient la lumière dorée du soleil. Sur les trottoirs, rares étaient les passants munis de parapluies, la plupart semblant résignés.

– Putain, c'est ça, Aberdeen ! dit Steel en se tortillant sur son siège pour glisser la main dans la poche de son pantalon. Un soleil éclatant et des trombes d'eau. Tout ça en même temps. Je me demande pourquoi j'ai claqué mon fric en achetant une décapotable.

Logan sourit.

– La crise de la cinquantaine, le piège à filles, rappelez-vous.

Elle acquiesça, résignée.

– Eh oui, c'est ça. Ah, putain, ces poches ! (Elle luttait toujours avec son pantalon.) Et merde ! Tenez-moi le volant une seconde, vous voulez bien ?

Sans attendre la réponse, elle lâcha le volant, déboucla sa ceinture de sécurité et tira de sa poche un paquet froissé de Marlboro Light.

– Ça ne vous ennuie pas ?

Et une fois encore, sans attendre la réponse, elle alluma une cigarette. Le petit habitacle ne tarda pas à se remplir de fumée et, en toussotant, Logan baissa la vitre de son côté malgré la pluie.

Steel quitta Union Street en face de Marks and Spencer et descendit Market Street. Alors qu'ils passaient sur le port, Logan tenta d'apercevoir Shore Lane, mais un gros cargo dérobait la ruelle au regard. Le fracas des conteneurs qu'on chargeait et déchargeait résonnait sous la pluie.

— Et l'autopsie de notre ami à fourrure ? demanda Steel tandis qu'ils se dirigeaient vers la prison de Craiginches en suivant les rives de la Dee.

Il lui fit part des découvertes du médecin légiste concernant le couteau et les antidépresseurs.

— Ça nous fait une belle jambe, grommela-t-elle.

— Les médicaments ne sont vendus que sur ordonnance, donc...

— Donc, ils pourraient être ceux du tueur ! Ou de sa femme, ou de sa mère, ou de son voisin, ou de sa grand-mère... (Elle baissa sa vitre et jeta son mégot dans la pluie illuminée de soleil.) Ces saloperies pourraient même venir de surplus militaires. L'ordonnance ne vient peut-être même pas d'ici ! ajouta Steel en abordant le rond-point du Queen Mother Bridge. Qu'est-ce qu'on va faire ? Téléphoner à tous les médecins et à tous les pharmaciens du pays en leur demandant les noms et les adresses de tous leurs patients ?

— On pourrait resserrer un peu la recherche en demandant des renseignements sur des patients souffrant de troubles mentaux à qui on aurait prescrit ce médicament...

— Des troubles mentaux ? (Elle éclata de rire.) S'ils n'avaient pas de troubles mentaux, on ne leur donnerait pas d'antidépresseurs. (Elle se tourna vers lui.) Bon sang, Lazare, comment avez-vous fait pour devenir inspecteur chef ? Vous avez trouvé vos galons de sergent dans une boîte de Frosties ? (Logan, furieux, se mit à contempler le tableau de bord.) Allez, dit-elle en souriant, quand on sera de retour au ranch, vous mettrez un

85

de nos enquêteurs écolos sur le coup : un chien mort, c'est leur rayon. On verra ça de plus près s'ils trouvent quelque chose.

La prison de Craiginches était isolée du monde extérieur par un mur de sept mètres de haut sur lequel était apposée une plaque : « Propriété privée. Défense d'entrer », comme si les fils de fer barbelés n'étaient pas une indication suffisante. Le bâtiment était entouré sur trois côtés par des rues résidentielles aux maisons festonnées d'alarmes ; mais sur le quatrième côté, entre le mur nord de la prison et les berges escarpées de la Dee, il n'y avait que la route à quatre voies menant à Altens. Steel se gara sur une place réservée au personnel et gagna l'entrée principale d'un pas nonchalant, Logan sur ses talons. Dix minutes plus tard, ils se retrouvaient dans une petite pièce crasseuse meublée d'une table en Formica et de sièges en plastique constellés de brûlures de cigarette. Un enregistreur était accroché au mur, mais pas de caméra vidéo, dont on apercevait seulement le support vide avec ses deux fils électriques. Pendant cinq longues minutes, ils eurent tout le loisir de compter les dalles du plafond (vingt-deux et demie) avant qu'enfin un garde à l'air maussade n'introduise Jamie McKinnon. Logan glissa deux cassettes dans l'appareil et débita les habituelles phrases d'introduction, noms, date et lieu.

– Bon, Jamie, lança Steel lorsque Logan eut terminé. Comment est la cuisine ? Bonne ? Ou bien y a-t-il encore des cafards dans le porridge ?

Jamie haussa les épaules et se mit à éplucher de petites peaux autour de ses ongles jusqu'à laisser apparaître la chair. Apparemment, la prison ne convenait guère à McKinnon : il avait le visage couvert de sueur et de grosses poches sous les yeux, sans parler de sa lèvre fendue et d'un hématome sur la joue. Steel s'enfonça dans son siège et lui sourit.

– Les raisons de ma présence ici, mon petit amateur de porridge, c'est qu'il y a un tout petit problème avec votre alibi. Quelqu'un vous a vu vous disputer violemment avec Rosie la nuit même où elle a été tabassée à mort ! Serait-ce une malheureuse coïncidence ?

Jamie s'affaissa lentement sur la table, la tête entre les bras.

– Vous voulez qu'on vous laisse quelques minutes pour préparer de nouveaux mensonges, Jamie ?

– Je ne voulais pas lui faire de mal...

– Mais oui, on le sait bien. (Elle ficha une cigarette entre ses lèvres sans en proposer aux deux autres.) Pourquoi vous être comporté comme ça, alors ?

– J'avais bu... au Regents Arms.... Y avait un type qu'arrêtait pas de dire que c'était qu'une pouffiasse. Et pas que ça... (Il frissonna.) J'l'ai suivi aux toilettes et j'lui ai foutu une branlée. Parler de Rosie comme ça ! Comme si c'était qu'une pute...

– Mais c'était une pute, Jamie, asséna Steel dans un nuage de fumée. Elle vendait son cul dans les rues pour...

– Ta gueule ! C'était pas une pute ! (Il abattit son poing sur la table.)

Il avait le visage congestionné, les yeux mouillés de larmes, le regard étincelant.

En soupirant, Logan intervint, jouant le bon flic.

– Alors vous lui avez donné une correction parce qu'il insultait votre compagne. Ça, je peux le comprendre. Mais que s'est-il passé, ensuite ? Vous êtes parti à la recherche de Rosie ?

Jamie acquiesça, le regard rivé sur Logan, ignorant Steel.

– Oui... Je voulais lui dire qu'il fallait arrêter ! Fallait qu'elle reste à la maison, qu'elle s'occupe des gamins. Fini le tapin dans les rues...

Il renifla et s'essuya le nez d'un revers de manche.

– Et que s'est-il passé quand vous l'avez trouvée, Jamie ?

Il contempla ses doigts meurtris.

– J'avais bu.

– Ça, on le sait, Jamie. Que s'est-il passé ?

– On s'est disputés... Elle... Elle a dit qu'elle avait besoin de cet argent. Qu'elle pouvait pas arrêter. (Jamie laissa une nouvelle traînée argentée sur sa manche.) Je lui ai dit que je lui donnerais de l'argent. J'étais en train de monter quelque chose, fallait pas qu'elle s'inquiète... Mais elle voulait rien savoir, elle arrêtait pas de dire que j'étais pas capable de les faire vivre, elle et les gamins... (Il se mordit la lèvre.) Alors je l'ai frappée. Elle s'est mise à crier. Alors je l'ai encore frappée. Simplement pour qu'elle arrête...

Logan laissa le silence s'installer, tandis que Steel soufflait de la fumée par les narines.

— Et ensuite, qu'avez-vous fait ?

— J'ai dégueulé dans les toilettes. Je me suis lavé les mains pour enlever le sang... Elle était allongée par terre, toute couverte de bleus... Alors, je l'ai ramassée et je l'ai mise au lit.

— Mise au lit ? lança Steel en ricanant. C'est comme ça qu'on dit, aujourd'hui ? Quel bel euphémisme pour dire qu'on a étranglé une femme dans une ruelle ! Vachement poétique !

Jamie l'ignora.

— Le lendemain, elle était couverte de bleus et elle m'a foutu dehors. Elle a dit qu'elle voulait plus jamais me revoir. Mais jamais j'ai voulu lui faire du mal !

Logan s'enfonça dans son siège en réprimant un juron.

— C'est lundi soir qui nous intéresse, Jamie. Que s'est-il passé dans la nuit de lundi à mardi ?

— J'suis allé la voir dans la rue. (Il haussa les épaules.) J'voulais lui dire que je regrettais... lui montrer que je gagnais plein de fric... Vous savez, grâce aux fast-foods. J'pouvais m'occuper d'elle et des gosses. Lui dire que je l'aimais... Mais elle a refusé de me parler, elle a dit qu'elle devait gagner sa vie... elle voulait plus rien savoir de moi... elle avait des clients. Et moi, faudrait que j'paye...

— C'est ce que vous avez fait ?

Jamie baissa la tête.

— Euh... oui.

— Alors vous avez banqué pour baiser votre ex ? s'étrangla Steel en projetant des cendres du bout de sa cigarette. Putain, c'est tordu, ça !

Logan lui jeta un regard furieux.

— Et ensuite, que s'est-il passé, Jamie ?

— On a fait ça dans une porte cochère et... et j'ai pleuré, je lui ai dit que je l'aimais, que je regrettais ce que j'avais fait, mais que je l'aimais tellement que je supportais pas de la voir dans la rue, faire ça avec d'autres hommes… (Ses yeux rougis se remplirent de larmes.) Je m'faisais plein de fric, j'pouvais y arriver, on pouvait rester ensemble… (Il s'essuya les yeux de sa manche tachée.)

Steel se pencha en avant, enveloppant Jamie d'un nuage de fumée.

– Mais elle a quand même dit non, hein ? Elle a dit non et vous l'avez frappée. Et vous avez pas arrêté de la frapper parce qu'elle voulait pas garder une petite merde comme vous. Vous l'avez tuée parce que c'était ça ou payer toute votre vie. Payer pour la baiser dans les ruelles, comme des centaines de ses clients à la con.

– Non ! Elle a dit qu'elle réfléchirait ! Elle allait revenir ! On allait former une famille ! (Les larmes roulaient à présent librement sur ses joues rondes, sur son nez dégoulinant.) Bon Dieu, elle est morte ! Elle est morte !

Il s'effondra sur la table, les épaules secouées de sanglots.

– L'avez-vous encore frappée, Jamie ? demanda doucement Logan. L'avez-vous tuée ?

– Je l'aimais, répondit-il faiblement.

10

Tout au long du trajet de retour, Steel, furieuse, fuma comme un pompier. Maintenant que Jamie McKinnon avait reconnu avoir payé pour baiser avec Rosie la nuit de sa mort, la jeune Lituanienne de Logan ne leur était plus d'aucune utilité. Idem pour l'ADN qu'ils avaient tiré des centaines de préservatifs. Les choses étaient infiniment plus simples quand McKinnon se contentait de tout nier. Elle se gara devant l'immeuble de Logan et lui demanda les bandes de l'interrogatoire. Il les lui tendit et lui demanda s'il devait s'occuper de la paperasse : inclure ces déclarations dans les éléments de preuve et en communiquer une copie à l'avocat de Jamie McKinnon.

– Je me suis fait mettre, répondit-elle. Ces saloperies ont bousillé mon enquête.

Puis, d'un doigt taché de nicotine, elle sortit la bande et laissa se dévider à l'intérieur de la voiture le long ruban brun entortillé comme un serpentin.

– Si on pose des questions, on dira qu'y a eu un problème avec l'appareil, d'accord ? On n'a jamais enregistré de bande. On oublie tout ce qui a été dit et on cherche à nouveau à prouver la culpabilité de Jamie McKinnon.

Logan protesta, mais Steel ne voulut rien entendre.

– Eh quoi ? Tous les deux, on sait pertinemment que c'est lui qui l'a tuée ! Notre boulot à nous, c'est de faire en sorte qu'il ne s'en tire pas comme ça.

– Et si c'est pas lui ?

– Mais bien sûr que c'est lui ! Il a fait de la taule pour l'avoir frappée parce qu'elle faisait le trottoir. Ensuite, il va lui déclarer son amour éternel, mais elle le fait payer pour une passe dans la ruelle. Après ça, elle va se faire sauter par un autre. Fou de rage, il la tue. Point barre. Et maintenant, tirez-vous de ma voiture. J'ai des choses à faire.

D'humeur maussade, Logan passa le reste de l'après-midi à ranger son appartement. C'était pas avec l'affaire Rosie Williams qu'il allait pouvoir se barrer de l'équipe des Branleurs. Vu la façon dont Steel s'y prenait, leurs éléments de preuve ne seraient pas recevables devant un tribunal. À 19 h 30, toujours aucun signe de Jackie ; n'y tenant plus, il se rendit au pub. Pas question d'aller à l'Archibald Simpson's, le rendez-vous de tous les flics hors service. On lui avait suffisamment balancé de regards assassins pour l'affaire de l'agent Maitland ! Il se rendit donc au Howff, sur Union Street, et s'installa sur un canapé beige au fond de la salle, devant une pinte de Directors et des cacahuètes grillées, maudissant Jackie et son foutu caractère. Nouvelle pinte. Puis une autre. Et un hamburger, noyé dans une sauce tellement pimentée qu'elle lui fit venir les larmes aux yeux, et puis encore une pinte. L'agent Maitland... il ne se rappelait même plus son prénom. Avant d'avoir loupé cette opération, il n'avait jamais travaillé avec lui et savait seulement que c'était ce moustachu qui un jour s'était rasé le crâne pour un gala au profit des enfants pauvres. Pauvre gars. Deux pintes plus tard vint le moment de rentrer chez lui d'un pas incertain, après un détour par un *fish and chips* pour rapporter une énorme portion de haddock, dont il abandonna d'ailleurs la moitié dans le salon avant d'aller se coucher. Seul.

***

Le samedi matin débuta en gueule de bois. L'armoire à pharmacie de la salle de bains ne recelait plus ces tonnes d'antalgiques bleus et jaunes qu'on lui avait prescrits après que le dénommé Angus Robertson lui eut pratiqué une approximative chirurgie des boyaux à coups de couteau. Il dut donc se contenter d'une poignée de cachets d'aspirine et d'une tasse de café instantané qu'il emporta au salon dans l'intention de l'avaler devant des dessins animés à la télévision. En apercevant une forme sur le canapé, il s'immobilisa à la porte, le cœur serré. C'était Jackie, enveloppée dans une couette, qui le regardait en clignant des yeux. Il ne l'avait même pas entendue rentrer pendant la nuit.

– J'veux pas de café, bredouilla-t-elle en replongeant la tête sous la couette.

Logan retourna à la cuisine après avoir fermé derrière lui la porte du salon.

C'était leur seule journée libre ensemble, mais Jackie refusait toujours de lui adresser la parole et préférait dormir sur le canapé plutôt que dans leur lit. Le week-end s'annonçait bien ! Sur le four à micro-ondes, l'horloge annonçait 9 h 30. Dehors, la pluie recommençait à tomber, faisant oublier le soleil et les arcs-en-ciel de la veille. Sous le ciel gris, avec le vent glacé, la ville semblait à nouveau sinistre. Comme l'humeur de Logan. Il s'habilla et sortit, déambulant dans Union Street, prenant un plaisir pervers au froid et à la pluie, « jouant le martyr », comme disait sa mère, qui savait de quoi elle parlait.

Il erra de boutique en boutique, acheta le CD d'un groupe qu'il avait entendu à la radio la semaine précédente, deux romans policiers et quelques DVD, s'efforçant en vain d'oublier que tout s'effondrait autour de lui. Jackie le détestait, Steel était une emmerdeuse, l'agent Maitland agonisait... Il gagna Broad Street, se rapprochant inexorablement de chez lui, sous la pluie. Il s'immobilisa au coin du Marischal College dont les flèches néogothiques jetaient leurs griffes dans le ciel couleur d'argile. En continuant tout droit, il rentrait à son appartement ; à gauche, il ne se trouvait plus qu'à un jet de pierre du quartier général. Bien qu'il fût de repos, il trouva le choix évident. Il pourrait toujours tuer le temps en fourrant son nez dans l'enquête d'un collègue. D'habitude, l'inspecteur principal Insch... il étouffa un juron : il ne lui avait pas encore parlé de Graham Kennedy, le squatteur mort dans l'incendie. Quel con ! Cela faisait plusieurs jours que Miller lui avait donné son nom ! Tout ça à cause de cette chieuse de Steel avec son magnétophone défectueux !

Lorsqu'il pénétra dans le hall de réception, le sergent de permanence lui accorda à peine un regard.

La salle des opérations d'Insch présentait des allures de chaos, les téléphones sonnaient sans cesse, et les policiers entraient des informations dans le système Holmes (Home Office Large Major Enquiry System), de façon que sur la simple pression d'une touche de clavier l'informatique puisse recommander une infinité d'actions parfaitement inutiles. Il arrivait cependant qu'il en sorte une information capable de faire basculer une enquête, mais la plupart du temps on n'en tirait que des miettes. Des plans d'Aberdeen, constellés d'épingles à têtes colorées, recouvraient les murs de la salle. Une seule de ses larges fesses reposant sur son malheureux bureau en bois qui gémissait sous le poids, l'inspecteur principal lisait une pile de rapports en mâchonnant un Curly Wurly.

– Bonjour, monsieur, dit Logan, dont l'odeur de sous-vêtements mouillés aurait suffi à signaler la présence.

La barre de chocolat dépassant de ses lèvres, Insch leva vers lui son visage rubicond.

– 'jour, sergent ! lança-t-il avant de se replonger dans sa lecture.

Deux minutes plus tard, il tendit le rapport à un femme policier cadavérique, hagarde, et lui dit qu'en dépit de ce qu'affirmaient les autres elle avait fait du bon boulot. La femme ne songea même pas à le remercier et quitta la salle précipitamment.

Insch se tourna alors vers Logan.

– Vous prenez des bains tout habillé, vous ?

Logan ne mordit pas à l'hameçon.

– Je me demandais où vous en étiez pour cette affaire d'incendie.

Insch le considéra d'un air soupçonneux.

– Pourquoi ?

– J'ai peut-être l'identité de l'une des victimes : Graham Kennedy. Un petit dealer, apparemment.

Le visage d'Insch s'éclaira.

– Bien, bien, bien... Ça faisait longtemps que je n'avais plus entendu ce nom-là.

Il désigna un agent au hasard et lui demanda de téléphoner à tous les cabinets dentaires d'Aberdeen. Les archives dentaires, radios et autres représentaient en effet l'unique moyen d'identifier le corps carbonisé déposé à la morgue. Pour une fois, ils eurent de la chance. Le quatrième cabinet contacté possédait un dossier complet datant de moins de huit mois sur un certain Graham Kennedy.

Ils transmirent les radios à la morgue et dix minutes plus tard le Dr Fraser confirma l'identification : Graham Kennedy était désormais officiellement décédé. Ils tenaient une piste pour débuter l'enquête.

Insch demanda à l'agent Jacobs de rassembler tout ce qu'il pourrait trouver sur Graham Kennedy et de le rejoindre au parking. Il ordonna ensuite à l'inspecteur Beattie de se magner : ils allaient annoncer la mort du dénommé Kennedy à sa famille. Et donner quelques coups de pied dans la fourmilière.

– Euh... je pourrais vous accompagner, proposa Logan.

L'air surpris, Insch appuya sur le bouton de l'ascenseur.

– Ah bon ? Et l'inspecteur Steel ? Vous êtes censé travailler pour elle. Pour votre « formation professionnelle », vous vous rappelez ?

Logan voulut répliquer mais se ravisa.

– Allez, monsieur ! Je n'ai pas demandé ce transfert ! De toute façon, c'est mon jour de repos et j'ai...

– Vous êtes de repos et vous voulez m'accompagner ? demanda Insch, soupçonneux. Vous avez des problèmes psychologiques, ou quoi ?

– Je vous en prie. Il faut absolument que je quitte l'équipe de Steel. Rien n'est fait selon les procédures. Même si on obtenait des résultats, l'avocat le plus minable pourrait tailler le dossier en pièces ! Si je n'obtiens pas un succès quelconque, je vais rester cloué là jusqu'à ce que je sois révoqué ou que je devienne complètement cinglé.

Un petit sourire apparut sur les lèvres d'Insch.

– Je déteste voir un homme supplier.

Un gros inspecteur barbu apparut au bout du couloir, vêtu d'une veste imperméable de couleur vive. Insch attendit que l'homme les ait rejoints en courant pour lui signifier que, finalement, il n'avait pas besoin de lui et qu'il emmenait l'inspecteur McRae. Étouffant un juron, le barbu s'en retourna.

Insch sourit.

– Ça me plaît bien de voir ce gros lard suer un peu pour mériter son salaire.

Prudent, Logan évita d'en rajouter sur les gros et les gras.

Tandis qu'ils gagnaient le parking, Insch l'interrogea sur les affaires de Steel. Il voulait tout savoir sur la prostituée tuée et le labrador dans la valise. En arrivant à la voiture, ils trouvèrent l'agent Jacobs tenant à la main une liasse de documents : le casier judiciaire de Graham Kennedy. D'un coup de clé électronique, Insch déverrouilla les portières de sa Range Rover boueuse.

– Bon, agent Jacobs, prenez le volant. Vous, inspecteur McRae, à l'arrière, et ne vous asseyez pas sur les croquettes du chien.

Une puissante odeur de chien mouillé régnait dans la voiture, et dès que Logan se fut installé, prenant soin de ne pas trébucher sur un énorme sac de Senior Dog Mix, une grosse truffe noire et humide vint se poser contre la grille séparant le coffre des places arrière. Lucy, la vieille épagneule d'Insch, était une belle chienne aux grands yeux marron, affectueuse au point d'en être manipulatrice, mais chaque fois qu'il pleuvait elle dégageait une odeur pestilentielle.

– Où allons-nous, monsieur ? demanda Steve, alors qu'ils roulaient lentement dans Queen Street.

– Mmm ? (Insch était déjà plongé dans le dossier Kennedy.) Oh, à Kettlebray Crescent. Je tiens à avoir d'abord l'opinion de notre estimé collègue sur le lieu du crime avant d'aller annoncer à la grand-mère la mort de son petit-fils... Et puis, Jacobs, sachez que sur cette voiture l'accélérateur n'est pas en option ! C'est la pédale à côté de la grande rectangulaire. Pied au plancher, sans ça on y sera encore à Noël !

Le 14, Kettlebray Crescent offrait un aspect effroyable. Cernés de longues traînées de suie noire, les espaces dévolus aux fenêtres dardaient leurs yeux vides sur la rue. Dévoré par les flammes, le toit avait disparu et la lueur pâle du jour, striée de pluie, éclairait l'intérieur saccagé du bâtiment. Les pompiers étaient arrivés suffisamment vite pour que les deux immeubles de part et d'autre ne souffrent pas trop, mais ils n'avaient rien pu faire pour les six habitants du 14. Insch prit un parapluie dans le coffre de la voiture et s'enfonça dans le bâtiment en ruine, laissant Steve et Logan sous la pluie. Mélange de caravane et de cabane de chantier sans fenêtre, une salle des opérations mobile était abandonnée devant l'immeuble. Entourée du traditionnel ruban noir et blanc orné du logo *Semper vigilo*, elle ressemblait à un cadeau de Noël crasseux.

Ils passèrent sous le ruban de police bleu et blanc barrant l'accès au jardin et gagnèrent la porte d'entrée qui pendait sur ses gonds, défoncée par les pompiers dès qu'ils avaient compris qu'il y avait des gens coincés. L'intérieur donnait un aperçu de l'enfer. Les murs, recouverts de suie, laissaient voir le plâtre et le lattis.

– Euh... vous êtes sûr que ça n'est pas dangereux ? demanda Steve, en retrait.

Le plafond et le toit s'étaient effondrés, laissant le bâtiment à l'état de coquille ouverte par où tombait la pluie ; le sol était recouvert d'ardoises brisées et de poutres calcinées. Insch désigna une des fenêtres de l'entresol.

– La grande chambre à coucher. C'est par là qu'on a lancé les cocktails Molotov.

Logan se risqua sur les ardoises glissantes pour jeter un coup d'œil dans la rue. La pluie lavait la voiture boueuse de l'inspecteur, et le chien, le museau plaqué sur la vitre arrière, contemplait l'immeuble où six personnes avaient péri, brûlées vives. Hurlant jusqu'à ce que leurs poumons se remplissent de fumée, s'effondrant sur le sol, les yeux fondus, la peau craquelée... Logan frissonna. Il avait l'impression de sentir l'odeur de la chair brûlée.

– Vous savez, dit-il en s'écartant de la fenêtre, j'ai entendu dire que le cerveau mettait vingt minutes à mourir après l'arrêt du flux sanguin… jusqu'à ce que toutes les impulsions électriques explosent en même temps… (Le visage ravagé, sans nez, le contemplait de ses orbites vides dans le sac en plastique de la morgue.) Vous croyez que ça s'est passé comme ça, pour eux ? Que, déjà morts, ils se sentaient brûler ?

Un silence gêné suivit ses paroles.

– Mon Dieu, c'est plutôt morbide, dit enfin l'agent Jacobs.

Insch ne put que lui donner raison, puis ils quittèrent le bâtiment, où il n'y avait plus rien à découvrir.

Sur le perron, Logan regarda la rue.

– Vous avez trouvé quelque chose en fouillant les immeubles voisins ?

– Rien du tout.

Logan gagna la rue et examina attentivement les immeubles murés des deux côtés. À la place du salopard qui avait vissé les portes pour empêcher de sortir trois hommes, deux femmes et un bébé de neuf mois, il serait resté là pour les voir rôtir. Pour jouir du spectacle. Il traversa la rue, essayant d'ouvrir les portes des immeubles voisins. Au deuxième, quelque chose de gris et de chiffonné, coincé en bas d'une porte, attira son attention : un mouchoir en papier presque transparent qui achevait de se dissoudre sous l'effet de la pluie. Il se baissa et le mit dans un sachet en plastique transparent destiné aux pièces à conviction. Derrière lui, une ombre se profila.

– Qu'est-ce que c'est ? demanda Insch.

Logan renifla prudemment le contenu du sachet.

– Sauf erreur de ma part, c'est un mouchoir en papier. Votre homme se tenait probablement là, à la porte, en train de se branler, jouissant des hurlements et de l'odeur de chair brûlée.

Insch fit la grimace.

– L'agent Jacobs a raison, vous êtes vraiment morbide.

11

La voisine était encore soûle. Sa radio, branchée sur North-sound One, beuglait dans son jardin de derrière où elle titubait au rythme de la musique, une bouteille de vin à la main, indifférente à la pluie qui tombait à verse. Elle était complètement siphonnée, ça leur avait sauté aux yeux dès le jour où ils avaient emménagé ici. Elle et son étrange copain au visage pointu, avec son gros labrador noir. C'était un chien adorable, une grosse boule d'affection, mais cela faisait presque quinze jours qu'on ne le voyait plus. D'après la femme, il avait dû s'échapper, et de toute façon ce n'était qu'un ingrat, il ne méritait pas d'avoir un toit sur la tête.

Elle disait la même chose de son copain.

Ailsa Cruickshank quitta son poste d'observation à la fenêtre et termina le lit qu'elle était en train de faire. La voisine se fichait de la disparition de son chien, c'était Ailsa qui avait elle-même confectionné de petites affichettes et les avait collées sur des lampadaires ou dans les vitrines de magasins de Westhill. On ne pourrait pas lui reprocher de n'avoir rien fait.

Dehors, la femme se mit à chanter sur un air de rap que passait la radio, sauf qu'elle n'observait pas la même censure que sur les ondes et qu'elle braillait des obscénités à tue-tête. Réprimant un frisson, Ailsa traversa le salon et monta le son du téléviseur. Comment fonder une famille, avoir des enfants avec Gavin, songea-t-elle, alors que cette harpie n'arrête pas de beugler juste à côté ? Gavin et ladite harpie étaient à couteaux tirés, n'arrêtaient pas de se disputer à propos de tout, le bruit, les grossièretés, les appels à la police... Dehors, sous les yeux d'Ailsa, la voisine glissa sur l'herbe mouillée, heurta de la tête le fil à linge et s'étala de tout son long. Elle resta étendue une bonne minute en pleurant, avant de se relever et de projeter la bouteille de vin qui explosa contre la barrière. Elle finira par blesser quelqu'un, s'inquiéta Ailsa.

Longue avenue bordée de sinistres immeubles en granit et de quelques arbres de loin en loin, Union Grove semblait plus chic qu'elle ne l'était en réalité. Maussade sous la pluie. De son vivant, Graham Kennedy habitait au dernier étage d'un des immeubles les plus décatis de l'avenue, dont la porte d'entrée portait des traces de peinture vertes et bleues écaillées. La rue était vide, en dehors de trois enfants sous une porte cochère, sur l'autre trottoir, qui observaient les policiers avec intérêt. Steve gara la Range Rover d'Insch à une distance considérable du trottoir, s'attirant les foudres de son supérieur. Rougissant, il parvint finalement à se garer correctement derrière la voiture de patrouille Alpha 46, arrivée avant eux sur les lieux. Insch lui intima l'ordre de rester sur place et de veiller sur son épagneule.

À la demande d'Insch, Alpha 46 avait amené un inspecteur chargé des relations avec les familles, un jeune homme nerveux, la goutte au nez. Après une poignée de main moite, il suivit Logan et Insch dans l'immeuble, avouant que c'était là sa première mission. Le prenant en pitié, Insch lui offrit un bonbon aux fruits que l'autre accepta avec obséquiosité. L'escalier était recouvert d'une moquette élimée, et les murs d'un papier peint défraîchi. L'ensemble dégageait une odeur caractéristique de pisse de chat. Appartement numéro 5 : une porte peinte en brun, un numéro en cuivre oxydé vissé dans le bois et une plaque portant les noms de M. et Mme Kennedy.

– Bon, dit Insch en proposant ses bonbons à la ronde. Voici comment on procède. On entre, et c'est moi qui annonce la mort de Graham, et pendant que la famille est sous le choc, l'inspecteur McRae fouine un peu dans l'appartement. (Le paquet de bonbons arriva sous le nez de M. Nez coulant.) Vous, vous faites le thé.

Mortifié d'être relégué au rang de garçon de café, le jeune inspecteur voulut protester, mais Insch ne lui en laissa pas le temps.

– Après notre départ, vous aurez tout le loisir d'utiliser les conneries qu'on vous a apprises. En attendant, je prends le thé avec du lait et deux sucres, et l'inspecteur McRae seulement du lait. C'est compris ?

L'inspecteur chargé des relations avec les familles répondit en grommelant qu'il avait compris et Logan appuya sur la sonnette. Pas de réponse. Ils attendirent un long moment... Finalement, une lumière apparut dans le fenestron au-dessus de la porte, on entendit un bruit de pas étouffé, puis une voix de vieille dame.

– Qui est là ?

– Madame Kennedy ? (Insch tendit sa carte de police devant le judas.) Pouvons-nous entrer, s'il vous plaît ?

Un bruit de chaîne, et la porte s'entrebâilla, révélant un visage buriné, avec de grosses lunettes et des cheveux gris permanentés. Elle jeta sur les policiers un regard inquiet. Ces dernières années, il y avait eu de nombreux cambriolages dans la rue, et une dame âgée avait même fini à l'hôpital. L'inspecteur lui donna sa carte de police qu'elle tint à bout de bras pour la déchiffrer par-dessus ses lunettes.

– S'il vous plaît, c'est important, dit doucement Insch.

La porte se referma avec un bruit de chaîne avant de se rouvrir complètement, offrant au regard un couloir plutôt crasseux qui partait sur la gauche, percé de plusieurs portes dans le style années 1970. Elle les conduisit alors dans un vaste salon tendu d'un papier peint jaune défraîchi, orné de roses rouges et orangées, avec une moquette à motifs. Insch prit place sur l'un des deux canapés hors d'âge qui gémit et craqua de façon alarmante, faisant fuir un gros chat roux de la taille d'un ballon de plage.

– Madame Kennedy, commença Insch, tandis que le chat se perchait sur une table basse et entreprenait de se lécher le derrière. J'ai de bien mauvaises nouvelles à vous apporter. Il s'agit de votre petit-fils, Graham. Il figure au nombre des personnes qui ont péri dans l'incendie de lundi soir. C'est affreux.

– Oh, mon Dieu…

Elle arracha le chat à ses ablutions et le serra contre elle. Les pattes écartées à angle droit, il ressemblait à une cornemuse trop gonflée.

– Madame Kennedy, savez-vous si quelqu'un pouvait en vouloir à votre petit-fils ?

Les yeux remplis de larmes, elle hocha la tête en signe de dénégation.

– Mon Dieu… Graham… On ne devrait pas avoir à enterrer ses petits-enfants !

Insch envoya le jeune inspecteur préparer le thé, et Logan, après s'être excusé, fit un tour rapide de l'appartement. Le logement était vaste, vieillot et poussiéreux, mais une couche de peinture aurait suffi à le rendre tout à fait plaisant. Il visita toutes les chambres, regardant sous les lits, dans les penderies et les tiroirs. Tout le temps que dura son exploration, il entendit à travers les cloisons les voix étouffées d'Insch et de la vieille dame qui sanglotait. Cuisine, salle de bains, chambre d'amis, chambre de Mme Kennedy avec, accrochés au mur, ses certificats de mérite et ses photos de classe… Une seule des portes donnant sur le couloir était verrouillée, probablement celle qui donnait sur l'escalier du grenier, mais celle de la chambre de Graham était ouverte ; le lit était fait, les vêtements soigneusement pliés et rangés, et il ne manquait même pas le magazine porno sous le lit. Cela ne cadrait pas trop avec son casier judiciaire. Agressions, vol avec effraction, détention d'arme… Des délits mineurs pour la plupart, mais leur accumulation dressait tout de même un tableau plutôt sombre. Il revint au salon au moment même où Insch prenait congé de la vieille dame, laissant derrière lui l'inspecteur chargé des relations avec les familles.

En bas, sur le perron, il s'immobilisèrent un instant, contemplant la pluie qui martelait le toit des voitures.

– Eh bien ? demanda Insch.

– Rien. C'est nickel chrome. S'il se livrait au trafic, il ne gardait rien chez sa grand-mère.

Insch acquiesça et engloutit pensivement son dernier bonbon aux fruits.

– Pauvre bonne femme. Elle l'a élevé pratiquement toute seule. Les parents de Graham sont morts quand il avait trois ans, et l'année suivante c'est son mari qui est mort. (Il soupira.) Maintenant, c'est tout ce qu'il lui restait de famille qui a disparu.

– Elle a dit quelque chose sur les activités de Graham ?

L'inspecteur secoua la tête.

– Pour elle, c'était un petit ange. Ses seuls ennuis venaient de ses fréquentations, qu'elle n'a jamais approuvées. Il subissait leur mauvaise influence depuis le lycée.

– J'imagine qu'elle ne connaissait pas leurs…

Insch tira de sa poche un calepin où cinq noms étaient griffonnés.

– Pour un peu, j'allais oublier ! (Il remit le calepin dans sa poche.) Retour au quartier général ! Vous êtes censé être de repos et moi je dois poursuivre mon enquête.

Logan finit par revenir chez lui. Jackie était déjà partie, laissant une note sur le frigo : « J'ai un service de nuit complet. Retour demain. » Pas le moindre « je t'aime, Jackie », voire « bises ». Il dut donc se débrouiller tout seul, ce qui se termina par une grosse pizza arrosée de deux bouteilles de vin.

Le dimanche ne débuta pas sous des auspices bien glorieux. Réveil tout seul, errance dans l'appartement avec la gueule de bois, puis deux parts de pizza au micro-ondes pour le petit déjeuner. Tout nu dans la cuisine, il mâchonna un morceau agrémenté de fromage, en contemplant d'un œil morose la pluie qui tombait par intermittence. Au temps pour le régime ! Son ventre couvert de cicatrices commençait à accuser quelques rondeurs. Sans parler de la nausée menaçante !

Jackie n'étant pas revenue à 10 h 30, Logan s'en alla. Elle ne voulait pas lui parler ? Qu'elle aille se faire foutre ! Il avait mieux à faire que de tourner en rond dans cet appartement comme un adolescent fou d'amour. Sauf qu'il ignorait ce qu'il avait à faire précisément. Alors, pour le découvrir, il se mit à errer dans les rues d'Aberdeen.

Le Belmont Theatre donnait une rétrospective d'Alfred Hitchcock. Cela ferait l'affaire. Une journée entière à regarder Cary Grant pourchassé par des avions, Anthony Perkins reluquant des femmes sous leur douche, James Stewart manquant tomber du haut des toits... *La Mort aux trousses* atteignait son paroxysme, au moment de la bagarre au mont Rushmore, lorsque la sonnerie du mobile de Logan retentit. Des murmures de mécontentement se firent entendre dans la petite salle de cinéma. Étouffant un juron, Logan tira l'appareil de sa poche et voulut appuyer sur la touche de fermeture, lorsqu'il aperçut sur l'écran le numéro de l'inspecteur Steel. « Et merde ! » Lançant quelques excuses à la volée, il se précipita dans le couloir avant de décrocher.

En quelques mots, l'inspecteur Steel le mit au courant : Jamie McKinon venait de faire une tentative de suicide. Il se trouvait aux urgences.

En contemplant la salle des urgences de l'Aberdeen Royal Infirmary, nul n'aurait pu deviner qu'il se trouvait dans le plus grand hôpital du nord-est de l'Écosse. Le sol collant dégageait une odeur écœurante de vomissure, mêlée à celle du désinfectant à la résine de pin. Une petite infirmière asiatique les conduisit jusqu'à une vaste salle commune qui sentait le chou bouilli, occupée principalement par des vieillards. Passé par le bloc opératoire un peu plus d'une heure auparavant, Jamie McKinnon était à présent assis au bord de son lit, l'air hébété, un gros hématome sur le côté du visage, un œil gonflé à moitié fermé, la lèvre supérieure ouverte. Il se raidit lorsque l'inspecteur Steel se laissa tomber sur le lit à côté de lui.

– Jamie, Jamie, Jamie, dit-elle en lui tapotant la main. Si je vous manquais à ce point, il fallait le dire. Pas besoin de faire tout ça pour attirer mon attention.

Il retira sa main et lui lança un regard assassin de son œil valide.

– Je vous parle pas. Foutez le camp.

Steel lui sourit.

– La prison n'a pas réussi à entamer votre volonté de fer, hein, mon garçon ?

Jamie fixa le mur avec obstination.

– Bon... (Steel se mit à faire des bonds sur le lit, faisant grincer les ressorts.) Pourquoi avez-vous fait ça, Jamie ? Vous étiez dévoré de culpabilité pour avoir tué votre amie ? Vous cherchiez un moyen rapide d'en finir ? Il vaudrait mieux me parler. C'est nettement moins douloureux.

Pendant dix minutes, elle poursuivit sur le même ton, le taquinant, ironisant sur Rosie Williams, l'amour de sa vie. Comme on pouvait s'en douter, Jamie ne lui dit rien.

Logan, qui avait observé avec un malaise grandissant les méthodes de Steel, attendit qu'elle soit allée fumer une cigarette hors de la salle pour s'adresser à lui.

– Vous savez, Jamie, vous n'êtes pas tout seul dans cette affaire. Il y a des psychologues en prison. Vous pourriez...

– Pour qui elle se prend, celle-là ?

– Quoi ?

– Cette vieille peau retendue, qui vient ici et qui me traite comme de la merde ! J'suis pas d'la merde ! J'suis un être humain !

– Je le sais bien, Jamie. (Logan s'installa à la place laissée libre par Steel.) Qui vous a fait ça au visage ?

Jamie porta la main à son œil fermé.

– J'veux pas en parler.

– Vous êtes sûr ? Vous vous faites passer à tabac, et vous ne réagissez pas ?

Jamie McKinnon laissa échapper un gros soupir et s'enfonça dans ses oreillers.

– J'sais pas comment y s'appelle. John Quequ'chose. Y voulait… un truc. (Il haussa les épaules.) Vous voyez le genre de chose… mais j'en avais pas ! Putain, j'suis en prison. Où est-ce que j'aurais pu avoir de la came ? Mais y disait qu'j'en avais forcément, qu'il le savait, et qu'y comprenait pas pourquoi j'voulais pas lui en vendre.

– Alors il vous a foutu une raclée ?

Un sourire forcé apparut sur le visage de McKinnon.

– Pas seulement. Je lui en ai collé quelques bons, moi aussi…

Logan n'était pas dupe.

– Pourquoi croyait-il que vous en aviez ?

Le sourire contraint s'évanouit.

– J'sais pas.

Logan se recula un peu et ne le lâcha plus du regard, laissant s'installer un silence gêné.

– Euh… bon… je connaissais des gens, autrefois. Je pouvais avoir des trucs.

– Quel genre de trucs ?

McKinnon le regarda comme s'il avait affaire à un imbécile.

– Vous le savez bien, quel genre de trucs !

– Alors ce cogneur pensait que vos amis vous auraient approvisionné, même en taule ?

Jamie partit d'un petit rire et se mordit la lèvre, ce qui eut pour effet de rouvrir la blessure qui laissa échapper un filet de sang rouge à travers la croûte jaune.

– J'fournis plus personne, moi…

– Vraiment ?

Logan avait une petite idée de l'endroit où se trouvaient à présent ses fournisseurs : à la morgue, dans des sacs en plastique.

– Où allez-vous vous fournir, maintenant ?

Un long moment de silence suivit sa question.

– Je ne l'ai pas tuée.

– Vous n'arrêtez pas de le dire, Jamie, mais il y a des éléments de preuve, des témoins, et vous l'aviez déjà battue…

Jamie renifla, les larmes aux yeux.

– Je l'aimais.

Logan semblait perplexe. En dépit de tout ce que racontait Steel, il commençait à avoir la désagréable impression que Jamie pourrait bien dire la vérité.

– Racontez-moi ce qui s'est passé cette nuit-là. Depuis le début.

***

L'inspecteur Steel l'attendait dans le couloir, les mains dans les poches, contemplant un grand tableau orange et bleu.

– À votre avis, qu'est-ce que ça représente ? lui demanda-t-elle.

– C'est une représentation postmoderne de la naissance de l'homme. (Logan connaissait parfaitement tous les tableaux de l'hôpital. Il avait eu tout le temps de les admirer en poussant sa potence à perfusion le long des couloirs.) C'est beaucoup plus beau quand on est sous morphine.

Steel secoua la tête.

– Faut de tout pour faire un monde. (Elle jeta un regard acéré à Logan.) Alors, McKinnon a craché le morceau ? Il s'est confessé au bon flic ?

– Il continue à dire que ce n'est pas lui qui l'a tuée. Mais à part ça, il semble qu'il ait été l'un des revendeurs des jeunes qui sont morts dans l'incendie de lundi soir.

– Ça me paraît plausible. (Elle exhiba la fiche d'hôpital de McKinnon.) Tentative de suicide, mon cul ! Il a avalé une fourchette en plastique. Tous ces cons de prisonniers, à Craiginches, tentent le coup un jour ou l'autre. C'est pas mortel, on est transféré à l'hôpital pour des vacances nettement moins sécurisées. Au moment de la visite, n'importe qui peut leur apporter ce qu'ils veulent. McKinnon est un dealer, il a dû réclamer quelque chose avant de retourner au trou. Peut-être pour vendre, avec une partie pour son usage personnel. (Elle jeta la fiche d'hôpital dans une corbeille à papier et se dirigea vers la sortie.) Il faudra le garder sous surveillance.

Après un dernier regard à *La Naissance de l'homme*, Logan lui emboîta le pas.

Le reste de la journée fut consacré à obtenir une surveillance pour Jamie McKinnon et comme d'habitude Logan fit tout le travail. Steel fumait cigarette sur cigarette tout en faisant des « suggestions utiles », mais il dut se débattre tout seul avec la paperasse. Steel se contenta de présenter la requête au directeur de la police, qui fit la grimace. Il disposait de très peu d'hommes. Le mieux qu'il pouvait faire, c'était d'envoyer un agent en civil pendant les heures de visite, pour autant qu'il n'y eût rien de plus important au même moment.

Une fois la démarche effectuée, Steel partit en quête d'une bouteille de vin et d'une demi-douzaine de roses. Apparemment, sa nuit à elle promettait d'être plus agréable que celle de Logan.

Samedi, 20 h 30. Jackie devait se préparer pour le service de nuit. En l'entendant fredonner *The Flinstones* sous la douche, il se glissa à l'intérieur. Le bruit de l'eau s'interrompit, la chanson se mua en da-da, dum-de da-da… avant de reprendre, mais cette fois dans la version porno à laquelle elle s'adonnait au cours des fêtes, après quelques vodkas de trop.

Logan dressa la table, avec nappe et bougies, puis il disposa les drôles de plats que sa mère lui avait offerts l'année précédente pour Noël, à sa sortie de l'hôpital, et une bouteille de vin blanc tirée du réfrigérateur. Il venait de mettre des œillets dans un vase quand une voix le fit se retourner.

– C'est quoi, le but de tout ça ?

Jackie se tenait sur le seuil, enveloppée dans un peignoir rose Barbie, la tête enturbannée d'une serviette de bain, son plâtre au bras protégé de l'eau par un sac en plastique noir.

– Ça, dit-il en désignant la table d'un large geste du bras, c'est une offre de paix. (Il plongea la main dans un sachet en plastique portant la marque d'un restaurant indien.) Poulet *jalfrezi*, poulet *korma*, *nan*, *poppadums*, pickles de citron vert, *raita*, et ces petits pâtés aux oignons crus que tu aimes tellement.

107

Elle lui sourit.

– Je pensais que tu ne voudrais plus me parler... tu sais, après ce qui s'est passé vendredi... hier, tu es resté dehors toute la journée.

– Je me disais que tu devais avoir envie de rester seule. Tu avais passé la nuit sur le canapé...

– Je... je suis restée dehors sous la pluie jusqu'à 1 heure du matin. Je ne voulais pas te réveiller.

– Ah...

Silence.

Jackie se mordit la lèvre et prit une profonde inspiration.

– Écoute, je m'excuse d'être partie en trombe, l'autre jour. C'était pas à cause de toi, c'était moi... Enfin, t'aurais quand même pas dû laisser cette vieille garce te faire bosser ton jour de congé, mais je comprends aussi que c'était pas complètement ta faute. (Elle ôta le ruban adhésif fixant le sac en plastique sur son plâtre, qui avait pris une teinte jaune grisâtre.) Depuis le moment où je suis partie, je me suis emmerdée ! Du classement ! Tu te rends compte ? Je suis un excellent agent de police, et on me fout à classer de la paperasse ! (Elle prit une fourchette sur la table et se mit à se gratter le bras sous son plâtre.) J'ai cru que j'allais devenir folle...

Logan prit une fourchette propre dans le tiroir.

– Je commençais à me dire que tu en avais marre de moi, dit-il.

– Je dois avouer qu'en ce moment j'en ai marre de presque tout. Mais dans quinze jours j'en aurai fini avec ce plâtre à la con, je reprendrai mon boulot habituel et tout ira bien.

Pourvu que ce soit vrai, pensa Logan, qui n'avait aucune envie de revivre un tel week-end. Mais il se garda bien d'exprimer sa réflexion à haute voix et versa les plats de curry dans les assiettes.

Ils n'avaient même pas le temps d'une petite partie de jambes en l'air après le dîner.

Lorsque Logan se réveilla, un peu après 9 heures, son exemplaire du *Press and Journal* l'attendait sur le perron. Il apporta le journal dans la cuisine, de façon à le décorer de miettes de pain et de ronds de café, mais n'alla pas plus loin qu'une première bouchée de toast en découvrant le gros titre. « Le salaud ! » s'écria-t-il, en comprenant ce qui s'était passé au pub, le vendredi. « Le promoteur d'Édimbourg va créer de nombreux emplois ! » La plus grande partie de la première page, de la plume de Miller, était consacrée à une apologie du nouveau lotissement, trois cents maisons dans la ceinture verte, entre Aberdeen et Kingswells. « McLennan Homes est heureux d'annoncer la prochaine construction d'un nouveau lotissement dans les environs de la petite ville de Kingswells, ce qui se traduira par de nombreux emplois et de nouveaux services pour les habitants. » Logan ne put s'empêcher de ricaner. On leur avait déjà fait le coup. Miller en rajoutait des tartines sur les hauts faits de la société McLennan Homes et de son fondateur en particulier, qui avaient réalisé à Édimbourg des « maisons de qualité depuis plus de dix ans ». Curieusement, il n'était nulle part fait mention des autres activités de Malcolm McLennan, alias Malk the Knife : trafic d'armes et de drogue, proxénétisme, racket, usure, etc.

Logan relut l'article. Pas étonnant que Miller ait été si nerveux en l'apercevant au pub. Le journaliste avait été licencié du *Scottish Sun* pour avoir refusé de terminer une série d'articles sur le rôle de Malk the Knife dans le trafic de drogue ; il faut dire que deux porte-flingues de Malkie avaient menacé de lui trancher les doigts s'il n'abandonnait pas immédiatement ce bâton merdeux. Et, au cours de la dernière période de Noël, le même Malk the Knife avait tenté, en vain, de corrompre les services municipaux de l'urbanisme dans le cadre d'une juteuse affaire de lotissement. Apparemment, il avait eu plus de chance à la deuxième tentative.

Mais la principale affaire du jour ne figurait pas dans le *Press and Journal*. Elle apparaîtrait aux nouvelles du soir.

12

Les bruits étaient étouffés. Le brouillard plus épais ici, dans la forêt, que sur la route s'accrochait aux arbres et aux fougères, donnant au paysage un air étrange et inquiétant. La pluie avait pratiquement cessé un peu après minuit, laissant place à la bruine, puis au brouillard froid venu de la mer du Nord, le *haar*. Elle sentait sous ses pieds le sol froid et mouillé du sentier bordé par la silhouette fantomatique des pins, des chênes, des hêtres et des épicéas. Tout dégoulinants d'eau. Aujourd'hui, le bois de Tyrebagger semblait plus effrayant que la veille. N'importe qui pouvait se dissimuler dans les buissons, au détour du chemin, prêt à bondir sur elle... Évidemment, elle avait Benji pour la protéger, sauf que ce sale cabot avait profité du brouillard pour filer droit devant lui.

– Benji !.... Bennnnnnnji ?

Un craquement dans la forêt et elle se figea sur place. Une petite branche ? Benji ? Silence. Elle tourna les talons, faisant défiler devant elle le paysage gris et blanc. Il régnait un silence de mort. Exactement comme dans les films, juste avant qu'il n'arrive quelque chose d'horrible à la cruche blonde aux gros seins. Elle sourit. De ce côté-là elle n'avait rien à craindre, puisque plate comme une planche, brune et titulaire d'un mastère en biologie moléculaire. Elle était simplement un peu nerveuse avant cet entretien d'embauche. « Benji, où es-tu, boule de poils ? » Le brouillard avala ses appels sans même lui en renvoyer l'écho. Pourtant, elle était sûre qu'il y avait quelque chose...

Elle se remit en marche, prenant à contresens le sentier des sculptures. Une énorme tête de cerf surgit du brouillard, suspendue entre les arbres, mélange inquiétant de cerf du Père Noël et de morceaux de Ford Escort jaune vif. Chaque fois qu'elle voyait cette sculpture, elle ne pouvait s'empêcher de sourire. Mais pas cette fois. Là, elle y voyait quelque chose de primitif. De païen. De prédateur. En frissonnant, elle poursuivit son chemin et appela de nouveau Benji. Pourquoi fallait-il qu'il s'enfuie aujourd'hui, précisément ? Elle ne pouvait pas se permettre de passer toute la matinée à le chercher. Elle devait passer cet entretien à 11 h 30, et cette petite promenade dans les bois avait seulement pour but de lui calmer les nerfs. Pour le coup, c'était raté. Benji !

Nouveau craquement de branche. Elle se figea sur place.

– Oui ?

Silence.

– Il y a quelqu'un ?

Elle s'en voulut aussitôt d'avoir lancé ces mots. Autant mettre des talons aiguilles, un soutien-gorge pigeonnant et attendre le tueur avec sa hache.

Silence.

Pas le moindre murmure. On n'entendait que les battements de son cœur. Ridicule ! Ce n'était pas parce que la semaine précédente une femme avait été battue à mort qu'il y avait forcément quelqu'un tapi dans les bois...

Crac ! Elle retint son souffle. Il y avait bel et bien quelqu'un ! Fuir ? Oui, tout de suite ! Elle prit ses jambes à son cou, dans la boue, à travers les flaques. Les branches basses lui giflaient le visage tandis que de part et d'autre les arbres, déformés par le brouillard, prenaient des allures de tueurs fous. Quelqu'un courait derrière elle, elle entendait les craquements dans les buissons, une haleine qui se rapprochait.

Elle passa comme une flèche devant les arbres où étaient accrochés des poèmes et grimpa la colline en glissant sans cesse dans la boue. Soudain, elle se prit le pied dans une racine et s'étala de tout son long, se déchirant les mains et les genoux. Elle poussa un cri de douleur, mais son poursuivant n'en avait cure. Une forme sombre jaillit de la brume... et lui lécha frénétiquement le visage.

– Benji !

Elle se mit à quatre pattes avec forces jurons, tandis que Benji sautait de joie autour d'elle en agitant sa petite queue ridicule. Puis brusquement il se figea, demeura immobile quelques instants et se rua de nouveau dans l'épaisseur de la forêt.

– Espèce de sale cabot !

Un sang rouge phosphorescent coulait de ses paumes tachées de terre. Son pantalon déchiré laissait voir des genoux dans le même état, et elle avait un furieux mal de crâne. Elle posa deux doigts tremblants au-dessus de son œil gauche et tressaillit. Encore du sang.

– Super !

Elle allait faire une excellente impression pour cet entretien d'embauche. Il fallait l'annuler si elle ne voulait pas passer pour une femme battue.

– Saloperie de chien !

Un peu plus haut sur le sentier, Benji aboyait furieusement. Cette sale bête avait dû se rouler dans une charogne. En boitant, elle se laissa guider par le son, au milieu des bois noyés de brume, oubliant sa crainte du sinistre agresseur.

Le gyrophare d'Alpha 20 découpait de grosses barres bleues dans le brouillard. La voiture, vide, était garée sur l'un des parkings de Tyrebagger et sa radio schizophrène crachotait toute seule, tandis que l'agent Steve et sa collègue Buchan s'enfonçaient dans la forêt. À la recherche du corps.

Ils avaient reçu l'appel une vingtaine de minutes auparavant. On avait retrouvé le corps d'une jeune femme nue, battue à mort. D'après le Central, la personne qui avait prévenu semblait plutôt incohérente et parlait sans cesse de mort, d'arbres et de brouillard. De toute façon, l'agent Buchan n'était pas d'humeur à sourire. Elle s'était encore disputée avec Robert qui était revenu à la maison en puant la sueur rance et le parfum

112

bon marché. Il la prenait vraiment pour une idiote ? Le visage fermé, les mains dans les poches, elle suivait l'agent Steve qui jouait les flics zélés en commentant tout ce qu'il éclairait avec sa lampe torche, le long du chemin noyé de brume. Malgré son côté fils à sa maman, il avait un joli petit cul. Elle pourrait... Un petit sourire naquit sur ses lèvres à l'idée de tout ce qu'elle pourrait faire avec Steve. Sans compter que ce serait infiniment plus amusant que la soirée glauque qui l'attendait chez elle.

Ils escaladaient la colline en suivant le chemin rendu glissant par la pluie. Après le sommet, ils découvrirent un poteau avec un écriteau racontant qu'une femme nommée Matthews avait sculpté un groupe de bisons d'Europe dans une forêt primaire avec du treillage métallique, de la mousse, de la laine et des morceaux de métal. Plus l'habituel baratin patrimoine, municipalité, art, subvention, bla-bla. L'agent Buchan laissa retomber le livret plastifié contre le poteau et suivit du regard une sente à peine visible qui se perdait au milieu des arbres. Sans un mot, elle plongea dans le brouillard.

La voix de Steve qui parlait tout seul s'évanouit au fur et à mesure qu'elle s'éloignait, jusqu'à s'éteindre tout à fait.

La sente qui escaladait la colline ne tarda pas à se perdre dans l'épaisseur de la forêt. L'ombre des arbres se détachait comme des squelettes menaçants dans le brouillard. On se serait cru au crépuscule. Soudain, elle entendit comme un faible sanglot. Elle se figea.

– Il y a quelqu'un ?

Elle escalada un petit escarpement et se retrouva en terrain plat.

– Vous m'entendez ?

Rien.

– Putain...

Pour se rassurer, elle tira sa lampe torche de sa ceinture, tout en sachant que le brouillard lui renverrait le faisceau lumineux. Et puis on peut toujours se servir de la lampe comme matraque ! Elle s'avança dans la purée de pois... Mais qu'est-ce que c'est

113

que ça ? Des cadavres d'animaux, allongés dans l'herbe, au milieu des arbres.

C'étaient des sculptures de bisons reposant dans la forêt primaire. L'agent Buchan n'y connaissait peut-être pas grand-chose en art, mais elle était accessible à la peur et ces machins-là lui filaient les chocottes. Les sanglots étaient à présent plus distincts et semblaient provenir du côté où se trouvait le plus gros animal, dont la carcasse trouée laissait voir des écharpes de brume.

Elle alluma sa lampe. Deux yeux verts jaillirent aussitôt de l'environnement laiteux et un grondement sourd déchira le silence comme un couteau rouillé.

Les yeux se rapprochaient. Lentement, elle porta la main à sa ceinture et tira de son étui une petite bombe de gaz lacrymogène.

– Gentil, le chien.

Un bon coup de gazeuse suffirait à décourager la bestiole.

La « bestiole » qui surgit du brouillard était un épagneul, mais dépourvu de la gentille exubérance habituelle chez ces chiens-là. Celui-ci, les babines retroussées sur des dents pointues comme des dagues, faisait entendre un grondement menaçant. Elle dirigea le jet de gaz sur sa gueule et le grondement cessa brusquement. Puis l'animal se mit à courir maladroitement autour d'elle en gémissant, cherchant à échapper à la douleur. En passant devant lui, l'agent Buchan ne résista pas au plaisir de lui balancer un bon coup de pied dans les côtes.

Les sanglots venaient de derrière le bison pourrissant. C'était une femme, d'environ vingt-cinq ans, le visage, les mains et les genoux couverts de sang mêlé à de la terre. Pas si morte que ça, la bonne femme ! Encore un canular. Elle remit la bombe de gaz dans son étui.

– Ça va ?

Pour toute réponse, la jeune femme tendit une main tachée de sang en direction du bison, couché sur le sol comme s'il avait été surpris par la mort au moment de se relever. L'agent Buchan tourna le faisceau de sa lampe vers la statue dans toute sa glorieuse décomposition. Il y avait quelque chose de blanc étendu le long de la sculpture, difficilement identifiable dans le brouillard.

– Et merde...

Elle prit la radio accrochée à son épaule et appela le Central.

L'inspecteur principal apparut sur le seuil de l'appartement de Logan, vêtue d'un tailleur qui semblait presque neuf. Elle s'était même brossé les cheveux. Cela ne changeait pas grand-chose, mais c'était l'intention qui comptait.

Elle tira une cigarette d'un paquet presque vide, sans paraître remarquer qu'elle en avait déjà une fichée entre les lèvres.

– J'ai une bonne nouvelle pour vous, monsieur le héros de la police. On vient de découvrir une deuxième pute assassinée !

Quelques instants plus tard, à bord de la petite voiture de sport de Steel, ils filaient à toute allure sur la route d'Inverurie en direction de la forêt de Tyrebagger. Vu l'allure à laquelle elle roulait, ils n'en avaient pas pour plus d'un quart d'heure.

– Bon, et maintenant expliquez-moi pourquoi c'est une bonne nouvelle, fit Logan en s'efforçant de garder son calme en dépit du brouillard et de la vitesse.

– Deux prostituées assassinées, toutes les deux nues et battues à mort. Ça n'est plus une simple enquête sur un meurtre. On a affaire à un vrai tueur en série !

Logan tourna un peu la tête et en dépit de la fumée de cigarette, aussi dense que le brouillard à l'extérieur, il distingua le large sourire qui s'épanouissait sur le visage de Steel. Elle lui adressa un clin d'œil.

– Réfléchissez, Lazare ! Pour nous, c'est le seul moyen d'échapper à l'équipe des Branleurs ! On a déjà Jamie McKinnon en détention provisoire, ne reste plus qu'à prouver sa participation aux deux assassinats et on est bons. Finies, les affaires merdiques dont personne ne veut, finis, les culs-de-jatte et les demi-portions qu'on affecte d'office à notre équipe. Pour vous et moi, retour au vrai boulot de policier !

À cause du brouillard, ils faillirent manquer la petite route sinueuse qui s'enfonçait dans la forêt. Quelques instants plus tard, le lent mouvement d'un gyrophare bleu marquait la présence d'une voiture de patrouille sur le parking. Elle se rangea entre le Transit crasseux de l'identité judiciaire et une superbe Mercedes. *Ça doit être celle d'Isobel*, pensa Logan. Manquait plus qu'elle ! Autour d'eux, enveloppée de son épais manteau blanc, la forêt était dense et silencieuse. Steel échangea ses chaussures curieusement impeccables contre une paire de vieilles bottes en caoutchouc, et ils grimpèrent à l'assaut du chemin.

– Que sait-on de la victime ? demanda Logan.

Elle alluma une cigarette avec le mégot de la précédente.

– D'après le Central, elle était « nue et passée à tabac ». Alors j'ai dit : « C'est pour moi. »

– Dans ce cas, comment savez-vous que c'était une prostituée ?

– Il y a plein de préservatifs dans son sac à main. Pas de carte d'identité, mais des tonnes de préservatifs. C'était peut-être une artiste du souffler de ballon érotique, mais je pencherais plutôt pour une pute.

– Et si c'est pas le cas ?

– Comment ça ?

– Et si c'est pas un tueur en série ? Et si c'était pas McKinnon ? Si c'est un vulgaire imitateur ?

Steel haussa les épaules.

– Le moment venu, on brûlera nos vaisseaux.

Malgré l'épaisseur du brouillard, ils n'eurent aucun mal à trouver le lieu du crime, violemment éclairé par le flash du photographe de l'identité judiciaire. Ils passèrent sous le gros ruban bleu de police tendu entre les arbres et découvrirent aussitôt les sinistres carcasses pourrissantes des animaux. Un peu plus loin, renonçant à la traditionnelle tente de protection, trop grande pour tenir entre les arbres, l'identité judiciaire avait tendu des bâches de couleur bleue sur un entrelacs de branches et de rubans de police.

Logan et Steel enfilèrent avec difficulté des combinaisons blanches jetables et des bottines assorties. L'identité judiciaire avait érigé un praticable de la largeur d'un plateau à thé, fait de rectangles métalliques posés sur des pieds, de façon que personne ne souille les lieux du crime. Ils l'empruntèrent pour se rendre jusqu'au corps que le médecin légiste examinait, sous les flashs du photographe de l'identité judiciaire. La victime était allongée sur le côté, un bras étendu au-dessus de la tête, les jambes ouvertes en ciseaux. L'un des techniciens demanda alors à Isobel s'il pouvait ensacher les mains. Elle acquiesça, et il enveloppa les deux mains sanguinolentes dans des sacs en plastique transparents, de façon à préserver d'éventuelles traces sous les ongles. Logan constata avec surprise qu'ils avaient fait de même avec la tête, avant de comprendre qu'il s'agissait d'un sac de congélation bleu. La peau, couleur de porcelaine, était recouverte de zébrures et d'ecchymoses, et une épaisse ligne sombre sur toute la longueur du corps marquait l'endroit où le sang s'était accumulé après la mort.

Isobel s'accroupit, ôta ses gants en latex et les tendit à la première personne qu'elle aperçut à ses côtés. Elle avait l'air hagarde, comme si elle manquait de sommeil, et sous ses yeux on devinait de larges cernes en dépit du maquillage. Elle contempla un long moment le sac en plastique sur le visage de la victime avant de lancer :

– Emmenez-la à la morgue.

Tandis que l'un des techniciens appelait une entreprise de pompes funèbres sur son mobile, Isobel remit maladroitement ses instruments dans son sac.

– Alors, que s'est-il passé ? demanda Logan

Elle sursauta.

– Ah, c'est toi. (Elle ne semblait guère enchantée.) Si tu t'attends à des hypothèses hardies, tu es mal tombé. Tant qu'on n'aura pas ôté le sac de la tête de la victime, je serai incapable de dire si elle a été frappée à mort comme l'autre ou si elle a été étouffée.

– À quand pourrait remonter la mort ?

Isobel jeta un regard à la forêt sombre et silencieuse.

– Difficile à dire. La rigidité cadavérique est apparue puis a disparu... à cause du froid, de l'humidité... Je dirais environ trois jours. Mais avec toute la pluie qui est tombée, il ne restera plus guère d'éléments de preuve. (Elle montra la ligne rouge foncé qui courait tout le long du corps, depuis les doigts tendus jusqu'aux pieds, hémoglobine congelée, prisonnière de la chair la plus proche du sol de la forêt.) Vu la lividité de la peau, je dirais que soit elle a été tuée ici, soit l'assassin a jeté le corps dans les deux heures qui ont suivi la mort. (Elle étouffa un bâillement.) N'en fais pas état, mais à mon avis il l'a amenée ici, s'est débrouillé pour qu'elle se déshabille et l'a frappée jusqu'à ce que mort s'ensuive.

– Il aurait pu aussi la déshabiller après la mort, rétorqua Logan en jetant un coup d'œil au cadavre.

Isobel lui lança un de ces regards hautains dont elle avait le secret.

– Tu as déjà essayé de dévêtir un cadavre ? Il était beaucoup plus facile de l'amener à ôter elle-même ses vêtements sous prétexte de faire l'amour.

Logan ne parvenait pas à détacher ses yeux du corps de la fille.

– Trois jours, ça nous amène à vendredi soir. Il pleuvait comme vache qui pisse. Impossible qu'elle soit venue jusqu'ici pour une passe rapide. Ça se fait dans les portes cochères, à l'arrière des voitures. Pas en plein milieu de la forêt...

– Je suis sûre que vous connaissez ça mieux que moi, sergent, dit-elle sèchement. Et maintenant, si tu veux bien m'excuser, il faut que j'aille préparer l'autopsie.

Elle partit en trombe, serrant contre elle son sac de médecin comme si elle voulait le broyer. Ou comme si c'étaient les testicules de Logan. Steel attendit qu'elle ait disparu avant d'administrer une claque sur l'épaule de Logan.

– Vous la baisiez ? demanda-t-elle, admirative. Eh bien, dites donc, vous avez dû vous geler la bite !

Logan l'ignora. Les lieux du crime ne semblaient pas receler le moindre indice, mais on ne savait jamais. Il appela le Central sur son mobile et demanda qu'on envoie sur place tous les agents spécialistes de la fouille des terrains, ainsi qu'un officier pour organiser les équipes. Après tout, comme le disait Steel, pourquoi aboyer soi-même si on a un chien ? Et, tant qu'ils y étaient, une salle des opérations mobile ne serait pas de trop.

Steel le regarda d'un air approbateur.

– Bon, dit-elle lorsqu'il eut coupé la communication. Faites reculer les troupes jusqu'au parking principal. Ratissage minutieux depuis là-bas jusqu'à l'endroit où on a découvert le cadavre. Et tant qu'on y est, faites boucler les lieux du crime avec un ruban de police de six cents mètres. Je veux qu'on passe tout au peigne fin, chaque arbre, chaque buisson, chaque terrier de lapin. Et je veux parler à la femme qui a découvert le corps.

Il dut avoir l'air surpris, car elle lui adressa un sourire carnassier.

– N'oubliez pas qu'on n'est pas une équipe de branleurs.

Pourvu que ce soit vrai, pensa Logan.

13

Lorsque le substitut du procureur arriva sur les lieux, les recherches avaient déjà commencé. Noyé dans le brouillard, le parking était rempli de voitures de patrouille et de véhicules de transport qui auraient tous eu besoin d'un bon lavage. Elle se gara à l'extrémité du parking, bloquant une petite voiture de sport. Deux femmes assassinées en une semaine, toutes les deux battues à mort et dénudées. Peut-être était-ce une coïncidence, mais plus vraisemblablement l'œuvre d'un tueur en série. Le sourire aux lèvres, elle escalada la colline, guidée par la lueur intermittente des lampes torches qui trouait l'épais brouillard. Un tueur en série pour sa première affaire ! Bon, d'accord, en principe, c'était au procureur de s'en occuper, mais elle agissait en qualité de substitut et prenait les choses en main en attendant son arrivée. Rachael Tulloch n'aurait pu rêver meilleure occasion de briller. L'enquête allait susciter une énorme publicité, ce qui, par ricochet, impliquait une promotion pour elle. Si personne ne bousillait l'enquête et ne laissait filer le coupable ! Elle franchit un cordon de policiers vêtus de gilets fluorescents jaunes qui fouillaient méthodiquement le sous-bois. Tout cela paraissait mené de façon extrêmement efficace. Probablement l'inspecteur principal Insch. Au parquet d'Aberdeen, on avait le plus grand respect pour lui, ce qui n'était pas le cas d'autres inspecteurs principaux.

Au sommet de la colline, nulle trace de l'inspecteur Insch, mais un mouvement incessant autour d'une silhouette courtaude en combinaison blanche, un mégot fiché entre les lèvres. Rachael se sentit défaillir. Si c'était Steel qui dirigeait l'enquête, tout était fichu. Elle n'avait guère travaillé avec cette femme, seulement pour l'affaire Rosie Williams et cette histoire de tronc de chien dans les bois, mais elle ne lui avait pas fait grande impression. En outre, elle avait appris la façon dont le procès de Gerald Cleaver, l'année précédente, avait été perdu à cause d'elle. Cleaver, pédophile connu de la justice, avec des condamnations pour violences, avait réussi à s'en sortir malgré les vingt témoins prêts à déposer contre lui. Tant pis... Rachael Tulloch entendait bien faire son travail consciencieusement.

Elle enfila une combinaison blanche jetable, s'approcha de l'inspecteur Steel et demanda sèchement à être mise au courant. Et puis, ne pourrait-elle jeter cette cigarette ? C'étaient quand même les lieux du crime ! Steel la considéra d'un air interrogateur, laissa s'écouler un moment beaucoup plus long que nécessaire et lui demanda finalement si le cul la démangeait. Parce que, dans ce cas, un bon coup de botte pointure 37 pourrait arranger les choses. Sidérée, Rachael Tulloch en resta muette.

– Écoutez-moi bien, Boucle d'or, dit Steel d'un ton glacial en lui envoyant d'une pichenette un peu de cendre. Je fume une clope parce qu'on a déjà inspecté cette clairière centimètre par centimètre. Et je suis inspecteur principal de la police des Grampian, pas une débile à qui on peut donner des ordres. Compris ?

Elle se retourna et renvoya tous les agents agglutinés autour d'elle avec un aimable :

– Et maintenant, bande de nazes, retournez au boulot ! Je veux qu'on passe toute cette forêt au peigne fin. Je dis bien « toute la forêt » ! On laisse rien de côté. Je veux qu'on fouille tout, le moindre terrier de lapin et de blaireau, les ruisseaux, les buissons, les orties, absolument tout.

Les policiers s'empressèrent d'obéir, laissant dans la clairière l'inspecteur Steel et le substitut du procureur cramoisi, au milieu des sculptures aux allures de mort.

— Vous voulez qu'on reprenne tout depuis le début ? demanda Steel.

Logan s'avançait tout seul au milieu du brouillard, surveillant les équipes de recherche. Mais à quoi pouvait bien rimer cette quête d'indices dans l'herbe mouillée ? Ce n'était qu'une perte de temps. Sur les lieux du crime, minutieusement fouillés, on n'avait trouvé que le sac à main de la victime, à présent examiné sous toutes ses coutures par l'identité judiciaire. Le seul endroit où l'on aurait pu espérer trouver quelque chose, c'était le parking, mais les éventuels éléments de preuve avaient été écrasés par les roues des voitures et des minibus de la police, foulés par d'innombrables bottes en caoutchouc. Les équipes de recherche finiraient peut-être par trouver quelque chose, mais Logan en doutait fort. Le scénario le plus probable était le suivant : ramasser la fille, garer la voiture, la forcer à sortir sous la pluie, la frapper jusqu'à ce que mort s'ensuive et déshabiller le cadavre. Il n'y avait aucune raison pour que l'assassin ait semé des indices dans toute la forêt et en pleine nuit, comme un Petit Poucet.

Logan traversa un pont glissant et poursuivit sa progression vers le haut de la colline. La dernière équipe se trouvait sur le flanc sud de la forêt, revenant vers l'endroit où l'on avait découvert le corps. Ces recherches étaient peut-être inutiles, mais l'inspecteur Steel tenait à ce que tout soit fait dans les règles de l'art.

L'équipe descendait la pente en fouillant méthodiquement les sous-bois à l'aide de bâtons et il distingua alors une femme qui le dévisageait d'un air méprisant : la grosse conne du lundi précédent, celle qui s'en était prise à lui parce que l'agent Maitland s'était fait tirer dessus. Et, à côté d'elle, quelqu'un qu'il ne se serait pas attendu à trouver là : Jackie Watson, fouillant les buissons au moyen d'une perche tout en écartant une branche avec son plâtre. Elle aussi se montra surprise en le voyant. Il l'attira sur le côté.

— Mais qu'est-ce que tu fous ici ?

– Je ne suis pas vraiment ici. En ce moment, je suis en train de mettre à jour les statistiques du service criminel. C'est ce qui est écrit sur le registre des affectations, donc, ça doit être vrai.

– Mais enfin, Jackie ! Tu es censée faire un travail de bureau, pas être sur le terrain ! Si l'inspecteur principal s'en aperçoit, tu vas plonger !

– Steel ? Elle s'en fout pas mal. Écoute, je voulais seulement m'échapper un peu du bureau, c'est tout. Faire du vrai travail de police, pour changer, au lieu de remuer de la paperasse. (Elle jeta un coup d'œil par-dessus son épaule : un sergent à gueule de raie, faux bronzage et les yeux protubérants, se dirigeait vers eux.) Fiche le camp avant de m'attirer des ennuis !

– Il y a un problème ? demanda le sergent.

Après un bref regard en direction de Jackie, Logan répondit que non, il n'y avait aucun problème. Comment se passaient les recherches ? Le sergent à tête de poisson fit la grimace.

– On est à des kilomètres du lieu du crime et je ne vois pas pourquoi l'assassin aurait traîné le corps sur une telle distance, alors que le parking était tout près. On perd son temps, là…

Logan fit valoir l'importance d'une recherche méthodique, tout le monde appréciait les efforts de son équipe, bla-bla-bla…

La policière maussade s'était attardée durant la conversation de Logan avec le sergent, laissant ses collègues s'éloigner dans le brouillard.

– Mais qu'est-ce qu'on fout ici ? lança-t-elle, d'un air renfrogné.

Logan voulut répondre, mais le sergent ne lui en laissa pas le temps.

– Vous êtes ici parce que vous êtes agent de police ! Et maintenant, rejoignez votre équipe avant que je vous foute mon pied au cul !

Elle fusilla Logan du regard, comme s'il était la cause du savon qu'elle venait de se prendre, fit demi-tour et se mit à fouiller le buisson le plus proche en grommelant des obscé-nités, avant de rejoindre Jackie et la ligne d'agents en uniforme. Trente secondes plus tard, Jackie se retourna vers

Logan, qui laissa échapper un soupir. Cette satanée bonne femme était probablement en train de lui raconter tout le mal qu'elle pensait de lui. Et vu la tête que faisait Jackie, celle-ci devait lui donner raison. Tant pis pour leur réconciliation. La trêve n'aurait duré qu'une journée.

Oh, et puis en voilà assez ! Il allait... Un hurlement déchira le brouillard avant d'être étouffé par les arbres et les sous-bois. Le silence ne dura qu'une fraction de seconde, puis tout le monde se mit en mouvement. Logan dévala la pente, le sergent poisson sur ses talons, et ils se retrouvèrent rapidement devant un ravin presque à pic, dont les flancs étaient recouverts d'orties et d'ajoncs épineux. À mi-pente, on apercevait une policière, étendue sur le dos, au milieu d'un bouquet d'ajoncs. Sa jupe et son chandail relevés laissaient voir une peau laiteuse qui commençait à virer au rouge sous l'effet des piqûres d'ortie. Elle jurait comme un charretier.

– Ça va ? lança le sergent à tête de poisson.

Nouvelle bordée de jurons.

Surpris, Logan aperçut alors Jackie au bord du ravin, contemplant sans rien dire sa collègue qui tentait de se remettre debout.

– C'est l'agent Buchan, dit-elle enfin. Elle a dû glisser, ajouta-t-elle en souriant.

Cinq minutes plus tard, ils parvinrent à extraire l'agent Buchan de son nid d'orties. Haletante, grimaçante, se grattant sans cesse, elle ne cessait de jeter des regards assassins à Jackie. Elle avait la peau si rouge et si gonflée qu'elle ne pouvait même pas rabaisser son chemisier et son chandail, tant cela lui était douloureux ; le sergent la renvoya chez elle. Tandis qu'elle s'éloignait en boitillant, les bras écartés pour ne pas accroître ses démangeaisons, le sergent confia à Logan à quel point c'était une femme agréable. Jackie lui adressa un clin d'œil.

Lorsqu'ils se retrouvèrent enfin seuls, Logan lui demanda :

– J'espère que tu n'as rien à voir avec ça !

Elle sourit.

– Personne ne peut insulter mon homme et s'en tirer comme ça.

Logan redescendit la colline, tout joyeux. D'après sa montre, il était 12 h 50. S'ils se dépêchaient un peu, Steel et lui pourraient être de retour au quartier général pour manger un morceau avant qu'Isobel commence l'autopsie. Pour gagner la clairière et ses sculptures menaçantes, il emprunta un raccourci. Arrivé en haut de l'escarpement, le brouillard prit soudain une teinte dorée. Un rayon de soleil éclairait l'extrémité de la clairière, où deux hommes en complet noir déposaient un sac en plastique bleu dans un cercueil en métal. L'inspecteur Steel expliquait quelque chose au procureur, qui opinait d'un air grave. Logan décida d'attendre un peu, mais un toussotement retentit derrière lui. Il se retourna et découvrit le nouveau substitut, vêtue d'une combinaison blanche jetable, ses cheveux bouclés s'échappant de la capuche qui lui enserrait le visage. Au-dessus du masque, ses yeux verts étincelaient.

– Comment se passent les recherches ? demanda-t-elle.

Logan lui expliqua tout, omettant la chute de Buchan et ses bordées de jurons. Rachael acquiesça à la fin de son récit, comme si elle s'était attendue à tout cela.

– Je vois… Et que faites-vous du sac à main ?

– Pourquoi l'a-t-il laissé derrière lui, vous voulez dire ? (Il réfléchit.) Deux explications possibles : un, il a voulu nous transmettre un message, soit quelque chose dans le sac, soit quelque chose qui manque dans le sac ; deux, c'était une erreur de sa part. Peut-être le lui a-t-elle jeté à la figure, et il n'a pas pu le retrouver dans l'obscurité, après l'avoir tuée. Ou alors elle l'a laissé tomber en tentant de s'enfuir… Avec seulement deux cadavres, il est difficile de trouver des éléments communs.

– Seulement deux cadavres, dites-vous ! (D'un regard, elle embrassa les lieux du crime, le bison pourrissant, le petit praticable en métal, les rubans de police.) Combien nous en faudra-t-il encore ?

Pendant ce temps, Steel et le procureur poursuivaient leur discussion.

– Après tout ce temps écoulé et la pluie, il y a peu de chances de retrouver quelque chose, expliquait Steel, mais je tiens à ne négliger aucune piste. (Elle redressa les épaules et pointa le menton.) Il y a un assassin dans la région, et nous l'attraperons.

Logan faillit éclater de rire. Quelle blague ! Mais le procureur semblait impressionné. Adoptant à son tour une pose martiale, elle leur demanda de la tenir informée des développements de l'enquête, si elle pouvait faire quelque chose, qu'ils n'hésitent pas, etc. Puis elle s'en alla, accompagnée de son adjointe. Rachael se retourna et darda un moment son regard vert émeraude sur Logan avant de disparaître. Il la regarda s'éloigner dans le brouillard, puis demanda à Steel :

– Vous lui avez passé de la pommade, hein ?

Steel haussa les épaules, tira de sa poche un paquet de cigarettes vide et le secoua, comme pour en faire apparaître une par magie.

– Vu notre position, on a besoin d'amis. Mme le procureur et Mme Cheveux bouclés vont maintenant aller raconter au chef de la police que nous ne bousillons pas l'enquête. Que nous respectons scrupuleusement les procédures. (Elle froissa le paquet vide dans le creux de sa main.) Les choses commencent à s'arranger, je le sens.

– Et, donc, vous avez compris que Jamie McKinnon n'est pas un tueur en série, dit-il en regardant les employés des pompes funèbres emporter le cercueil de métal. Si la victime a été tuée il y a trois jours, ça nous amène à vendredi soir... et à ce moment-là, Jamie était bouclé à Craiginches.

Steel laissa échapper un soupir.

– Je sais, mais on a le droit de rêver, non ?

À 13 h 30 tapantes, il commençait à y avoir beaucoup de monde à la morgue. Outre Isobel et son assistant Brian, il y avait Steel, Logan, le procureur et son substitut, le Dr Fraser, médecin légiste contrôleur, un photographe de l'identité judiciaire, le commissaire directeur de la brigade criminelle, l'adjoint au chef de la police et son assistant. C'était tout le gratin de la police et de la justice locales qui se trouvait rassemblé, inquiet à l'idée qu'un nouveau tueur en série puisse sévir à Aberdeen. Car ils vivraient un véritable cauchemar politique dès que les médias se seraient emparés de l'affaire. Le bon Dieu lui-même finit par faire son apparition, en la personne du chef de la police, et on lui offrit la place d'honneur, en bout de table. Logan se demanda s'il comptait réciter le bénédicité avant qu'Isobel se mette à la découpe.

C'est dans un silence attentif qu'elle débuta l'examen externe du corps. Suivant en cela les instructions d'Isobel, les techniciens de l'identité judiciaire, après avoir prélevé divers échantillons sur la victime, avaient disposé le cadavre dans la position exacte où il avait été découvert dans la forêt : allongé sur le côté, les jambes ouvertes en ciseaux sur l'acier étincelant de la table de dissection, un bras au-dessus de la tête, l'épaisse ligne de sang coagulé bien visible tout au long du corps. On avait ôté le plastique bleu autour de sa tête, révélant un visage tuméfié avec des yeux protubérants et injectés de sang qui semblaient contempler l'assistance d'un regard indigné. Quelque chose dans ce tableau fit frissonner Logan. Ce n'était pas là une autopsie habituelle, lorsque le corps est allongé sur le dos, lavé, cliniquement mort. Avec ce corps arrangé à la façon dont il avait été découvert, ils se retrouvaient dans la position de voyeurs assistant aux derniers instants de la victime. Comme si tout cela faisait partie de la mise en scène du tueur. De nouveau, Logan réprima un frisson. Steve avait raison, il devenait carrément morbide.

Trois heures plus tard, l'assistance, pâle et commotionnée, se retrouvait dans une vaste salle de réunion au deuxième étage. On avait envoyé un policier en uniforme qui passait par là chercher du café, mais pas la lavasse dans son gobelet de plastique du distributeur, non, le bon café réservé aux grandes occasions. Le chef de la police avait estimé qu'ils en avaient tous besoin, ce que Logan n'avait guère envie de contredire.

Dans un coin de la salle, le Dr Fraser complimentait Isobel, qui souriait avec modestie, pour cette autopsie menée de main de maître. Impeccable. Très révélatrice. Derrière Logan, quelqu'un murmura : « Mon Dieu, fallait-il vraiment éplucher le visage de cette malheureuse ? » Au fond, le procureur éclata de rire à une plaisanterie du chef de la police. Le nouveau substitut esquissa un sourire contraint, mais elle était encore verte. Lorsque les rires se furent éteints, l'adjoint au chef de la police tapa bruyamment avec sa cuiller sur le flanc de sa tasse en porcelaine, obtenant instantanément le silence. Le moment était venu d'autopsier l'autopsie. Isobel leur expliqua en détail ce à quoi ils avaient assisté, illustrant les points principaux au tableau avec des croquis de crâne, de côtes et de membres fracturés.

— La mort a été causée par asphyxie, dit-elle en encerclant de rouge le crâne dessiné sur le tableau blanc. En partie due au sac en plastique serré autour de la tête de la victime, en partie due à un pneumothorax : le poumon droit a été perforé par l'extrémité des quatrième et cinquième côtes. La cage thoracique remplie d'air, le poumon s'est affaissé. La cyanose a dû être rapide et fatale.

Steel posa alors la question qui brûlait toutes les lèvres : avait-on affaire au même mode opératoire que pour Rosie Williams ? Les deux femmes avaient-elles été tuées par le même assassin ?

— Eh bien, inspecteur, répondit Isobel avec un sourire condescendant, vous pouvez imaginer qu'une réponse ne pourrait être que largement hypothétique, car...

Mais Steel ne l'entendait pas de cette oreille.

— Répondez par oui ou par non.

Isobel se raidit.

— Peut-être. Pour l'instant, je ne peux pas en dire plus.

Mais Steel ne s'avouait pas facilement vaincue.

— Peut-être ?

— Bon, de toute évidence, la première victime n'avait pas la tête enveloppée d'un sac... Il faudrait que je revoie les notes de la première autopsie...

D'un geste de la main, Steel l'interrompit.

— Dans ce cas, je vous suggère de le faire immédiatement. Il faut absolument savoir si nous avons affaire à un ou à deux dangereux maniaques.

Et comme Isobel ne bougeait pas, elle ajouta :

— Sauf, bien sûr, si vous avez des choses plus importantes à faire.

Avec irritation, Isobel déposa sa tasse sur sa soucoupe, adressa un signe de tête au chef de la police et quitta la salle en compagnie de Brian, en promettant à l'inspecteur de lui remettre un rapport dans l'heure. Un moment de silence suivit ses paroles, tous les regards se détournèrent de l'inspecteur Steel avant d'y revenir lorsque les portes se furent refermées derrière Isobel.

– Je n'entends prendre aucun risque dans cette affaire, déclara Steel avec un petit sourire. Il y a des vies en jeu.

Les questions, alors, fusèrent de toute part : « Inspecteur, que comptez-vous faire ? Qu'allons-nous dire à la presse ? Combien d'hommes vous faut-il ? » Steel demeura impassible, mais Logan sentit combien, au fond, elle exultait.

14

Organisée à la hâte, la conférence de presse débuta à 17 h 30 de façon à pouvoir être répercutée aux infos de 18 heures. Le chef de la police, son adjoint, l'inspecteur principal Steel et une belle blonde du service de presse se tenaient derrière une série de tables ornées du logo de la police des Grampian, face aux journalistes de la presse écrite et audiovisuelle. Steel, qui avait réussi à dompter sa chevelure rebelle et arborait pour l'occasion un tailleur flambant neuf, offrait l'apparence d'un officier de police compétent et déterminé, et non, comme à l'ordinaire, d'un mélange de traînée et de chien de terrier. Logan, lui, se tenait au fond de la salle, derrière les journalistes et les appareils photo. Isobel n'avait pas menti : dans l'heure qui avait suivi, Steel avait un rapport sur son bureau. Il n'existait que peu de différences entre les deux assassinats, probablement perpétrés par le même homme.

Lorsque le chef de la police eut révélé la découverte d'un corps de femme dans la forêt de Tyrebagger, des mains se levèrent dans l'assistance. « Est-ce l'œuvre d'un tueur en série ? Avez-vous déjà des suspects ? Et l'homme qui a été arrêté ? Avez-vous identifié la victime ? Pourquoi avoir confié l'enquête à l'inspecteur principal Steel ? »

Le chef de la police se pencha en avant.

– L'inspecteur Steel bénéficie de ma confiance la plus totale.

– Sarah Thornburn, de *Sky News*. Est-ce bien judicieux,

après la piètre performance de l'inspecteur dans l'affaire Gerald Cleaver ?

Steel bouillait de rage, mais elle parvint à garder le silence, tandis que le chef de la police expliquait à quel point l'inspecteur principal Steel était un officier solide, compétent, expérimenté, répétant qu'elle bénéficiait de toute sa confiance. De sa confiance la plus totale. Logan grimaça : c'était ainsi que s'exprimait le Premier ministre chaque fois qu'un membre de son gouvernement était surpris la main dans une culotte ou dans un tiroir-caisse. Un peu avant d'avoir à accepter sa démission. À son grand regret, évidemment. On posa d'autres questions, mais Logan n'écoutait plus, cherchant du regard, dans la foule, un natif de Glasgow vêtu d'un complet coûteux... Colin Miller était assis entre une femme à la mâchoire chevaline, de *BBC News*, et un journaliste avachi du *Daily Record*, écrivant furieusement sur un assistant personnel tenant dans le creux de la main. Dès que le chef de la police se leva, signifiant ainsi la fin de la conférence de presse, Miller se précipita dehors.

Logan le rejoignit sur le parking.

– Eh bien alors ? Vous ne m'adressez plus la parole ?

– Mmm ? (Miller leva la tête vers son interlocuteur et poursuivit son chemin.) J'ai des choses à faire.

– Ça va ? demanda Logan, surpris.

Miller se dirigea droit sur sa belle Mercedes gris foncé.

– J'ai pas le temps...

Logan le saisit par l'épaule.

– Qu'est-ce qui vous prend ?

– Qu'est-ce qui me prend ? À moi ? Eh bien, réfléchissez deux minutes ! Et réfléchissez bien ! D'accord ? J'en ai marre ! (D'un air furibond, il s'installa au volant.) J'en ai marre de tous ces cons ! De...

Le moteur rugit, il claqua violemment la portière et enfonça la pédale d'accélérateur. Quelques instants plus tard, il freinait brutalement au croisement dans un hurlement de pneus avant de se perdre dans la circulation et dans le brouillard, sous l'œil médusé de Logan.

– J'ai dit quelque chose, moi ?

Le mardi matin débuta en fanfare à 7 h 15 par la sonnerie du téléphone. Logan ouvrit un œil, grommela quelques insanités et se pelotonna sous la couette. Le répondeur pouvait bien s'occuper de ça. Aujourd'hui, il était de service du soir. Pendant trois jours, il avait travaillé de 14 heures à minuit. En principe, il aurait dû commencer la veille, mais, après une journée entière passée avec l'équipe de recherche, Steel lui avait donné quartier libre. Alors, aujourd'hui, il comptait bien rester au lit jusqu'à l'arrivée de Jackie, partager son petit déjeuner et ensuite quelques bons moments au lit. En souriant, il s'enfonça plus profondément sous la couette, tandis qu'au salon le répondeur se chargeait de la communication téléphonique.

Peut-être Jackie et lui pourraient-ils... Le mobile de Logan émit une série forcenée de bips et de sonneries.

— Et merde !

Sortant la main de la tiède caverne où elle était enfouie, il tâtonna maladroitement sur la table de nuit à la recherche de l'appareil.

— Allô ?

— Mais où diable êtes-vous ?

Logan étouffa un grognement : c'était l'inspecteur Steel.

— Vous savez quelle heure il est ?

— Oui. Où êtes-vous ?

— Au lit ! Je suis...

— Au lit ? (La voix de l'inspecteur se fit mielleuse.) Que portez-vous ?

— Aujourd'hui, je fais le service de nuit, vous aviez dit que...

— Arrêtez de m'emmerder. Y a un tueur en série qui assassine des putes... Ramenez votre fraise !

Logan ferma les yeux et compta jusqu'à dix tandis que Steel dissertait sur le sens du devoir, le fait que les tableaux de service, c'était réservé aux mous, etc.

— C'est bon, c'est bon, dit-il enfin. Je vais venir. Donnez-moi une demi-heure.

Il raccrocha, se leva en maugréant, trébucha sur l'une des bottines de Jackie et alla prendre sa douche d'un pas incertain.

À son arrivée au quartier général, la réunion de l'inspecteur Steel battait son plein. Il y avait plus de monde qu'à l'ordinaire : pour changer, l'équipe des Branleurs s'était vu adjoindre un certain nombre de policiers compétents. Autre changement notable, au lieu du capharnaüm habituel, policiers en uniforme et inspecteurs en civil étaient assis en rang et écoutaient avec attention l'inspecteur principal Steel détailler les événements des dernières vingt-quatre heures. Le sac à main était couvert d'empreintes, mais toutes appartenaient à la victime, désormais identifiée : Michelle Wood. Ainsi s'appelait la femme dont, la veille, Isobel avait épluché le visage, afin de mettre en évidence les dommages subis par la musculature et les os de la face. Logan réprima un frisson. Entre ça et les cadavres carbonisés dans l'incendie, il n'avait que l'embarras du choix pour ses cauchemars.

Il se retourna lorsque Steel commença de distribuer les tâches et de constituer les équipes, avant de congédier l'assistance sur un tonitruant : « On n'est pas des branleurs ! »

Lorsqu'il ne resta plus que Logan, elle entrouvrit la fenêtre, alluma une cigarette d'une main tremblante et en aspira goulûment la fumée, comme si elle manquait d'air. Puis elle ferma les yeux et laissa échapper un soupir de satisfaction qui se mua aussitôt en quinte de toux.

– Putain, qu'est-ce que j'avais envie d'une clope !

Elle aspira une nouvelle bouffée, frissonnant de plaisir au fur et à mesure que la nicotine pénétrait dans ses poumons. Lorsqu'elle souffla, le nuage de fumée s'attarda un moment autour de son visage, comme un petit brouillard privé.

– Vous avez vu les journaux ? demanda-t-elle.

Devant sa réponse négative, elle lui jeta un exemplaire du *Press and Journal* dont le gros titre annonçait : « Le tueur de Shore Lane frappe encore ! » par Colin Miller.

– Je crois que je ferais bien d'aller annoncer à son père la mort de Michelle, dit-elle tandis que Logan parcourait l'article. Vous savez, on n'aurait pas dit, à la voir comme ça sur la table de dissection, mais c'était une jolie fille quand elle était petite. Avant l'acné, les garçons et la picole. Quand elle était encore ado, je l'ai ramenée des dizaines de fois ici pour vol à l'étalage. Des vêtements de bébé, de la nourriture, des chaussures, de l'alcool, des trucs comme ça... J'ai eu beau l'arrêter souvent, eh bien, je ne l'ai pas reconnue, avec son visage écrabouillé. Je n'ai appris son nom que ce matin, quand les résultats des empreintes sont revenus du labo. Elle n'avait que vingt-quatre ans. Pauvre nana.

– Y a longtemps qu'elle faisait le trottoir ?

Steel secoua la tête.

– Je n'en sais rien. Dans son dossier, il n'y a aucune arrestation pour racolage. Pas même un avertissement.

Logan ne dit rien, mais il ne put s'empêcher de penser à la femme avec qui il avait parlé sur les quais, celle à l'imperméable en plastique, au bustier noir, avec toutes ses ecchymoses. Au moment même où elle avait compris qu'elle avait affaire à un policier, elle lui avait proposé un ticket gratuit pour les maladies vénériennes. Si Michelle n'avait pas même reçu un avertissement, peut-être y avait-il une raison. Un brillant policier d'Aberdeen aurait-il bénéficié de passe-droits ?

Steel jeta sa cigarette sur la moquette et l'écrasa sous sa semelle.

– Bon. Pendant que je serai absente, assurez-vous que tout fonctionne comme il faut. Je ne fais confiance à aucun de ces abrutis.

– Vous ne voulez pas que je vous accompagne ? demanda Logan, surpris.

– Ça sera suffisamment dur comme ça pour son père, sans qu'il ait en plus à supporter une brochette de policiers.

Logan descendait à la salle des opérations lorsqu'une tête familière, nez crochu et cheveux roux, apparut dans l'entrebâillement d'une porte. Avait-il une minute à lui accorder ? L'inspecteur Napier le gratifia d'un sourire cicatrice lorsque Logan s'installa sur l'une des chaises en plastique de son bureau.

– Eh bien, sergent McRae, dit l'inspecteur sans se départir de son sourire chirurgical. J'imagine que maintenant vous connaissez l'affaire qui a été confiée à l'inspecteur principal Steel ? (Logan acquiesça, se demandant où l'autre voulait en venir.) Je ne vous apprendrai donc rien en vous disant à quel point il est important d'obtenir rapidement un résultat décisif. Un résultat capable d'être défendu au tribunal. Vous voyez... (Il se mit à tripoter un stylo en argent.) Je sais que vous avez des... amis dans les médias. (Son sourire devint plus froid.) Il serait sage de votre part de faire en sorte qu'ils n'utilisent pas l'inspecteur Steel comme bouc émissaire. (Il ménagea une longue pause.) Dans l'intérêt de l'équipe et de son travail.

Un silence inconfortable suivit ses paroles.

– Et si c'est réellement sa faute ?

Napier agita la main, comme pour chasser une mouche importune.

– Connaissez-vous la fable du renard et du poulet ? Le poulet met le feu à la grange et dénonce le renard. Le fermier tue le renard puis mange le poulet...

Il pointa alors son stylo en argent sur la poitrine de Logan, pour bien signifier qui, dans son esprit, tenait le rôle du poulet de la fable. Le sourire glacial de l'inspecteur disparut de son visage.

– J'apporterai la sauge et les oignons.

15

Cadeau du chef de la police dès qu'il fut établi qu'il s'agissait d'un tueur en série, la nouvelle salle des opérations était vaste, et ses murs placardés de plans d'Aberdeen et de grandes feuilles blanches recouvertes d'inscriptions. Au milieu de la salle, des agents en uniforme répondaient au téléphone ou entraient des données dans le système informatique Holmes. La machine avait déjà craché de nombreux résultats pour Logan, qui tira une chaise et se mit au travail. Il commença par trier les résultats en deux piles, « À faire » et « Conneries ». Le système avait l'avantage de fouiller un nombre incalculable de données et de proposer automatiquement des liens. D'un autre côté, il agissait de façon aveugle, sans méthode précise. Il venait de terminer son premier tri lorsque Steel revint, après sa visite au père de Michelle Wood.

– Comment ça s'est passé ?

Elle haussa les épaules et se mit à feuilleter la pile de documents marqués « Conneries » avant de les jeter l'un après l'autre dans la corbeille.

– Comment voulez-vous que ça se soit passé ? J'ai dit à un malheureux que sa fille avait été tabassée par un sadique jusqu'à ce que mort s'ensuive, puis que son corps nu avait été retrouvé dans la forêt par quelqu'un qui était tombé dessus en plein brouillard... Ah, au fait, votre fille faisait le trottoir. (Elle se passa la main sur le visage en soupirant.) Désolée, la semaine a été rude.

Logan lui montra la pile « À faire » dont elle jeta également la plus grande partie. Lorsqu'elle eut terminé, il ne restait plus grand-chose. Elle tendit les documents à un inspecteur, en lui demandant de procéder aux vérifications avant la fin de la journée.

Tandis que le policier s'éloignait en grommelant, elle se tourna vers Logan.

– Bon, qu'est-ce qu'on prévoit ?

– Que comptez-vous faire avec Jamie McKinnon ?

– Le laisser où il est. Il y a encore plein d'éléments qui l'impliquent dans le meurtre de Rosie. Si on trouve quelqu'un d'autre pour les deux putes, on inculpera McKinnon pour l'affaire des fast-foods. Mais si on nous le demande, on répond qu'on traite les deux affaires en même temps.

– Entendu.

Logan dessina alors au marqueur un plan grossier des quais sur l'un des tableaux blancs.

– Rosie Williams a été trouvée ici. (Il entoura de bleu Shore Lane.) Est-ce qu'on sait si Michelle Wood travaillait sur les quais ?

– Allez savoir !

– Si c'est le cas, on a un terrain de chasse. Il faut organiser une surveillance avec des voitures banalisées.

Avec un feutre vert, il écrivit une suite de X à l'endroit où l'on pouvait garer une vieille Vauxhall rouillée sans attirer l'attention.

– À quoi ça nous servirait, des voitures banalisées ? demanda Steel en fourrageant dans son oreille avec un doigt. Des types n'arrêtent pas de ramasser des filles dans ce coin-là. Comment reconnaître le bon, les arrêter tous et leur poser la question ? (Elle prit un fort accent cockney.) Excusez-moi, monsieur, avez-vous embarqué cette pute avec l'intention de la tuer ou seulement de la passer à tabac ? (Elle le regarda d'un air apitoyé.) Le plan est excellent, je suis sûre que ça va marcher.

Logan la fusilla du regard.

– Si vous me laissiez finir, voulez-vous ? On habille quelques femmes policiers en putes et elles attendent le client. Elles seront équipées d'un micro caché, comme ça, si un type veut les entraîner quelque part, on n'aura qu'à suivre dans les voitures banalisées et cravater le gars sur le fait. Qu'est-ce que vous en pensez ?

Steel fronça les sourcils et contempla le dessin sommaire de Logan.

– Je crois qu'on n'a pas une chance de réussir, mais après tout, qu'est-ce qu'on a à perdre ? Bon, allez choisir deux agents femmes. N'oubliez pas que ce type a déjà tué Rosie Williams et Michelle Wood, alors ça doit pas être le genre trop difficile. Trouvez-moi deux filles costaudes.

La journée était parfaite pour étendre le linge, un beau soleil, une brise légère et pas de moucherons. Ailsa sourit, goûtant la joie toute simple de s'occuper de sa maison. Gavin avait promis de rentrer directement après son travail. Et comme elle était en période d'ovulation, ce soir...

Elle sortit la dernière serviette du panier et l'accrocha sur le fil. Voilà, terminé ! C'est alors qu'elle sentit l'odeur de cigarette, venue du jardin d'à côté. C'était le petit ami, dont le visage pointu portait des traces de coups. De nouveau. Mais pourquoi restait-il donc avec cette horrible bonne femme grossière, ivrogne et violente ? N'importe qui de normal serait parti la première fois qu'elle lui aurait cassé le nez. Ou la deuxième. Voire la troisième...

Le petit ami fumait, l'arrière du crâne appuyé contre la vieille machine à laver. Grimaçant quand il soufflait la fumée, une main sur les côtes quand il inhalait, sans se rendre compte qu'Ailsa l'observait. Sa cigarette terminée, il envoya le mégot dans l'herbe haute.

En entendant un beuglement venu de l'intérieur de la maison, le petit ami bondit sur ses pieds. Il aperçut alors Ailsa et elle devina qu'il se sentait autant traqué par cette harpie que par elle et Gavin. Cette femme était un hachoir ambulant, réduisant tout en charpie sur son passage. Accablé, le dos voûté, le petit ami entra d'un pas lourd dans la maison.

En le voyant marcher ainsi, Ailsa fut parcourue d'un frisson. *Mon Dieu*, pensa-t-elle, *c'est pas possible...*

Tandis que Steel s'octroyait une nouvelle pause cigarette, Logan prit connaissance du rapport d'autopsie de Michelle Wood. Le tueur avait réussi à lui briser une jambe, les deux bras et presque toutes les côtes. Les organes internes avaient éclaté, probablement parce que l'assassin lui avait sauté sur le ventre à pieds joints de façon répétée. La tête frappée à plusieurs reprises à coups de poing, de pied, à coups de pierre... On s'était vraiment acharné sur elle. En soupirant, Logan contempla la photo prise sur le lieu du crime : un grand portrait en couleurs de vingt-cinq centimètres sur vingt, montrant la tête de Michelle Wood enveloppée d'un sac en plastique. Pas de doute, leur homme s'améliorait. Ce meurtre était encore plus horrible que le précédent...

Il étouffa un juron. Comment avait-il pu laisser passer ça ? D'une voix forte, il appela Rennie.

– Prenez votre calepin, je veux savoir qui assure les patrouilles du côté des quais, quelqu'un qui connaisse le terrain et les filles...

– Excusez-moi, monsieur. (C'était l'agent Steve, qui venait de passer la tête par la porte entrouverte et adressait un sourire gêné à Logan.) L'inspecteur Insch veut vous voir.

Qu'avait-il fait de mal, encore ?

– Bon, dit-il à Rennie. Trouvez-les-moi. Je veux leur parler. (Il se rappela alors la jeune Lituanienne et son maquereau d'Aberdeen.) Et montrez encore une fois ces portraits-robots un peu partout. Quelqu'un doit forcément les connaître.

Au mur de la salle des opérations de l'inspecteur Insch, il y avait un nouveau tableau en liège, divisé en six sections portant un nom, un visage et une photo d'autopsie. La petite tête, au fond à droite, était reliée à un visage carbonisé au-dessus par un fin ruban rouge. Insch désignait des endroits sur le tableau à son adjointe administrative qui prenait des notes sur un cahier. Apercevant Logan, il lui fit signe de le rejoindre et congédia son assistante avec quelques bonbons au cola.

– Que puis-je pour vous, monsieur ?

– Celui-ci. (Insch tapota sur la photographie d'une tête qui ressemblait à une côte de porc au barbecue.) Vous vous rappelez que nous avons obtenu la liste des copains d'école de Graham Kennedy ? (Il enfourna une poignée de bonbons.) Vous connaissez déjà Graham, alors je vous présente Ewan, Mark, Janette et Lucy, dit-il en posant le doigt sur chaque photo, laissant à chaque fois de fines empreintes digitales. Tous identifiés grâce à leur dossier dentaire. D'après l'hôpital, le bébé était la fille de Lucy. Pauvre petite... En tout cas, la grand-mère de Graham nous avait donné cinq noms. Il y en a donc un qui manque à l'appel.

– Qui donc ne figurait pas au menu, ce soir-là ?

– Karl Pearson. Vingt-quatre ans. Il vit avec ses parents à Kingswell, ou plutôt y vivait encore il y a environ trois semaines. Il y a quinze jours, un mercredi, ils ont reçu un coup de téléphone. Il avait besoin d'argent. Depuis, plus rien !

Sur la photo de famille qu'il tira de la poche intérieure de sa veste, on voyait un jeune homme au nez cassé, avec un unique sourcil barrant son visage grumeleux. Le genre à déclencher une bagarre dans un stade de football simplement pour le plaisir.

Logan étudia la photo pendant une bonne minute.

– Vous croyez que c'est lui qui a mis le feu ?

Insch acquiesça.

– Il a eu quelques ennuis pour divers incendies volontaires. Des abris de jardin chez ses voisins, une caravane abandonnée, la fameuse cabane sur la plage, près du golf.

– C'était lui ?

– Eh oui. J'ai lancé un avis de recherche, mais j'ai aussi quelques adresses. (Un sourire mauvais éclaira le visage de l'inspecteur.) Je me suis dit que ça vous plairait.

– Et votre inspecteur chef, là, le barbu ?

– Qui ? Beattie ? (Il fourra les mains dans ses poches, tendant dangereusement les coutures.) Laissez tomber. Ce flemmard trouverait pas une pute dans un bordel.

– Je suis censé aider l'inspecteur Steel, elle a...

– On s'est déjà mis d'accord. Elle n'a pas besoin de vous avant l'opération de ce soir. Prenez votre manteau.

– Mais...

Insch lui posa lourdement la main sur l'épaule.

– Je croyais que vous vouliez quitter l'équipe des Branleurs : vous avez une chance, là.

Il quitta la pièce, attrapant l'agent Steve par le col au passage. Logan hésita, regardant tour à tour l'inspecteur et les photos accrochées au mur. Cette garce de Steel le refilait à Insch sans même lui demander son avis ! Grommelant des obscénités, Logan les suivit dans le couloir.

La première adresse de Karl Pearson se révéla inutile, comme les quatre suivantes. Cela faisait des éternités qu'on ne l'avait plus aperçu. Il en restait deux. La cinquième adresse était celle d'un bloc de quatre immeubles de dix-sept étages, à Seaton, qui jouissaient d'une vue extraordinaire sur l'embouchure de la Don. Charmant en été, par beau temps, mais glacial en plein hiver, lorsque rugit le vent de la mer du Nord, descendu tout droit des fjords de Norvège. Logan et Insch gagnèrent l'appartement, laissant Steve dehors pour surveiller la porte.

Sixième étage, appartement en coin. Insch alla directement à la porte de Karl Pearson et frappa « à la flic » comme si Dieu en personne venait annoncer le jugement dernier.

Pas de réponse.

Insch tambourina de nouveau et une porte s'entrouvrit un peu plus loin dans le couloir. Apercevant le costaud qui s'acharnait sur la porte de son voisin, l'homme battit précipitamment en retraite.

– Vous croyez qu'il va appeler la police ? demanda Logan.

– J'en doute, mais enfin, au cas où...

Insch appela le quartier général sur son mobile et lui fit savoir que le voleur en train de fracturer la porte de l'appartement en coin, c'était lui, alors inutile d'envoyer une voiture de patrouille. Pendant ce temps, Logan, accroupi, regardait par la fente de la boîte aux lettres. Un petit couloir décoré de posters du club de football d'Aberdeen et de pages du magazine *FHM* avec des footballeurs et des femmes à moitié nues : un vrai rêve d'adolescent ; des manteaux pendus à des patères, un miroir sur l'un des murs, des clubs de golf en piteux état dans un coin, du courrier et des prospectus jetés sur le tapis. Au fond, une porte entrouverte semblait donner sur une cuisine. Quatre autres portes donnaient sur le couloir, mais une seule était ouverte et ne permettait pas de voir à l'intérieur. Il s'apprêtait à se relever lorsqu'il éprouva le sentiment d'être observé... et son regard fut à nouveau attiré par le miroir. Oui, quelqu'un l'observait depuis le reflet du salon, mais sans vraiment le regarder. Cela n'avait rien d'étonnant puisqu'il avait la gorge béante et le corps recouvert d'un sang brunâtre.

Logan s'assit sur ses talons et laissa retomber le clapet de la boîte aux lettres.

– Vous avez toujours le QG au téléphone ? demanda-t-il à Insch.

– Oui.

– Dites-leur de cesser les recherches, on vient de retrouver Karl Pearson.

16

L'identité judiciaire était ravie d'avoir enfin un cadavre en intérieur, ça lui évitait d'avoir à batailler avec les tentes de protection. Comme le couloir, le salon de Karl Pearson était décoré de posters et de pages de magazines, sauf que là les dames nues étaient infiniment plus pornos. L'équipe scientifique disposa son habituel praticable en métal puis recouvrit tout de poudre à empreintes digitales noire ; elle prit des échantillons de sang, ce qui n'était guère difficile, vu la quantité répandue, discuta sur le point de savoir si oui ou non l'une des femmes en photo (qui s'amusait avec divers ustensiles électriques) était l'épouse de l'inspecteur Beattie, photographia les moindres détails et écouta tranquillement le Dr Wilson déclarer que l'homme nu attaché sur une chaise, la gorge tranchée, était bien mort.

– C'est fou ce que les médecins arrivent à diagnostiquer de nos jours, déclara Insch, qui ressemblait à un Bibendum avec sa combinaison jetable blanche. Vous pourriez nous donner la date approximative de la mort ?

Le Dr Wilson lui lança un regard méprisant.

– Non. Mais qu'est-ce que vous avez, tous ? Vous demandez toujours la date de la mort au médecin de garde ! Vous savez quoi ? J'en ai pas la moindre idée ! D'accord ? Satisfait ? Si vous voulez savoir la date de la mort, demandez à un légiste !

Il gagna la porte, mais se retourna avant de sortir et jeta un regard sur la combinaison blanche d'Insch.

— Je vais quand même vous donner une date de mort gratis. Dix-huit mois, si vous ne faites rien pour votre excès de poids.

Cramoisi, Insch n'eut même pas le temps de riposter avant que le médecin franchisse le seuil.

Logan étouffa un juron. Le Dr Wilson leur avait laissé une bombe à retardement.

— Ne faites pas attention à lui, lança-t-il. Wilson a eu une inspection au cul toute la semaine. Il fait chier pour se venger.

Insch se tourna vers Logan.

— Vous direz à ce connard que si je le revois une seule fois sur le lieu d'un crime, je ferai personnellement en sorte qu'il se retrouve à la morgue ! (Dans la pièce, les conversations cessèrent d'un coup.) C'est moi qui déclarerai sa mort !

Logan l'avait déjà vu en colère, mais jamais à ce point. Tremblant, Insch se rendit dans la cuisine et claqua si fort la porte derrière lui que tous les objets du salon s'entrechoquèrent. Dans l'appartement du dessus, quelqu'un alluma la télévision.

— Dites donc, murmura le photographe de l'identité judiciaire, on dirait qu'il a touché un point sensible, le toubib.

Insch se trouvait encore à la cuisine à l'arrivée du médecin légiste. Au grand soulagement de Logan, il s'agissait cette fois du Dr Fraser et non d'Isobel. Fraser confirma le diagnostic du médecin de garde : Karl Pearson était bel et bien mort. Logan pouvait appeler les pompes funèbres pour faire enlever le corps. L'autopsie aurait lieu à 15 heures. Et maintenant que les formalités étaient terminées, Logan avait toute latitude pour examiner la victime sans gêner personne. Pour autant, bien sûr, qu'il ne touchât à rien.

Karl Pearson. Vingt-quatre ans, nu, attaché à une chaise et très, très mort. La gorge était tranchée sur presque toute sa largeur, la tête penchée sur le côté, les yeux grands ouverts, regardant vers le couloir. Il manquait un large morceau à l'oreille gauche, depuis le lobe jusqu'en haut du pavillon, laissant un croissant de peau par-derrière. De profondes zébrures couraient parallèlement sur ses joues, depuis la bouche ouverte jusqu'à l'arrière du crâne, comme si un bâillon s'était imprimé sur la peau. Les bras, tirés en arrière, étaient attachés aux pieds de la chaise par du câble électrique. On distinguait mal les mains, recouvertes de sang, mais des détails sautaient aux yeux : plusieurs doigts étaient plus courts que la normale. Certains se terminaient à la deuxième phalange, d'autres à la racine ou bien entre les deux, exhibant os et cartilages comme des yeux de poisson bouilli. Les morceaux sectionnés traînaient à terre, les ongles arrachés. Aux endroits où elle n'était pas recouverte de sang séché, la poitrine était parsemée de brûlures de cigarette, et il lui manquait le mamelon droit. Ses jambes largement écartées offraient une vue imprenable sur ses génitoires. Quant à ce qu'on voyait au-dessus, Logan hésitait entre des poils pubiens ou des agrafes. Il préféra ne pas vérifier de plus près. Les jambes poilues, à la peau pâle, étaient également couvertes de brûlures, les genoux protubérants et déformés. Enfin, les pieds semblaient avoir été concassés à coups de marteau.

– Qu'en pensez-vous ?

Logan se retourna et aperçut le substitut du procureur dans l'encadrement de la porte. Vêtue elle aussi de l'inévitable combinaison blanche, la jeune femme évitait soigneusement de regarder le corps nu recouvert de sang. Aucune trace de l'identité judiciaire. Les techniciens passaient probablement l'appartement au peigne fin.

– Eh bien, s'il savait quelque chose, il a dû parler.

Rachael risqua un coup d'œil en direction du cadavre.

– Torturé pour le faire parler ?

– Probablement des histoires de drogue. Karl Pearson avait déjà été condamné pour trafic et nous savons qu'une nouvelle équipe est arrivée en ville. Apparemment, ils se la jouent sauvage.

Rachael gagna la fenêtre au fond du salon et se mit à contempler la mer du Nord, baignée de soleil.

– Comment est-ce qu'on peut torturer un homme dans un immeuble sans se faire repérer ? Quelqu'un a bien dû entendre quelque chose ! On lui fait... ça, et personne n'appelle le 999 ?

– Eh bien… si c'était moi, je l'aurais bâillonné, attaché à la chaise et ensuite torturé. Je lui aurais fait quelques brûlures de cigarette, arraché quelques ongles, brisé quelques orteils… Après, quand il aurait eu fini de hurler, j'aurais ôté le bâillon et je lui aurais posé des questions. À ce moment-là, il aurait compris que je ne plaisantais pas. S'il refuse de parler, on met de nouveau le bâillon et on reprend le travail. On lui coupe une oreille, on lui tranche quelques doigts, on le fait vraiment souffrir. Et on repose les questions. Histoire de voir si on obtient les mêmes réponses. Puis on recommence tout depuis le début, pour être sûr. (Il soupira.) Tant qu'il a le bâillon sur la bouche, personne ne peut rien entendre… sauf peut-être les coups de marteau. (Elle ne dit rien.) Ça va ?

— Je n'ai jamais rien vu de semblable… en vrai. Au tribunal, on voit beaucoup de photos, mais…

– Mais ce n'est pas la même chose.

Une mouette passa devant la fenêtre, et l'espace d'un instant, illuminé par un rayon de soleil, son corps blanc se découpa sur le bleu profond de la mer.

– Mais qu'est-ce qui se passe, dans cette ville ? demanda-t-elle en contemplant les nuages qui filaient à travers le ciel de porcelaine. On aurait pu croire qu'une petite ville comme Aberdeen serait tranquille… Vous avez déjà vu les statistiques ? D'après le ministère des Affaires écossaises, il y a ici plus de meurtres, par million d'habitants, que dans toute l'Angleterre et le pays de Galles réunis. Comment expliquez-vous ça ? (Elle appuya son front contre la vitre.) Et pour tout arranger, il y a vingt-six fois plus de tentatives de meurtre que de meurtres réussis ! Il y a vraiment de quoi être fier !

Logan la rejoignit à la fenêtre.

– Vraiment ? Vingt-six fois ?

Elle acquiesça.

– Oui.

– Ouah… On est vraiment mauvais ! Autant de ratages, moi, je dirais que c'est la faute des parents !

Il réussit à lui arracher un sourire.

– En tout cas, reprit Logan en faisant le tour du cadavre au milieu de la pièce, j'ai l'impression que notre petite guerre paroissiale pour la drogue a franchi une nouvelle étape. On va voir se multiplier ce genre d'affaire.

En contemplant l'oreille sectionnée de Karl Pearson, il se rendit compte qu'il mourait de faim. Il consulta sa montre : déjà 14 h 30. L'autopsie commençant à 15 heures, il lui restait une demi-heure pour manger quelque chose et revenir au quartier général.

Un grincement de porte, et le procureur apparut ; elle s'avança dans la pièce et, ignorant le corps de Pearson, contempla les photos accrochées aux murs.

– Ça ne serait pas la femme de l'inspecteur Beattie ?

L'autopsie de Karl Pearson s'éternisait, et à 17 h 30 Logan s'excusa, arguant d'un engagement antérieur. De toute façon, l'autopsie n'avait révélé qu'un seul élément nouveau par rapport à ce qui était déjà visible, des piqûres d'aiguille récentes dans le biceps. Logan aurait parié que l'analyse de sang révélerait la présence de narcotique. Incapable de le défoncer mais suffisante pour l'empêcher de mourir d'un arrêt cardiaque. Peut-être même était-ce une forme de récompense s'il disait la vérité. Pour endormir la douleur.

En haut, un calme mortel régnait dans la salle des opérations de l'inspecteur Steel, troublé seulement, de temps à autre, par la sonnerie d'un téléphone. Assise devant un ordinateur, Steel lisait l'*Evening Express* en se curant les dents. Oui, bien sûr, elle avait fait toute la paperasse et fait signer les documents par le chef de la police en personne. Ça voulait dire qu'ils n'avaient pas droit à l'erreur. Sinon, on les taillerait en pièces. De toute façon, il fallait être réaliste. Si cette histoire ne marchait pas, que pourrait-elle faire d'autre ? Parce que ça ne grouillait pas d'indices, dans cette affaire ! L'opinion publique ne s'était guère intéressée à ces deux prostituées assassinées, pas même avec l'étiquette « tueur en série ». Ils avaient à peine reçu un appel par jour.

– Pourquoi ne pas organiser une reconstitution ? proposa Logan. Et la faire passer dans les médias.

Steel lui adressa un sourire maternel qui le mit mal à l'aise.

– Quelle excellente idée ! On déguisera une femme en prostituée assassinée et un type en tueur qui la fera monter dans sa voiture. Ensuite, on demandera aux gens qui traînaient sur les quais ce soir-là de nous fournir tous les détails qui leur viendraient à l'esprit. (Logan n'aimait pas le ton sarcastique qu'elle adoptait.) Vous imaginez l'avalanche de coups de téléphone ! Tous les maquereaux soucieux du bien public, les putes et leurs clients ! « Oui, inspecteur, j'étais sur les quais, ce soir-là, à la recherche d'une prostituée, et j'ai vu un vilain monsieur embarquer la pute qui a été tuée... » Il va falloir prévoir un renfort d'agents en uniforme pour répondre au téléphone. On va être submergés !

– Comme vous voudrez.

Elle lui sourit.

– Vous inquiétez pas, monsieur le héros. Si ça foire ce soir, il sera temps d'y penser. Et en tout cas, ça prouvera au chef de la police qu'on reste pas sans rien faire. Et maintenant, allez me choisir deux policières bien moches pour jouer les putes. Dites-leur qu'il y aura une bouteille de vodka pour chacune... si elles ne finissent pas déshabillées et battues à mort.

À 20 h 30, la réunion touchait à sa fin. Le commissaire divisionnaire avait prononcé une allocution de cinq minutes très inspirée sur les risques et les bénéfices attendus de ce genre d'opération, tandis que Steel en avait exposé en détail les modalités et constitué les quatre équipes. La première était aussi la plus réduite : les agents Davidson et Menzies devaient jouer les prostituées. Aucune des deux ne risquait de gagner un concours de beauté, mais elles étaient déjà vêtues pour la circonstance : jupe courte, soutien-gorge pigeonnant, du fond de teint comme un emplâtre et les cheveux piteusement permanentés. Chacune portait un émetteur-récepteur, un deuxième équipement de secours, au cas où, et un GPS glissé dans le soutif. S'il leur arrivait quelque chose, au moins ne risquaientelles pas de disparaître sans laisser de traces. Sans parler de la petite bombe de gaz. La deuxième équipe était constituée de huit policiers en civil, à deux par voiture ; garés dans des endroits repérés par Logan, ils étaient chargés de surveiller Davidson et Menzies. La troisième équipe, de loin la plus nombreuse, réunissait trois voitures de patrouille, deux voitures banalisées et six policiers en uniforme à l'arrière d'un Ford Transit bleu banalisé ; équipés de matériel de surveillance vidéo, tous ces véhicules devaient être postés dans les rues avoisinant le quartier chaud, prêts à intervenir au moindre signal. La quatrième équipe, au quartier général, assurerait les communications, relaierait les messages, s'assurerait que chacun se trouvait bien à son poste, et, le cas échéant, que David et Menzies étaient toujours en vie. C'était une opération lourde, coûteuse, mais le commissaire divisionnaire leur assura que le chef de la police la soutenait à cent pour cent. Steel avait l'autorisation de la poursuivre cinq nuits d'affilée, mais le commissaire était sûr qu'ils obtiendraient un résultat bien avant. Connaissant les imperfections du dispositif, Logan choisit pourtant de ne rien dire.

L'inspecteur Rennie s'approcha de lui au moment où la réunion prenait fin.

– J'ai trouvé le type que vous cherchiez. (Devant l'air étonné de Logan, il dut s'expliquer.) Celui qui patrouillait sur les quais. Vous vouliez que je le retrouve.

– C'est vrai, c'est vrai. Où est-il ?

– C'est l'agent Robert Taylor. Il doit venir à 22 heures. Ça fait deux ans qu'il fait la patrouille sur les quais. J'ai dit au Central que vous vouliez le voir.

Rennie sourit comme s'il s'attendait à être félicité, mais Logan resta de marbre.

– Et les portraits-robots ?

– Personne n'a reconnu la fille, mais deux enquêteurs pensent que le type pourrait s'appeler Duncan, Richard ou quelque chose comme ça.

La jeune Lituanienne avait dit que son maquereau s'appelait Steve.

– Pas de nom de famille ?

— *Nada.*

— Merde.

— Ouais.

À la surprise de Logan, l'opération débuta à 21 heures pile. Steel et lui prirent place dans la vieille Vauxhall, à l'intérieur des hautes grilles en acier qui fermaient les quais, au bout de Marischal Street, au croisement avec Regent Quay. Ils s'étaient garés suffisamment loin pour ne pas éveiller les soupçons, mais de façon à pouvoir surveiller Shore Lane et l'agent Menzies à travers les grilles. Steel prenait même la précaution de dissimuler le bout incandescent de sa cigarette dans le creux de sa main. L'une après l'autre, les équipes signalèrent leur mise en place, jusqu'à la dernière, les deux appâts, les « sœurs Cageot » comme les appelait Steel. D'ailleurs, elle avait baptisé l'ensemble « opération Cendrillon ». *Curieux qu'elle ne se prenne pas plus souvent un bon coup de poing sur le nez*, pensa Logan.

— Vous croyez que ça va marcher ? demanda-t-il à Steel lorsque, dans son micro, l'agent Menzies eut fini de se plaindre que le vent lui gelait les fesses sous sa jupe courte.

— Non, répondit-elle en soufflant la fumée par la vitre ouverte. Mais pour l'instant, on n'a rien d'autre. Si on ne surveille pas les quais et qu'une autre malheureuse pute disparaît, on va nous tailler en pièces. De toute façon, c'est vous qui avez imaginé ce plan à la con, alors commencez pas, d'accord ?

— Et si une fille est enlevée alors qu'on est ici ?

Steel frissonna.

— Je préfère ne pas y penser !

— En attendant, on ne fait que surveiller deux collègues déguisées. Et si notre homme embarquait une vraie pute dans sa voiture ? Comment est-ce qu'on s'en rendrait compte ? Ça pourrait être n'importe qui !

— Je sais, je sais. (Elle tira une dernière bouffée et jeta le mégot par la vitre.) C'est un plan à la con, mais que voulez-vous qu'on fasse d'autre ? Rosie Williams a été tuée lundi dernier, Michelle Wood vendredi. Ça fait quatre jours d'écart. (Elle compta sur ses doigts.) Samedi, dimanche, lundi, mardi.

C'est ce soir. S'il suit le même rythme, une autre fille va disparaître ce soir ou demain.

– S'il n'en a pas déjà enlevée une sans qu'on s'en rende compte.

Steel le fusilla du regard.

– J'ai raté un épisode, sergent ? Vous êtes en train de faire des suggestions utiles, là, ou bien vous parlez pour le plaisir ? (Logan ne répondit pas.) Ah, c'est bien ce que je me disais.

Un silence gêné suivit ses paroles, et Logan se mit à regarder au-dehors, pensif.

– J'ai eu une conversation intéressante avec l'inspecteur Napier, ce matin, dit-il enfin.

– Ah bon ?

– Oui. Il a dit que vous deviez vous sortir de cette affaire avec les honneurs, sans ça j'étais bon pour la casserole.

– La casserole ? Ça ne ressemble pas à Napier, ça. Lui, ça serait plutôt le genre : « Le sang, c'est la vie, hé, hé, hé, hé... », dit-elle en prenant un effroyable accent d'Europe centrale.

– Bon, il a enveloppé ça dans une histoire de fermier, de poulet et de renard, mais la signification était claire.

– Qui vous étiez, dans la fable ?

– Le poulet.

– Très bien, dit-elle en souriant.

– Comment avez-vous fait pour qu'il vous ait comme ça à la bonne ?

Sans se départir de son sourire, Steel alluma une nouvelle cigarette.

– Disons que Napier et moi, nous nous comprenons. Voilà tout.

Logan aurait bien poursuivi sur le même sujet, mais Steel n'entendait pas lui en dire plus, et le silence retomba.

Après une éternité, la voix de Menzies résonna dans les haut-parleurs. « Une voiture arrive. » Deux phares trouèrent la nuit, à l'extrémité de Shore Lane. Logan sortit alors les jumelles à vision nocturne, batailla quelques instants pour la mise au point et finit par distinguer l'entrée de la ruelle à sens unique.

Menzies, les mains sur les hanches, la poitrine en avant, se penchait à la vitre du conducteur.

– Salut, chéri. Tu veux passer un bon moment ?

Logan ne parvenait pas à voir le visage de l'homme : Menzies s'était installée sous l'un des rares lampadaires en état de fonctionnement, et la lumière se réfléchissait sur le pare-brise, dissimulant les traits du conducteur. Une série de bruits indistincts leur parvint. Son micro avait dû se prendre dans les dentelles de son soutien-gorge et transmettait un horrible crachouillis à chacun de ses mouvements.

– Et si on... Aaaaah ! Espèce de salaud !

Steel bondit sur son siège. La voiture du suspect redémarra dans un rugissement de moteur, tandis que Menzies se tenait le sein gauche à deux mains. Elle se pencha alors vers le sol, tandis que Steel empoignait son micro et hurlait : « Allez-y ! Allez-y ! » Menzies se redressa et jeta quelque chose en direction de la voiture qui s'éloignait. On entendit un gros bruit et la voiture s'immobilisa avec un crissement de pneus ; le conducteur descendit, examina sa vitre arrière pulvérisée, puis se rua vers la ruelle sans remarquer les deux voitures banalisées qui venaient de bloquer les deux extrémités.

Malgré les bruissements du soutien-gorge, on entendait l'homme insulter Menzies : « Espèce de salope ! » Il tendit le poing, mais elle ne lui laissa pas le temps de mettre sa menace à exécution. D'un seul coup de pied, elle l'envoya rouler sur le sol. Elle n'appartenait pas pour rien à l'équipe de kick boxing. À l'arrivée de Logan et de Steel, le bonhomme était déjà menotté, allongé sur le sol, hurlant qu'il voulait voir son avocat.

– Oh, bon dieu ! s'écria Steel, essoufflée par les trois cents mètres qu'elle avait dû courir depuis la voiture, se tenant les côtes en grimaçant. Ça va, Menzies ?

D'un geste, la policière désigna le type qui se tortillait sur le sol.

– Ce salaud m'a attrapé le mamelon, il a failli me l'arracher !

Elle voulut baisser son soutien-gorge, mais Steel lui dit que ce n'était pas nécessaire, qu'elle en avait elle-même deux et que pour l'instant elle n'avait pas besoin d'en voir d'autres.

Menzies ne menaçant plus de sortir son sein, Logan s'éloigna et alla examiner la voiture. C'était un petit monospace sans élégance, plein de sièges et de rangements, avec un autocollant « Taxi de maman » encore collé sur ce qui restait de la vitre arrière. Au beau milieu d'une corbeille à chien, on apercevait un bout de métal rouillé et une myriade de minuscules morceaux de verre Securit. Sur son mobile, Logan demanda au quartier général des renseignements sur le propriétaire du véhicule.

De son côté, Steel semblait penser qu'une cigarette l'aiderait à reprendre son souffle. En toussant, elle fit venir Logan après avoir dit à Menzies de remettre le suspect sur ses pieds. Dans l'obscurité, il était difficile de distinguer son visage, et la crasse récoltée par terre, dans la ruelle, ne favorisait pas non plus l'opération.

– Votre nom ? demanda Steel en ôtant la cigarette de ses lèvres pour pouvoir cracher un jus noirâtre sur les pavés.

– Simon McDonald, dit l'homme, l'air traqué.

Steel pencha la tête de côté, comme un chat examinant un hamster bien dodu.

– J'ai l'impression de vous avoir déjà vu quelque part, monsieur McDonald. Comment ça se fait, à votre avis ? Je vous ai déjà arrêté ?

– Je n'ai jamais eu le moindre ennui avec la police !

La sonnerie du téléphone de Logan retentit : c'était le Central qui lui annonçait qu'aucun véhicule ne correspondait au numéro de plaque qu'il avait donné. Ne s'était-il pas trompé ? Logan revint à la voiture et s'accroupit à côté du pare-choc arrière. De plus près, il y avait quelque chose de bizarre avec cette plaque, elle ne réfléchissait pas la lueur de sa lampe torche. On avait collé du papier plastifié par-dessus. De loin, dans le noir, cela passait inaperçu, mais un examen attentif révélait que les chiffres avaient été réalisés avec une imprimante couleur domestique. Il arracha les papiers et donna au Central le bon numéro ; lorsqu'il entendit le résultat, un sourire éclaira son visage. Il revint auprès de Steel et attendit que celle-ci ait fini d'interroger le suspect sur ses faits et gestes dans les nuits de lundi et de vendredi, avant de lancer :

– Vous ne savez pas que c'est un délit de donner une fausse identité à la police, monsieur Marshall ? Sans parler du fait de circuler avec des plaques minéralogiques falsifiées.

L'homme tressaillit. Steel l'attrapa par les revers de son manteau, le tira sous l'un des rares lampadaires qui éclairait encore et émit un long sifflement en reconnaissant le conseiller municipal Andrew Marshall, aboyeur en chef de la brigade « La police des Grampian n'est qu'une bande de nuls ». Un sourire obscène naquit sur les lèvres de Steel.

– Dites donc, dites donc, dites donc... un conseiller municipal. Vous n'êtes pas dans la merde, vous !

– Vous n'avez pas le droit de me traiter de la sorte ! s'écria Marshall, tout à fois indigné et pris de panique.

– Ah bon ? dit Steel avec une grimace. Violences sexuelles, rébellion, usurpation d'identité, utilisation de plaques minéralogiques falsifiées... Et à votre avis, est-ce qu'on ne trouvera pas autre chose de compromettant après avoir fouillé votre voiture ? (L'homme détourna le regard. Elle hocha la tête.) C'est bien ce qu'il me semblait. Je crois que vous et moi on va avoir une petite conversation.

L'inspecteur principal Steel passa un bras autour des épaules de l'homme qui tremblait de tout son corps et l'entraîna un peu plus loin.

17

Steel tenait absolument à interroger seule le conseiller municipal. Elle chargea Logan de s'assurer que l'équipe garderait le secret, puis lui demanda de fouiller la voiture. Il découvrit une série d'accessoires sexuels et quelques magazines pornos tellement hard qu'il en eut un haut-le-cœur. Il rassembla le tout dans des sachets en plastique destinés aux éléments de preuve, évitant soigneusement de toucher le moindre objet.

S'emparant de la voiture de service de Logan, Steel l'avait garée un peu plus loin sur les quais, là où elle pourrait s'entretenir avec Marshall sans être dérangée. Seul signe de vie dans la vieille Vauxhall, le bout incandescent d'une cigarette et les volutes de fumée s'échappant par la vitre ouverte. Logan, lui, avait pris place dans le monospace du conseiller municipal, qu'il était allé garer hors de l'allée, devant l'entrée du port, là où il pouvait garder un œil sur la Vauxhall et un autre sur Shore Lane.

Il y avait peu d'activité ce soir-là. La présence policière avait chassé les authentiques prostituées dans les rues avoisinantes, laissant Shore Lane à l'entière disposition de l'agent Menzies. L'agent Davidson avait réussi un exploit semblable dans James Street, faisant plus pour nettoyer le quartier chaud d'Aberdeen que des mois et des mois de patrouilles régulières. La solution était donc là. Pour en finir avec la prostitution, rien ne sert de lancer des campagnes publiques ; il suffit de coller au tapin deux policières plutôt laides et de leur adjoindre en guise de maquereaux une vingtaine de policiers en civil. Le problème est résolu.

Logan releva le col de son manteau pour se protéger du vent qui soufflait par la vitre arrière cassée. L'été touchait à sa fin et l'automne ne durerait pas très longtemps. Comme toujours, cette fin d'année promettait d'être froide et humide. Au moins, se consola-t-il, il n'était pas obligé de se promener en bas résille et porte-jarretelles, avec un soutien-gorge pigeonnant à damner Hannibal Lecter. Comme si elle avait lu dans ses pensées, l'agent Menzies se plaignit dans son micro du froid et de son mamelon qui lui faisait mal, maudissant tous les abrutis qui traînaient sur les quais en pleine nuit. Allait-elle vraiment devoir passer encore quatre heures et demie dans cet accoutrement ?

Finalement, la porte de la Vauxhall s'ouvrit, et un homme voûté en sortit. Il se retourna, dit quelques mots à Steel, restée à l'intérieur, et s'éloigna, tête baissée, en direction des portes du port et de sa voiture endommagée. Logan lui tint la portière en souriant. L'homme s'installa au volant d'un air soumis, mit le contact et sembla terrifié lorsque Logan lui lança, d'un ton joyeux :

– Conduisez prudemment, monsieur le conseiller municipal !

Il s'éloigna des lieux de son infortune aussi rapidement que le permettait la limitation de vitesse. Logan le regarda s'éloigner puis s'en retourna vers la Vauxhall enfumée, tenant à la main un sac plein de matériel pornographique.

– Bon Dieu, il gèle, dehors ! s'écria-t-il en poussant le chauffage à fond et en mettant les mains devant les grilles de ventilation. Vous avez tiré quelque chose de M. Marshall ?

Steel, en guise de réponse, lui demanda ce qu'il avait trouvé dans la voiture. Logan sortit alors du sac en plastique une série de pochettes transparentes en énumérant la liste de ses trouvailles, et termina par la pièce de résistance, un grand phallus en caoutchouc rouge hérissé de protubérances, avec une télécommande séparée. Steel joua avec les boutons, provoquant divers mouvements de vibration et de rotation de l'engin dans sa pochette. On eût dit la larve de quelque insecte venimeux se débattant pour se libérer de son cocon.

– Très chic, commenta Steel en lisant le nom de l'engin : « L'explorateur anal. Du plaisir pour toute la famille ».

Elle appuya sur un autre bouton, et le bout se mit à pulser et à vibrer. Elle faillit le laisser tomber.

– Mon Dieu ! Ce machin est vivant !

Avec un sourire, elle éteignit l'appareil et le jeta par-dessus son épaule sur le siège arrière de la voiture.

– Donc, rien d'illégal. Seulement ce cornichon ?

Logan acquiesça.

– Et de votre côté ? Vous avez obtenu quelque chose de notre ami le conseiller municipal ?

– Ouais, dit-elle avec un sourire presque aussi obscène que l'engin qu'elle venait de manipuler.

Mais elle n'en dit pas plus.

– Vous voulez bien m'en parler ?

– Non.

À 23 h 30, il ne s'était presque rien passé. Lorsque les douze coups de minuit résonnèrent au clocher de Saint Nicholas Kirk, l'agent Menzies n'avait reçu que trois propositions, dont celle de Marshall. L'agent Davidson ne s'en tirait guère mieux, avec seulement quatre sollicitations. Aucun de ces types ne semblait avoir un profil d'assassin – ils furent néanmoins interpellés. Le lendemain, on vérifierait leurs alibis pour les nuits de lundi et de vendredi, mais Logan ne nourrissait guère d'espoir.

Étouffant un bâillement, il demanda à Steel si elle voulait qu'il aille chercher quelque chose à manger. Après tout, ils étaient de service depuis 8 heures du matin la veille...

– 8 heures ? Moi, j'ai commencé à 7. Mais j'ai piqué un petit roupillon dans l'après-midi. Croyez-moi, ça change tout.

– Pas possible pour moi. J'étais sur les lieux du crime avec Insch pendant la plus grande partie de la matinée, et ensuite j'ai assisté à l'autopsie jusqu'à 17 heures.

– Mais pourquoi avez-vous fait ça ? Vous saviez bien, pourtant, qu'on allait passer toute la nuit ici !

– C'est vous qui avez dit à Insch que je pouvais l'aider !

– Ah bon ? (Elle haussa les épaules.) Bah, peu importe. (Elle tira un billet de vingt livres de son portefeuille en Néoprène.) Rendez-vous utile. Rapportez-moi un *white pudding supper*[1] avec du sel et du vinaigre... Oh, et puis aussi un peu d'œufs en pickles. Et de la sauce tomate, s'il y en a. Et tant que vous y êtes, prenez quelque chose pour vous si ça peut faire disparaître cette tête d'enterrement à la mords-moi le nœud.

Logan dut faire un effort surhumain pour ne pas claquer la portière. Il remonta Marischal Street jusqu'à Castlegate en remâchant sa colère. Plus vite ils captureraient ce salaud, mieux ce serait. Après, il pourrait retourner travailler pour Insch ou pour McPherson. N'importe qui, mais pas cette garce de Steel.

Il était près de minuit et il y avait encore beaucoup de monde dans les rues. Beaucoup de taxis, mais aussi des autobus et... des soûlards. Les gens quittaient les pubs pour les casinos, les night-clubs ou les strip-teases. Il contourna soigneusement des vomissures étalées au milieu du trottoir, prenant soin également d'en éviter l'auteur au teint verdâtre qui titubait à proximité. Défiant la météo, le malheureux n'était vêtu que d'un jean et d'une chemise à manches courtes qui portaient le logo du club de football d'Aberdeen, agrémenté de traces de curry.

Logan prit la commande de Steel, choisissant pour lui une grosse part de haddock avec des oignons en pickles, des frites et deux canettes d'Irn-Bru qu'il avala en revenant vers les quais. L'amateur de football avait disparu, mais à sa place un groupe de jeunes filles vêtues de minijupes, nombril découvert

---

1. Sorte de saucisse à base de flocons d'avoine et de graisse de bœuf, servie avec des frites. Plat traditionnel écossais et irlandais. (NdT.)

et talons hauts, insultaient les passants en pouffant. Elles traversèrent la rue en titubant et, brandissant des bouteilles de Bacardi, demandèrent quelques frites à Logan et lui hurlèrent « pauvre con » lorsqu'il refusa. En soupirant, il poursuivit son chemin. Le haddock était bon et frais et... merde ! Son mobile. Il essuya ses doigts graisseux sur le papier, avant d'extirper l'engin bruyant de sa poche.

– Allô ? dit une voix d'homme. C'est bien l'inspecteur chef McRae ? (Logan reconnut qu'il s'agissait bien de lui.) Bon, on m'a dit que vous vouliez me parler. Je suis l'agent Taylor.

Logan dut réfléchir un instant.

– Agent Taylor, dit-il enfin en repliant le papier sur ses frites pour tenter de les conserver un peu au chaud. Vous patrouillez sur les quais, n'est-ce pas ? Shore Lane, Regent Quay, tout ça ?

– Oui.

– Je recherche une jeune fille entre quatorze et seize ans, qui travaillait sur Shore Lane. Lituanienne, arrivée il y a peu à Aberdeen, jolie, coiffée un peu comme dans un vieux clip de rock. Elle m'a dit s'appeler Kylie Smith. Je veux les retrouver, elle et son maquereau.

Un silence suivit ses paroles.

– Ça ne me dit rien, mais je peux demander autour de moi.

– Bon. Ensuite, une femme, blanche, environ quarante-cinq ans, un imperméable en plastique, un bustier noir à lacets, des bottes hautes. Elle s'est fait tabasser dernièrement... J'ai besoin de lui parler de toute urgence.

Cette fois, la réponse fut immédiate.

– Ça ressemble à Agnes Walker, Agnes la pouffiasse, pour les intimes. Je crois qu'elle prend de la méthadone.

– Vous avez une adresse personnelle ?

L'agent Taylor ne l'avait pas sur lui, mais il la lui trouverait. Logan le remercia et coupa la communication. À son retour à la voiture, les frites de Steel étaient encore un peu chaudes. Elle engloutit le tout sans un mot, tandis que Logan descendait son Irn-Bru.

– Bon, dit finalement Steel en s'enfonçant dans son siège et en secouant les derniers grains de sel collés à ses doigts. Retour au boulot !

Moins d'un quart plus tard, elle ronflait.

Logan soupira. La nuit promettait d'être longue.

Vers 2 h 30, il réveilla Steel. Il commençait à avoir mal au dos à force d'être resté assis aussi longtemps dans la voiture. Écarquillant les yeux en bâillant, Steel alluma aussitôt une cigarette, tandis que Logan descendait pour se dégourdir les jambes, dans la lueur des lampes à arc du port qui illuminaient la vapeur de son haleine. Derrière eux, les vitres sombres et vides d'un gros cargo bleu-vert réfléchissaient les contours de la ville silencieuse. Au loin, on entendait des bruits de ferraille et l'on apercevait les gerbes d'étincelles d'un poste de soudure sur le pont d'un bateau russe, dont la coque rouge était striée de traces de rouille et de crasse. Claquement d'une porte en métal. Grincement d'une grue. Chanson d'un ivrogne.

Les mains profondément enfoncées dans les poches, Logan s'engagea dans le dédale de ruelles du quartier chaud d'Aberdeen. Les night-clubs ne tarderaient pas à fermer, dernière opportunité pour les tapineuses : un soûlard titubant dans une porte cochère, ou bien un aller simple pour le tabassage en règle, la mort puis le cadavre jeté dans un fossé ?

Mais où frapperait le tueur ? Quand ? Ce soir, demain ou le surlendemain ? Et d'ailleurs frapperait-il à nouveau ? Et si c'était le cas, comment le sauraient-ils ? Et s'il ne mordait pas à l'hameçon, s'il jetait son dévolu sur une véritable prostituée et non sur l'une des deux mochetés de l'opération Cendrillon ? Logan voyait d'ici les gros titres : « Une femme enlevée au nez et à la barbe de la police ! » Ou bien : « Le tueur en série frappe sous les yeux de la police ! », ou tout simplement : « Nouvel échec pour l'inspecteur McRae ! » « "C'est moi qui avais imaginé ce plan, admet l'ancien héros Logan (Lazare) McRae. C'était une énorme connerie, mais j'ai persisté. Il fallait simplement surveiller les rues, et on n'y est même pas arrivés. Il a enlevé cette femme, et on n'a même pas été foutus de l'en empêcher." La police des Grampian vient d'annoncer aujourd'hui la suspension de l'inspecteur chef McRae. »

Il tourna à gauche dans Commerce Street, à quelques pas d'un petit parking où à cette heure de la nuit ne se trouvait qu'une Ford Transit avec des policiers. Il résista au désir de leur adresser un signe de la main. Le vent commençait à forcir, durcissant ses joues, piquant ses oreilles. Il passa devant un magasin de carrelages, jeta un coup d'œil dans les rues latérales. Il ne restait plus guère de filles au travail. Elles avaient été chassées par le froid ou par la présence massive des policiers. Le tueur lui aussi risquait d'être effrayé. De toute façon, Logan avait l'impression que leur homme ne se montrerait pas ce soir. Tout cela n'était qu'une perte de temps.

Cela faisait une éternité qu'elle poireautait à ce coin de rue et il faisait un froid de canard. Elle dansait d'un pied sur l'autre pour faire circuler le sang et soufflait sur ses mains. Si son haleine parvenait à réchauffer ses doigts glacés, ce minuscule réconfort se dissipait rapidement dans le vent du nord. « Et merde », grommela-t-elle. Si seulement elle n'avait pas à ce point besoin d'argent… En ce moment, elle aurait dû être chez elle, roulée en boule devant la cheminée, avec une bouteille de vodka et un chouette programme à la télé. Mais c'est trop demander, n'est-ce pas ? Quant à Joe, pas question qu'il bouge son cul et qu'il aille travailler, pour changer. Non, monsieur préférait piquer dans la caisse de la maison et se tirer avec le fric prévu pour l'électricité. Merde, comment vivre sans électricité ? Alors Joe partait picoler et elle allait au tapin. Dans le froid glacial. Pour pouvoir payer l'électricité. Salopard ! Il ne lui avait même pas laissé de quoi se payer un paquet de clopes. Elle avait dû en demander quelques-unes à Joanna. Les sourcils froncés, elle scruta la rue déserte. Marre, marre, marre ! Il fallait que ce flemmard se tire. En plus, il n'était même pas gentil avec elle. Ce n'étaient que plaintes et exigences… Tiens, une voiture. Elle se redressa et s'efforça de sourire. C'était une belle voiture

neuve, comme on en voit dans les pubs à la télé. Le conducteur, en tout cas, n'était pas du genre à mégoter sur un
biffeton ou deux. Elle baissa son soutien-gorge de façon à
montrer sa poitrine au maximum.

Finalement, ça valait peut-être le coup d'être dehors ce soir.

18

Le soleil était déjà haut lorsque Logan arriva au QG. Le service de la veille avait été beaucoup trop long, du mardi matin à 8 heures jusqu'au mercredi matin à 5 heures. Vingt et une heures d'affilée. En montant l'escalier menant à son appartement, il se sentait un peu bizarre. Il avait l'impression que ses mains laissaient des traînées de vapeur à chaque mouvement et que ses yeux faisaient de drôles de bruits. Douché mais mal rasé, Logan gagna en grommelant la salle des opérations de l'inspecteur Steel, arrivant à la fin de l'entretien avec le chef du département des enquêtes criminelles.

Apparemment, toutes les personnes interpellées au cours de la nuit avaient un alibi en béton pour les soirées de lundi et vendredi ; comme de bien entendu, il ne fut question ni du conseiller municipal Marshall ni de son explorateur anal. En bref, ils n'avaient pas arrêté le tueur. Après le départ du chef du département et celui des policiers, qu'elle avait envoyés s'acquitter des tâches qu'elle leur avait confiées, Steel bloqua Logan dans un coin de la pièce pour lui faire remarquer qu'il avait une tête de déterré.

– Merci pour le compliment, dit-il en massant son visage fatigué. En un jour et demi, j'ai dormi environ deux heures.

– Moi aussi, rétorqua-t-elle, mais j'ai pas l'air d'un zombie.

Ce n'était pas tout à fait vrai. Les efforts que Steel avait consacrés la veille à sa coiffure ne se voyaient plus du tout, et même si son tailleur-pantalon avait encore l'allure du neuf en dépit de quelques plis, sa chevelure hirsute lui donnait l'air d'une mangouste effarouchée.

– Vous avez passé la moitié de la nuit à dormir ! s'écria Logan, indigné. Je surveillais la ruelle pendant que vous ronfliez comme un sonneur !

Sans se démonter le moins du monde, elle lui adressa un large sourire.

– Ah bon ? Alors disons que c'est le privilège du grade et tout le bataclan. Allez, en chemin, je vous offre un petit pain au bacon.

– En chemin vers où ?

Mais elle était déjà partie.

Steel avait beau dire que le respect des horaires, c'était bon pour les mous, Rennie ne semblait pas concerné, il ne devait arriver que plus tard. Ce fut donc Logan qui prit une voiture au parking et conduisit jusqu'à l'hôpital, en s'efforçant de n'écraser personne. Ils se trouvaient encore au feu rouge de Westburn Avenue, avec d'un côté la jungle verte de Victoria Park et de l'autre les vastes espaces ouverts de Westburn Park, que Steel en était déjà à sa deuxième cigarette post-petit pain au bacon.

– Vous ne faites plus la tête, j'espère, lui dit-elle au moment où il redémarrait.

– Je ne fais pas la tête, je suis fatigué.

– Ah ! dit-elle, sceptique. Comment se fait-il alors que vous ne m'ayez pas demandé ce qu'on allait faire à l'hôpital ?

Logan soupira :

– Nous allons voir Jamie McKinnon.

– Oui. Ça vous dit de savoir pourquoi ?

– Pas vraiment, non.

– Comme vous voudrez.

À leur arrivée, et bien que la plupart des lits fussent occupés, la salle commune était plutôt tranquille, les malades lisant ou regardant mélancoliquement par les fenêtres. Jamie McKinnon avait été transféré dans le coin le plus éloigné et était allongé sur le côté, dos à la porte, caché sous les couvertures.

Steel se laissa tomber à l'extrémité du lit.

– Jamie ! Mon adorable mâcheur de porridge, comment ça va ?

Dans le lit voisin, un malade se mit à grommeler et à froisser bruyamment les pages de son *Press and Journal*.

– Allez, Jamie, ne soyez pas grossier, vous avez de la visite ! J'ai même apporté du raisin. (Elle tira de sa poche un paquet de bonbons.) Enfin... ce sont des bonbons à la gélatine, mais c'est l'intention qui compte, hein ?

Jamie McKinnon se retourna et lui lança un regard méprisant de son dernier œil valide. Curieusement, les meurtrissures sur son visage ne semblaient pas s'atténuer. Elles semblaient même plus importantes.

– Allez vous faire foutre !

– Ah, Jamie, Jamie... si seulement nous avions le temps. Hier soir, on a trouvé un énorme godemiché, mais entre vous et moi, c'est une vraie saloperie. Vous en voulez ou pas, de ces bonbons ?

Il lui arracha le paquet des mains.

– Il ne s'est rien passé.

– Vraiment... ? (Elle jeta un coup d'œil à Logan, debout au pied du lit.) Mais enfin, prenez une chaise, vous avez l'air d'un croque-mort, là, avec votre tête d'enterrement.

Logan s'exécuta et prit une chaise en plastique orange qui se trouvait à côté du lit voisin. Il s'apprêtait à s'asseoir, lorsque Steel lui demanda de tirer les rideaux autour du lit.

– Voilà, dit-elle lorsqu'ils furent isolés du reste de la salle. C'est plus intime, comme ça. Et maintenant, joli cœur, reprit-elle en lui administrant une petite bourrade dans l'épaule, une belle infirmière m'a dit que vous aviez eu des visiteurs, hier soir. Et qu'après leur départ vous aviez appuyé sur le bouton d'urgence et qu'elle a dû vous faire faire une radio de la main.

Jamie avait quatre doigts de la main gauche entourés d'un pansement.

– Je... je suis tombé.

– Oui, vous êtes tombé, approuva Steel. Et en tombant, vous vous êtes cassé quatre doigts.

– C'est ça.

— Et vous avez également pris un coup sur l'œil ? s'enquit-elle en montrant la paupière tuméfiée.

— Je suis tombé, d'accord ? Je suis tombé sur le visage, j'ai mis la main en avant pour me retenir et je me suis cassé les doigts.

— Vous êtes sûr ?

Jamie sembla soudain porter un grand intérêt au paquet de bonbons qu'il chercha à ouvrir maladroitement avec ses doigts bandés avant de changer de main.

Logan choisit alors de jouer au bon flic.

— Qui étaient-ils, Jamie ? Ceux qui sont venus vous voir hier soir.

Jamie haussa les épaules sans quitter des yeux le paquet de bonbons.

— Des gens que je connais. Des amis, quoi…

— N'importe quoi ! lança Steel. Moi je vais vous le dire, Jamie, vos copains cherchaient à vous faire passer des substances illicites. Alors pour ne pas prendre de risques, je vais demander à un collègue de la brigade des stups de procéder à un examen approfondi de vos cavités corporelles. Ça vous plairait ? (Elle sourit.) Hein ? Une grosse main d'homme, bien poilue, plongée dans votre rectum à la recherche d'un petit paquet ?

— Ils ne m'ont rien donné, d'accord ? Ils voulaient, mais j'ai refusé.

Le sourire de Steel s'adoucit.

— J'aimerais bien vous croire, Jamie, franchement. Mais il va falloir me donner d'autres informations. Je veux leurs noms.

— Je ne connais pas leurs noms !

Steel, alors, fit mine d'enfiler un long gant de chirurgien sur son avant-bras, en imitant le bruit du caoutchouc sur la peau. Le regard affolé de Jamie passa de Logan à l'inspecteur.

— Je ne les connais pas ! Ils n'ont pas voulu me dire leurs noms ! S'il vous plaît !

— Que voulaient-ils ?

— Ils voulaient que je sois leur fournisseur. Je leur ai dit que je ne faisais plus ce genre de truc, que j'étais rangé… (Il leva les mains pour montrer les ecchymoses entre ses doigts, là où elles n'étaient pas dissimulées par les pansements.) Alors ils m'ont fait ça.

Logan fit la grimace.

– Pourquoi n'avez-vous pas appelé au secours ?

Jamie eut un rire amer.

– Vous croyez que j'en avais pas envie ? Un gros connard m'a cloué sur le lit et m'a enfoncé un chiffon dans la bouche pendant que son copain me cassait les doigts en rigolant. J'pouvais même pas crier.

– Et personne n'a rien vu ?

– Ils avaient tiré les rideaux.

– Vous auriez pu appeler au secours après.

De sa main meurtrie, Jamie montra son œil tuméfié.

– Y m'ont dit qu'y reviendraient. Qu'y savaient où j'habitais, et qu'y pouvaient bien se marrer avec ma sœur si j'les dénonçais.

Steel écouta ce récit d'un air pensif. Lorsqu'elle fut convaincue qu'ils n'obtiendraient rien de plus de Jamie McKinnon, elle se leva et fit signe à Logan de la suivre.

– Merci pour tout, Jamie. Oh, j'ai aussi la tristesse de vous apprendre qu'une autre pute a été battue à mort vendredi soir. (Jamie se redressa vivement dans son lit.) Non... ne vous réjouissez pas trop vite, nous traitons cela comme deux affaires distinctes. Vous êtes toujours inculpé pour ce que vous avez fait à Rosie. Au fait, nous avons reçu les résultats du labo, ce matin : Rosie était enceinte de vous jusqu'aux yeux. Vous le saviez. Mais vous n'avez pas supporté l'idée que votre enfant se fasse bourrer tous les soirs par des bites inconnues. (Jamie devint livide. Elle sourit.) Allez, amusez-vous bien.

Lorsqu'ils quittèrent la salle, Jamie était en pleurs. Steel téléphona alors à son copain de la brigade des stups et lui demanda de procéder à un examen des cavités corporelles de Jamie McKinnon.

***

167

Ailsa lavait la vaisselle du petit déjeuner. D'ordinaire, elle la faisait aussitôt après le repas, mais aujourd'hui elle était un peu en retard. Gavin lui avait acheté un lave-vaisselle, mais elle trouvait que c'était du gaspillage pour quelques couverts et quelques assiettes. Alors elle la faisait à la main, dans l'évier, regardant par la fenêtre les enfants qui entraient dans l'école, songeant au jour béni où elle en aurait un bien à elle. Mais là il était tard, le terrain de jeu était vide et silencieux, les écoliers attendaient la récréation. En soupirant, elle détacha des fragments d'œufs collés sur les assiettes.

La nuit dernière, Gavin avait été de mauvaise humeur. Une fois encore il avait dû travailler tard – malgré ses promesses – et à son retour l'horrible voisine se trouvait dans son jardin, titubant, insultant son copain en hurlant. Gavin avait jeté sa mallette dans l'entrée avant d'aller lui sonner les cloches. Jamais de sa vie elle n'avait entendu son mari utiliser un tel langage. Mais la harpie s'en fichait, et elle s'en était prise à lui sur le même ton, avant de se montrer violente. Elle s'était mise à lui balancer des coups de poing en beuglant des obscénités... Gavin était rentré avec un œil qui commençait à virer au violet et avait appelé la police, même si jusque-là ça n'avait servi à rien. Après ça, il n'avait même plus envie d'avaler le dîner qu'elle lui avait préparé, préférant engloutir une énorme quantité de whisky. Et bien que le médecin leur ait recommandé d'essayer tous les soirs quand elle était en période d'ovulation, il avait dit qu'il ne pouvait pas. La journée avait été éprouvante au bureau, et puis ensuite cette bagarre... Non, il prendrait encore un verre et il irait se planter devant la télévision. Ailsa était allée se coucher toute seule.

Cette horrible bonne femme avait tout gâché...

En soupirant, Ailsa posa la dernière tasse sur l'égouttoir. Chez la voisine, le bruit empirait : hurlements, grossièretés, fracas d'objets. Le petit ami au visage pointu bondit dans le jardin de derrière, se protégeant la tête avec les mains, tandis qu'une bouteille de bière volait par la porte-fenêtre. Puis l'horrible harpie se rua à sa suite, pour lui jeter une autre bouteille. Le jeune homme chercha à s'éloigner, mais elle l'attrapa par le col et lui balança un coup de poing en plein visage ! Elle allait encore le frapper, là, dans ce jardin, sous les yeux de tous les voisins !

Il tituba, le nez dégoulinant de sang, tandis qu'elle cherchait en vain à le frapper encore. Elle trébucha et s'affala dans l'herbe en pleurant. Le petit ami se précipita alors dans la maison, criant qu'il en avait assez, qu'il la quittait. La porte claqua derrière lui.

L'horrible femme roula sur le dos comme une baleine échouée et se mit à ronfler. Ailsa frissonna... peut-être fallait-il appeler la police ?

Mais elle ne le fit pas. Elle prit son torchon et se mit à essuyer sa vaisselle.

L'infirmière qui avait soigné les doigts de Jamie n'était pas particulièrement jolie, avec ses cheveux bruns permanentés, son nez de travers, ses oreilles pointues et ses lèvres trop minces, mais d'emblée l'inspecteur Steel avait paru charmée. Perchée sur un coin de bureau, elle dévorait la jeune femme du regard pendant qu'elle lui parlait des hommes venus rendre visite la veille à Jamie McKinnon. Ils étaient deux, vêtus de complets élégants. Le premier, un blond, avait un beau sourire, et l'autre une moustache et des cheveux noirs jusqu'aux épaules.

Cette description rappela aussitôt quelque chose à Logan.

– Ils n'avaient pas l'accent d'Édimbourg, par hasard ?

Effectivement.

Malgré les protestations de Steel, Logan parvint à l'entraîner hors du bureau de l'infirmière jusqu'au poste de sécurité de l'hôpital, où un seul gardien surveillait une rangée d'écrans de télévision. L'homme était vêtu de l'habituel uniforme caca d'oie à boutons cuivrés, avec une bimbeloterie jaune ressemblant à des épis de maïs. Il leur fallut être persuasifs, mais il finit par leur montrer les bandes de la veille. S'il n'y avait pas de caméra dans la salle de Jamie McKinnon, il y en avait une dans le couloir. Le système n'enregistrait qu'une image toutes les deux secondes, et le défilé des infirmières et des visiteurs prenait l'allure d'un étrange ballet saccadé. Soudain, deux hautes silhouettes apparurent dans le couloir avant de disparaître dans la salle de Jamie. Au bas de l'écran, l'horloge marquait 22 h 17.

En principe, les visites se terminaient à 20 heures. Lorsqu'ils ressortirent, la bande annonçait 22 h 31. Quatorze minutes pour briser les doigts de Jamie McKinnon et menacer sa famille. Logan appuya sur la touche *Pause*, immobilisant les silhouettes qui se tenaient à présent face à la caméra. La qualité de l'image était médiocre mais suffisait pour distinguer les visages : le type en complet avec les cheveux blonds coupés court était le « courtier en investissements bancaires » avec qui Miller avait rendez-vous au pub, à l'heure du petit déjeuner. Et l'autre ressemblait à s'y méprendre au chauffeur de la voiture qui attendait dehors.

– Gagné ! lança Logan.

– Quoi ?

Affalée sur sa chaise, Steel ne prêtait qu'une attention distraite au moniteur de télévision.

– Celui-ci, dit Logan en tapotant l'écran, il travaille pour Malcolm McLennan.

Ces mots sortirent Steel de sa torpeur.

– Vous êtes sûr ?

– Ouais. Tout ce que votre pote retirera du cul de Jamie McKinnon appartient à Malk the Knife.

19

À 11 heures, la voiture filait en direction du principal journal local. Assise à l'avant, côté passager, Steel examinait avec préoccupation un de ses ongles cassé.

Jamie McKinnon avait été placé sous étroite surveillance, avec interdiction d'aller aux toilettes avant l'arrivée du copain de Steel et de son long gant en caoutchouc. De toute façon, Logan avait du mal à imaginer Jamie témoignant au tribunal : « Oui, Votre Honneur, ce sont bien les hommes qui ont introduit six kilos d'héroïne dans mon rectum. » Tout simplement parce qu'il risquait de finir dans un trou, quelque part dans les collines. Mais enfin, on ne sait jamais...

Logan traversa Anderson Drive et s'engagea dans le Lang Stracht. Le *Press and Journal* – les nouvelles locales depuis 1748 – partageait un bloc en béton avec sa publication jumelle, l'*Evening Express*, dans une petite zone industrielle occupée par des vendeurs de voitures et des entrepôts. L'intérieur se présentait comme un immense bureau ouvert de plain-pied. Logan était toujours sidéré par le calme qui régnait dans les lieux. On n'entendait que le bourdonnement ténu de la climatisation et le bruit étouffé de quelques conversations au-dessus du cliquetis des claviers d'ordinateurs. Colin Miller, en revanche, martelait le sien avec rage, comme si l'on venait de traiter sa mère de pute de bas étage. Il était entouré de journalistes à lunettes dont les bureaux disparaissaient sous des amoncellements de papiers et des tasses de café congelé. Lorsque Logan lui tapota l'épaule, tous les regards se tournèrent vers eux.

– Oh, putain ! Vous voyez pas que j'suis occupé ?

– Écoutez, Colin, dit Logan d'un ton amical, il faut absolument que nous ayons une petite conversation. Et ce sera infiniment plus agréable dans le pub d'à côté qu'au commissariat. D'accord ?

Miller jeta un coup d'œil à l'écran où s'affichait une histoire de vente au profit d'une association à Stonehaven, avant de taper « Ctrl-Alt-Suppr » et de verrouiller son ordinateur.

– Allons-y, dit-il en prenant sa veste sur le dos de sa chaise. Mais c'est vous qui invitez.

Ils n'allèrent pas au pub voisin. D'après Miller, il était plein de journalistes fouineurs, et s'il y avait une véritable histoire à la clé, il n'entendait la partager avec personne. Il demanda donc à Logan de les conduire au centre-ville. Ils laissèrent la voiture au parking du quartier général et gagnèrent à pied le Moonfish Café, sur Correction Wynd, à deux minutes de là. La ruelle étroite piégeait le ciel bleu de glace entre l'énorme mur en granit de Saint Nicholas Kirk, haut d'au moins six mètres, et une rangée de saules tordus. Alors qu'ils passaient commande, Steel se mit à se tortiller sur son siège avant de tirer son mobile de son sac.

– Je l'ai mis sur vibreur, expliqua-t-elle avec un clin d'œil. Allô ? Quoi ? Non, je suis au restaurant... Oui... Non, Susan ! Ça n'est pas ce que.... Écoute, je sais que tu es furieuse, mais...

Étouffant un juron, elle se leva, prit sa veste et se précipita à l'extérieur.

– Non, Susan, ce n'est pas du tout ça...

Derrière la vitrine du restaurant, on la voyait arpenter le trottoir, abandonnant derrière elle des volutes de fumée.

– Bon, dit Logan, Isobel va mieux ?

– Comment ça, « mieux » ? fit le journaliste, inquiet.

– Le Dr Fraser a dit qu'elle était malade.

– Ah... Oui. (Haussement d'épaules.) Un petit refroidisse-
ment, ou quelque chose comme ça. Elle a peu dormi, ces
derniers temps, vous savez.

Un silence gêné suivit ses paroles, que vint rompre l'arrivée
sur la table de tranches de pain grillé. Ils se servirent en évoquant les chances du club d'Aberdeen lors du prochain match
contre le Celtic.

Finalement, Steel réapparut, se jeta sur sa chaise et lança un
regard mauvais au menu.

– Bon, de quoi s'agit-il ? demanda Miller, tandis qu'ils
attendaient leur bar au beurre de langoustine.

– Vous savez très bien de quoi il s'agit, répondit Steel en lui
faisant profiter de son regard mauvais. La semaine dernière, vous
avez pris un petit déjeuner avec une petite ordure d'Édimbourg.
Je veux savoir qui c'est. Et je veux le savoir tout de suite !

Miller leva les sourcils, avala une gorgée de sauvignon et
contempla Steel par-dessus ses lunettes, détaillant les rides, le
cou affaissé, les traits anguleux, les cheveux en bataille et les
dents tachées de nicotine.

– Mon Dieu, Lazare, on dirait que ta maman a décidé de
s'en prendre à moi.

Logan réprima un sourire.

– On pense que votre « courtier en investissements bancaires » a agressé quelqu'un hier, à l'hôpital, et l'aurait même
forcé à prendre de la drogue pour la revente.

Miller vida la moitié de son verre.

– Je ne sais rien. D'accord ? (Il écarta sa chaise et se leva.)
Je vais prendre un taxi pour retourner au journal...

Logan le prit par le bras.

– Écoutez, on ne vous mêlera pas à l'affaire. Il nous faut
simplement quelques renseignements. En ce qui nous concerne...
vous ne nous aurez rien dit.

– Ça c'est sûr, je n'ai rien dit du tout. (Il jeta un regard
appuyé à Steel.) Et je ne dirai rien.

– Écoutez un peu, vous, espèce de petit minable ! lança
Steel. Si vous préférez, je vous amène au commissariat et je
vous oblige à faire une déclaration. Compris ?

– Ah bon ? Et comment vous comptez vous y prendre, grand-mère ? Si j'ai pas envie, j'suis pas du tout obligé de vous causer ! Et si vous voulez une commission rogatoire, bougez votre vieux cul ridé et allez la chercher !

Steel bondit sur ses pieds et se pencha en avant, babines retroussées.

– Pour qui tu te prends, connard ?

– Pour qui je me prends ? lança Miller en se martelant la poitrine. Pour la liberté de la presse, tout simplement ! Vous voulez votre trombine à la con à toutes les pages du journal ? En une journée je vous bousille votre carrière, moi !

Logan n'avait pas besoin de ça ! Si Steel était mise au pilori dans le *Press and Journal,* Napier n'hésiterait pas à le sacrifier.

– Inspecteur, dit-il en posant la main sur le poignet de Steel, pourquoi ne pas me laisser parler à M. Miller ? Je suis sûr que vous avez des choses plus importantes à...

Mais Miller n'attendit pas la fin de son discours et, après avoir attrapé son manteau sur la patère, il quitta le restaurant en claquant derrière lui la porte vitrée, qui trembla dangereusement.

Steel le suivit des yeux.

– Si vous avez besoin de moi, dit-elle, je serai au ranch.

Elle partit à son tour. Lentement, Logan croisa les bras sur la table et y laissa reposer sa tête. La migraine commençait à la marteler derrière les yeux. Cette femme était une catastrophe ambulante. Il suffisait seulement de s'asseoir tranquillement autour d'une table avec le journaliste, de bavarder et d'obtenir de lui un nom. Au lieu de ça, elle se débrouillait pour le mettre hors de lui.

– Euh... excusez-moi.

En levant une paupière, Logan aperçut un tablier bleu puis, un peu plus haut, le joli visage d'une brunette qui tenait trois grandes assiettes.

– Le bar, c'est pour qui ? demanda-t-elle avec un sourire un peu hésitant.

De retour au quartier général, Logan trouva Steel en grande conversation avec l'adjoint du directeur. Il choisit de ne pas y participer, tant il lui semblait avoir déjà donné, question politesse. Il avait en effet avalé les trois assiettes, tout en ruminant sa mauvaise humeur.

– Mon Dieu, ça va, monsieur ? Vous avez une de ces têtes... Euh, vous n'avez pas l'air très bien.

Tenant à la main un plateau avec du café et des biscuits au chocolat, Rennie hésitait au seuil de la pièce. Sans répondre, Logan se dirigea vers le bureau qu'il partageait avec l'attaché administratif et prit au passage une tasse de café d'un brun incertain. Une moitié de la table était recouverte de piles de papiers et occupée par un ordinateur hors d'âge, l'autre moitié appartenait à Logan. Un Post-it jaune était collé au beau milieu du plateau en Formica bleu. Il tenta de déchiffrer l'écriture, et parvint à lire : « Aopen Wulhir », et une adresse qui pouvait être « Sanittfild Drive », ou bien « Sunithfiuld Drive ». Passant à côté de lui avec les biscuits, Rennie jeta un coup d'œil au papier.

– Smithfield Drive ? suggéra-t-il. Quand j'étais petit, j'avais une grand-tante qui habitait là. Une charmante vieille dame, elle adorait *Coronation Street*. Elle n'a jamais manqué un seul épisode jusqu'à sa mort. Au crématorium, quand son cercueil a disparu derrière les tentures, on jouait la musique de la série.

– Et ça ? demanda Logan en fourrant sous le nez de Rennie les mots « Aopen Wulhir », griffonnés par l'agent de police.

– Euh... moi, je lis Agnes Walker. Mais dites donc, ça ne serait pas Agnes la pouffiasse ? Je l'ai arrêtée une fois sur les quais pour ébriété et désordre sur la voie publique. Elle a dégueulé à l'arrière du fourgon, cette salope.

Apparemment, Rennie avait fait mouche.

– Vous êtes occupé ?

Rennie fit non de la tête. Ce matin, il n'avait fait que remplir des papiers et servir le thé.

Ils prirent au parking l'une des voitures les plus neuves ; Rennie s'installa au volant, et Logan à côté de lui. Sous l'effet conjugué du soleil, qui baignait l'habitacle d'une douce tiédeur, et du copieux déjeuner de poisson, Logan ne tarda pas à s'assoupir sans s'endormir tout à fait, tandis que Rennie discourait sans cesse du passage d'un acteur d'une série télévisée, *Home and Away*, à une autre, *EastEnders*, dans laquelle il jouait l'oncle de l'un des personnages. Logan le laissait discourir, la tête roulant doucement contre la vitre, tandis que les rues de la ville défilaient derrière ses yeux mi-clos... Victoria Park, Westburn Road. Ils durent s'arrêter au feu rouge face à l'hôpital et Logan éprouva une vague culpabilité : il n'avait pas encore rendu visite à l'agent Maitland. Pas encore présenté ses respects à l'agonisant. Le feu passa à l'orange, puis au vert... Ils repartirent, laissant l'hôpital derrière eux.

Smithfield Drive se trouvait de l'autre côté de North Anderson Drive, surplombant la route à quatre voies à l'endroit où elle finissait dans Haddington Roundabout. Gros blocs rectangulaires en granit, les immeubles ressemblaient à tous les immeubles locatifs d'Aberdeen. Celui d'Agnes la pouffiasse était un bâtiment de deux étages de quatre appartements chacun, dissimulé derrière un jardin encombré de nains, de faux puits et de treilles recouvertes de roses jaunes. Agnes vivait au quatrième étage, mais sur sa porte peinte en rouge vif une plaque annonçait « Saunders ». Étouffant un bâillement, Logan demanda à Rennie d'appuyer sur la sonnette. Il fallut deux sonneries pour que la porte rouge s'ouvre sur un visage creusé. Moins de trente-cinq ans, les cheveux bouclés et décolorés, aplatis sur un côté, dressés en épis de l'autre ; un kimono noir et or serré à la taille, révélant en haut bien plus que la naissance des seins et en bas une paire de jambes robustes. Quant au mascara étalé autour des yeux, il ne parvenait pas à gâcher un visage de professionnelle encore beau et attirant. Mais ce n'était pas Agnes la pouffiasse.

— Vous avez vu l'heure qu'il est ?

Rennie lui répondit qu'il était 13 h 50.

– Putain… (Un bâillement à se décrocher la mâchoire.) Mais qu'est-ce que vous avez, les flics, vous pouvez pas laisser les gens dormir ?

Rennie fut mortifié qu'on devinât aussi aisément sa qualité de policier.

– Qu'est-ce qui vous dit que je ne suis pas un Témoin de Jéhovah ?

Aussitôt, elle referma les pans de son kimono, dissimulant les seins mais exposant une dangereuse surface de cuisses.

– C'est pas vrai, j'espère !

– Non, mais j'aurais pu.

Elle rit, relâchant son kimono qui reprit la même position qu'avant, mais un peu plus ouvert.

– Ça m'étonnerait. Vous avez trop l'air d'un flic. Bon, qu'est-ce que vous voulez ?

– Madame…

– Saunders.

– Eh bien, madame Saunders, nous recherchons Agnes Walker.

– Pourquoi ? demanda-t-elle d'un air soupçonneux.

– Voilà… c'est que… nous…

Il lança un coup d'œil paniqué à Logan, qui, en fait, ne lui avait pas expliqué les raisons de leur déplacement.

– Nous voulons lui parler d'une agression qu'elle a subie il y a deux semaines.

Il expliqua ensuite qu'Agnes ne risquait rien et qu'au contraire ils cherchaient à savoir qui l'avait ainsi passée à tabac, pour que de tels faits ne se reproduisent plus.

Elle croisa les bras, relevant son kimono de plusieurs centimètres.

– Comment ça se fait que la santé d'Agnes vous intéresse autant, tout d'un coup ? Hein ? Où vous étiez quand il l'a cognée comme un salaud ? (Elle se redressa.) Et tant que j'y pense, pourquoi vous mettez aussi longtemps à vous y intéresser ?

Logan dut bien reconnaître qu'elle n'avait pas tort.

– Elle m'avait dit que c'était un accident.

— Un accident ? lança-t-elle en ricanant. Vous plaisantez ? Vous avez vu dans quel état elle était ? C'est un salaud qui a essayé de l'étrangler ! Pendant quatre jours, elle est restée au lit, à pisser du sang. Les draps étaient dans un état !

— Elle vous a dit qui avait fait ça ?

— Elle en savait rien. Si elle me l'avait dit, j'serais allée lui couper la queue avec un sécateur rouillé, à ce salopard !

Par-dessus l'épaule de la femme, Logan jeta un coup d'œil à l'appartement plongé dans l'obscurité.

— Écoutez, on pourrait parler de tout ça à l'intérieur…

— Certainement pas ! J'fais pas de passes à l'œil. Et jamais en trio !

— Je ne cherche pas à obtenir une passe gratuite, compris ? Et lui non plus, ajouta Logan en désignant Rennie d'un geste du pouce.

Pourtant, Rennie ne pouvait détacher son regard de la chair généreusement offerte entre les pans du kimono.

— Agnes vous a-t-elle décrit son agresseur ? reprit Logan.

Elle haussa les épaules.

— Taille moyenne, cheveux bruns, l'air banal.

Comme Logan demeurait planté là, sans répondre, elle laissa échapper un soupir.

— Bon… d'après elle, il avait une belle voiture, du genre grosse BMW. C'est tout ce que je me rappelle. Si vous voulez en savoir plus, faudra le lui demander à elle.

— Je n'y manquerai pas. Où se trouve-t-elle ?

— Aucune idée.

Une voix d'homme retentit alors au fond de l'appartement, rauque, profonde : « Qui c'est ? » Elle se retourna et cria :

— C'est rien. Commence tout seul, j'suis là dans une minute. (Elle se tourna de nouveau vers Logan.) Elle n'est pas revenue, ce matin.

La voix de l'homme retentit à nouveau.

— Merde, tu viens, ou quoi ?

Mlle Saunders laissa échapper un soupir.

— Ça va, j'arrive ! (Elle tendit la main à Logan.) Donnez-moi votre carte. Elle vous appellera à son retour, et si elle le fait pas, c'est moi qui vous appellerai. Le salaud qui lui a fait ça doit payer.

Dès que Logan lui eut donné sa carte de la police des Grampian, elle leur claqua la porte au nez.

– Bon, dit Rennie lorsqu'ils s'en retournèrent à la voiture, vous voulez bien me dire de quoi il s'agit, maintenant ?

– Il y a environ douze jours, Agnes Walker s'est fait salement passer à tabac. Quatre jours plus tard, plus ou moins, Rosie Williams est également passée à tabac, et elle en meurt. Quatre jours après ça, c'est au tour de Michelle Woods.

– Et alors ? demanda Rennie en s'installant au volant.

– Et si Rosie Williams n'était pas la première ? dit Logan en prenant place à son tour. Supposons qu'il ait été déjà en chasse, sauf que la première victime se serait défendue et qu'il n'ait pas pu finir le boulot. Tirant les enseignements de ses erreurs, il se remet en quête d'une victime et il tombe sur Rosie, qui est moins forte que la première, ou bien lui-même est mieux préparé. Il la bourre de coups de pied et de coups de poing jusqu'à ce que mort s'ensuive. Quatre jours plus tard, rebelote. Sauf qu'avant, il avait tué Rosie dans la rue, c'était risqué, n'importe qui pouvait intervenir. Alors il enlève sa victime, et au lieu de la tuer sur place il l'emmène dans un endroit tranquille où il pourra prendre son pied un peu plus longtemps. Plus ça va, et plus il s'améliore. Jusqu'ici, il n'y a qu'Agnes la pouffiasse qui l'ait vu et qui soit restée en vie. Dès qu'on sera de retour au quartier général, demandez un mandat de recherche la concernant. Il faut savoir à quoi il ressemble, ce type.

Rennie émit un sifflement tout en négociant son virage sur le rond-point, avant la route à quatre voies.

– Ça met donc Jamie McKinnon définitivement hors de cause pour le meurtre de Rosie.

– Si c'est le même bonhomme.

Rennie accéléra à fond pour leur éviter d'être écrasés par une semi-remorque.

– Mais vous croyez que c'est le même, hein ?

Logan haussa les épaules.

– Ou alors c'est une énorme coïncidence. (Pensif, il regarda un moment défiler les maisons de Rosehill Drive.) Changement de programme : déposez-moi au *Press and Journal*. J'ai besoin de voir quelqu'un au sujet d'une affaire de drogue.

20

Tandis que Rennie s'éloignait du bunker en béton du *Press and Journal*, Logan appela Colin Miller sur son mobile.

– Colin, c'est moi. (Silence à l'autre bout de la ligne.) Écoutez, Colin, je sais que Steel peut être chiante, parfois, mais... (il ne parvenait à trouver aucune excuse à la conduite de l'inspecteur)... mais j'ai vraiment besoin de votre aide.

– Je suis occupé.

– Je ne vous demande que cinq minutes. Je suis dehors, devant le journal. Venez, on ira faire une petite promenade au soleil.

Long soupir.

– D'accord, d'accord... mais après, vous me promettez de me laisser tranquille ?

– Parole de scout !

Dix minutes plus tard, Miller fit son apparition en manches de chemise, la veste négligemment jetée sur l'épaule. Ils remontèrent Lang Stracht, le soleil dans les yeux, du gaz d'échappement dans les poumons.

– Dites, vous ne voulez pas me parler de vos amis du Sud ? Miller soupira.

– Vous connaissez déjà les réponses. Tout a foiré. J'avais un chouette boulot, ici, vous voyez ce que je veux dire. Tous les articles de première page que je voulais, une belle voiture, une femme chouette... (Il s'interrompit, se rappelant soudain qu'il

181

parlait à l'ancien amant d'Isobel.) Euh… enfin, vous voyez, quoi. Et maintenant, ces salopards sont en train de tout bousiller.

– J'ai vu votre article sur les maisons McLennan.

– C'était une merde. J'ai dû supplier pour qu'on le passe en première page ! (Il sourit amèrement.)

– Qu'est-ce qu'ils font, ils vous menacent ?

– Qui, les gars de Malkie ? Oh, le truc habituel, du genre « ça doit être dur de taper un article sans les doigts ». Ils me disent que, vraiment, j'ai une belle maison, qu'Isobel est très jolie, et que ça serait dommage qu'elle soit défigurée… Alors j'ai fait passer les articles, et maintenant on m'a mis au placard, je ne fais plus que des articles sur les foires et les ventes pour les associations.

– Si ça peut vous consoler, sachez qu'hier soir ils ont brisé les doigts d'un type à l'hôpital et qu'ils lui ont probablement fourré dans le cul des préservatifs bourrés de coke. Ça a dû être encore plus dur pour lui que pour vous. (Pour la première fois depuis une éternité, Miller se départit de son air hautain pour esquisser un sourire.) Écoutez, je peux vous débarrasser de ces types, mais il faut que vous m'aidiez. J'ai seulement besoin de savoir leurs noms et où on peut les trouver. Dites-moi tout ce que vous savez.

Ils firent demi-tour en direction du journal et marchèrent un moment en silence. Le bleu du ciel commençait à pâlir et une longue traînée de nuages violets s'avançait depuis la mer.

– Brendan Sutherland, finit par dire Miller. Surnommé « Chib » par ses potes, probablement parce qu'il sait jouer du couteau.

– Ce Chib, c'est un mafieux de la côte ouest ?

Miller éclata de rire.

– Non, il aimerait bien. C'est un branleur d'Édimbourg qui se prend pour un caïd. Le problème, c'est que c'est un branleur sacrément costaud. Après sa première apparition, j'ai fait quelques recherches et je me suis aperçu que ce salopard avait une putain de réputation. Y joue pas dans la cour des p'tits. Malk the Knife utilise Chib pour pénétrer de nouveaux territoires. Pour régler des problèmes. Pour se débarrasser des gêneurs.

Pas étonnant, pensa Logan, *que Miller se soit muré dans le silence, l'autre matin, au pub.*

– Et l'autre, son chauffeur ?

Miller hocha la tête en signe d'ignorance.

– Aucune idée. Dès que j'ai pris connaissance du pedigree de Chib, j'ai cessé de poser des questions. Si on me met la bite dans un mixer, je vais pas jouer avec les boutons.

– Isobel est au courant ?

Le journaliste rougit.

– Euh… vous n'allez rien lui dire, hein ? Je ne veux pas l'inquiéter. Pas maintenant, en tout cas.

– Mais si ce Chib vous menace tous les deux, elle a le droit de savoir !

– Vous ne lui direz rien ! Promettez-le-moi ! Je me débrouillerai.

– Comment ? Comment diable allez-vous vous débrouiller ? Si ce Chib est venu à Aberdeen pour préparer le terrain à Malk the Knife, il n'est pas près de repartir.

Une lueur s'alluma dans l'œil de Miller.

– Sauf s'il lui arrive quelque chose…

– N'y pensez pas ! Que comptez-vous faire ? Lui fracasser le crâne et enterrer son corps dans votre jardin ?

Miller sourit.

– Un de mes copains possède une porcherie du côté de Fyvie. Ça leur plairait, un peu de crétin d'Édimbourg… (Il demeura songeur un instant, puis finit par hausser les épaules.) Donnez-moi une journée et je vous trouverai une adresse. Mais pour l'amour du ciel, faites en sorte qu'il ne sache pas comment vous l'avez obtenue, d'accord ?

– D'accord.

Et tandis qu'ils gagnaient les bureaux du *Press and Journal*, Logan demanda une ultime faveur :

– Je voudrais que vous foutiez la paix à l'inspecteur Steel.

– Alors là, que dalle ! Je vais quand même pas me laisser emmerder par cette espèce de connasse…

– Si vous la descendez dans le journal, le Comité d'éthique aura ma peau. Je ne sais pas pourquoi, mais ils la défendent.

On m'a prévenu, si on la fait plonger, je plonge aussi. Et si je plonge, je ne peux plus vous aider.

– Bon, bon, grommela Miller, c'est entendu, je touche pas au vieux thon. Pigé. Je ne la traîne pas dans la boue et vous, de votre côté, vous ne parlez pas à Isobel de ces salauds d'Édimbourg. Ça marche ?

Ils se serrèrent la main, puis le journaliste se mit à danser d'un pied sur l'autre, mal à l'aise.

– Euh, Lazare… Je vous ai dit qu'on m'a mis au placard, à rédiger des articles sur les ventes de charité. Eh bien… vous auriez pas, par hasard, quelque chose que je pourrais utiliser ? Par exemple sur les prostituées assassinées ? Ou quelque chose d'autre ? J'suis en train de crever, moi !

Logan s'apprêtait à répondre qu'il réfléchirait à ce qu'il pourrait faire, lorsque la sonnerie de son mobile retentit. C'était Steel qui lui disait de se ramener à l'hôpital. Jamie McKinnon venait d'échouer à son examen rectal.

Logan s'engouffra dans le hall au moment même où les premières gouttes s'écrasaient sur les portes automatiques.

Jamie, lui, ne se trouvait plus dans la salle commune, et une infirmière épuisée, la blouse tachée de sang, lui apprit qu'il avait été transféré dans une chambre particulière au troisième étage. Il ne lui fallut pas longtemps pour l'y rejoindre.

L'inspecteur Steel s'y trouvait déjà, en compagnie de son copain de la brigade des stups. Présenté au grand gaillard, Logan alla jusqu'à lui serrer la main avant de se rappeler où elle était allée quelques instants auparavant. C'était une main large, dans laquelle la sienne disparaissait, et Logan éprouva une soudaine compassion envers Jamie McKinnon, à présent recroquevillé dans son lit comme un enfant et tourné vers le mur. Il avait dû souffrir. Marshall, le conseiller municipal, aurait été ravi.

– Vas-y, fit Steel à son ami, montre-lui ce que tu as trouvé.

Avec un sourire glacial, l'homme montra un haricot en inox contenant deux minces paquets d'à peine dix centimètres de long, semblables à de petits puddings aux tripes.

– Comme ça, je dirais qu'il y a environ deux cent cinquante grammes de crack. Impossible que ça soit seulement pour de la consommation personnelle. C'est destiné à la revente, mais par ici c'est pas vraiment courant. Votre homme envisage de lancer le négoce.

Steel se pencha sur la forme fœtale de Jamie et lui tapota la cuisse.

– Alors, Jamie, vous voulez bien nous parler de vos copains du Sud, ou dois-je ajouter à votre liste d'inculpations « détention de drogue en vue d'en faire le trafic » ?

Mais Jamie avait assez souffert du long bras de la Justice. Le visage tourné vers le mur, il resta obstinément silencieux.

16 h 30. Ailsa Cruickshank appela le bureau de Gavin. Ce fut Norman qui lui répondit ; beaucoup trop jeune pour être chargé de clientèle et terriblement dragueur. Rougissante, Ailsa demanda à parler à son mari. Il y eut un moment de silence à l'autre bout du fil, comme si Norman réfléchissait à sa réponse.

– Mais enfin, Ailsa, pourquoi est-ce qu'une belle fille aussi sexy voudrait parler à un vieux bouc comme lui ?

– J'ai besoin qu'il me ramène un certain nombre de choses pour le thé, dit-elle, gênée et excitée tout à la fois d'avoir été qualifiée de « sexy ».

– Ne quittez pas, beauté. (Bruit de conversation étouffée.) Désolé, Ailsa, ma chérie, le vieux bouc est à l'extérieur avec un client. Apparemment, il doit revenir tard. Désolé, mon amour, vous savez comment ça marche, ici : le client avant tout. Mais si vous vous sentez seule, je peux venir vous réchauffer.

En souriant, elle lui répondit que tout allait bien, merci, et raccrocha. Norman était effrayant ! Enjôleur, jamais avare de sous-entendus coquins, exactement comme l'était Gavin au début... avant que les tests ne fichent tout par terre ! Quatre ans qu'ils essayaient d'avoir un enfant ! Quatre ans d'examens médicaux et d'observation des cycles d'ovulation... Bon, peu importe. Tout ça finirait par s'arranger. La vie est toujours la plus forte. Toujours.

Un sourire bravache aux lèvres, elle prit sur la table les clés de leur voiture neuve. Elle irait elle-même au supermarché. Pour son anniversaire, Gavin lui réclamait toujours un steak, peut-être aimerait-il ça aujourd'hui aussi. Simplement pour le plaisir.

Chez la voisine, la musique se remit à cogner.

L'opération de surveillance débuta de nouveau à 22 heures tapantes : même équipe, mêmes voitures, mêmes positions. La pluie torrentielle avait laissé place à un léger crachin avant de disparaître tout à fait, laissant la ruelle parsemée de flaques entre les pavés glissants. Les nuages, bas et sombres, renvoyaient la lueur jaune orangé des lampadaires. Dans Shore Lane, trois de ces lampadaires avaient rendu l'âme, n'en laissant qu'un pour permettre à l'agent Menzies d'exhiber ses charmes.

Logan avait garé leur voiture au même endroit que précédemment et, tandis que Steel appelait les différentes équipes par radio pour s'assurer de leur mise en place, il inclina son siège et ferma les yeux, bien décidé cette fois à dormir tout son soûl. Depuis son départ de l'hôpital, il avait demandé le dossier de Chib Sutherland, relancé le mandat de recherche concernant Agnes Walker (on était toujours sans nouvelles d'elle) et complété les formulaires d'inculpation de Jamie McKinnon pour trafic de drogue. Logan ne pouvait s'empêcher d'éprouver de la compassion pour lui. Après tout, il n'avait guère eu son mot à dire lorsque le dénommé Chib lui avait enfoncé deux cent cinquante grammes de crack dans le fondement.

Il se tortilla sur le siège, cherchant à s'installer confortablement sans appuyer sur les pédales ni se cogner les genoux contre le volant. C'était la même voiture que la veille, et personne n'avait même songé à jeter les emballages de chips qui se trouvaient toujours sur le siège arrière avec tous les objets saisis dans le véhicule de Marshall. Logan avait espéré les voir utilisés comme éléments de preuve, mais pour cela il aurait fallu une inculpation en bonne et due forme et Steel avait refusé tout net. Dieu seul savait la teneur de l'arrangement qu'elle avait passé avec Marshall pour lui éviter le scandale d'un procès et d'une campagne de presse.

Il était sur le point de s'endormir lorsqu'un ronflement l'en empêcha : Steel l'avait coiffé sur le poteau. Furieux, Logan redressa le dossier de son siège et observa la ruelle d'un air morose ; il fallait bien que l'un des deux reste éveillé au cas où il se passerait quelque chose. La nuit promettait d'être longue.

À 23 h 55, Steel envoya Logan lui chercher des frites. Encore. Au moins ne pleuvait-il plus et, pour être honnête, il était heureux d'avoir une excuse pour se dégourdir les jambes. En outre, elle avait ronflé comme un tracteur du début à la fin.

Au lieu de se diriger tout droit vers la baraque à frites de Marischal Street, il coupa par Regent Quay avec l'intention de tourner à gauche dans Commerce Street, comme la fois précédente, avant de traverser le rond-point et d'arriver par l'arrière de Castlegate. Comme ça, au moins, il échapperait à Steel dix minutes de plus.

Ce soir-là, il y avait plus de gens dans les rues, la plupart soûls, titubant, chantant à tue-tête dans un mélange de russe et de mauvais anglais. Un gros cargo avait dû accoster.

L'agent Davidson se tenait au coin de Mearns Street, vêtue d'une minirobe tigrée et d'un impressionnant soutien-gorge pigeonnant, avec un duffel-coat par-dessus. Dès qu'elle le vit arriver, elle se mit à jouer sa partition.

– Alors, mon grand, tu veux passer un bon moment ? Je peux te cuisiner aux petits oignons, tu sais…

Elle termina sa harangue en balançant les hanches et en saisissant à deux mains sa vaste poitrine.

– Désolé, madame Davidson, je n'ai pas les moyens, lança-t-il en riant.

Il évita une large flaque d'eau huileuse et quitta le quai pour Commerce Street.

Le moins qu'on puisse dire, c'est que ce n'était pas la partie la plus agréable de la ville. Des immeubles gris sans charme, utilitaires, alternaient avec des bâtiments modernes d'acier et de plastique. Des ateliers de soudure et des boutiques de location d'outillage voisinaient avec des magasins de fournitures pour bateaux devant lesquels se pressaient noctambules éméchés et putains droguées. L'une de celles-ci négociait au coin d'une ruelle sombre avec deux ivrognes. Logan poursuivit sa marche, s'efforçant en vain d'ignorer leurs échanges.

– Allez, disait l'un des deux gaillards d'une voix pâteuse. Pour le prix, tu peux nous faire tous les deux... hein, ma chérie ? En même temps. Ton mec, Steve, y dit que t'es la meilleure... Hein, en même temps ?

Son copain, qui tenait à peine debout, se mit à beugler :

– Pas question que... que je passe en deuxième !

– Taaaaa gueule ! J'sais bien ! J'viens d'lui dire qu'elle nous prenne en même temps. (Il se mit à tituber, un pas en avant, deux pas en arrière.) Quel trou tu veux ?

– Les deux même temps, plus cher. Plus cher !

Un accent slave.

Logan se figea. C'était elle.

– Plus cher ?

Le gros défit sa ceinture et laissa choir son pantalon sur ses chevilles.

– J'suis un dieu d'la baise, moi ! C'est toi qui devrais m'payer !

Il tituba en avant, se prit les pieds dans son pantalon et tomba sur le pavé. Son ami éclata de rire.

Logan s'avança dans la ruelle. L'ami était plié de rire, tandis que le gros cherchait vaillamment à se remettre debout en poussant sur son gros cul poilu. La dénommée Kylie contemplait la scène sans émotion apparente en se grattant le creux du bras gauche, celui qui était constellé de traces de piqûres et de brûlures de cigarette. En voyant Logan s'approcher, elle lui adressa un sourire.

– Vous voulez baiser maintenant ? Vous police, je fais gratuit...

– Et si on allait bavarder un peu, tous les deux ?

Elle sourit.

– Je dis bien les choses cochon.

– Oui, je sais, vous me l'avez déjà dit. Vous vous rappelez ?

Il la prit par le bras, suscitant un cri de protestation du type au pantalon sur les chevilles.

– Elle a quatorze ans, rétorqua Logan. Et je suis inspecteur de police. Vous voulez que je vous arrête pour détournement de mineure ?

Le gros type remonta rapidement son falzar en bafouillant qu'il avait lui-même des enfants, que c'était terrible, qu'il ne se doutait absolument pas qu'elle n'avait que quatorze ans...

À la lueur des lampadaires, Logan put enfin examiner la fille tout à loisir. Elle avait le nez cassé, ce qui n'était pas le cas la semaine précédente.

– Qu'est-ce qui vous est arrivé ?

Kylie haussa les épaules.

– C'est Steve... il est fâché. Je lui ai dit la pluie pas bonne pour travail, mais il dit que je fais pas assez argent.

– On dirait que vous n'avez pas mangé depuis une semaine.

Elle secoua la tête en signe de dénégation, mais elle titubait un peu en marchant.

– Je mange Happy Meal. Steve gentil avec moi.

Oui, se dit Logan, *le bon vieux Steve*.

– Venez, je vais vous offrir un cornet de frites.

La queue était plus longue que d'habitude, les ivrognes et les sobres attendant patiemment leur tour pour commander saucisses fumées et pudding aux tripes, sous la lueur clignotante du poste de télévision silencieux installé au-dessus de la caisse enregistreuse. Tandis qu'ils avançaient le long de la chicane destinée à canaliser la clientèle, la jeune Lituanienne lui expliqua pourquoi les boutiques à frites d'Édimbourg étaient bien meilleures que celles d'Aberdeen : parce qu'elles servaient du sel et de la sauce et pas seulement du sel et du vinaigre. Ils étaient finalement arrivés devant le long comptoir en inox et en verre lorsque Kylie leva les yeux sur l'écran de télévision.

– J'ai baisé avec lui ! s'écria-t-elle, ravie.

Rougissant, Logan découvrit le visage visqueux et suffisant du conseiller municipal Andrew Marshall.

— Vous êtes sûre ? demanda-t-il à voix basse, peu désireux d'attirer plus encore l'attention.

Elle acquiesça.

— Pour fête privée, quand j'arrive d'abord à Aberdeen, lui et un ami chauve en même temps. Comment on dit quand le chauve dans la bouche et l'autre homme il est...

Logan n'eut pas besoin d'en entendre plus ; étant donné le goût de M. le conseiller municipal pour certains magazines, il savait précisément où il avait fourré son membre. Il paya les frites et ils traversèrent la rue. Elle était tellement occupée à manger les frites qu'elle ne remarqua pas qu'ils avaient contourné l'Arts Centre et grimpaient à présent une rampe. Ce fut seulement lorsque Alpha 62 klaxonna pour demander le passage qu'elle se rendit compte qu'ils se trouvaient au quartier général de la police des Grampian. En braillant des injures en lituanien, elle jeta ses dernières frites sur Logan et voulut s'enfuir, mais il l'attrapa par la peau du cou et l'entraîna à l'intérieur du bâtiment, en dépit de ses coups de pied et de ses hurlements.

***

Une demi-heure plus tard, Logan s'installa au volant de la voiture banalisée et tendit à l'inspecteur Steel son *white pudding supper*, avec les inévitables œufs en pickles.

— Où est-ce que vous étiez ? Ça fait une éternité que j'attends !

Logan sourit et se cala dans son siège.

— Oh, un peu partout.

— Quoi ? dit-elle en mâchonnant ses frites d'un air soupçonneux. Qu'est-ce qu'il y a de si drôle ?

— J'ai ramassé une prostituée.

— Ah bon ? (Elle engouffra un morceau de *white pudding*.) L'agent Watson n'est pas assez vicieuse pour vous ? Parce que moi je peux pas...

Il ne la laissa pas terminer.

– Une prostituée lituanienne de quatorze ans, pour être précis. Qui se fait appeler Kylie. (Visage de marbre de Steel.) C'est elle qui a vu Jamie McKinnon baiser avec Rosie Williams le soir où elle a été tuée.

Steel engouffra une nouvelle poignée de frites.

– Qu'est-ce que j'en ai à foutre, moi ? (Des frites dégringolèrent sur son chemisier.) Ce connard a déjà reconnu qu'il l'avait tronchée. Et si c'est le même type qui a tué Rosie et Michelle Wood, alors peu importe qui a vu McKinnon à cet endroit.

– C'est au cas où… ça fait un témoin de la scène. Rappelez-vous que nous n'avons aucun élément de preuve. Vous avez détruit… (En voyant l'expression de Steel, il s'interrompit.) Je voulais dire… puisque le magnétophone ne fonctionnait pas.

– Vous feriez bien de ne pas oublier ça !

– Il y a autre chose. Ça vous intéresse ? (Il sourit, tandis que Steel mordait à pleine dents dans son *white pudding*, comme si elle voulait couper court à la question.) Cette fille de quatorze ans raconte que M. Marshall, le conseiller municipal, la sodomisait pendant qu'elle suçait la queue d'un autre type.

Steel s'étrangla, inondant le pare-brise d'un nuage de *white pudding*.

Logan lui lança un clin d'œil.

– Je savais que ça vous plairait.

21

Le jeudi débuta malheureusement comme tous les autres jours. Le peu de sommeil qu'il avait réussi à grappiller après la fin de l'opération Cendrillon avait été peuplé de cadavres d'enfants en décomposition, dont la chair se détachait des os par lambeaux et qui dansaient dans son appartement avec des yeux comme des omelettes baveuses. Pas étonnant qu'il ait une tête de déterré. Aujourd'hui, pourtant, il était bien décidé à aller rendre visite à l'agent Maitland. Voir comment il allait. Évacuer un peu de culpabilité.

Steel se trouvait dans la salle des opérations en compagnie d'Insch, tripotant un paquet de cigarettes. Trop fatigué pour entrer et les écouter, Logan alla s'installer à son bureau. Que faire avec Steel ? Elle lui avait dit de la façon la plus nette qu'il ne s'occuperait plus de Kylie et qu'elle se chargerait elle-même de la gamine prostituée. Et que, s'il en touchait un mot à quiconque, elle aurait sa tête.

Sur son bureau se trouvait un sac en plastique rempli de cassettes vidéo, portant chacune une étiquette : « Opération Cendrillon, 2e nuit » et une grosse enveloppe en papier kraft, le dossier criminel de Chib Sutherland. En soupirant, Logan se servit une tasse de café et se mit à lire.

Chib était aussi charmant que l'avait décrit Miller. La plus grande partie de sa jeunesse, il l'avait passée en maison de redressement, pour avoir poignardé un membre du personnel de l'internat où il se trouvait, avant de consacrer sa vie entière au crime, au service du grand philanthrope Malcolm McLennan, alias Malk the Knife. Ce dernier avait pris le jeune homme sous son aile et l'avait modelé à son image : une petite frappe prête à tout pour ne plus se faire pincer. Il était soupçonné de huit meurtres, mais il n'y avait jamais eu suffisamment de preuves pour l'inculper. Pourtant, des gens avaient disparu à jamais, ou bien l'on retrouvait des corps effroyablement mutilés. Tout le monde savait que Chib était coupable, mais on n'avait aucun moyen de le prouver. Surtout quand les témoins étaient subitement frappés d'amnésie... ou d'un coup de batte de cricket.

– Hé, Lazare ! (C'était Steel, qui lui adressait un sourire tout en dents jaunes.) Bonne nouvelle, enfin... si on veut. Apparemment, les surdoués du Sud ont décidé de filer un coup de main aux pauvres malheureux de la police des Grampian. C'est-y pas généreux, ça ? (Comme Logan ne répondait pas, elle abattit deux feuilles sur le rapport qu'il était occupé à lire.) Ils nous ont envoyé une esquisse de profil psychologique ! Ouah ! D'après Insch, vous avez déjà travaillé avec le crapaud à lunettes qui l'a rédigé, alors devinez quoi ! (Elle lui administra une bourrade sur l'épaule.) Je veux savoir ce qu'il y a comme conneries dans ce rapport, et surtout si ça vaut le prix du papier sur lequel il est écrit. Et ne mettez pas trop longtemps, M. le psychologue clinicien est déjà en route.

Logan choisit de ne pas protester, mais lui demanda ce qu'il devait faire avec toutes les bandes vidéo dans le sac en plastique.

– Je m'en contrefous. Emportez-les chez vous et visionnez-les si ça vous chante, de toute façon on ne va pas les regarder. (Avant de quitter la pièce, elle s'immobilisa.) Oh, et n'oubliez pas ce dont on a parlé cette nuit.

La menace était claire : soufflez un seul mot de ce qui s'est passé et vous êtes foutu.

Le Dr Bushel était tel que dans son souvenir : arrogant, content de lui, chauve et impeccablement vêtu. Debout face à la fine fleur de la police des Grampian, ses petites lunettes rondes jetant des éclairs à la lueur des néons, il dissertait sur le profil psychologique du tueur en série. Logan avait déjà tout rapporté à Steel après avoir lu le rapport préliminaire, mais ses propos avaient encore l'éclat du neuf pour l'adjoint au chef de la police, son assistant et le commissaire directeur de la police judiciaire. Le tueur devait être de race blanche, de sexe masculin, avoir entre vingt-cinq et trente ans, souffrir de problèmes personnels, avoir déjà eu une relation avec une prostituée mais avoir trouvé l'expérience humiliante. Le passage à tabac démontrait sa haine des femmes, et l'intensité de sa fureur un conflit refoulé avec sa mère. Il devait occuper un emploi subalterne, mais suffisant pour lui permettre d'attirer Michelle Wood dans sa voiture. Bien inséré socialement. S'il prenait les vêtements de ses victimes, ce n'était pas en guise de trophée, mais pour les humilier. Et probablement pour assouvir quelque fantasme masturbatoire. Il frapperait à nouveau.

Lorsque le psychologue eut terminé sa présentation, l'inspecteur Steel lui posa toute la série de questions que Logan avait évoquées auparavant, comme si elles lui venaient subitement à l'esprit. Elle faisait la roue à l'intention des huiles, sous le regard dégoûté de Logan.

Le Dr Bushel pontifia, spécula, théorisa, mais avec toute la consistance du vide. Il ne dressait qu'un portrait vague, fondé sur presque rien, car il n'avait même pas pris la peine de se rendre sur les lieux des crimes. Comment ce ramassis d'insanités pourrait-il les aider à attraper le tueur ?

L'adjoint au chef de la police remercia le Dr Bushel de leur avoir consacré tout ce temps et l'invita à déjeuner en compagnie du directeur lui-même. Lorsque tout le monde eut disparu, Steel s'affala sur son siège en poussant un long soupir de dérision.

– Vous avez déjà entendu autant de conneries en aussi peu de temps, vous ? « Il va encore frapper ! » Évidemment qu'il va encore frapper ! Il l'a déjà fait deux fois, qu'est-ce qu'il va faire maintenant ? Se mettre à la broderie ? (Elle secoua la tête.) Et je parie que ce Bushel est payé deux fois plus que nous. Crapaud à lunettes !

– Dans ce cas, pourquoi avoir joué son jeu ? demanda Logan, furieux.

– Ah... la politique, sergent ! Quand les huiles vous offrent un couillon, il faut le caresser dans le sens du poil et s'exclamer : « Oh, le joli petit machin ! » Comme ça, ils sont impressionnés par votre intelligence, votre capacité de raisonnement. Sinon, on vous crache à la gueule. Bon, on a autre chose à foutre qu'à se faire chier ici. On a un tueur à coffrer.

Logan dut attendre le début de l'après-midi pour recevoir des nouvelles du mandat de recherche lancé pour Agnes la pouffiasse. Il ne s'attendait pourtant pas à une telle réponse. Une policière qui était allée rendre visite à sa mère en soins intensifs à l'hôpital royal d'Aberdeen avait aperçu Agnes Walker allongée dans un lit, intubée de partout. Dans un supermarché, elle s'était injecté de l'héroïne après s'être biturée à la vodka : la recette parfaite. Une employée l'avait découverte affalée dans les toilettes du centre commercial Trinity. Elle avait fait un arrêt cardiaque dans l'ambulance et était plongée dans le coma depuis son arrivée à l'hôpital. Steel envoya une policière à son chevet avec mission de la veiller, au cas où par miracle elle se réveillerait et déciderait de donner une description de celui qui l'avait passée à tabac.

Logan décida alors de passer en revue la liste des délinquants sexuels, dans l'espoir d'en trouver un qui corresponde au profil ridiculement vague dressé par le Dr Bushel. La salle des opérations étant trop bruyante, il chercha un endroit plus tranquille et finit par le trouver dans la salle d'interrogatoire numéro 4. Il alluma la lumière rouge à l'extérieur : « Interrogatoire en cours », avant de déposer tous ses dossiers en désordre sur la table. Il s'agissait de trouver un tueur au milieu de tous ces violeurs, pédophiles et exhibitionnistes. Mais, en dépit de la fenêtre ouverte, il faisait beaucoup trop chaud dans cette pièce. Logan dénoua sa cravate, bâilla, croisa les bras sur la table et y appuya la tête. Lentement, les mots se brouillèrent dans son

esprit... Violeur...Tic-tac... Violeur...Tic-tac... Pédophile...
Bâillement... obscurité.

Logan se redressa brusquement, les pupilles dilatées... mais
qu'est-ce que... Il tira son mobile de sa poche. Tic-tac... Sur
le mur de la salle d'interrogatoire, l'horloge marquait 17 h 07.
Il avait dormi trois heures d'affilée.
– Allô ? dit-il en réprimant un bâillement.
C'était l'inspecteur Insch.

Le salon de Mme Kennedy avait des allures de champ de
bataille : tables et chaises retournées, tableaux lacérés, photos
aux cadres brisés, céramiques en tessons sur le tapis.
Mme Kennedy elle-même était assise dans un fauteuil cassé,
son gros chat orange sur les genoux comme une couverture de
sécurité. Ses yeux jaunes rétrécis à la dimension d'une fente,
les oreilles en arrière, l'animal observait d'un air méfiant les
deux inspecteurs debout au milieu de la pièce.
– Franchement, dit la vieille dame en frissonnant, je ne veux
pas causer d'ennuis. Je vais bien. Vraiment...
Au moment des faits, elle était sortie, mais les voisins du
dessous, en entendant le vacarme, avaient appelé le 999. Ils
imaginaient déjà la malheureuse frappée à mort, gisant sur le
sol dans une mare de sang ! Des gens bienveillants, sans
aucun doute, mais qui se révélaient totalement inutiles. Ils
n'avaient rien vu, n'avaient même pas songé à regarder par le
judas de leur porte pour voir descendre les voyous ni par la
fenêtre pour voir s'ils montaient dans une voiture, un bus, un
taxi, ou sur un éléphant qui passait par là. Terrorisés à l'idée
qu'on puisse les surprendre en train d'observer. C'était pénible,
mais Logan pouvait comprendre leur attitude. Ils avaient plus
de soixante-dix ans : pourquoi risquer d'être surpris par des
crapules qui risquaient de revenir et de s'en prendre à eux ?
Ils avaient donc choisi de garder profil bas et d'appeler la
police. C'était plus que ce qu'auraient fait une grande partie
de leurs contemporains.

En tout cas, les vandales s'étaient employés à mettre au bord de la faillite la compagnie d'assurances de Mme Kennedy. Le salon, la cuisine et les deux chambres à coucher avaient été méthodiquement ravagés. Pourtant, quelque chose détonnait dans ce paysage de désolation : au beau milieu d'un mur, tracés à la peinture orange fluorescente, s'étalait le mot : « Arrête ».

– Vous avez une idée de ce qu'ils veulent que vous arrêtiez ? demanda Logan.

Mme Kennedy fit non de la tête tout en serrant plus fort son chat contre elle.

– Je... j'anime un club de jeunes... à l'école. Nous organisons des matchs de football, des brocantes....

– Hum, fit Insch. À moins que vous n'ayez été prise dans une guerre de gangs entre les boy-scouts et les guides, je crois qu'on peut écarter cette hypothèse. Rien d'autre ?

– Je continue à faire du tutorat avec certains élèves. Depuis ma retraite, je me dis parfois que c'est uniquement ça qui me permet de tenir.

– Ah bon ? dit Insch en écartant des tessons de céramique du bout du pied. En quelle matière ? Piano ? Français ?

– En chimie. J'ai été professeur de chimie pendant trente-six ans. (Elle sourit, visiblement envahie par ses souvenirs.) J'ai enseigné à des milliers d'élèves. (Soupir.) Et maintenant, j'ai droit à ça...

Au moment où les larmes commençaient à perler au bord des yeux de la vieille dame, Insch en profita pour s'excuser et partir, mais Logan choisit de réagir de la seule façon appropriée, de son point de vue : il proposa de lui faire une tasse de thé. La bouilloire électrique était cabossée mais encore en état de fonctionner, alors il la brancha et se mit en quête de sachets de thé. Ils gisaient sur le sol au milieu du contenu renversé de la poubelle, coquilles d'œufs, pelures de pommes de terre et autres débris. Il en trouva un qui ne lui semblait pas trop souillé (après tout, il allait verser de l'eau bouillante par-dessus) et le déposa dans une tasse qui possédait encore une anse. Tandis que le thé infusait, il chercha le lait et du sucre, mais dans le frigo son regard fut d'emblée attiré par un gros sac en plastique contenant de l'herbe fraîche.

En entendant des débris crisser sous des pas il se retourna : c'était Mme Kennedy sans son chat, ouvrant et fermant les mains, l'air hagarde. Logan ouvrit le sac et en huma le contenu.

– Je... je peux vous expliquer, dit-elle en lançant un regard apeuré en direction du couloir, où un policier en uniforme, une planchette à la main, dressait la liste des dommages. C'est pour mon arthrite (elle tendit des mains tremblantes) et pour ma sciatique.

– Comment l'obtenez-vous ?

– Par... un de mes anciens élèves. Il m'a dit que ça avait beaucoup aidé son père. Il m'en apporte de temps en temps.

– Il y en a beaucoup, là, dit Logan en secouant le sac. Tout ça, c'est pour votre consommation personnelle ?

– Je vous en prie, il faut me croire. (Elle recommençait à pleurer.) Je ne voulais pas faire des choses illégales. C'est seulement que ça soulage la douleur.

Les larmes coulaient à présent en abondance sur ses joues. Elle sortit un mouchoir de sa poche et il regarda ses mains : les doigts tordus, les phalanges gonflées, exactement comme ceux de sa grand-mère au cours des quinze dernières années de sa vie.

– Bon, finit-il par dire en replaçant le sac dans le réfrigérateur. Si vous n'en parlez à personne, moi non plus.

En sortant, il se prit une nouvelle fois à songer au mot « Arrête » tracé sur le mur, dans l'appartement d'une vieille dame. *Ésotérique*, se dit-il. Mais cela signifiait probablement quelque chose pour le camé qui l'avait écrit. Et pourtant...

En débouchant dehors, il contempla le ciel gris tourterelle. Les couleurs blanc et orange de la voiture de patrouille avaient attiré la même audience que la fois précédente : un trio de petits enfants qui contemplaient les policiers, médusés.

Logan traversa la rue et s'accroupit devant le groupe de gamins. Il y avait là deux petits garçons de quatre ou cinq ans, le nez morveux, de grands yeux bleus, les cheveux coupés au bol, et une petite fille en poussette. Elle devait avoir un peu plus de deux ans, les cheveux blonds et frisés ramenés en queue-de-cheval, suçant son pouce et regardant Logan comme s'il faisait trente mètres de haut.

– Bonjour, dit-il de sa voix la plus douce. Je m'appelle Logan, je suis policier. (Il tendit sa carte à l'un des garçons qui la prit entre ses doigts sales.) Vous étiez ici, tout à l'heure ?

La petite fille sortit son pouce de sa bouche, laissant filer une longue traînée de salive qui tomba sur le nez de son ours en peluche.

– Un monsieur.

– Tu as vu un monsieur ?

Elle tendit le doigt mouillé dans sa direction.

– Monsieur.

Puis elle souleva son ours en peluche de façon à ce qu'il voie qu'elle lui avait mâchonné presque entièrement une oreille.

– Monsieur, dit-elle à nouveau.

Le sourire de Logan s'effaça lentement sur son visage. Finalement, ce n'était peut-être pas une très bonne idée.

Assis au volant de sa Range Rover crasseuse, Insch contemplait les grosses gouttes de pluie qui commençaient à s'écraser sur le pare-brise.

– Tant pis pour le barbecue de ce soir, dit-il au moment où Logan s'installait en hâte à ses côtés pour échapper au déluge. Alors, comment ça s'est passé avec le fan-club de la police des Grampian ?

En soupirant, Logan tenta d'effacer les traces de doigts sur sa carte.

– Hier soir, le petit chien de Tom a fait des « grosses crottes » dans les pantoufles du papa et a dû passer la nuit enfermé dans les toilettes. À part ça, que dalle.

Il jeta alors un coup d'œil vers l'immeuble et aperçut le visage terrifié de Mme Kennedy à la fenêtre de sa cuisine. Elle devait craindre que Logan ne révèle son minable petit secret à son supérieur. En baissant les yeux, il s'aperçut que les trois enfants l'observaient eux aussi.

— Vous ne trouvez pas curieux que ces enfants soient toujours plantés là ?

Ce fut au tour d'Insch de le dévisager.

— Vous ne vous êtes jamais dit que peut-être ils vivaient ici ?

— C'est bon, au temps pour moi. (Il boucla sa ceinture de sécurité.) Mais pourquoi m'avoir amené ici ? (Insch fit demi-tour sur Union Grove et prit le chemin de Holburn Street.) Au fait, pourquoi vous-même vous êtes-vous déplacé ? Les effractions, c'est pas plutôt réservé aux agents en uniforme ?

Insch haussa les épaules et lui demanda d'ouvrir la boîte à gants, qui se révéla contenir un paquet de bonbons au citron en forme de losange, collés ensemble par leur long séjour dans la voiture. D'une main, l'inspecteur coinça le paquet contre le volant et plongea l'autre à l'intérieur pour en retirer trois ou quatre bonbons agglutinés. Il les fourra dans sa bouche et se suça les doigts pour les nettoyer avant de présenter le paquet à Logan qui déclina poliment la proposition.

— Je me disais, dit alors Insch en mâchonnant ses friandises, qu'il y avait peut-être un lien entre ça et son petit-fils mort dans l'incendie. Et on fait toujours chou blanc avec Karl Pearson. Ce malheureux se fait torturer à mort, et nous, tout ce qu'on peut faire, c'est le transporter à la morgue et le charcuter un peu plus.

— L'inspecteur Steel ne vous a pas parlé du dénommé Brendan « Chib » Sutherland ?

Insch répondit par la négative. Logan le mit donc au courant, et lui raconta aussi que Colin Miller avait promis de leur trouver l'adresse du voyou d'Édimbourg.

— Comment se fait-il qu'on doive compter sur ce sac à merde ? Non, tout bien réfléchi, ne me le dites pas. Je ne veux pas le savoir. Mais quand vous aurez l'adresse, dites-le-moi. Je ne vais pas laisser cette vieille pouffiasse... (Il jeta un rapide coup d'œil à Logan.) Euh... je veux dire, l'inspecteur Steel a suffisamment de travail comme ça. Inutile qu'elle perde son temps sur une affaire qui n'est pas directement liée à son enquête.

Logan sourit et ne dit rien.

Cette nuit-là, l'opération Cendrillon faillit être annulée. La pluie avait gagné en intensité, rebondissant sur les trottoirs, débordant des caniveaux. Un éclair de faible intensité jaillit au-dessus de leurs têtes, suivi d'un silence : un, deux, trois, quatre... Le tonnerre résonna dans le ciel noir.

– Six kilomètres et demi, annonça Steel en s'enfonçant dans son siège, un des magazines spécialisés de Marshall à la main.

Logan fit non de la tête.

– Moins de deux kilomètres. Le son se déplace à une vitesse de mille deux cent vingt-quatre kilomètres à l'heure, ce qui veut dire...

Steel le fusillait du regard. Il s'interrompit.

– Six kilomètres et demi ! dit-elle avant de retourner aux images pornos éclairées par la lumière de la boîte à gants.

De temps à autre, elle s'exclamait : « Mon Dieu, c'est pas naturel, ça ! » ou bien : « Ouh là ! » et, une fois ou deux, « mmmm ». Logan s'enfonça lui aussi dans son siège et regarda au-dehors. À l'autre extrémité de Shore Lane, l'agent Menzies, son parapluie à la main, passait d'un talon aiguille sur l'autre dans le vain espoir de se réchauffer. Pour des raisons tout à la fois de sécurité et de confort, elle portait ce soir-là un long manteau de fourrure.

Sa voix crachota dans la radio : « C'est ridicule ! Y a pas un con qui va se pointer avec ce temps de merde ! » L'agent Davidson fit immédiatement part de son accord : il était presque minuit et elles n'avaient pas eu une seule touche. Tout le monde perdait son temps, dans cette histoire. Logan dut bien admettre qu'elle n'avait pas tort. Mais l'inspecteur principal n'entendait nullement renoncer : on leur avait donné une auto-risation pour cinq nuits et il n'était pas question qu'elle abandonne avant. On se résigna donc à poursuivre. Steel ronfla, les agents Menzies et Davidson maugréèrent, Logan rumina. Quelle idée stupide ! Vingt-six policiers, hommes et femmes, assis dans le

noir, attendant qu'un malade enlève une policière moche…
Tout ça ne servait à rien. Autant courir sur les quais en
caleçon !

Steel produisait un bourdonnement régulier de machine à
laver, tandis que sur ses genoux l'un des magazines cochons
du conseiller municipal exhibait des choses que Logan préférait ne pas voir. Il se pencha et referma d'un coup sec la boîte
à gants dont la petite ampoule éclairait le magazine.

– Hein… Ummmpf ?

Steel ouvrit un œil et aperçut Logan penché sur elle.

– Merde, moi je ne…

Elle s'interrompit, puis demanda en bâillant :

– Quelle heure est-il ?

– Minuit et demi, répondit-il en baissant la vitre.

Une bouffée d'air frais envahit l'habitacle, en même temps
que le martèlement assourdissant de la pluie. Steel bâilla de
nouveau, s'étira, et Logan en profita pour poser la question qui
lui brûlait les lèvres.

– Pourquoi ne voulez-vous pas que le conseiller Marshall
soit poursuivi ?

– Mmmm ?

Elle ouvrit un paquet de cigarettes et jeta l'enveloppe en
Cellophane sur le siège arrière.

– Parce qu'on attrape plus de mouches avec de la merde
qu'avec du vinaigre. (Elle alluma une cigarette.) Pour vous, on
est coupable ou innocent, c'est ça ? C'est tout noir ou tout
blanc. Eh bien, parfois, c'est pas aussi clairement tranché…

– Il payait pour avoir des relations sexuelles avec une fille
de quatorze ans !

– Il savait pas qu'elle avait quatorze ans. Ça sert d'avoir des
obligés, Logan, surtout des gens qui…

Elle s'interrompit en voyant une silhouette s'approcher dans
la nuit, vêtue d'un long imperméable battant les chevilles, bou-
tonné jusqu'au col. L'homme, chauve comme un œuf, tenait à
la main un parapluie noir enseveli sous un linceul de brume.
C'était l'inspecteur principal Insch.

– Ho, ho, dit Steel, voici l'oncle Foster.

Insch traversa lentement la rue et contourna la voiture pour gagner le côté où se trouvait Logan. En apercevant le visage impassible de l'inspecteur, Logan sentit son sang se figer.

— Il s'agit de l'agent Maitland, dit Insch d'une voix sépulcrale. Il est mort.

— 22 —

Les flammes escaladaient le ciel, dévorant bois, plastique, papier et chair humaine. Et la pluie qui hachait la nuit ne pouvait apaiser la rage dévorante de l'incendie. Il avait versé beaucoup trop d'essence dans la boîte aux lettres.

Pour son crématorium personnel, il avait choisi l'endroit idéal : une petite route en lacet le long du fleuve, au sud de la ville. De hauts murs en pierre d'un côté, des maisons isolées de l'autre. Celle-ci était suffisamment isolée pour qu'on ne déclenche pas l'alarme trop tôt, et il y avait plein de lieux où se dissimuler en regardant le bâtiment brûler. Et même si quelqu'un donnait l'alerte, les pompiers étaient occupés ailleurs.

Il n'aurait pas dû venir là, il le savait. C'était trop tôt après l'autre incendie. Ça allait lui attirer des ennuis, mais il ne pouvait pas s'en empêcher. Caché dans l'ombre, de l'autre côté de la route, il agitait son membre en érection tandis que les fenêtres de l'étage supérieur éclataient en une averse de verre.

Dieu, que c'était beau !

Les hurlements durèrent dix bonnes minutes. Quatre cocktails Molotov jetés à travers les fenêtres de la chambre à coucher. Quelqu'un avait même bravé l'enfer du couloir pour aller tambouriner à la porte d'entrée, sans savoir qu'elle avait été vissée dans son cadre, tout comme celle de derrière. Il se mordit la lèvre inférieure, imaginant la peau craquelée éclatant sous l'effet de la chaleur, les flammes rugissant au rez-de-chaussée et à l'étage. Nul endroit par où fuir. Mourir. Un frisson l'agita, il poussa un grognement... étreignit sa verge pour prolonger ce moment, en vain. Il rejeta la tête en arrière et laissa échapper un gémissement d'extase au moment même où le toit s'effondrait, jetant des gerbes d'étincelles orange et blanches dans le ciel de la nuit. Les pompiers arrivèrent enfin, avec leurs échelles et leurs longs tuyaux, mais il était beaucoup trop tard pour les quatre membres de la famille, carbonisés sous les décombres.

Il n'aurait pas dû incendier cette maison. Ça allait lui attirer des ennuis.

Mais pour l'heure, il s'en moquait.

Vendredi matin, 7 h 40, fatigue et gueule de bois. La nuit n'avait pas été bonne pour Logan ; Steel l'avait renvoyé tôt chez lui, où il avait fait ami-ami avec une bouteille de single malt de douze ans d'âge. Soûlerie, pleurs et déprime. L'agent Maitland était là, dans un état végétatif mais vivant, et une seconde plus tard il avait disparu. Insch lui avait dit de ne pas s'en faire. C'était affreux, mais ce genre de chose, ça arrivait. Ce n'était pas sa faute. On oublierait. Mais lorsque la silhouette de l'inspecteur se fut effacée dans la nuit pluvieuse, Steel lui avait dit qu'Insch racontait des conneries. Cette affaire tombait à pic pour les salopards tapis dans l'ombre qui allaient en profiter pour le poignarder dans le dos.

Le lendemain matin, en arrivant au QG, il trouva une convocation de l'inspecteur Napier.

Assis devant la porte du Comité d'éthique professionnelle, nauséeux, l'estomac noué, Logan attendait que Napier l'appelle dans l'antichambre de l'enfer. Comme s'il avait lu dans ses pensées, l'inspecteur passa soudain la tête par l'entrebâillement de la porte et lui fit signe d'entrer. Cette fois, il y avait beaucoup de monde dans la pièce. Outre Napier, Logan et le silencieux inspecteur dans un coin, le gros Gary avait pris place sur l'une des chaises inconfortables réservées aux visiteurs, faisant ployer le plastique de façon alarmante. Logan était dans de sales draps.

– Bonjour, sergent McRae, dit Napier en s'installant derrière son bureau. Comme vous le voyez, j'ai demandé à votre représentant syndical d'assister à la réunion. (Il adressa un sourire froid au gros Gary.) Mais avant de commencer, je voudrais souligner notre tristesse à tous face à la mort de l'agent Maitland. C'était un bon policier que ses amis et ses collègues ne cesseront de regretter. Nos pensées et nos prières vont vers sa femme et... (il baissa les yeux sur un papier) et vers sa fille.

Logan dut faire à nouveau le récit de son expédition manquée, tandis que Napier opinait gravement et que le gros Gary prenait des notes.

– J'espère que vous vous rendez compte, dit Napier lorsque Logan eut terminé, que vous bénéficiez d'un exceptionnel concours de circonstances.

Il exhiba alors le *Press and Journal* du matin, où s'étalait en gros titre : « Quatre morts dans un incendie criminel », et la photo de ruines encore fumantes entourées de camions de pompiers.

– Cette affaire d'incendie intéresse évidemment beaucoup plus le public. En outre, les journaux n'ont appris la mort de l'agent Maitland qu'un peu après la sortie de leur deuxième édition. Mais on peut s'attendre que des « citoyens éminents » comme le conseiller municipal Marshall (dans sa bouche, ce nom prenait des allures de maladie contagieuse) fassent part de leur opinion à ce sujet.

Logan réprima une exclamation de dégoût.

– Bien entendu, l'enquête interne va devoir prendre en compte le fait qu'un policier est mort au cours de l'opération que vous avez préparée et conduite, ajouta Napier d'un air gourmand. S'il se révèle que vous vous êtes montré négligent, vous pourrez vous attendre à une rétrogradation, voire à une révocation. On ne peut pas exclure que vous soyez l'objet de poursuites pénales.

Le gros Gary s'avança sur sa chaise.

– Il est un peu prématuré d'évoquer des poursuites pénales, vous ne trouvez pas ? Le sergent McRae n'a encore été reconnu coupable de rien.

Dans son coin, l'inspecteur silencieux tressaillit.

Napier leva les mains en signe d'apaisement.

– Bien sûr, bien sûr. Je vous prie de m'excuser. Votre représentant syndical a parfaitement raison : tant que vous n'êtes pas déclaré coupable, vous êtes présumé innocent. (Il se leva et alla ouvrir la porte.) Une date pour l'enquête sera fixée plus tard dans la journée, mais si vous avez envie d'évoquer cette affaire plus longuement, n'hésitez pas, ma porte vous est ouverte.

La salle d'interrogatoire numéro 6 étant libre, le gros Gary y entraîna Logan. Que Napier aille se faire foutre, lui dit-il. Logan n'avait rien fait de mal, pas vrai ? Dans ce cas, il n'y avait pas à s'inquiéter. L'enquête interne n'aboutirait à rien, on leur ferait une belle leçon bien émouvante, et chacun retournerait à ses activités habituelles. *Chacun*, pensa Logan, *sauf l'agent Maitland.*

Après le départ de Gary, Logan s'effondra sur sa chaise et se mit à contempler les dalles du plafond. Connard de Napier, avec sa chasse aux sorcières ! Comme s'il ne se sentait pas déjà assez coupable pour la mort de Maitland ! Ce type n'attendait que le premier prétexte pour le menacer, l'humilier et ensuite le poignarder. Et pourquoi avoir exigé de lui que Steel ne soit pas maltraitée par la presse ? Si Marshall, cette ordure de pervers, de pédophile devait s'en prendre à quelqu'un, ce serait à lui, Logan, pas à Steel. Bon, tout bien réfléchi, se dit-il, on peut être deux à jouer à ce petit jeu. Logan prit son téléphone et demanda au standard le numéro d'Andrew Marshall, le conseiller municipal. Il lui fallut trois minutes pour franchir le barrage de la secrétaire, mais finalement il entendit la voix impérieuse.

– C'est vraiment important ? Parce que j'ai une réunion du conseil dans cinq minutes.

Logan sourit.

– Une simple question, monsieur le conseiller municipal : est-ce que le nom de Kylie vous dit quelque chose ? (Silence à l'autre bout de la ligne.) Non ? Une jeune prostituée lituanienne affirme avoir eu des relations sexuelles avec vous et un autre homme, le mois dernier. En même temps.

– Des... relations sexuelles ?

– En fait, le terme exact était le sandwich. J'imagine que vous avez pris le côté arrière !

– Je... je ne vois pas de quoi vous voulez parler.

– Nous l'avons ici, en garde à vue. Elle vous a reconnu sur photo. Saviez-vous qu'elle n'avait que quatorze ans ?

– Mon Dieu... (Long silence.) Que voulez-vous ? De l'argent ? C'est ça, n'est-ce pas ? C'est toujours ce que vous voulez, vous autres ! Pourquoi ne me laissez-vous pas tranquille ?

Logan sourit. Il avait toujours soupçonné Steel d'en croquer.

– Ainsi, quelqu'un vous fait déjà chanter pour avoir sodomisé une fille de quatorze ans ?

– Mais c'est un cauchemar... Je n'ai su qu'elle avait quatorze ans qu'après, quand il me l'a dit ! Je le jure ! Si je l'avais su, je n'aurais pas touché à cette fille !

Sa voix trahissait la panique.

Le sourire de Logan se figea.

– Jusqu'à ce qu'il vous l'ait dit ? Qui ça, « il » ?

– Je... je ne connais pas son nom. J'ai seulement reçu une lettre avec une photo de moi... de nous trois... ensemble. Je ne savais pas qu'elle avait quatorze ans !

Il criait de plus en plus fort. *J'espère pour lui*, se dit Logan, *qu'il a bien fermé la porte de son bureau, sans ça tout le conseil municipal va être au courant de sa petite « indiscrétion ».*

– Je veux le nom de votre ami, monsieur le conseiller municipal, celui qui faisait l'autre tranche du sandwich.

Nouveau silence.

– Euh... vous voulez le faire chanter, lui aussi ?

– Je veux son nom.

C'était John Nicholas, le responsable du développement de la ceinture verte. Ravi, Logan raccrocha. Une prostituée lituanienne mineure venue d'Édimbourg a des relations avec le type chargé de décider ce qui peut ou ne peut pas se construire dans les environs de la ville ; on prend des photos, on menace, et brusquement la société de promotion immobilière de Malk the Knife obtient l'autorisation de bâtir un lotissement dans la ceinture verte ? Difficile de croire à une coïncidence.

Il ne fallut pas longtemps pour que la nouvelle de la mort de Maitland s'ébruite. À 9 heures du matin, Logan reçut son premier coup de fil de journaliste, ce qui anéantit aussitôt sa bonne humeur. Le service de presse publia un communiqué, en tout point semblable aux déclarations de Napier : l'agent Maitland était un excellent policier, ses collègues déploraient sa perte, etc. Lorsque l'agent Steve Jacobs passa la tête par la porte entrebâillée de la salle des opérations et demanda à Logan s'il avait une minute, la plupart des médias du pays avaient déjà appelé.

– Il y a eu un autre incendie, dit Steve en montrant un exemplaire du *Press and Journal*.

– Je sais, Napier me l'a montré ce matin.

Steve eut l'air surpris.

– Vous avez vu Dracula ? Comment se fait-il que…

Il s'interrompit en se rappelant soudain ce qui s'était passé. On ne parlait que de ça au quartier général. À son arrivée, ce matin, Logan se serait cru dans un film muet : dès qu'il entrait dans une pièce, toutes les conversations cessaient aussitôt.

– Euh…, ajouta l'agent en rougissant un peu, l'inspecteur Insch veut que vous le rejoigniez sur les lieux. Il m'a chargé de vous dire qu'il avait besoin de vos compétences morbides.

Logan ne prit même pas la peine d'en avertir Steel.

Le lieu de l'incendie n'était pas difficile à trouver au milieu de la splendeur bucolique d'Inchgarth Road. Après la pluie, les arbres et les buissons arboraient un vert intense qui brillait sous les rayons dorés du soleil. Au bout d'une allée gravillonnée se dressaient les ruines de la maison, dont l'un des murs s'était affaissé. Une Ford Transit d'un blanc crasseux était garée à côté d'un buisson de roses mal en point et d'un fourgon de police guère plus reluisant, tandis que partout s'affairaient des gens en combinaison jetable blanche qui prenaient des photos et des échantillons de toutes sortes. Le fourgon était si petit qu'ils eurent tout juste la place d'enfiler leurs combinaisons en présence d'un policier en uniforme qui faisait bouillir de l'eau pour des nouilles instantanées.

Les pompiers avaient défoncé la porte d'entrée, ce qui n'avait pas dû être facile puisque, comme la fois précédente, elle était vissée au cadre par des vis de sept centimètres et demi. Un autre tueur en série, il ne manquait plus que ça ! La porte d'entrée en partie vitrée gisait au milieu du couloir, à moitié enfouie sous un amoncellement de tuiles et de poutres calcinées.

À l'intérieur, l'étage supérieur avait disparu, et seules quelques poutres marquaient l'endroit où toute une famille avait péri. Les murs encore debout étaient brûlés, noircis, le couloir encombré de gravats et des restes tordus de l'escalier.

Insch se trouvait dans ce qui avait dû être le salon, vêtu lui aussi d'une combinaison blanche, à côté d'un homme coiffé d'un casque de pompier qui fouillait les décombres avec une longue perche. Titubant sur les briques et les morceaux de bois calciné, Logan le rejoignit.

— Vous vouliez me voir, monsieur ?

— Moi ? (Insch fronça les sourcils.) Ah oui. C'était une famille de quatre personnes, le père, la mère et deux petites filles. D'après les spécialistes, on a versé de l'essence dans la boîte aux lettres puis balancé des cocktails Molotov par les fenêtres. Ça ne vous rappelle rien ? Celui qui a fait ça a pris soin auparavant d'appeler quatre fois les pompiers sur un mobile volé, pour signaler des incendies de l'autre côté de la ville. Quand ils sont arrivés, ils ont tout juste eu le temps d'empêcher que le feu se propage à la maison voisine. (En hochant la tête d'un air navré, il gagna ce qui restait des fenêtres de la façade de la maison.) Les malheureux n'avaient aucune chance. Au début, je pensais que le précédent incendie, dans le squat, était lié à des affaires de drogue, mais ici, ça semble plus... je ne sais pas, je dirais plus personnel, si ça signifie quelque chose. (Il passa la main sur son visage rond.) Je n'arrive pas à relier les deux affaires. Voilà pourquoi j'ai besoin d'un regard extérieur.

— On a retrouvé les corps ?

– Des morceaux. Apparemment, la chambre des filles se trouvait au-dessus de la cuisine. Quand le toit s'est effondré, il a entraîné tout le reste avec lui. À mon avis, le père et la mère se trouvaient avec les enfants pour les derniers moments, mais on ne le saura que quand on aura déblayé la chambre.

Logan explora alors les moindres recoins de la maison dévastée. Il restait peu de choses identifiables, tout avait brûlé ou fondu, et seule la porte d'entrée demeurait là où elle était tombée, la peinture écaillée, les vitres craquelées et recouvertes de suie. Il s'accroupit et nettoya la petite plaque de bronze disposée juste au-dessus de la boîte aux lettres : Andrew, Wendy, Joanna & Molly Lawson. Ne manquait plus que l'épitaphe : « Qu'ils reposent en paix ». Il s'apprêtait à partir, lorsqu'il lui sembla apercevoir quelque chose à travers la vitre endommagée. Le cœur battant, il tira fortement sur la porte pour la dégager des décombres, projetant des morceaux sur le sol carrelé. En dessous, au milieu des gravats, on apercevait un visage calciné, les traits méconnaissables, le crâne écrasé d'un côté par un débris de maçonnerie, exhibant des dents de couleur ocre. Logan sentit son estomac se soulever.

Il appela Insch à sa rescousse, qui jeta un œil sur sa découverte et s'écria :

– Mais enfin, tout le monde a fouillé cet endroit !

Furieux, il apostropha le chef des pompiers, exigeant de savoir pourquoi personne n'avait trouvé ce corps plus tôt. Il fallut ensuite faire en sorte que personne ne piétine d'autres cadavres, mais qui organiserait la circulation dans les lieux ? Les laissant à leur dispute, Logan sortit précipitamment dans la lumière du jour.

Le soleil brillait encore, mais l'air était chargé de relents de chair humaine et de poutres calcinées. Fermant les yeux, il prit une profonde inspiration. *Pas question de vomir*, se dit-il, *pas question de vomir...* Devant ses yeux accouraient en foule des images de femmes et d'enfants brûlés, de prostituées tabassées, le visage écorché d'une jeune femme, des carcasses pourries d'animaux, Maitland... Si, il allait vomir ! Il fit quelques pas dans le jardin puis se rua derrière un buisson, un peu plus loin, arracha son masque et tomba à genoux. Lorsqu'il ne lui resta plus une once de bile, il se releva, l'estomac noué, et s'essuya les lèvres d'un revers de manche.

Regardant la maison en ruine, il s'efforça de chasser de son esprit les visages des morts. L'incendie du squat, où six personnes avaient trouvé la mort, s'était déroulé sous les yeux d'un spectateur. Dans le noir, un homme se masturbait tandis que des êtres humains se consumaient dans la fournaise. Il lui fallait un bon poste d'observation. De préférence proche, de façon à pouvoir entendre la chair griller et éclater. Logan promena son regard tout autour du jardin à la recherche d'un endroit propice d'où regarder brûler une famille de quatre personnes, un endroit qui en même temps ne risquait pas de se transformer en piège si les pompiers arrivaient plus tôt que prévu. Il n'y en avait pas. Se retournant lentement, il aperçut alors de l'autre côté de la route une allée menant à un hôtel, dont l'entrée était marquée par des lanternes scellées dans un mur de pierre de deux mètres cinquante de haut. C'était le seul endroit d'où l'on pouvait avoir une bonne vue sur la maison.

Toujours vêtu de sa combinaison blanche, de ses gants et de ses bottillons de protection, il gagna l'allée de l'hôtel. On pouvait, certes, se dissimuler derrière les piliers en granit, se pencher pour observer la scène en se masturbant tout en espérant ne pas être surpris, mais cela gâchait un peu le côté romantique de l'affaire... Logan avisa alors un gros buisson de rhododendrons à deux mètres de l'entrée. Parfait. Si quelqu'un s'avisait de regarder dans cette direction, il ne verrait que de l'ombre et du feuillage. Logan traversa la pelouse trempée et regarda sous les feuilles vernissées d'un vert profond. La pluie de la nuit avait maltraité les fleurs, qui gisaient dans l'herbe comme des taches de sang. À l'intérieur du buisson, on distinguait clairement une empreinte de pas dans la terre.

Le directeur de l'hôtel s'inquiétait un peu de l'effet que pouvait avoir sur ses clients la présence d'une tente de police en plastique bleu. La route était déjà bloquée depuis la veille au

212

soir, alors si en plus des tas de gens grouillaient dans les jardins de l'hôtel, comme dans une série télé... Bon, en tout cas, il envoya un charmant jeune homme avec une énorme Thermos de thé, une autre de café et un plateau de viennoiseries. Pour le plus grand plaisir d'Insch.

Les choses se présentaient plutôt bien. Les feuilles n'avaient pas seulement gardé l'incendiaire au sec, elles avaient également conservé des éléments de preuve. Outre l'empreinte de pied, ils découvrirent de nouveau un mouchoir en papier qui sentait le sperme. Et les techniciens de la police scientifique passèrent au peigne fin l'intérieur du bouquet de rhododendrons à la recherche de fibres ou d'empreintes digitales.

Insch terminait avec délectation un troisième croissant quand une voiture de patrouille s'immobilisa devant l'appentis brûlé, amenant leur désormais célèbre psychologue chauve. Mains derrière le dos, il arpenta le jardin, l'œil aux aguets.

– Chic, fit Insch en ôtant quelques miettes de son menton. Vous voulez vous occuper de Sa Suffisance, ou bien je m'en charge ?

Ils convinrent finalement d'y aller ensemble et trouvèrent le Dr Bushel accroupi devant quatre sacs en plastique ouverts, disposés sur une large bâche blanche. Chacun de ces sacs contenait des restes humains : un fémur légèrement brûlé, une clavicule noircie, le corps découvert sous la porte d'entrée, un morceau de viande calcinée qui avait été une poitrine d'enfant... Le ventre vide de Logan lança un signal inquiétant. Le psychologue leur adressa un sourire en les voyant arriver.

– Ah, inspecteur, sergent, ravi de vous revoir, dit-il en se relevant. C'est une chance que j'aie été encore présent. Le chef de la police m'a demandé de dresser un profil de votre incendiaire. Il me faudra un peu de temps pour le mettre par écrit, mais je peux déjà vous en donner un aperçu, si ça vous intéresse. (La restriction était visiblement de pure forme.) La pathologie psychologique de ce criminel relève visiblement de la haine. La préparation, l'épandage d'essence, le vissage de la porte afin que personne ne puisse s'échapper, tout cela est dirigé contre des familles. L'aviez-vous remarqué ?

Insch lui fit remarquer que les premières victimes ne constituaient pas une famille, que ce n'était qu'un groupe de squatteurs qui vivaient ensemble. Le Dr Bushel sourit avec indulgence.

– C'est vrai, inspecteur, mais c'était quand même une cellule familiale, ils vivaient ensemble et élevaient un enfant. Je crois que ce criminel éprouve une colère profonde contre sa famille, et que c'est ce qui le pousse à agir ainsi. (Il hocha la tête, comme si quelqu'un venait de le féliciter pour sa brillante déduction.) Et regardez la porte d'entrée : vissée. C'est une pénétration sublimée. Peut-être souffre-t-il d'impuissance, je ne me prononce pas encore sur ce sujet, mais le choix de visser est significatif, vous ne trouvez pas ? La connotation est très chargée sexuellement. De là les traces de masturbation que vous avez trouvées sur les lieux du premier crime. (Il haussa les épaules.) Je ne serais pas surpris si vous découvriez ici même quelque chose de semblable, il faut seulement savoir où chercher... (Le Dr Bushel se mit à scruter les alentours.) À mon avis, il aurait pu se...

– Dans le buisson de rhododendrons, l'interrompit Insch en indiquant l'entrée de l'hôtel d'un geste du pouce. L'inspecteur chef McRae y avait déjà pensé. Merci quand même.

– Ah, très bien... Bravo ! dit-il, vexé, en ôtant ses lunettes.

– Bon, dit Insch, les mains dans les poches, ça suffit, les compliments. Il ne faudrait pas que l'inspecteur chef McRae attrape la grosse tête.

De ce côté-là, aucun risque, pensa Logan en regardant le Dr Bushel remonter en voiture. Pas avec la mort de Maitland. Tandis que la voiture s'éloignait en direction du quartier général, Insch ôta la capuche de sa combinaison jetable, découvrant son crâne chauve, luisant de sueur.

– Bon Dieu, c'est l'étuve, là-dessous.

Il abaissa jusqu'à la ceinture la fermeture Éclair de la combinaison et s'appuya contre le mur. Un sourire éclaira soudain son visage.

– Vous avez volé la vedette au Dr Gros Malin. Je le... (Il s'interrompit.) Qu'est-ce qui se passe ? Vous avez une tête à avoir bouffé des conserves !

Logan regardait un technicien de l'identité judiciaire déposer un morceau de charbon de la taille d'un navet dans l'un des sacs, à l'endroit où aurait dû se trouver la tête. Était-ce Joanna ou Molly ? Il ferma les yeux.

— Maitland.

— Ah oui, l'agent Maitland...

— Je voulais aller le voir, mais... (Soupir.) Vous savez ce que c'est... Il y avait toujours quelque chose à faire. (Il se passa la main sur le visage, faisant crisser le latex sur sa barbe naissante.) Quand je pense que je ne suis même pas allé le voir une seule fois.

Insch posa sa large main sur l'épaule de Logan.

— Ça ne sert à rien de vous flageller comme ça. Ce qui est fait est fait. Il est mort, et vous, il faut que vous pensiez à votre carrière. Vous êtes un bon flic, Logan. Ce n'est pas le moment de tout laisser tomber parce que des salopards exploitent votre sentiment de culpabilité.

23

L'agent Steve Jacobs le raccompagna au quartier général, s'efforçant de meubler le silence inconfortable par son bavardage. Logan alluma la radio, mais Steve ne mordit pas à l'hameçon, évoquant tour à tour le temps qu'il faisait, le dernier film qu'il avait vu, avec toutes ces femmes en hauts supermini. La chanson pop plutôt molle qui passait à la radio se termina, suivie par la voix d'un présentateur de la station Northsound qu'il ne connaissait pas, puis par quelques autres chansons avant de laisser la place aux infos. « Des dizaines d'habitants de Kingswells ont envahi aujourd'hui l'hôtel de ville, interrompant les activités, pour protester contre la décision d'accorder à la société McLennan Homes l'autorisation de construire trois cents nouvelles maisons...

– C'est vraiment une décision criminelle, vous ne trouvez pas ? dit Steve en abandonnant le sujet sur lequel il dissertait. Les activités extraprofessionnelles prêtées à la femme de l'inspecteur Beattie. Il faudrait tous les fusiller, ceux du département de développement urbain. Mon père a demandé un permis de construire pour une maison, seulement une... Et on le lui a refusé ! Mais quand les McLennan Homes veulent en coller trois cents dans la ceinture verte, eh bien, c'est « bien sûr, M. McLennan, j'peux vous cirer les pompes en attendant, M. McLennan »... Y a de quoi dégueuler.

Logan ne dit pas à Steve que son père aurait eu plus de chance d'avoir son permis de construire s'il avait pris des photos du chef du développement de la ceinture verte en train de se faire sucer par une fille de quatorze ans.

Il fut ensuite question d'une nouvelle boutique de mode d'Inverurie qui venait de remporter une sorte de récompense (Steve n'avait aucun commentaire à faire sur le sujet), puis le présentateur enchaîna sur la nouvelle du jour : quatre morts dans un incendie ! Mais au dernier sujet, il sentit son cœur se serrer. « Aujourd'hui, ses collègues et amis ont rendu un dernier hommage à Trevor Maitland, l'agent de police qui a fini par succomber aux blessures reçues au cours d'une opération menée ce mois pour récupérer des marchandises volées. » La voix du journaliste fut remplacée par celle d'une femme, qui, en sanglotant, expliqua à quel point son Trevor était bon père et bon époux. Puis ce fut au tour d'un de ses collègues : « À la différence d'autres gars de chez nous, Trevor n'a jamais voulu devenir inspecteur. Il en aurait eu les capacités, ça c'est sûr, mais y voulait rester en uniforme, dans la rue, aider les gens. Il était comme ça, Trevor. » Et finalement, la voix vengeresse du conseiller municipal Andrew Marshall : « En ces moments de douleur, il est important de rappeler l'action exemplaire de l'agent Maitland et de tous ses collègues dans les rues d'Aberdeen. Je suis persuadé d'exprimer ainsi les sentiments de toute la population en disant qu'en cet instant nous pensons tous à sa famille. » Et puis ce fut tout. Pas d'accusation d'incompétence ni la diatribe habituelle contre la police. Si Logan avait été au volant, il se serait écrasé contre un lampadaire !

– Putain ! s'écria Steve. Il a bien dit ça, M. le conseiller Tête de nœud ? Il a perdu une belle occasion de nous traîner dans la boue...

– Regardez où vous allez !

Logan s'agrippa au tableau de bord au moment même où Steve écrasait la pédale de frein avant de regagner sa file.

Un peu après 13 heures, Steve le laissa au quartier général, où Logan eut quand même le temps de manger un morceau à la cantine avant que le ciel ne lui tombe sur la tête. Il avait tapé les deux premiers chiffres du code d'accès aux bureaux lorsque le sergent Eric Mitchell apparut derrière la haute verrière surplombant le comptoir de réception.

– Sergent ! Sergent McRae, pouvez-vous venir ?

Logan se retourna et aperçut alors un personnage assis sur l'une des vilaines chaises violettes appuyées contre le mur du fond. Complet coûteux, mallette mince, lunettes en demi-lunes perchées au bout du nez, un air plein de morgue : Sandy Moir-Farquharson, dit Sandy le Serpent, dit également Sandy le Siffleur, ou Sandy tout ce qu'on voudra de pire encore. Manquait plus que lui ! se dit Logan, accablé. Sandy Moir-Farquharson, la petite fripouille qui avait défendu Angus Robertson, le Monstre de Mastrick. L'avocat qui avait tenté de convaincre la terre entière que la véritable victime, c'était Robertson et non les quinze femmes qu'il avait violées et assassinées. Que c'était la police en général, et Logan en particulier qui étaient à blâmer. Il avait failli réussir.

Moir-Farquharson se levait déjà à moitié de sa chaise lorsque Eric désigna l'autre rangée de sièges, près de la fenêtre. Assise sous la plaque commémorant les policiers morts au cours des deux guerres mondiales, une jolie femme reniflait, tordant son mouchoir comme si elle voulait l'étrangler. Sandy le Serpent eut le temps de lancer « j'étais là avant », mais déjà Logan montrait à la jeune femme la petite pièce située après le hall de réception et fermait la porte au nez de l'avocat. En dépit de ses yeux rougis, elle était jolie, de longs cheveux blonds décolorés, le nez légèrement retroussé, des lèvres pleines dissimulant un léger prognathisme.

– Eh bien, mademoiselle… ?

– Madame. Madame Cruickshank. Je viens pour mon mari, Gavin, il n'est pas revenu à la maison depuis mercredi matin ! (Elle se mordit la lèvre inférieure et des larmes apparurent dans ses yeux verts injectés de sang.) Je ne sais pas… Je ne sais pas quoi faire !

– Avez-vous signalé sa disparition ?

Elle acquiesça, le mouchoir pressé contre son nez rougi.

– Ils… Ils m'ont dit qu'ils ne pouvaient rien faire !

Mme Cruickshank enfouit son visage dans ses mains et fondit en larmes. Logan attendit deux minutes pour voir si elle allait se ressaisir avant de lui proposer une tasse de thé et de s'enfuir lâchement pour aller la préparer. Dès qu'il eut mis le pied dans le hall, Sandy le Serpent se précipita sur lui.

– Inspecteur McRae, je dois absolument...

Logan le congédia d'un geste et demanda à Eric s'il pouvait lui trouver le dossier d'une personne disparue, un certain M. Gavin Cruickshank. Et lui apporter également une tasse de thé pour Mme Cruickshank. Lorsqu'il tourna le dos au comptoir de la réception, il se retrouva face à Sandy le Siffleur.

– Je suis ici pour représenter mon client, M. James McKinnon. Inspecteur, j'exige de le voir !

Connard arrogant ! Bouillant de colère, Logan le fusilla du regard. Pour qui il se prenait, cet abruti ?

– Vous pouvez exiger tout ce que vous voulez, mais pour l'instant je dois m'occuper d'une personne qui en a le plus grand besoin. Vous voulez voir votre client ? Essayez donc l'hôpital, les visites ont lieu entre 14 h 30 et 17 heures.

Il passa devant M. Moir-Farquharson et se dirigea vers la salle d'interrogatoire. Une main ferme le retint par l'épaule.

– J'exige de...

Logan préféra ne pas se retourner, de peur de lui coller directement son poing sur la figure.

– Ôtez votre main de mon épaule avant que je ne vous brise les doigts, lança-t-il d'une voix sifflante.

Il n'attendait qu'un prétexte pour lui faire payer tout ce qu'il endurait depuis six mois. Moir-Farquharson s'écarta comme s'il avait posé la main sur des braises.

Silence.

Soudain, la porte d'entrée s'ouvrit à la volée, et un homme fit son entrée, l'air hagard. Vêtu d'un maillot d'un club de football datant de trois saisons, affligé d'une barbe qui semblait plus faite de moisissure que de poils, il gagna en titubant le comptoir de la réception sur lequel il abattit son poing en beuglant :

– M'suis fait piquer mon ordonnance !

Le dossier de la personne disparue arriva sur un plateau avec deux tasses de thé au lait et un message plié du sergent Eric Mitchell. Ce dernier suggérait à Logan de terminer fissa son interrogatoire, de ficher le camp du quartier général et de ne pas y revenir de la journée. Le visqueux Sandy le Serpent déposait une plainte en bonne et due forme.

Feignant de ne pas hâter les choses, Logan examina l'affaire avec l'épouse de Gavin Cruickshank. Depuis des mois, ils cherchaient à avoir un enfant. Elle avait quitté son travail pour être moins stressée et plus fertile, mais ces derniers temps Gavin avait été obligé de travailler tard. Elle évoqua ses disputes avec sa voisine. La dernière fois qu'elle avait vu son mari, il franchissait le seuil de la maison, furieux, une paire de lunettes noires sur le nez pour cacher l'œil au beurre noir, cadeau de la voisine... C'était mercredi matin. Depuis lors, plus de nouvelles de lui.

– J'ai appelé à son bureau, mais... on m'a dit qu'il était avec un client et qu'il reviendrait tard. Mais il revient toujours à la maison ! s'écria-t-elle. Toujours !

– Et donc, quand vous ne l'avez pas vu revenir, vous avez téléphoné à la police ? demanda Logan en lisant sur le rapport qu'elle avait signalé la disparition de son mari jeudi matin à 7 h 30.

Elle acquiesça, laissant couler des larmes dans son thé qui refroidissait.

– Parfois, il ne revient pas avant 4 ou 5 heures du matin, s'il doit aller au casino, ou dans un de ces... (elle rougit)... clubs. Alors je suis allée me coucher. À 6 heures, quand j'ai vu qu'il n'était pas rentré, je l'ai appelé sur son mobile, mais il était sur répondeur. J'ai encore essayé plusieurs fois et... j'ai fini par appeler la police.

Logan hocha la tête, s'efforçant en vain de s'intéresser à son histoire. Mais pourquoi donc avait-il menacé Sandy le Serpent ? Comme si l'enquête sur la mort de l'agent Maitland n'allait pas être suffisamment pénible sans qu'il se rajoute une plainte... Soudain, il se rendit compte que Mme Cruickshank venait de terminer une phrase et le regardait, attendant une réponse.

– Euh..., dit-il en fronçant les sourcils, comme s'il réfléchissait. Comment cela ?

– Eh bien... (elle approcha sa chaise de la table). Et si elle lui avait fait quelque chose ? Elle est dangereuse !

– Dangereuse... je vois...

Non, il ne voyait rien. Rien du tout. Mieux valait, peut-être, avouer qu'il ne l'avait pas écoutée...

– Depuis son arrivée, cette femme n'a pas cessé de faire des ennuis ! Elle l'a frappé. Elle lui a fait un œil au beurre noir ! Il l'a signalé au... (Elle fondit de nouveau en larmes.) Il faut que vous le retrouviez !

Logan lui promit qu'il ferait tout son possible et la raccompagna jusqu'à la porte d'entrée. Dans le hall, nulle trace de Sandy le Serpent : il devait probablement déposer sa plainte directement auprès du chef de la police. Logan décida alors de s'éclipser, prit une voiture au parking et se mit à rouler dans la ville, un peu au hasard. L'important était de se retrouver loin du quartier général quand on s'apercevrait de son absence. Pour mettre toutes les chances de son côté, il éteignit son mobile. Il lui fallait pourtant trouver quelque chose à faire pour tenter d'oublier ce qui se passait. Mais quelque chose d'utile, même si en réalité il cherchait seulement à repousser le moment de l'inévitable savon, voire de la révocation pure et simple. D'après Mme Cruickshank, son mari travaillait pour une société située dans la zone industrielle de Kirkhill qui louait des instruments de levage aux installations pétrolières, derricks et plates-formes. Bon... Ce n'était qu'une disparition, mais au moins il ferait quelque chose.

ScotiaLift occupait un parallélépipède de deux étages avec un petit parking devant et une cour grillagée à l'arrière, pleine de machines de levage de couleur vive. Le parking s'enorgueillissait d'une Porsche, d'un gros 4 × 4 BMW et d'une Audi décapotable, tous datant de moins de deux mois et équipés de plaques personnalisées. On ne pouvait manquer non plus un panneau de deux mètres de haut avec le logo de la compagnie. Logan gara sa vieille bagnole à côté de la Porsche, portant ainsi un coup fatal au standing de la maison, et pénétra dans le bâtiment.

Depuis longtemps, les entreprises d'Aberdeen exhibent avec fierté de jolies jeunes femmes derrière leurs comptoirs de réception, et ScotiaLift ne faisait pas exception à la règle. Dès son entrée, l'une d'elles adressa à Logan un large sourire.

– Puis-je vous aider ?

Son sourire s'évanouit lorsque Logan eut sorti sa carte de police en expliquant qu'il venait s'enquérir de la disparition d'un certain Gavin Cruickshank. Son regard passa alternativement de la carte à Logan, creusant de petites rides au coin de ses yeux.

– Je sais, dit-il, la photo est horrible. J'ai besoin de parler aux collègues de M. Cruickshank et à tous ceux qui auraient pu le voir mercredi.

– Mais il n'est pas venu, mercredi !

– Vous êtes sûre ? demanda Logan, surpris.

Elle acquiesça et se mit à tapoter le comptoir de son ongle vernissé.

– Je l'aurais vu.

Logan se retourna et embrassa du regard le hall de réception. Il n'était pas très grand et la porte d'entrée se trouvait juste en face de la jeune femme. Elle avait raison, s'il était arrivé par là, elle l'aurait vu.

– Il n'y a pas un accès par-derrière ?

Elle hocha la tête et indiqua une porte ouverte à gauche de son comptoir.

– De l'autre côté, mais ça donne sur la cour, et le portail est toujours fermé. Enfin… sauf quand on déplace du matériel. Mais comme tout le monde se gare devant, j'aurais vu sa voiture.

– Dans ce cas, comment se fait-il que lorsque Mme Cruickshank a téléphoné, mercredi après-midi, on lui ait répondu que son mari était en rendez-vous à l'extérieur, avec un client ?

– Je ne sais pas, dit-elle en rougissant légèrement.

Logan laissa le silence s'étirer pendant une minute dans l'espoir qu'elle en dirait un peu plus, en vain. Elle se prit d'un subit intérêt pour ses téléphones, comme si elle souhaitait une sonnerie qui lui eût permis de ne plus lui parler, alors que son teint s'empourprait de seconde en seconde.

– Bon, lâcha-t-il enfin, rompant ce silence gênant, dans ce cas, il va falloir que je parle à tous ceux qui travaillent avec lui.

Elle lui trouva un bureau vide au premier étage, celui de Gavin lui-même : une pièce en désordre, avec, accroché à la porte, un calendrier orné d'une pin-up, un autre sur un mur, deux ordinateurs et une grande table qui semblait ne pas avoir été rangée depuis la dernière glaciation. L'un après l'autre, du gardien au directeur, les employés de ScotiaLift défilèrent dans le bureau provisoire de Logan et lui expliquèrent à quel point Gavin Cruickshank était un chic type, et que ça ne lui ressemblait vraiment pas de disparaître comme ça. Aucun ne reconnut avoir parlé à la femme de Gavin au téléphone et lui avoir dit que son mari était à l'extérieur avec un client. Logan s'apprêtait à partir lorsqu'un coupé sport voyant vint se garer sur le parking. Un homme bronzé, entre vingt et vingt-cinq ans, en descendit, pointa sa clé pour verrouiller les portières et se dirigea vers le bâtiment. Trente secondes plus tard, le même visage bronzé apparut par la porte ouverte, souriant à Logan.

– Bonsoir, monsieur, on m'a dit que vous vouliez me voir ?

Cheveux blonds coiffés en épis, complet en lin, pas de cravate, lunettes noires Armani, un léger accent de Dundee.

– Ça dépend. Vous avez parlé à la femme de Gavin Cruickshank, mercredi ?

– La charmante Ailsa ? (Le sourire s'élargit, tandis qu'il accrochait sa veste à la patère, derrière la porte.) Je plaide coupable. Un de ces jours, elle aura l'intelligence de larguer son branleur de mari. (Il adressa un clin d'œil à Logan.) Vous l'avez déjà vue ? Des nichons comme des melons, supersexy ! J'arrive pas à croire qu'autrefois elle était grosse comme un tonneau. Ça doit être génial avec elle… (Il soupira, s'abandonnant à ses fantasmes.)

223

– Pourquoi lui avez-vous dit que Gavin était à l'extérieur avec un client mercredi après-midi ?

– Mmmm ? Oh, eh bien, parce que c'était vrai.

– C'est curieux, tout le monde m'a dit que ce jour-là il n'était pas venu au travail.

Silence. Il se dandina d'un pied sur l'autre, mal à l'aise. Retour du sourire.

– Vous êtes un bon flic, vous m'avez eu. Il n'est pas venu au travail, mercredi matin.

– Pourquoi lui avoir menti, alors ?

– Vous savez, ça lui arrive souvent d'arriver tard au travail. Et parfois il ne vient pas du tout. Gavin ramène beaucoup de clients, alors il peut se le permettre.

– Mais comment saviez-vous qu'il était avec un client ? Lui aviez-vous parlé ?

– Non, pas vraiment. Mais il m'avait envoyé un texto.

– Quand ça ?

– J'sais pas exactement, en milieu de matinée, je crois. Il a dit qu'il arriverait tard, mais il a pas dit quand.

– Vous en avez donc déduit qu'il était avec un client.

– Euh… (Son sourire apparut et disparut plusieurs fois tandis qu'il s'asseyait et allumait un ordinateur.) Pas vraiment, non. Vous voyez, Gavin est du genre chaud lapin. Tenez…

Il tira une photo de Gavin, torse nu, entouré d'une pléiade de blondes et de brunes aux poitrines avantageuses, toutes vêtues d'un tee-shirt avec l'inscription « Hooters ». L'une des filles étreignait les pectoraux de Gavin, dissimulant à moitié un tatouage noir où l'on devinait le nom « Ailsa ».

– Je crois qu'elle a été prise quand on est allés à Houston pour une conférence sur la technologie offshore. En quatre jours, il a baisé trois de ces filles. Et sa femme ne s'en doutait même pas ! Incroyable, hein ? Quand j'pense qu'en rentrant chez lui il peut baiser une femme comme Ailsa, pourquoi il va voir ailleurs ? C'est un vrai connard !

– Alors quand il vous a envoyé un texto disant qu'il arriverait tard, vous vous êtes dit…

– Qu'il était en train de se faire sucer le nœud par une jeunesse ? Ouais. Ç'aurait pas été la première fois.

– Qui ça pourrait être, à votre avis ?

– Vous avez vu Janet, à la réception ? Il a un peu baisé avec elle. Je crois qu'il fréquentait aussi une fille de chez vous. Un inspecteur chef ou quelque chose comme ça. Il voyait aussi une danseuse de charme au Secret Service, vous savez, ce bar sur Windmill Brae. Hayley... (Sourire envieux.) D'après lui, elle fait des trucs dingues avec une carotte. Incroyable. Peut-être qu'elle a un julot et qu'il s'en est pris à Gavin. Ou alors ils se sont enfuis tous les deux. Ce con en parlait assez souvent... (Son sourire se mua en ricanement.) Je pourrais consoler sa charmante épouse délaissée ! Lui offrir une épaule pour pleurer et un braquemart pour prendre son pied. Dieu, que ça serait bon.

Dehors, dans la lumière du soleil, Logan contempla une dernière fois le bâtiment d'où M. Gavin Cruickshank gérait son empire extraconjugal. Quatre femmes... D'où tirait-il son énergie ? Lui-même avait suffisamment de mal avec une seule !

24

Dès que Logan eut rallumé son mobile, celui-ci se mit à sonner, horrible mélange de sifflements et de criailleries propres à donner la chair de poule. Colin Miller avait réussi à trouver une adresse pour Brendan « Chib » Sutherland. D'après la source de Miller, Chib et son copain aux cheveux longs vivaient dans un petit lotissement très chic, à l'ouest de Mannofield. Logan eut l'impression que le journaliste lui cachait quelque chose, mais aucune cajolerie ne parvint à lui faire cracher le morceau, et il dut se contenter, à la fin, de le remercier pour son information.

– Bon, Lazare, et vous... vous auriez pas quelque chose pour moi ? Donnant, donnant, hein ?

Logan réfléchit. L'inspecteur Steel tenait absolument à ce que Marshall échappe à toute poursuite pour avoir abusé d'une fille de quatorze ans ? Elle tenait à ce que personne ne se mêle de cette histoire, et surtout pas lui ? Eh bien, le *Press and Journal* s'en chargerait à sa place. Logan raconta alors tout à Miller : les pratiques de M. Andrew Marshall, conseiller municipal de son état, et celles du directeur du développement de la ceinture verte avec une prostituée lituanienne de quatorze ans. Miller faillit exploser de joie.

– Putain de Dieu, c'est fantastique ! Chopé avec le froc aux chevilles ! (Pause.) Vous êtes sûr que je peux révéler ça ?

Logan lui donna le feu vert avant de couper la communication. Cela faisait une éternité qu'il n'avait pas éprouvé une telle satisfaction dans le travail.

Logan fit demi-tour et prit le chemin du quartier général : il avait réussi à s'éloigner du bureau pendant quatre heures et quart, mais il fallait absolument qu'il s'occupe du dénommé Chib et de son copain aux cheveux graisseux.

Le sergent Mitchell fumait une clope sur le perron arrière lorsque Logan gara sa voiture au parking.

– Qu'est-ce que tu fous ici ? s'écria-t-il sans ôter la cigarette fichée entre ses lèvres. Je t'avais pourtant dit de te barrer !

– J'imagine que Napier doit me chercher partout.

– Figure-toi que non, justement. Nosferatu a passé la journée avec le chef de la police, pour ce qu'il est convenu d'appeler une « réunion ».

Logan acquiesça d'un air sombre : cela signifiait que l'exécution était repoussée au lendemain.

– Au fait, un inspecteur de la police de l'environnement est passé pour ton histoire de chien dans une valise.

– Ah bon ? (Avec toutes ces affaires de meurtres et d'incendies, il avait oublié de demander des nouvelles de l'enquête.) Du nouveau ?

– Comment tu veux que je le sache ?

– Merci infiniment, Eric.

– Pas de quoi. (Le sergent Mitchell prit une longue inspiration et tenta en vain de souffler un rond de fumée.) Au fait, d'après les services sociaux, ta petite pute n'a que treize ans. (Il exécuta un salut, la cigarette entre les doigts.) Une fierté pour tous les habitants d'Aberdeen... Oh, et l'inspecteur principal Steel veut te voir. Et puis... pour pas que tu te fatigues à me le demander, je ne sais pas pourquoi. Faudra que tu le lui demandes toi-même.

***

Épousant en cela les tendances naturelles de celle qui l'occupait, la salle des opérations de l'inspecteur Steel prenait peu à peu des allures de chaos. Bien que pour l'heure il n'y eût pas grand-chose à faire, l'équipe de soutien s'occupait des téléphones et de la paperasse. Le profil du tueur de prostituées dressé par le Dr Bushel (celui que la presse avait baptisé le « chasseur de Shore Lane ») était affiché sur le mur à côté des photos de l'autopsie. Aucune trace de Steel.

Sur son bureau, Logan trouva trois Post-it jaunes et un nouveau sac en plastique contenant des bandes vidéo de l'opération Cendrillon. Sans les visionner, il les mit dans le placard avec les autres. Le premier Post-it émanait de Steel : le labo avait enfin déterminé la nature de ce que Jamie McKinnon dissimulait dans son trou du cul, du crack. Aucune surprise, donc. La deuxième note provenait de l'inspecteur de la police de l'environnement : il avait épluché tous les rapports signalant la disparition d'un labrador noir, mais aucun ne semblait correspondre au tronc retrouvé dans la forêt. La troisième note était signée du nom d'un inspecteur que Logan ne reconnut pas. Il fallait le rappeler dès son arrivée, mais avant 17 heures. C'était le cas, mais Logan décida d'aller d'abord voir Steel. Elle se trouvait à la cantine, devant un sandwich au jambon et au fromage.

– Vous vouliez me voir, dit-il en s'asseyant face à elle, l'air soupçonneux.

– Mmmmmmmmmfffffff.

Tout en mâchonnant un morceau de sandwich, elle grommela quelque chose à propos d'une note qu'elle lui avait laissée.

– J'ai peut-être une adresse pour nos trafiquants d'Édimbourg.

Un sourire prédateur éclaira le visage de Steel.

– Putain, il était temps, dit-elle en faisant passer sa dernière bouchée de sandwich par une rasade d'Irn-Bru. Bon, on demande un mandat d'arrêt. Je veux choper ces salopards ce soir, avant qu'ils aient buté quelqu'un d'autre.

– Et Insch ?

Steel fronça les sourcils.

– Quoi, Insch ?

– Eh bien, on pense que ces types sont peut-être liés à Karl Pearson. Vous savez, le gars qu'on a retrouvé torturé à mort et égorgé.

– Et alors ?

– Vous croyez pas qu'on devrait lui dire que…

– Laissez tomber, c'est pour nous, ça. Insch pourra s'en occuper quand on les aura cravatés pour la drogue. (Elle s'enfonça dans son siège et se cura consciencieusement les molaires du bout de l'ongle.) C'est l'occasion de briller, Lazare. Si on le dit à Insch, il va prendre toute l'affaire en charge. Mais le succès, je tiens à ce qu'il me revienne. Insch, lui, n'en a pas besoin.

Et voilà. Fin de la discussion. Elle ne l'autorisa même pas à en parler à la brigade des stupéfiants.

Il fallut près d'une heure pour obtenir les mandats et rassembler une équipe pour l'obligatoire réunion préalable. Neuf inspecteurs entraînés au tir et une poignée d'agents en uniforme en renfort. Hommes et femmes mélangés, l'équipe écouta avec une gravité presque comique Steel dresser un portrait chargé du dénommé Chib Sutherland. À la surprise de Logan, l'inspecteur Simon Rennie comptait au nombre des policiers entraînés au tir ; personnellement, il ne lui aurait pas confié un pistolet à eau. Assis en bout de table, il avait troqué son costume civil pas si civil que ça pour l'ensemble noir de style SAS que portaient tous les membres armés de l'équipe. Dès que Steel eut terminé, Rennie leva la main.

– Vous êtes sûre qu'ils vont être armés ?

Elle hocha la tête.

– Je n'ai pas la moindre information là-dessus, mais je préfère ne prendre aucun risque. Personne ne pénétrera dans cette maison sans arme et gilet pare-balles. Compris ? Aucun policier sans arme ne viendra sur place avant que tous nos clients ne soient allongés par terre, à plat ventre et menottés dans le dos. C'est bien clair ? (Soupir.) Quoi encore, Rennie ?

– Est-ce que nous savons combien ils seront ?

– On s'attend à ce qu'ils soient au moins deux. Peut-être plus. Probablement armés. Voilà pourquoi je veux qu'on fouille cette baraque de fond en comble. Pas question qu'un cinglé jaillisse d'un placard avec une machette à la main pendant qu'on sera en train de prendre le thé en se grattant le cul ! (Elle se leva, les mains enfoncées dans les poches.) Il nous faut donc... Qu'est-ce qu'il y a ?

Rennie levait de nouveau la main.

– Est-ce qu'on sait s'ils ont un chien ?

– Non, on ne sait pas s'ils ont un clébard ! Si je l'avais su, vous croyez pas que j'vous l'aurais dit ? (Rennie s'excusa en rougissant.) Bon, conclut-elle en tirant un paquet de cigarettes froissé de la poche arrière de son pantalon, je veux que tout le monde soit équipé et prêt à partir dans un quart d'heure !

Vingt minutes plus tard, installée à l'arrière d'une camion-nette banalisée, la nouvelle équipe armée de Steel se dirigeait vers Mannofield. L'opération Plein Midi, comme l'avait bap-tisée Steel, était lancée. Deux voitures de patrouille prirent un chemin plus long pour rejoindre l'objectif, sans sirène ni gyro-phare pour ne pas attirer l'attention. Logan et Steel, qui suivaient dans sa décapotable, firent un détour par Athol House, dans Guild Street, pour que Logan puisse récupérer les man-dats tandis qu'elle attendait en double file. Le bureau du procureur se trouvait au cinquième étage, mais le substitut l'attendait à la réception, un dossier dans une main, une tasse de café dans l'autre. D'un coup d'œil, Logan remarqua que ses cheveux frisés avaient beau être ramenés en queue-de-cheval, ils lui descendaient tout de même sous les omoplates. Elle avait aussi les yeux cernés, et son tailleur vert sombre était froissé après une journée passée au bureau. Elle lui tendit le dossier mais ne lui proposa pas de café.

– Merci, dit Logan en parcourant rapidement les papiers pour s'assurer qu'ils portaient tous la bonne signature au bon endroit.

– Euh... sergent McRae, on m'a dit que vos visiteurs d'Édimbourg pourraient être ceux qui ont torturé et tué Karl Pearson. Est-ce vrai ?

– Hein ? Oh... c'est possible, mais pour l'instant ce n'est qu'une hypothèse, nous n'avons aucun élément de preuve. Merci d'avoir préparé ces documents aussi rapidement, madame Tulloch.

Elle sourit.

– Pas de problème. Et c'est « mademoiselle » Tulloch, pas « madame ». De toute façon, vous pouvez m'appeler Rachael.

Logan lui rendit son sourire.

– Dans ce cas, appelez-moi Logan. (Il lui tendit la main.) Heureux de faire votre connaissance, Rachael.

De l'extérieur leur parvint alors la clameur d'un klaxon.

– Ça doit être l'inspecteur. Faut que j'me grouille. Merci encore.

– Dépêchez-vous, on n'a pas tout notre temps ! hurla Steel.

Pour éviter les embouteillages d'Union Street, elle coupa par les petites rues bordées d'immeubles en granit que le soleil couchant badigeonnait d'orange et d'or.

Finalement, elle se gara non loin de l'endroit où étaient censés se trouver Chib et son copain.

– Saviez-vous, dit Logan, qu'à Aberdeen il y a plus de meurtres par million d'habitants que dans toute l'Angleterre et le pays de Galles réunis ?

Steel tira le frein à main et le regarda comme s'il y avait écrit « tête de nœud » sur son front, au marqueur indélébile.

– Ne soyez pas stupide ! Il y a plus de meurtres en un mois à Manchester qu'à Aberdeen en une année ! Qui vous a raconté une connerie pareille ?

– Rachael, mais si vous réfléchissez bien, vous verrez que ça n'est pas stupide, c'est calculé par rapport...

– Qui c'est ça, Rachael ?

Elle entrouvrit sa vitre et fouilla ses poches à la recherche de l'inévitable paquet de cigarettes froissé.

– Le nouveau substitut du procureur, elle...

– Je croyais que vous baisiez l'agent Watson... (Elle alluma sa cigarette, laissant la fumée s'échapper par la vitre entrouverte.) Feriez mieux de faire gaffe, sinon, elle se fera des boucles

231

d'oreilles avec vos couilles. Quand elle s'y met, Watson peut être une sacrée garce.

– Quoi ? Mais pas du tout ! s'écria Logan, horrifié. Il ne se passe rien entre nous ! Qui vous a dit une chose pareille ?

– Je dis seulement : faites gaffe. D'accord ? Tout simplement parce que je vous aime bien... Pour un homme, vous êtes plutôt moins con que les autres de votre espèce, mais enfin... (Elle regarda par la vitre.) Écoutez, dans la vie, il y a des choses qui ne sont pas garanties. Croyez-moi, c'est tellement facile de faire passer le boulot d'abord, d'oublier ce qui est vraiment important. (Elle soupira.) Foutez pas tout en l'air.

Pour une fois, Logan eut le sentiment qu'elle ne se montrait pas sarcastique, ce qui ne manquait pas de sel, étant donné que c'était elle qui le surchargeait de travail, provoquant la fureur de Jackie.

Pendant une minute, ils restèrent silencieux. Puis la voix de Rennie retentit dans la radio, annonçant que la camionnette était en position. Effectivement, Logan la vit se garer devant la maison, bloquant la grosse Mercedes gris métallisé sur l'allée.

– Pas trop tôt, grommela Steel en empoignant le micro.

– Putain, pourquoi vous avez mis si longtemps ?

– Euh... on a dû faire un arrêt aux toilettes.

– Je rêve !

Elle ôta la clope qui pendait au coin de ses lèvres et se cogna la tête sur le volant.

– Inspecteur ?

– Rennie, je vous jure que si vous aviez pas la tête dans le cul, je serais venue vous le botter. Et maintenant, allez-y !

On entendit un bruit étouffé de conversations dans les haut-parleurs, puis les portes arrière de la camionnette s'ouvrirent. Deux policiers entièrement vêtus de noir, avec casque et gilet pare-balles, armés d'un pistolet-mitrailleur Heckler and Koch MP5, le bas du visage dissimulé par un masque noir, se ruèrent en haut de l'allée. Ils prirent place de part et d'autre de la porte d'entrée et adressèrent un signe du poing à la camionnette ; deux autres policiers vêtus et équipés de façon identique vinrent les rejoindre en courant. Tout cela faisait très Hollywood.

Apparut alors une femme policier fortement charpentée, qui boitait, tenant à la main un bélier. Aucun mouvement dans la maison.

– Écho 36, en position.

Steel prit le micro.

– Qui c'est, ça, Écho 36 ?

– Euh... les agents Littlejohn, MacInnes, Clarkson et Caldwell. On est prêts.

– Pourquoi vous l'avez pas dit, alors ? Bon, écoutez-moi bien, vous autres, je veux du travail propre et soigné. Pas de coups de feu sans absolue nécessité – vous m'avez bien comprise, Rennie. Si personne n'est blessé, c'est moi qui remporte la première manche. (Elle lâcha le bouton du micro et sourit à Logan.) Ça me plaît, ce moment-là. *Go, go, go !*

Le bélier fit sauter la porte de ses gonds et l'imposante policière bondit sur le côté pour laisser ses collègues charger à l'intérieur, le doigt sur la détente.

En souriant, Steel tira de nouveau son paquet de cigarettes et en offrit une à Logan qui déclina poliment la proposition.

– Non ? Vous êtes sûr ? Bah, il faut de tout pour faire un monde, dit-elle en allumant la sienne. Tant qu'on a une minute, je voulais vous parler de la petite visite que m'a rendue aujourd'hui un vieux copain. (Elle tira de sa poche une liasse de papiers et les lui tendit.) Ça vous concerne.

Logan sentit son estomac se serrer. Le Comité d'éthique frappait à nouveau. Il avait eu beau s'y attendre depuis le début de l'après-midi, cela lui faisait quand même l'effet d'un coup de pied dans les parties.

– Je vois...

– Sandy le Serpent, dit Steel en hochant la tête. Vous aviez oublié d'emmener votre cervelle, ce matin ? Vous êtes pas assez dans la merde comme ça ?

– Il... il m'a saisi à l'épaule. Je voulais seulement... Il se montrait arrogant, moi j'étais furieux, j'étais en train de m'occuper d'une affaire... J'ai été à deux doigts de lui en coller une.

– Je vois. Je vous comprends. Vous vous rappelez, l'année dernière, quand il s'est fait casser le nez ? J'ai encore la scène en

233

vidéo... Insch m'en a fait une copie. (Elle sourit.) Il l'a mise en fond d'écran sur son ordinateur, chez lui. Paf ! Pan sur le nez ! (Elle s'abandonna rêveusement à ce doux souvenir avant de revenir en soupirant au présent.) En tout cas, à l'époque, il n'a pu s'en prendre à aucun d'entre nous pour cette affaire. On a pu assister au spectacle en se marrant, sans le moindre risque. Personne n'a été rétrogradé ni révoqué. (Logan acquiesça d'un air sombre et Steel lui tapota le bras pour le réconforter.) Vous avez agi très bêtement, sergent, mais je vais voir ce que je peux faire.

25

Aucun coup de feu. D'après l'inspecteur Rennie, Chib Sutherland et son ami chevelu étaient assis calmement dans la salle à manger et terminaient leur repas réchauffé au micro-ondes. Ils n'ont pas crié ni opposé de résistance et ont calmement accepté les ordres : jambes écartées, mains à plat sur le dessus de la table. Rennie et ses collègues avaient fouillé le reste de la maison, mais sans trouver ni armes, ni drogue, ni marchandises volées, rien qui eût pu justifier d'avoir enfoncé leur porte d'un coup de bélier.

Lorsque Steel et Logan pénétrèrent à leur tour dans le salon, Chib et son copain étaient allongés sur la moquette, sous la menace de deux pistolets Glock 9 mm braqués sur la nuque.

– Ils vous ont donné du fil à retordre ? demanda Steel.

Le visage impassible, Chib leva lentement la tête.

– Mon ami et moi n'avons rien fait de mal. Nous sommes tout à fait prêts à coopérer avec la police.

Un ton bien différent de celui qu'il avait employé au pub, le jour où il avait dit à Logan d'aller se faire foutre.

– Peu importe, lança Steel. Rennie, emmenez-moi ces deux gaillards au commissariat. Dans des voitures séparées. À mon retour, je veux qu'ils soient déjà dans deux salles d'interrogatoire différentes. Compris ?

Rennie la salua d'un geste martial et remit Chib sur ses pieds. L'homme faisait presque dix centimètres de plus que lui, mais il se laissa conduire hors de la pièce sans la moindre résistance. Au moment d'atteindre la porte, il croisa le regard de Logan et sembla en un éclair le reconnaître avant de retrouver son masque impassible.

La grande policière qui avait défoncé la porte les suivit avec le compagnon de Chib. Outre sa grosse moustache, l'homme pouvait à présent s'enorgueillir d'un superbe œil au beurre noir. Lorsqu'ils se retrouvèrent seuls, Steel se gratta l'aisselle d'un air songeur.

— Venez, dit-elle à Logan, allons fouiner à notre tour, au cas où on trouverait quelque chose que Rennie et ces imbéciles auraient manqué.

Une tornade semblait avoir dévasté les chambres à coucher : tiroirs béants, lits défaits, armoires vidées. Même chose dans la salle de bains, tandis que dans le grenier l'équipe de choc avait arraché l'isolation en fibre de verre, révélant le Placoplâtre entre les poutres. Ils avaient même ôté le couvercle du réservoir d'eau froide. Logan et Steel terminèrent leur visite par le garage, où un gros congélateur trônait contre l'un des murs.

— Ah, ah ! s'écria Steel en soulevant le couvercle.

Le congélateur ne contenait que quelques paquets de filets de poisson panés et des sacs de petits pois. Une lueur de triomphe dans les yeux, Steel prit une boîte sur laquelle on pouvait lire : « Filets de cabillaud à la panure croustillante », l'ouvrit et en tira une demi-douzaine de bâtonnets de poisson enrobés d'une matière orangée.

— Merde, fit-elle en regardant à l'intérieur de la boîte vide.

Elle remit les poissons dans le carton et fit de même avec les autres. Tous contenaient exactement ce qui était écrit sur l'emballage. Étouffant un juron, Steel s'essuya les doigts sur le pantalon de son ensemble gris, y laissant deux traînées de chapelure orange.

— Vous n'aimez pas le poisson pané ? demanda Logan d'un air innocent.

— Faites pas chier ! Un jour, j'ai trouvé un congélateur rempli de résine de cannabis, dissimulée dans des paquets de poulet de chez Weight Watchers. (Elle inspecta les petits pois puis claqua le couvercle du congélateur.) Appelez la brigade des stups et dites-leur de démonter entièrement cette baraque s'il le faut, mais j'ai besoin d'éléments de preuve !

Logan s'exécuta, pratiquement sûr qu'ils ne trouveraient rien. Chib et son copain s'étaient montrés bien trop calmes pour qu'il y ait eu quoi que ce soit de compromettant chez eux. Ils laissèrent un agent en uniforme pour garder la maison et retournèrent au quartier général en faisant un détour par le Burger King. Logan consulta sa montre : Chib et son copain étaient en garde à vue depuis presque une heure.

– Il ne nous reste plus que cinq heures avant de les inculper ou de les libérer.

– Les libérer, mon cul ! Ces deux-là sont coupables comme... Ah ! Putain de mayonnaise ! (Elle essuya son chemisier.) Je vais ressembler à cette conne de Monica Lewinski... Bon, de toute façon, ils ont été filmés à l'hôpital. Jamie témoignera qu'ils lui ont enfoncé du crack dans le cul, sans ça on le fait tomber pour trafic. (Elle frotta de nouveau son chemisier.) Vous auriez pas des serviettes en papier ?

Dans la salle d'interrogatoire numéro 5, il régnait une atmosphère étrangement calme et détendue. Brendan « Chib » Sutherland était assis à la table, vêtu d'une combinaison blanche jetable, tandis que ses vêtements étaient examinés à la loupe, à la recherche d'éventuels indices. Il avait été photographié, on avait pris un échantillon de son ADN et transmis ses empreintes digitales au système AFR pour un scan immédiat, bien que l'on sût parfaitement qui il était.

– Bon, dit Steel en posant un gobelet de mauvais café face à Chib. Comment se fait-il que vous ne glapissiez pas pour avoir un avocat ?

Chib lui sourit, prit le gobelet, en renifla le contenu et le reposa sur la table sans y toucher.

– Est-ce que ça servirait à quelque chose ?

– Non. (Elle se tourna vers Logan, qui se débattait avec l'emballage en Cellophane des cassettes vidéo vierges.) Ça me fait mal aux seins quand y réclament tout le temps un avocat, mais quand y en a un qui le fait pas, c'est comme si j'étais déçue.

Logan parvint enfin à extraire une cassette de sa gangue, alluma l'appareil et débita les informations préliminaires. Un étrange silence s'installa entre eux, chaque camp jaugeant l'autre. Finalement, Steel débuta l'interrogatoire. Où Chib avait-il obtenu le crack ? Pourquoi avaient-ils choisi Jamie comme mule ?

– Je ne comprends pas, fit Chib, l'air étonné. Ce McKenzie a déposé une plainte contre moi ?

– Pas McKenzie, McKinnon, et vous le savez très bien, espèce de crapule ! Vous l'avez agressé sur son lit d'hôpital, vous lui avez brisé quatre doigts et lui avez fourré dans le cul des préservatifs bourrés de cocaïne.

Chib rit de bon cœur.

– Mais enfin ! Vous me prenez sûrement pour quelqu'un d'autre.

– Les caméras de sécurité de l'hôpital vous ont filmé en train de faire ça. (Steel s'installa confortablement et sourit.) Maintenant, vous pouvez totalement revendiquer cette action, en prendre l'entière responsabilité, jouer les durs... Mais vous encourez de longues, très longues années de prison.

Le grand gaillard prit un air navré.

– Mais enfin, inspecteur, jamais je n'ai introduit quoi que ce soit dans le rectum de quelqu'un contre sa volonté. (Il eut un sourire désarmant de bonne foi.) Et vous savez aussi bien que moi qu'aucun film ne me montre en train de commettre un crime aussi horrible, tout simplement parce que je suis innocent.

– Vous fatiguez pas, mon coco, fit Steel en ricanant. On sait bien que vous êtes coupable. En ce moment même, on interroge votre copain, le violeur d'enfants.

– Ça n'est pas un violeur d'enfants ! rétorqua Chib, indigné.

– Ah bon ? Cheveux longs, moustache : pour moi, il a tout l'air d'un violeur d'enfants. En tout cas, qu'est-ce que vous croyez ? Qu'il va pas vous balancer ? Il bavera, et c'est sur vous que tout reposera, trafic de drogue, agression, rébellion...

– Je ne me suis jamais rebellé ! (Il se pencha en avant et posa ses deux mains menottées bien à plat sur la table.) Dès que les policiers ont fait état de leur qualité, mon ami et moi avons obéi sans problème à leurs instructions.

Steel fit la moue.

On frappa à la porte, Rennie passa la tête par l'entrebâillement et demanda s'il pouvait parler quelques instants à l'inspecteur principal.

– Ouais, dit Steel en se levant. Interrogatoire suspendu à... quelle heure est-il, 9 h 37 ?

Lorsque Steel fut partie en compagnie de Rennie, le silence retomba dans la pièce. Chib s'enfonça dans son siège, l'air détendu.

– Vous avez une mine épouvantable, dit-il à Logan lorsque celui-ci eut arrêté l'enregistrement vidéo. Mais ce sont des choses qui arrivent quand on prend l'habitude de boire avant le déjeuner.

– Quoi ?

– Vous ne vous rappelez pas ? Nous nous sommes rencontrés dans ce pub, la semaine dernière. Vous m'avez bousculé, et vous n'avez pas arrêté de vous excuser. Vous vouliez m'offrir un verre... (Il lui adressa son plus beau sourire.) J'étais très flatté. Monsieur l'agent... ?

– Sergent. Inspecteur chef McRae.

– McRae... McRae... McRae... (Il fronça les sourcils.) Lazare McRae ? Celui qui était dans tous les journaux, l'année dernière ? Celui qui a coincé ce violeur d'enfants ? (Logan acquiesça. Chib sourit, admiratif.) Eh bien, dites donc, un vrai héros. S'il y a des gens que je ne peux pas supporter, ce sont bien les pédophiles. La prison, c'est encore trop bon pour eux. Mais là, je sais que je prêche un convaincu, hein ? (Il lui lança un clin d'œil.)

Un silence suivit ses paroles.

– Oh ! dit finalement Logan, vous avez eu des nouvelles de Kylie, récemment ?

Le sourire de Chib se figea.

– Qui ça ?

– Vous savez bien : une petite Lituanienne de treize ans, les cheveux en pétard, qui se prostitue au coin des rues. Ça vous dit quelque chose ?

– Je ne vois pas du tout de qui vous parlez.

– Allez, vous devez bien vous souvenir de Kylie, vous vous êtes servi d'elle afin d'obtenir le permis de construire du lotissement pour Malk the Knife.

Chib fit mine de réfléchir intensément.

– Franchement, je me serais rappelé une chose pareille. Il doit encore s'agir d'une confusion de personnes.

– Qu'en avez-vous fait ? Vous l'avez vendue à Steve quand elle a cessé de vous servir ? Ou bien travaille-t-elle encore pour vous ?

Le voyou pencha la tête de côté et sourit à Logan.

– Vous avez une imagination débordante, inspecteur. Je dirais presque que…

La porte s'ouvrit brutalement, et d'un geste du pouce Steel fit signe à Logan de la rejoindre dans le couloir.

– C'est pour votre satanée opération de surveillance des prostituées, dit-elle en lui enfonçant dans l'estomac un index taché de nicotine, sans souci pour sa grimace de douleur. Toute l'équipe est réunie, ils sont là comme des cons à attendre des instructions. (Logan comprit tout de suite où elle voulait en venir.) Moi, je suis trop occupée avec notre client et son copain pour perdre mon temps toute la nuit dans l'espoir qu'un givré vienne buter une pute. L'opération Cendrillon, c'était votre idée à vous : assumez, maintenant. (D'un geste impérieux, elle montra le couloir menant aux escaliers.) Et si vous repérez le chasseur de Shore Lane, ne l'arrêtez pas avant que je sois sur place. C'est à moi de toucher le jackpot !

Elle tourna les talons, regagna la salle d'interrogatoire et ferma la porte derrière elle.

L'opération Cendrillon durait depuis trop longtemps pour bénéficier encore des effets de la nouveauté. Ni les huiles ni les échelons intermédiaires du commandement n'assistaient plus aux réunions, et l'inspecteur chef Logan McRae s'adressait à une salle remplie de policiers, hommes et femmes, qui dissimulaient mal leur ennui. Après cinq opérations d'affilée, il ne leur restait plus que deux nuits à effectifs pleins. Ensuite, l'opération ne serait pas annulée – si, une fois encore, une femme venait à disparaître, l'opinion publique ne le leur pardonnerait pas –, mais à partir du dimanche soir les effectifs seraient drastiquement réduits, ce qui aurait pour effet de sauver les apparences et de réduire la facture des heures supplémentaires.

Logan leur servit le discours habituel, omettant seulement la harangue de Steel, « on n'est pas des branleurs ». Comme Steel ne dirigeait pas l'opération ce soir-là, Logan procéda à quelques modifications. Pour les deux femmes policiers, Menzies et Davidson, pour leurs anges gardiens et ceux chargés de la surveillance vidéo, pas de changement ; en revanche, tous les autres feraient leur ronde en civil. Parler avec les filles. Vérifier si l'une d'entre elles ne s'était pas présentée au travail récemment, ou bien avait disparu. Apparemment, leur homme fonctionnait plus ou moins sur un cycle de quatre jours, ce qui voulait dire qu'il était probablement sur le point de frapper à nouveau. Et puis... c'était peut-être un tissu de conneries, mais il pourrait être utile de relire le profil psychologique ébauché par le Dr Bushel. Voir aussi si l'une des filles avait récemment eu comme client, ou si un maquereau avait vu un type correspondant à la vague description donnée par le psychiatre.

Ils se garèrent à l'endroit habituel, sur le quai. Sauf que cette fois Rennie conduisait et que Logan occupait la place du passager. Si l'un des deux devait dormir, ce serait lui, Logan. Privilège du grade, comme le disait Steel. Ils n'étaient pas en position depuis très longtemps lorsque Logan sentit sa vision se brouiller, la réalité extérieure lui parvenir par intermittence. Ses paupières restaient baissées de plus en plus longtemps, jusqu'à ce que son menton s'affaisse sur sa poitrine...

La nuit s'écoula comme dans un brouillard, les gens allaient et venaient, mais Logan ne reconnaissait personne. Il faisait froid dans la voiture, on y était mal installé, et Rennie n'arrêtait pas de disserter sur les dix meilleurs épisodes de *Coronation Street*.

Lorsque Logan revint enfin chez lui, il eut à peine la force de se déshabiller avant de se jeter dans son lit vide. Dormir, dormir, dormir... Nuit noire. Puis il sentit la douceur d'une main sur son épaule et la chaleur d'un corps nu contre le sien, des lèvres effleurant la peau de son cou, une main dessinant des cercles paresseux sur son ventre, à l'endroit des cicatrices. La main descendit, les baisers se firent plus intenses. Enfin, elle se retrouva sur lui, ses longs cheveux descendaient en cascade sur son visage et sur sa poitrine... Jackie s'assit alors brusquement sur le lit et lui demanda ce que c'était que tout ce bruit. La lumière s'alluma, révélant Rachael Tulloch, à califourchon sur lui, dans sa plus somptueuse nudité. « Ah, ce n'est que ça, fit Jackie. Je croyais que c'étaient des souris. » Logan voulut s'expliquer, mais elle se retourna de son côté, tandis que Rachael attirait son visage entre ses seins pâles. La porte s'ouvrit au même moment, livrant passage à sa mère, une poêle à la main, vêtue à la Henri VIII. « Monsieur, s'écria-t-elle d'un ton impérieux, je crois qu'ils ont trouvé quelque chose. »

– Heinnnnnn ?

Logan se redressa d'un bond sur son siège, heurtant le toit de la voiture avec le haut du crâne.

– Ça va ? lui demanda Rennie, visiblement inquiet.

Logan se frotta les yeux.

– C'est le premier rêve depuis je sais pas combien de temps où y a pas de cadavres, et vous me réveillez ! Merde !

– Désolé, monsieur, mais je crois qu'il faut vous mettre au courant : Caldwell a récolté des informations sur une prostituée qui aurait disparu.

Logan secoua la tête, s'efforçant de chasser les derniers lambeaux de rêve, alors même que le parfum du corps nu de Rachael s'attardait encore en lui. C'était la faute de Steel ! Si elle n'avait pas dit qu'il baisait à droite et à gauche, il n'aurait pas fait de rêve érotique mettant en scène le substitut du procureur. Il aurait fait ses cauchemars habituels, pleins de cadavres d'enfants en décomposition, de femmes battues et de corps calcinés. Et il n'en aurait conçu aucune culpabilité.

– Comment ça, des informations ?

Et le parfum de Rachael s'évanouit tout à fait.

26

– Elle s'appelle Joanna, dit l'agent Caldwell en désignant d'un geste du pouce, par-dessus son épaule, une fille qui ne devait guère avoir plus de seize ans et avait visiblement du mal à se tenir droite. Elle dit que d'habitude elle retrouve cette femme plus âgée qu'elle, avant d'aller faire le tapin. Elles avalent de la bière et de la vodka bon marché. Elles s'assomment, quoi. (Elle jeta un coup d'œil à la prostituée titubante, se disant probablement qu'elle avait l'âge d'être sa mère.) Sauf que Holly n'est pas venue au turbin ce soir. Ni hier soir, d'ailleurs.

Logan acquiesça. Encore un tuyau percé. Holly avait probablement pris quelques jours de repos, ou bien s'était retrouvée à l'hôpital pour se faire administrer sa dose, mais on ne savait jamais. Joanna avait les joues creuses et les yeux embrumés de quelqu'un qui ne se contente pas d'alcool. De chaque côté du cou, on apercevait des traces de suçons violets et infectés, et sa poitrine surplombait le large décolleté d'un bustier bleu pétrole d'une propreté douteuse, dont la dentelle laissait jaillir le mamelon gauche. Le portrait n'aurait pas été complet sans la minijupe noire, les bottines à hauts talons et le manteau marron jeté par-dessus. Du dernier chic junkie.

– Joanna ?

Elle leva les yeux vers lui et sourit.

– Tu veux t'amuser ?

– Non, pas du tout. (Et en tout cas pas avec elle.) Je voudrais vous parler de votre amie Holly.

Le sourire de Joanna s'effaça et elle lança un crachat sur le pavé.

– Ça fait des jours que j'la vois plus, cette conne ! Elle me doit un paquet de clopes. (Le regard redevint brouillé.) Et cinquante livres, en plus.

– Quand l'avez-vous vue pour la dernière fois ?

Elle haussa les épaules et enfonça les mains dans les poches de son manteau.

– J'sais pas… Quel jour on est, aujourd'hui ?

Logan lui dit qu'on était vendredi : elle compta sur ses doigts et dut s'y reprendre à deux fois.

– Mardi soir. C'est ce jour-là qu'elle m'a tapé des clopes.

Mardi soir, soit quatre jours après le meurtre de Michelle Wood. Joanna se pencha en avant, exposant plus de poitrine que Logan ne voulait en voir.

– Elle est pas revenue, depuis. J'lai plus vue ! On devait se retrouver pour boire un verre avant… avant de sortir, quoi. (Une voiture ralentit, puis le conducteur accéléra de nouveau en apercevant tous ces gens rassemblés autour de la fille.) Et merde ! lança-t-elle en tapant du pied, furieuse. Il allait s'arrêter ! Allez, barrez-vous et foutez-moi la paix, sans ça j'vais jamais faire de thune !

– Dès que vous nous aurez donné le nom de famille et l'adresse de Holly.

Joanna regarda les feux arrière de la voiture qui disparaissaient au loin. Elle se passa la langue sur les lèvres puis tourna les yeux vers Logan, une lueur avide dans le regard.

– C'est pas gratuit.

En fin de compte, Logan régla les dettes de Holly : cinquante livres et un paquet de cigarettes. L'adresse était celle d'un immeuble locatif municipal de Froghall, un quartier malfamé d'Aberdeen. Rien ne prouvait que Holly eût vraiment disparu, mais mieux valait ne pas courir le risque. Il appela le Central et lui demanda d'envoyer une voiture de patrouille à l'adresse indiquée. Si elle ouvrait la porte vêtue d'une tenue en latex, au moins sauraient-ils qu'elle était vivante. Puis il s'installa confortablement et somnola par intermittence, tandis que Rennie surveillait Menzies, à l'extrémité de Shore Lane.

Il s'éveilla pour de bon un peu après 1 heure du matin, courbatu par sa longue station assise. D'après Rennie, il y avait eu peu de monde dans les rues. Les affaires ne marchaient pas très fort dans le quartier chaud d'Aberdeen. Logan bâilla. Grâce à Dieu, il allait bénéficier d'un jour de congé le lendemain. Jamais il n'aurait pu soutenir un tel rythme plus longtemps.

À 1 h 30, appel du Central : Alpha 20 s'était rendu à l'adresse de Froghall, mais il n'y avait personne. Si rien de plus important ne survenait entre-temps, ils repasseraient plus tard, mais il ne fallait pas trop y compter. L'opération Cendrillon mobilisait déjà beaucoup de personnel, et il fallait du monde pour patrouiller dans le reste de la ville.

À 3 heures du matin, Davidson et Menzies papotaient via leurs radios cachées, tandis que le reste de l'équipe jouait à *Si tu devais coucher avec Untel ou bien mourir*. Alors défilèrent des noms variés : Saddam Hussein, la reine d'Angleterre, Homer Simpson, Oprah Winfrey, et même l'inspecteur principal Insch. Sans surprise, la plupart préférèrent mourir plutôt que de coucher avec lui. Finalement, Logan annonça la fin de l'opération et renvoya tout le monde au quartier général.

Laissant Rennie garer la voiture, il gagna directement la salle des opérations, mais Steel ne s'y trouvait pas. Elle devait encore interroger Chib et son copain. Logan jeta un coup d'œil à sa montre. Plus qu'une heure avant de les inculper en bonne et due forme ou de les relâcher. Appuyé contre le mur, à l'extérieur de la salle d'interrogatoire numéro 3, un policier en uniforme lisait l'*Evening Express* d'un air ennuyé.

— Bonjour, monsieur, dit-il en voyant arriver Logan. Vous cherchez l'inspecteur ?

— Oui. Elle est à l'intérieur ?

— Non. Il n'y a que ce type, Chib. L'inspecteur est dans la numéro 2, avec l'autre.

– Vous savez s'il a dit quelque chose ?

– J'en doute. Celui-ci, il l'a bouclée toute la nuit. Autant parler à un mur.

Ça n'avait rien d'étonnant. Il imaginait mal un type de la trempe de Chib s'effondrer brusquement et avouer tous ses crimes. Il frappa à la porte de la salle numéro 4 et entra sans attendre la réponse. Steel était avachie sur une chaise, les bras croisés sur la poitrine, louchant d'un œil torve vers l'homme assis en face d'elle. Il portait une combinaison jetable blanche, mais avec aisance, comme pour une soirée pyjama organisée par des extraterrestres. Une femme policier en uniforme se tenait dans un coin de la pièce, l'air aussi ennuyée que son collègue à la porte. L'ami de Chib ne semblait pas non plus très bavard. Avisant une enveloppe en papier kraft sur la table, Logan en explora le contenu tandis que Steel poursuivait sa confrontation silencieuse avec le suspect.

D'après le dossier, l'homme se nommait Greg Campbell, demeurant à Édimbourg. Il y avait peu de choses sur lui. Enfant, il avait passé du temps dans la même maison de redressement que Chib ; après cela on avait quelques cambriolages, recel, revente d'autoradios volés dans les pubs des quais d'Édimbourg, et à dix-sept ans une bagarre dans un pub au cours de laquelle il avait blessé quelqu'un à coups de bouteille. Depuis, plus rien. Ou du moins il n'avait pas été pris, ce qui n'était pas vraiment la même chose. Car si Greg traînait avec Chib, cela signifiait qu'il travaillait pour Malk the Knife, et ce dernier n'avait pas la réputation d'engager des enfants de chœur.

Soudain, Steel se pencha en avant et abattit ses deux mains sur la table, faisant tout trembler. Greg Campbell ne tressaillit même pas, le regard toujours perdu dans le vide.

– Ça suffit ! s'écria-t-elle en tendant vers lui un doigt vengeur. Vous ne voulez pas parler ? Très bien. (Elle se tourna vers la policière.) Madame l'agent, emmenez-moi ce sac à merde en cellule et signifiez-lui son inculpation pour agression, possession de drogue en vue de la revente... suspicion de viol d'enfants.

Pour la première fois, une trace d'émotion apparut sur le visage de Greg Campbell.

– Je ne suis pas un violeur d'enfants.

– Dieu du ciel ! Ça parle !

– Je ne suis pas un violeur d'enfants.

Il parlait tranquillement, sans élever le ton, ni fâché ni menaçant, comme s'il énonçait seulement une évidence.

– Bien sûr que si ! Cheveux longs et moustache, c'est forcément un violeur d'enfant. (Son visage était maintenant à quelques centimètres de celui de Greg.) C'est pas pour ça que vous êtes là ? Hein ? Parce que vous vous faisiez plaisir ? Parce que vous accrochiez des petits jeunes au crack de façon à pouvoir ensuite vous les taper ? Allez, Greg, racontez tout à tata Roberta. Qu'est-ce que vous faisiez là-bas ?

Greg Campbell prit une profonde inspiration, ferma les yeux et déclara :

– Je n'ai commis aucun délit. Je coopère avec la police.

Son regard se perdit à nouveau dans le lointain et Steel ne parvint pas à lui tirer quoi que ce soit de plus. Elle finit par renoncer et ordonna à la policière de le conduire en cellule.

Dès qu'il eut disparu, Steel laissa éclater sa colère. En hurlant, elle arracha le dossier en papier kraft des mains de Logan et le lança contre le mur du fond, où il répandit son contenu en tout sens. Les bras croisés sur la poitrine, assis sur le rebord de la table, Logan attendit la fin de l'ouragan. Finalement, le torrent verbal se mua en ruisseau avant de se tarir tout à fait.

– Bon Dieu, soupira-t-elle en s'effondrant sur l'une des chaises en plastique. Il fallait que ça sorte, ce petit salopard me tapait sur le système. Putain, qu'est-ce que j'ai envie d'une clope !

Elle alluma une cigarette, adressa un doigt d'honneur à l'écriteau « Défense de fumer » accroché à côté de la porte puis aperçut la lumière rouge clignotante sur la caméra vidéo, poussa un nouveau juron et appuya sur la touche d'arrêt.

– Et merde. Maintenant va falloir que je me fasse chier avec la bande pour me débarrasser de la preuve. Fumer sur son lieu de travail ! Que va bien pouvoir dire le gouvernement écossais ?

Elle passa la main sur son visage las.

– Vous n'avez rien pu tirer de Tweedledee ?

Elle éclata d'un rire rocailleux.

– Rien de plus que les quelques mots prononcés en votre présence. J'commençais à croire que ce salopard était muet.

– Vous avez quand même touché un point sensible quand vous l'avez traité de violeur d'enfants.

– Pour ce que ça a servi !

Elle appuya le dossier de sa chaise contre le mur, fuma son mégot jusqu'à la limite du filtre et l'écrasa sous sa semelle.

– Bon, allons raconter quelques mensonges bien dégueulasses à M. Sutherland.

Brendan « Chib » Sutherland avait, pour le moins, une triste mine. Après cinq heures et quelques de détention, il avait des valises sous les yeux et une barbe naissante. Tandis que Steel s'installait face à lui, il s'étira en bâillant ostensiblement. Elle souriait comme une lanterne de Halloween.

– Sergent McRae, faites les honneurs, je vous prie.

Logan procéda donc au rituel : introduire la bande dans l'appareil et détailler les personnes présentes, Chib Sutherland, l'inspecteur principal Steel, l'inspecteur chef McRae, et l'agent à l'air ennuyé qui se tenait dans le couloir. Puis Steel se mit à bondir sur son siège comme une collégienne excitée.

– Chib, Chib, Chibbity, Chib-Chib-Chib… Devinez ce que nous a raconté un tout petit oiseau ! Allez, devinez. Non, vous ne devinerez jamais, mais essayez quand même ! (Silence.) Bon, d'accord. (Elle lui adressa un clin d'œil.) Je vais vous donner un indice. Nous avons parlé à votre copain, Greg le Tripoteur d'enfants, et il nous a raconté plein de trucs vraiment marrants sur votre compte, notamment l'histoire des deux préservatifs bourrés de crack enfoncés dans le cul de Jamie McKinnon !

Chib conservait un visage de pierre.

– Ça n'est pas un violeur d'enfants. Je ne le répéterai pas.

– Pauvre Chib, vous êtes là à défendre votre copain, alors que pendant tout ce temps il vous taillait un costard. D'après lui, c'est vous qui avez tout fait. Briser les doigts de Jamie, puis lui fourrer des préservatifs bourrés de crack entre ses petites fesses d'ange. (Elle glissa un doigt dans sa bouche aux joues gonflées et le ressortit vivement avec un bruit de bouteille qu'on débouche.) D'après lui, ça vous faisait jouir, et ce genre de truc, ça vous botte vachement… (Chib s'efforçait visiblement de contenir une violente colère.) Oh, oh… je sais ! J'ai quelques revues que vous adoreriez ! Je les ai prises à quelqu'un qui aime aussi beaucoup ce genre de truc, mais, entre vous et moi, je trouve que c'est un peu exagéré de fourrer des machins dans le cul de quelqu'un… sauf si on lui a payé à dîner avant, bien sûr !

– Je n'ai commis aucun délit, je coopère avec la police.

La voix tremblante, serrant les mâchoires, une veine battant à sa tempe, Chib s'efforçait visiblement de garder son calme.

Steel rapprocha sa chaise de la table.

– Alors comment se fait-il que c'était du crack ? Vous saviez pas que la drogue à la mode, maintenant, c'est l'héro ? Vous comptez ouvrir un nouveau marché ?

– Je n'ai commis aucun délit. Je coopère…

– Avec la police, compléta Steel. Oui, vous l'avez déjà dit. Votre ami le pédophile l'a répété une bonne dizaine de fois avant de tout raconter sur vous.

– Ce n'est pas un pédophile ! s'écria Chib en se levant à moitié de sa chaise.

L'agent en uniforme appuya les mains sur ses épaules pour le forcer à se rasseoir.

– Chibbly, fit Steel en souriant. Il ne faut pas vous mettre dans tous vos états, vous pourriez vous blesser. Et maintenant, pourquoi ne pas nous raconter votre version des faits, hein ? Ça limiterait les dégâts, pour vous. Parce que vu comme ça se présente, quand nous irons au tribunal, tout à l'heure, et que nous raconterons au shérif ce qui s'est passé, vous serez baisé.

Votre copain sortira libre, et vous, vous irez au trou. Franchement, vous trouvez ça juste ?

Chib fusilla Steel du regard.

– Je n'ai commis aucun délit. Je coopère avec la police.

Il n'ajouta pas un mot.

27

On allait doucement vers l'automne et le soleil était plus pâle que d'habitude. Logan et Jackie déambulaient sur Union Street, se frayant un passage dans la foule qui faisait ses courses du samedi matin. Avant cela, ils avaient paressé au lit avant de prendre leur petit déjeuner et de s'attarder sous la douche. Jackie avait débranché le téléphone et obligé Logan à éteindre son mobile. Aujourd'hui, ils auraient une journée de congé, comme les gens normaux. Ils s'arrêtaient un peu au hasard. Deux bouteilles de vin, un CD, du chocolat, puis le Trinity Centre où Logan dut faire le pied de grue pendant que Jackie essayait des vêtements. En ce jour de congé, il n'avait envie de rien d'autre. Il s'appuya contre le mur, en compagnie d'autres malheureux dont les épouses et compagnes avaient décidé que faire des courses, c'était amusant.

Tandis que Jackie se trouvait dans une cabine d'essayage, les bras pleins de pantalons et de chemisiers, il ralluma son mobile pour voir si quelqu'un avait cherché à le joindre. Il y avait un message de Colin Miller, qui semblait déprimé. Logan s'éloigna suffisamment des cabines pour ne pas être entendu des époux moroses, mais pas trop loin pour pouvoir garder un œil sur Jackie, et appela Miller.

– Que puis-je pour vous, Colin ?

– Salut, Lazare. (Soupir.) Je me demandais si vous n'auriez pas quelque chose pour moi.

– Encore ? Et l'histoire de la Lituanienne baisée à deux ?

– C'est passé à la trappe. Je suis allé voir le type à la direction de l'urbanisme. Il m'a dit que le promoteur avait menacé de filer à la presse les photos de lui et de Marshall en train de baiser la gamine s'il ne favorisait pas les permis de construire du lotissement de Malk the Knife. (Nouveau soupir.) Vous imaginez les gros titres : « Un promoteur utilise une prostituée mineure pour faire chanter les services de l'urbanisme » ! Mais je ne peux rien publier, ils me tueraient.

Logan s'apprêtait à répondre à Miller qu'il n'avait pas tort lorsque Jackie passa la tête par le rideau de la cabine d'essayage. Il eut juste le temps de dire au revoir à Miller et de refermer son mobile avant qu'elle l'aperçoive. Aussitôt, elle lui déposa une pile de vêtements dans les bras et lui enjoignit de trouver les mêmes, mais de la taille 42. Tout en fourrageant dans les chemisiers d'été, Logan se demandait pourquoi il avait accepté de se joindre à cette expédition ; probablement parce que Jackie lui avait préparé un vrai petit déjeuner écossais, une offre de paix semblable au curry qu'il avait acheté la semaine précédente, mais aussi, peut-être, parce qu'il se sentait toujours coupable de ce rêve avec Rachael Tulloch. Ses seins pâles...

Une heure plus tard, au rayon lingerie de Marks and Spencer (probablement pour y dénicher culottes et soutiens-gorge en provenance de surplus militaires de la Première Guerre mondiale), Logan parvint à trouver un moment pour rappeler Colin Miller. Lorsqu'il alluma son mobile, il trouva sur son écran une dizaine de messages de l'inspecteur principal Steel. La rappeler ou l'ignorer ? Après tout, c'était son jour de congé. Il la rappela.

– Mais enfin, où étiez-vous ? Ça fait des heures que je vous appelle !

– C'est mon jour de congé, rétorqua Logan, s'assurant par-dessus les rangées de soutiens-gorge que Jackie n'avait pas quitté la cabine d'essayage.

– Un peu de nerf, que diable ! On doit retrouver une pute qui a disparu !

Stuart MacBride

— On n'est même pas sûrs qu'elle ait disparu.
— C'est là que vous faites erreur. Ce matin, j'ai obtenu un mandat de perquisition. On a trouvé son copain évanoui dans une flaque de vomi. Ça fait environ une semaine qu'il ne l'a pas vue.
— Elle est peut-être partie pour un moment.
— C'est ça ! Et mon cul, c'est du poulet ? Ramenez-vous, faut qu'on mette au point un plan d'action.
— C'est mon jour de congé ! Ça ne peut pas attendre demain ?
— Non !
Dès qu'elle sortit de la cabine d'essayage, Jackie comprit qu'il avait fait une bêtise.
— Tu y retournes, c'est ça ? Cette salope t'a appelé et tu y retournes. (Logan acquiesça. Elle serra les mâchoires.) Bon, je veux que tu sois de retour à l'appartement à 19 heures au plus tard ! On dîne ensemble. Si tu es en retard, je te tue. Et ensuite, c'est elle que je tue. Compris ?
Il l'embrassa sur la joue.
— Merci.
— Oh… et débrouille-toi pour résoudre cette affaire et quitter l'équipe de cette grosse vache.

La grosse vache était devant les tableaux blancs de la salle des opérations, l'air pensif, un marqueur dans une main, une tasse de café au lait dans l'autre. Sur l'un de ces tableaux était accrochée une photo que pour une fois l'on n'avait pas flanquée de son double pris à la morgue. La femme devait avoir entre trente-cinq et quarante ans, les cheveux blonds décolorés, frisés, les yeux marron affectés d'un léger strabisme, le nez large, une fossette au menton et un grain de beauté si gros qu'il en semblait artificiel. Comme la plupart des victimes du tueur, elle n'était pas particulièrement jolie. Steel se retourna soudain d'un bloc et aperçut Logan derrière elle.
— Mon Dieu, s'écria-t-elle, pourquoi est-ce que vous m'espionnez comme ça ? Vous voulez me provoquer une crise cardiaque ?
Ce serait trop beau, pensa Logan.

254

– C'est Holly ? demanda-t-il en montrant la photo.

– Ouais. À l'heure qu'il est, elle doit être dans un fossé, tabassée à mort, mais au moins on sait qui on recherche. J'ai mis trois équipes sur le coup (elle compta sur ses doigts), à Hazlehead, Garlogie et Tyrebagger, où on a trouvé le dernier corps.

– Vous croyez qu'il va revenir au même endroit ?

– Je parierais mon nichon gauche, mais je tiens aussi à jauger rapidement les deux autres. Et si on ne trouve rien, on élargira la recherche. Avec d'autres équipes, on fouillera tous les bois entre ici et Inverurie.

Logan préféra ne pas penser à la quantité de travail que cela exigerait.

– Que voulez-vous que je fasse, alors ? Apparemment, vous avez déjà tout organisé.

Steel voulut répondre, puis se ravisa.

– Euh... ben justement, je me rappelle plus. Ah oui, cette femme dont le mari a disparu a pas arrêté de téléphoner toute la journée, et puis vous devez passer voir le Comité d'éthique. Tenez (elle lui tendit une note rédigée à la main), en vous dépêchant, vous pourrez le voir.

Assis dans la petite salle d'attente du Comité d'éthique, Logan relisait pour la dixième fois, furieux, les gribouillages du billet que lui avait remis Steel. Il éprouvait une furieuse envie de l'étrangler ! Lui faire louper son jour de congé simplement pour que ce salopard de Napier ait le plaisir de lui signifier sa révocation ! Bravo ! Quelle belle journée ! Ça leur ferait les pieds à tous s'il jetait sa carte de police sur le bureau de Nosferatu en lui disant où il pouvait se la caler ! Carte, boulot, tout ça dans son cul de...

– Ah, sergent, si vous voulez bien entrer...

Ce n'était pas Napier mais l'autre, celui qui prenait toujours des notes sans rien dire. L'homme tranquille s'installa sur l'une des méchantes chaises réservées aux visiteurs et fit signe à Logan de faire de même. Aucune trace de Napier.

– J'imagine que vous savez pourquoi vous êtes là, dit-il en exhibant la plainte de Sandy le Serpent. M. Moir-Farquharson affirme qu'hier, lors de sa venue au quartier général, vous vous êtes montré violent envers lui et l'avez menacé. Vous auriez déclaré que vous alliez, je cite, « lui briser les doigts ». Est-ce exact ? (Logan se contenta d'opiner du chef.) Je vois, fit l'inspecteur en griffonnant quelques mots sur le dossier. Et y avait-il des témoins de cet incident ?

Soupir.

– Non. Nous étions seuls dans le hall.

– Vraiment ? (Il s'avança sur sa chaise.) M. Moir-Farquharson affirme que quelqu'un était également présent, qui n'appartient pas à la police. Un certain M... (il feuilleta le dossier) Milne, qui serait venu déclarer un vol.

– Milne ? (Logan réfléchit.) Qui ça, Manky Milne ? Oui, comme tous les vendredis, il est venu déclarer le vol de son ordonnance. Il croit qu'en signalant le vol de son ordonnance de dihydrochloride il en obtiendra une autre du centre de désintoxication. En réalité, il les revend pour s'acheter de l'héroïne. C'est pas tout à fait la même chose qu'un cambriolage de domicile.

– Je vois... pas vraiment le témoin fiable.

– La dernière fois qu'il est passé au tribunal, le juge l'a traité de fieffé menteur avec une morale en accordéon. Et de toute façon, il n'est arrivé qu'après.

L'inspecteur sourit.

– Excellent. Dans ce cas, ce sera la parole de M. Moir-Farquharson contre la vôtre. Surtout si le dénommé Milne n'était pas présent au moment de l'incident. Excellent... Excellent. Eh bien, sergent, je vous remercie d'avoir pris sur votre temps pour venir me voir, je suis sûr que vous avez des choses plus importantes à faire.

Et voilà. Après une poignée de main, il se retrouva dehors.

Planté dans le couloir désert, il écouta, au loin, un crissement de semelles sur le sol en linoléum. *Qu'est-ce que c'est que cette histoire ?* pensa-t-il. C'est absurde. Il avait l'impression que l'inspecteur avait cherché à l'aider... Et si pour une fois la chance était de son côté ? Dans ce cas, mieux valait en profiter avant qu'elle ne tourne. Logan demanda deux agents en uniforme, un bureau et trois unités de vidéo portables. Ils allaient visionner les images tournées par l'opération Cendrillon la nuit où Holly McEwan avait disparu.

28

– Qu'est-ce que je dois regarder encore une fois ? demanda Steel, face à l'écran vidéo.

Logan appuya sur la touche *Rewind* et la voiture qui s'avançait vers la caméra fit marche arrière. Il appuya sur la touche *Play* et elle avança de nouveau. Une Audi flambant neuve. L'image était un peu floue, mais, grâce à la lumière d'un lampadaire, on distinguait quand même la personne assise devant, à la place du passager : cheveux blonds décolorés, frisés, nez épaté, fossette au menton, une tonne de maquillage et un grain de beauté noir sur la joue gauche.

– Holly McEwan, dit Logan en tapotant l'écran. Ces images ont été prises par l'unité de surveillance vidéo, dans la camionnette. On ne distingue pas vraiment le numéro de plaque, mais si on regarde là...

Sur l'autre écran, il montra une image fixe mais tremblante de Regent Quay. Il appuya sur une touche, et la même Audi toute neuve s'immobilisa au carrefour avant de disparaître dans Virginia Street. Il revint en arrière et appuya de nouveau sur *Pause*. Cette fois, le numéro de plaque était clairement visible.

– Vous êtes sûr que c'est la même voiture ? demanda Steel en pressant le nez sur l'écran.

– Tout à fait : les quelques numéros visibles sur l'autre bande correspondent à ceux-ci, de même que l'horaire. Mais pour en être tout à fait sûr, j'ai demandé au labo s'ils pouvaient nous sortir une meilleure image de la première plaque.

– Ah, magnifique ! s'écria Steel en découvrant une rangée de dents jaunes. Maintenant, il ne reste plus qu'à...

Logan lui tendit une feuille de papier.

– Enregistrement du véhicule, nom et adresse.

– Sergent, si vous étiez une femme, je vous embrasserais !

Au nord de la ville, le Pont sur le Don était un entrelacs de lotissements en brique, dédale de culs-de-sac qui s'étendait d'année en année. Neil Ritchie possédait une maison de quatre chambres sur deux étages en bordure du lotissement. Dans le vaste jardin de derrière, des arbres déjà anciens marquaient la limite entre la ville et les champs de colza. Steel et Logan surveillaient les lieux à bord d'une voiture, avec Rennie à l'arrière. Aucune Audi neuve en vue, seulement une petite Clio bleue dans l'allée, à côté d'une grosse moto ; mais l'allée menait à un double garage. Steel sortit son mobile et composa le numéro de Neil Ritchie.

– Allô, monsieur Ritchie ? dit-elle avec un très fort accent d'Aberdeen. Elles vous vont ? Oui... Oui... Non... Je croyais que vous aviez demandé une paire de chaussures... Oui, vous voulez les essayer ?

Elle posa la main sur le micro et un sourire de crocodile éclaira son visage.

– Il est là, ce salaud. On y va !

Elle descendit de voiture, suivie de Logan et de Rennie.

Par radio, Logan prévint les autres, tandis que Rennie, sur un signe de tête de Steel, sonnait à la porte.

– Allô ? dit-elle dans son mobile. C'est bien monsieur Ritchie ?

De l'autre côté, on entendit une voix d'homme.

– Un instant, je vous prie, on sonne à la porte...

Le battant s'ouvrit, révélant un homme d'une trentaine d'années, tenant à la main un téléphone sans fil. Il était vêtu d'une coûteuse combinaison de moto en cuir, un peu enveloppé au niveau de la taille, avec un visage impossible à retenir. Pas vraiment laid, mais banal. Tout à fait le genre à tabasser des prostituées jusqu'à ce que mort s'ensuive. Il sourit à Rennie et lui montra son téléphone.

– Je suis à vous tout de suite. (Il retourna à son mobile.) Je n'ai pas bien saisi votre nom...

– C'est la police, dit Steel. Nous sommes venus pour une petite conversation.

Le regard de l'homme passa alternativement de Steel à son téléphone.

– Pardon ? fit-il dans le micro de l'appareil.

En souriant, Steel referma son mobile.

– Monsieur Neil Ritchie ? Vous voulez bien nous laisser entrer ou préférez-vous que nous vous emmenions de force au commissariat, même si vous hurlez et que vous vous débattez ?

– Quoi ? Mais je m'apprêtais à sortir et...

– Eh bien, non, vous ne sortez plus. (Elle lui fourra le mandat d'arrêt sous le nez et se tourna vers Rennie.) Vérifiez qu'il n'y a pas une pute assassinée sur le sol de la cuisine.

L'intérieur de la maison respirait l'opulence : parquets cirés, magnifiques tapis turcs, murs crème ornés d'aquarelles et de photos encadrées. Mais tout cela sentait son décorateur professionnel et suscitait un certain malaise. Assise au salon, une femme lisait devant une tasse de thé posée sur une table basse. En voyant Rennie passer devant elle, elle se tourna, inquiète, vers son mari.

– Neil ? Qui est cet homme ? Il y a un problème ?

Le dénommé Neil se frotta les mains devant la cheminée pour les réchauffer.

– C'est une terrible erreur !

Steel lui passa un bras autour des épaules.

– C'est ça, une erreur. Je suis sûre que vous ne vouliez pas ramasser ces prostituées, les dénuder et les tabasser à mort. Et maintenant, que diriez-vous de nous préparer une tasse de thé et de nous donner votre version des faits ?

La femme bondit de son siège.

– Des prostituées ? Neil ! Quelles prostituées ? Mais qu'est-ce que tu as fait ? (Elle serra son livre contre sa poitrine et des larmes jaillirent.) Tu m'avais promis ! Tu m'avais promis que tu ne recommencerais jamais !

– Je… je n'ai rien fait ! Je te le jure ! Je n'ai rien fait !

– Vous savez, dit Steel en lui tapotant l'épaule, vous seriez étonné de savoir le nombre de fois où on entend ça, dans notre métier. Où étiez-vous, mercredi dernier à 2 h 45 ?

– Je… chez moi, je dormais.

– Et Mme Ritchie, ici, peut le confirmer, bien sûr ?

Il jeta un regard implorant à sa femme, mais celle-ci retomba sur le canapé en le regardant avec horreur.

– Oh, mon Dieu ! J'étais chez ma mère toute la semaine ! Il était ici, tout seul ! C'est toi, n'est-ce pas ? Celui dont on parle dans les journaux !

– Suzanne… Non, je te jure que ça n'est pas du tout ça ! Je n'ai rien fait !

– Je vois, coupa Steel en souriant. Et dites-moi, monsieur Ritchie, où se trouve votre belle voiture neuve ?

– Hein ? Euh… dans le garage. Mais je n'ai rien fait de mal !

– Eh bien, les techniciens de la police scientifique nous le diront. Et maintenant, que diriez-vous de nous suivre volontairement au commissariat de façon à débrouiller toute cette histoire ? Qu'en pensez-vous ?

Il regarda à droite et à gauche, mais Logan bloquait la porte et il y avait des policiers dans le jardin de derrière.

– Je… je veux d'abord parler à mon avocat.

Steel hocha la tête d'un air désolé.

– Malheureusement, c'est pas comme ça que ça marche. Vous pouvez nous accompagner de votre plein gré, ou bien alors menotté, mais de toute façon vous venez avec nous.

Au quartier général, on conduisit M. Ritchie dans la salle d'interrogatoire numéro 5, en compagnie d'une jolie tasse de décaféiné et d'un policier en uniforme à l'air peu engageant. L'équipe scientifique avait trouvé sur le siège passager de l'Audi des cheveux blonds décolorés qui ressemblaient beaucoup à ceux prélevés au domicile de Holly McEwan. Dans la salle des opérations, Logan détaillait à Steel tous les détails qu'il avait pu rassembler sur Neil Ritchie. Trente-quatre ans, marié, pas d'enfants ; consultant en hydrocarbures pour le compte d'une grande compagnie pétrolière. Seuls antécédents trouvés, deux avertissements pour drague motorisée, datant de plus de quatre ans. En dehors de cela, on avait affaire à M. Propre en personne. Il avait même organisé une vente d'ours en peluche au profit d'une association pour des enfants malades. Pour l'heure, les techniciens de la police scientifique passaient son ordinateur personnel au peigne fin, à la recherche d'éventuelles images pédophiles.

– Bon, dit Steel lorsque Logan eut terminé, allons voir ce qu'il raconte. Si ça vous dit, vous pouvez jouer le flic gentil.

– Ah non, impossible.

– Vous voulez faire le méchant ? Sans vouloir vous vexer, vous n'êtes pas exactement le…

– Non, je voulais dire que je ne peux pas procéder à l'interrogatoire.

Il était déjà 18 h 20, un interrogatoire durerait des heures et Jackie s'était montrée très claire sur ce qui l'attendait au cas où il ne serait pas de retour à 19 heures précises.

– Vous plaisantez, ou quoi ? On tient ce salopard par les couilles et vous ne voulez pas assister à la mise à mort ?

– Si. J'aimerais beaucoup. Mais je ne peux pas. Je dois rentrer chez moi.

– Ah, je vois ! Vous avez promis, et vous estimez que votre partie de jambes en l'air est plus importante. Je comprends. Très bien… (Elle croisa les bras sur sa poitrine et leva le nez.) Je prendrai l'inspecteur Rennie avec moi. Réussir une telle affaire, ce sera une bonne expérience pour lui. Vous, allez baiser.

– C'est pas ça, je…

– Au fait, vous avez comparu devant la commission disciplinaire, ce matin ?

– Quoi ?

Mais il eut soudain un éclair de lucidité. C'était ainsi qu'on appelait autrefois le Comité d'éthique, avant qu'il ne change de nom, pour faire plus présentable.

– Euh… oui, j'y suis allé.

– Alors ils vous ont libéré sous caution, c'est ça ?

– Eh bien, c'était plutôt bizarre, parce que j'ai eu l'impression que l'affaire allait être enterrée. Que j'en sortais blanchi.

– Et maintenant ne dites plus jamais que je ne fais rien pour vous, dit-elle, le visage impassible.

Elle tourna les talons et s'éloigna à vive allure. Logan avait à peine atteint la porte que Steve, hors d'haleine comme s'il avait couru depuis Dundee, le saisit par le bras.

– Excusez-moi, monsieur… mais l'inspecteur Insch veut vous voir, tout de suite !

Logan consulta sa montre. Il lui restait encore trente-cinq minutes pour passer chez un fleuriste avant de rentrer chez lui et montrer ainsi à Jackie combien il appréciait cet armistice. Elle ne lui en voudrait pas pour quelques minutes de retard.

Au centre du chaos qui régnait dans la grande salle des opérations, Insch était juché sur une table, une fesse dans le vide, et il écoutait le rapport que lui faisait le policier barbu qu'il avait précédemment crucifié, l'inspecteur chef Beattie, l'époux de la star du porno. Insch leva les yeux du rapport pour avaler une minuscule bouteille de Coca gélifié, aperçut Logan et dit à Beattie de s'occuper ailleurs pendant dix minutes.

– Sergent, dit-il sèchement à Logan, rejoignez-moi dans mon bureau.

Le bureau d'Insch était plus grand que celui de Steel et accueillait une large table fort en désordre, un ordinateur, trois armoires, un énorme ficus et deux chaises confortables. Mais l'inspecteur principal ne lui proposa pas de s'asseoir, et dès que Logan fut entré Insch claqua la porte derrière lui et demanda d'un ton comminatoire à quoi il jouait.

– Pardon ? demanda Logan, qui heurta la corbeille à papier en reculant d'un pas.

– Vous aviez ces salauds ici, hier soir, en garde à vue, et vous ne m'avez rien dit !

– Qui ? Qui ça ? (Et soudain il comprit.) Ah, Chib Sutherland et son copain ?

Insch virait au cramoisi.

– Vous saviez pertinemment que je voulais leur parler, mais est-ce que vous m'avez appelé pour me dire que vous les aviez en garde à vue ? Non ! Je l'ai appris cet après-midi ! Après qu'ils ont été relâchés sous caution !

– Ils ont obtenu la mise en liberté sous caution ?

De nos jours, on pouvait assassiner sa grand-mère à coups d'économe sans se retrouver en taule.

– Bien sûr qu'ils ont obtenu la liberté sous caution ! (Le teint d'Insch prenait une teinte violette des plus inquiétantes, et il postillonnait à toute volée.) Vous avez essayé de les coincer pour une minable histoire de drogue ! Moi, je les voulais pour meurtre ! Pour meurtre, compris ? Pas pour deux capotes pleines d'héroïne !

– C'était du crack...

Mais il regretta ses mots aussitôt prononcés.

Insch enfonça un doigt boudiné dans la poitrine de Logan.

– Je me fous de savoir s'ils étaient bourrés d'explosif C4 et si on les avait fourrés dans le cul du duc d'Édimbourg. Je voulais leur parler, un point, c'est tout ! (Il s'installa dans son fauteuil, les bras croisés sur la poitrine, et fusilla Logan du regard.) Bon, j'écoute vos brillantes explications.

– L'inspecteur Steel m'a demandé de ne rien dire. (Il se sentait un peu honteux de mettre ainsi en cause Steel, mais après tout ce n'était pas sa faute. Il avait tenté de la persuader qu'il fallait mettre Insch sur le coup.) Je lui ai dit que vous devriez être mis au courant de l'opération, mais elle a refusé.

Les yeux d'Insch se réduisirent dangereusement à la taille de deux fentes.

– C'est donc ça...

Il se leva et se dégourdit les épaules, faisant gonfler sa chemise de façon inquiétante.

– Si vous voulez bien m'excuser, sergent, j'ai du travail.

Le ciel était bas et gris au-dessus des opulents immeubles en granit de Rubislaw Den. Colin Miller descendit de voiture, tira la capote, derrière le siège du conducteur, et brancha l'alarme. Encore une journée merdique ! Il n'y avait pas si longtemps, il était encore un véritable journaliste. Et maintenant ? Réduit à faire la rubrique des chiens écrasés, tout ça à cause d'un article minable sur le lotissement de Malk the Knife. D'abord, Malkie avait envoyé ses psychopathes le menacer pour qu'il publie cet article et ensuite le journal, méfiant, l'avait cantonné à des histoires de foire au tricot et d'élevage de chiens de berger. Et la seule bonne histoire qu'il avait, celle qui aurait pu le sortir de toute cette saloperie, il ne pouvait pas la publier.

Colin se redressa et regarda d'un œil mauvais les nuages menaçants. Il ferait mieux de tout quitter et d'écrire un livre. Un truc sanguinolent plein de morts et de sexe. Quant aux chiens écrasés, le journal pouvait se les garder. À lui le champagne et le caviar ! Il n'avait pas besoin du *Press and Journal*, c'étaient eux qui avaient besoin de lui !

Il laissa échapper un soupir et ses épaules s'affaissèrent un peu, comme sous le poids de ses nouvelles responsabilités. Tout ça, c'était de la blague ! Il ne pouvait pas se permettre de quitter son boulot. Surtout maintenant qu'il y avait...

– Tiens, tiens, tiens, mais c'est l'as du journalisme, Colin Miller.

Derrière lui, une voix avec un fort accent d'Édimbourg.

Il se retourna et découvrit Brendan « Chib » Sutherland, nonchalamment appuyé sur une grosse Mercedes grise.

– Euh... bonjour, monsieur Sutherland. Ravi de vous revoir...

Chib hocha la tête d'un air navré.

– Non, je crois que vous vous trompez, Colin. Je ne crois pas que vous allez être ravi. Et si on allait faire une petite promenade, hein ? On pourrait prendre ma voiture.

– Je... euh...

Il recula de deux pas, serrant comme un bouclier l'étui de la capote, et heurta une masse compacte, le copain de Chib, qui se tenait juste derrière lui.

– Je ne peux pas, j'ai...

Chib leva un doigt d'un air sentencieux.

– J'insiste.

Deux larges mains l'empoignèrent par les bras et le poussèrent à l'arrière de la Mercedes. Glissant sur les sièges en cuir, il voulut ouvrir l'autre portière, en vain. On avait mis la sécurité enfant. Chib s'installa à côté de lui et claqua la portière.

De la poche de son manteau, l'homme tira une paire de cisailles dont les lames courbes scintillèrent dans la lumière déclinante du soir.

– Mon associé va nous conduire dans un endroit tranquille, où on ne sera pas dérangés. Je vous poserai quelques questions et vous pourrez hurler tout à votre aise.

À 18 h 40, Logan acheta un bouquet de roses rouges chez Marks and Spencer, enfila Union Street et s'arrêta à Oddbins pour la deuxième fois de la journée afin d'y acheter une bouteille de chardonnay bien fraîche. Au pas de course, il gagna Marischal Street. Haletant, il grimpa les escaliers et pénétra dans l'appartement à 19 heures tapantes.

Silence.

Il s'attendait à des bougies sur la table, à de la musique douce, à une bonne odeur de cuisine. L'appartement était vide et froid. Il mit la bouteille au frigo, les roses dans un vase poussiéreux et alluma le chauffage dont les tuyauteries se mirent à faire un raffut de tous les diables. Puis il alla prendre une douche. Tandis qu'il se débattait avec la bouteille de shampoing, il entendit retentir la sonnerie du téléphone, mais il laissa le répondeur faire son boulot. Ça pouvait attendre. Soudain, il se dit que c'était peut-être l'inspecteur Steel qui l'appelait pour le remercier de l'avoir balancée à Insch. De l'avoir foutue dans la merde. Après tout, c'était grâce à son intervention que le Comité d'éthique avait laissé tomber la plainte de Sandy le Serpent. Pourquoi ne pas avoir inventé un mensonge plausible de façon à tenir Steel en dehors de ça ? Elle allait le massacrer.

Le temps qu'il sorte de la douche et enfile des vêtements propres, la température dans l'appartement était des plus agréables, mais toujours aucun signe de Jackie. Elle arriva un quart d'heure plus tard, ployant sous une demi-douzaine de paquets.

– T'as déjà essayé de faire les courses avec un bras dans le plâtre ? Eh bien, j'te le conseille pas ! (Elle se figea en apercevant le vase sur la table de la cuisine.) Tu as acheté des fleurs ?

– Et du champagne. Enfin... pas du champagne de Champagne, il vient d'Australie, mais ça devrait être bon quand même.

Elle sourit.

– Vous savez, monsieur McRae, parfois, vous n'êtes pas si mal que ça.

Elle jeta ses paquets sur la moquette, lui passa les bras autour du cou, en lui frappant au passage l'arrière du crâne avec son plâtre, et lui planta un baiser sonore sur les lèvres. Logan se mit alors à dégrafer le chemisier de Jackie, exposant...

– Mais qu'est-ce que c'est que ça ?

Il fit un pas en arrière, contemplant, horrifié, l'effroyable engin de dentelles qui emprisonnait ses seins.

– Je croyais que tu allais acheter de nouvelles culottes et de nouveaux soutiens-gorge ? Celui-ci ressemble au Forth Rail Bridge !

– Ça, dit-elle fièrement en faisant claquer la bretelle du soutien-gorge, c'est un Triumph Doreen, le soutien-gorge le plus vendu au monde. Faudra t'y faire.

– Tu vas vraiment porter ce machin ? demanda Logan, accablé.

– Dis donc, quand je cours après un voyou, tu veux que mes nichons se balancent comme des melons dans une chaussette ? Tu veux que je me retrouve bientôt avec des gants de toilette ? C'est ça que tu veux ?

Logan dut bien reconnaître que la perspective n'était guère

enthousiasmante et, s'efforçant d'oublier l'infernal soutien-machin, il attira Jackie contre lui et l'embrassa.

Elle ferma les yeux, se serra contre son amant, goûtant la chaleur de leurs deux corps, sans s'apercevoir que Logan ne quittait pas du regard le petit témoin rouge clignotant sur le répondeur. L'œil persécuteur de la culpabilité.

29

Dans l'épaisseur sombre des bois, on apercevait à peine des traînées de ciel blafard à travers le feuillage. Au milieu de la petite clairière, on entendit soudain une faible quinte de toux qui se mua rapidement en postillons sanguinolents. Surpris, Colin Miller se rendit compte que c'était lui. Il s'était retrouvé quelque part... dans un endroit chaud et humide, mais à présent il était de retour. Crampes dans les jambes, crampes dans les épaules, le reste du corps comme engourdi. D'ici à une minute, il se mettrait debout. Dès que cette impression se serait dissipée. Dès qu'il aurait moins mal aux jambes et aux épaules. Dès que... Ténèbres.

Des étincelles blanches et jaunes explosèrent dans son crâne, le projetant en arrière dans les feuilles mortes, bras et jambes attachés au siège. Incapable de bouger. C'est alors que la douleur explosa, qui n'avait plus rien à voir avec les crampes ! Comme une torche enflammée enfoncée dans ses mains ! Il hurla.

– Salut, beau gosse. Content de vous voir réveillé. (Un moment de pause, vite comblé par les hurlements de Colin Miller.) Relève-le, Greg, tu veux bien ? Et fais en sorte qu'y ferme sa gueule.

De grosses mains le saisirent par le devant de la chemise et le relevèrent en même temps que la chaise de jardin. Il hurla de nouveau, mais il reçut un coup violent sur la joue et un goût de sang envahit sa bouche. Le cri se mua en gémissement.

Un visage surgit de l'ombre, cheveux blancs coupés court, dents impeccablement alignées, des yeux comme des trous creusés dans le marbre.

– Et voilà ! C'était pas si terrible, hein ? (Miller ne répondit pas et le type d'Édimbourg haussa les épaules.) C'est bon, Greg, tu peux lui détacher les mains.

Ses mains ! Quelqu'un dénoua le câble électrique qui lui nouait les mains au dossier de la chaise. Il les ramena devant lui pour voir ce qui lui causait une telle brûlure. Et poussa un hurlement lorsque les souvenirs lui revinrent. L'atroce douleur au moment où la chair s'ouvrait, le bruit des os et des cartilages sectionnés.

– Oh, merde, encore des hurlements !

Cette fois, Greg n'attendit pas les ordres et abattit directement son poing sur le visage de Miller qui s'écroula sur le sol, toujours attaché à la chaise par les chevilles, et contempla ses mains mutilées en pleurant.

– Et maintenant, Colin, il y a encore deux petits détails à régler avant de s'en aller. D'abord, ça...

Chib s'accroupit et lui colla une photo sous le nez, l'empêchant de contempler ses mains. C'était une photo d'Isobel, tirée de son portefeuille, où on la voyait au balcon d'un hôtel, en Espagne. Une tache de sang ornait le coin gauche de la photo, là où Chib avait posé son doigt ganté de caoutchouc.

– Belle femme. Et maintenant, Colin, si jamais tu t'avisais d'aller baver encore une fois aux flics, je terminerais le boulot avec toi et ensuite je ferais en sorte qu'elle devienne laide, très, très laide. (Il déposa un baiser sur la photo et la glissa dans la poche intérieure de son manteau.) Deuxième détail, histoire de bien mettre les choses au point.

Miller reçut en plein visage plusieurs petits objets durs et froids. Des morceaux de doigts.

– Je veux que tu les manges.

Tremblant, Miller contempla les cylindres pâles dans la poussière. Quatre étaient coupés à hauteur de la première phalange ; trois à hauteur de la deuxième ; deux à la base, exhibant le tendon. Neuf petits cochons en route pour le marché.

– Non... je ne peux pas... ! (Il sanglotait.) Je vous en prie... Je ne peux pas...

Chib lui sourit avec indulgence.

– Allez, allez, inutile d'en faire tout un plat. Tu manges tout jusqu'au bout, comme un gentil garçon, et comme ça on pourra rentrer à la maison.

Maladroitement, Colin essaya alors de ramasser ses bouts de doigts poisseux de sang. Il sentit son estomac se soulever.

– Mes mains... Mes mains...

– Je commence à perdre patience, Colin. Soit tu les manges, soit je te coupe une autre phalange et je te la fais manger aussi. (Il agita les cisailles aux lames tachées de sang sous le nez du journaliste.) Plus tu perds du temps et moins t'auras de doigts.

Dans la paume de sa main, Colin contempla deux morceaux de doigt, l'un d'une phalange, l'autre de deux, froids et blancs, avec l'extrémité tachée de sang, exhibant os et cartilage.

– Mais... On pourrait... On pourrait les remettre ! On pourrait les recoudre !

Une main le saisit aux cheveux par-derrière et lui releva la tête de façon qu'il regarde le visage souriant le Chib.

– Tu sais quoi ? C'est possible. (Le sourire s'élargit.) Allez, je vais être bon prince. Tu n'as qu'à en garder trois bouts. Ça fait un doigt entier ! Disons que c'est une preuve de bonne foi. J'peux pas dire mieux, hein ?

Des larmes roulaient sur les joues de Colin, y dessinant des sillons dans la crasse et le sang.

– Je peux pas..., murmura-t-il.

Il poussa un hurlement lorsque Chib lui saisit la main gauche à hauteur du poignet et la tira vers le haut, ouvrit les cisailles et les posa sur la dernière phalange de l'index.

– Et maintenant tu choisis tes trois morceaux et tu bouffes le reste de tes doigts. Compris ?

Pleurant comme un enfant terrorisé, Colin ramassa ses morceaux de doigts sectionnés et s'exécuta.

30

Campée devant la fenêtre de son bureau, clope au bec, Steel lisait le rapport du laboratoire sur les cheveux trouvés dans l'Audi neuve de Neil Ritchie. Ils étaient identiques à ceux qu'on avait prélevés sur une brosse, dans l'appartement de Holly McEwan. Elle adressa un signe de tête à Logan en le voyant entrer, bien qu'il eût une heure et demie de retard ; mais, comme il avait travaillé pendant ses deux jours de congé, il ne devait pas se sentir excessivement coupable.

En souriant, elle lui fit signe d'approcher.

– Ah, Lazare, l'homme que j'ai attendu toute ma vie... (Elle consulta sa montre.) En tout cas, depuis 7 heures du matin. Bon, c'est pas grave. Maintenant, vous êtes là.

Logan fronça les sourcils. Il ne s'attendait pas à un tel accueil. Pourquoi ne l'avait-elle pas encore écharpé ?

– Euh... De quoi avez-vous inculpé Ritchie ? Sans cadavre, ça va être difficile d'obtenir des aveux.

– Pour l'instant, de rien du tout. Sachez qu'il est toujours ici volontairement ! Même pas en garde à vue ! (Son visage s'éclaira comme une guirlande de Noël.) C'est pas super, ça ?

Les six heures de garde à vue réglementaires débuteraient seulement quand on lui signifierait cette garde à vue, ce qui signifiait qu'ils pouvaient le garder aussi longtemps qu'il leur plairait. Ou du moins jusqu'à ce qu'il demande à partir.

– Il a passé toute la nuit à répéter qu'il n'avait rien fait de mal et que tout ça était une horrible méprise. (Elle sourit.) J'ai demandé à ce pédant de Bushel de l'interroger et de nous faire son cirque de criminologue. Il était tellement excité qu'il a failli se pisser dessus ! Ritchie correspond parfaitement au profil : mère absente, père dominateur qui avait l'habitude d'aller aux putes, enfance malheureuse, bla-bla-bla, personne ne l'aime. Le baratin habituel, quoi.

– Attendez un peu : d'après le profil, il devait avoir un emploi modeste. Ritchie, lui, est consultant en hydrocarbures.

– Et alors ? Le profil psychologique n'est pas une science exacte, que je sache. De toute façon, il existe des preuves matérielles qu'il est lié à Holly McEwan… Le procureur est d'accord : Ritchie, c'est notre client.

– Et pour Michelle Wood et Rosie Williams ?

– Ne compliquez pas les choses. Si on n'arrive pas à coller le meurtre des trois putes sur le dos de Ritchie, on a encore Jamie McKinnon. D'ici là… (Du monceau de papiers encombrant son bureau, elle tira une adresse.) Ritchie affirme qu'il n'avait pas sa belle voiture au moment de la disparition de Holly. C'est probablement des conneries, mais je veux qu'on vérifie. Et prenez Rennie avec vous. Ce matin, il me court sur le haricot.

Le Wellington Executive Motors se présentait sous la forme d'une boîte de verre en rez-de-chaussée, où étaient disposées, à l'intérieur et à l'extérieur, des voitures haut de gamme dont chacune valait plus que le deux-pièces de Logan.

Trop occupé par la question qui le hantait (pourquoi Steel ne l'avait-elle pas haché menu pour l'avoir balancée à Insch ?), Logan n'avait guère prêté attention aux propos de Rennie dans la voiture. Ce n'était d'ailleurs pas plus mal, car l'inspecteur se montrait intarissable à propos d'un épisode de *Coronation Street* qui aurait été directement inspiré par un épisode de la série *Brookside* datant de quelques années auparavant.

Il en parlait encore lorsqu'ils poussèrent les portes vitrées du hall d'exposition au sol caoutchouté, où flottait une odeur de voiture neuve et de café, tandis que des haut-parleurs cachés diffusaient discrètement du Vivaldi.

– Bonjour, messieurs, leur dit une commerciale en souriant de toutes ses dents. Bienvenue chez Wellington Executive Motors, ajouta-t-elle en embrassant d'un geste le hall d'exposition, au cas où ils n'auraient pas remarqué où ils se trouvaient. Je serais enchantée de vous faire essayer l'un de nos modèles, mais en attendant désirez-vous un cappuccino, des *biscotti* ?

Logan demanda à voir le directeur et le sourire de la femme s'évanouit un bref instant avant de réapparaître.

– Je ne peux vraiment rien faire pour vous aider ? (Non, elle ne pouvait rien faire.) Eh bien… euh… M. Robinson est occupé avec un client pour l'instant. Je peux vous offrir quelque chose pour vous faire patienter ? Cappuccino ? *Biscotti* ?

M. Robinson était un homme jovial et un peu enveloppé, avec une courte barbe soigneusement taillée, tout en sourire et poignée de main, jusqu'au moment où il découvrit que Logan et Rennie étaient des policiers. La consternation se peignit alors sur son visage et il se tordit les mains.

– Il s'est passé quelque chose ?

Logan afficha son sourire le plus désarmant.

– Mais non, pas du tout, je voulais seulement vous parler de la voiture vendue la semaine dernière à un certain M. Neil Ritchie, une…

– Une Audi. Oui, une Audi. Un modèle haut de gamme, air conditionné, toit ouvrant, GPS…

– Quand l'a-t-il prise ?

– Je… euh… non, c'est impossible. Je ne peux pas donner d'informations sur nos clients. L'éthique de Wellington Executive Motors…

– C'est important.

– Je regrette, mais il nous faudrait une sorte de mandat de justice…

Logan tira de sa poche deux feuilles de papier pliées en deux.

– J'ai un mandat.

En réalité, il s'agissait des portraits-robots de Kylie et de son maquereau ; Logan se hâta de remettre les papiers dans sa poche au cas où Robinson aurait eu la mauvaise idée de demander à les voir.

– D'après les papiers de la voiture, il l'a achetée lundi, mais quand est-il venu la récupérer ?

Avec force bafouillages, le directeur expliqua que, malencontreusement, M. Ritchie n'avait pu prendre possession de son véhicule le lundi en raison d'un regrettable incident, une mouette ayant heurté le capot qui avait dû être repeint. Logan étouffa un juron. Cela voulait dire que Ritchie ne pouvait pas être leur homme.

– Heureusement, reprit fièrement M. Robinson, nous avons pu livrer la voiture chez M. Ritchie mardi, avec une bouteille de veuve-cliquot pour nous faire pardonner ce retard.

Comme Holly McEwan n'avait disparu que le mardi après 23 heures, Ritchie avait eu tout le temps de la ramasser dans la rue, de l'amener dans les bois de Tyrebagger et de la frapper jusqu'à ce que mort s'ensuive. Ritchie se trouvait à nouveau dans le collimateur.

– Il nous faudrait la déposition de la personne qui a livré la voiture.

D'un geste, le directeur montra, par une porte vitrée, un homme en complet gris, s'entretenant avec une grosse dame vêtue d'un cardigan jaune vif.

– Pour l'instant, il est occupé avec une cliente, mais en attendant que puis-je vous offrir ? Cappuccino ? *Biscotti* ?

Tandis qu'ils prenaient leur café et leurs biscuits près de la porte d'entrée, les premières gouttes de pluie commençaient à marteler les luxueuses berlines garées à l'extérieur. L'homme en complet gris escorta sa cliente en cardigan jusqu'au comptoir de vente, la flatta un peu et la complimenta sur son bon goût, tandis qu'elle signait un confortable dépôt de garantie pour l'acquisition d'une BMW ; après quoi, il la raccompagna jusqu'à sa voiture, à l'abri d'un parapluie marqué du logo de la société. Rennie le coinça dès son retour dans le hall. Oui, il avait bien livré la voiture de M. Ritchie, le mardi après son travail. Apparemment, une mouette avait lâché une énorme fiente sur le capot puis s'était promenée sur la voiture. Il avait fallu redonner un coup de peinture. Logan laissa Rennie prendre la déposition puis revint à ses inquiétudes premières : Steel. Peut-être avait-elle agi ainsi pour le punir, pour le laisser mijoter... Cela dit, ça ne lui ressemblait pas. Elle, son genre, c'était plutôt le coup de genou dans les couilles.

Les portes vitrées s'ouvrirent alors et Logan aperçut une silhouette familière en grande conversation avec une rombière plutôt enveloppée. En apercevant le policier, M. Marshall se départit instantanément de son sourire affable. À la manière d'un requin, la commerciale se faufila entre les luxueuses voitures pour venir à la rencontre du couple ; quel plaisir de revoir M. le conseiller municipal, et Mme Marshall était particulièrement en beauté aujourd'hui. Menteuse. Âgée d'environ cinquante-cinq ans, la bonne femme avait des allures de barrique. Avec une voix de scie électrique, elle expliqua à la commerciale requin qu'ils voulaient remplacer leur monospace qui avait eu un petit accident, n'est-ce pas, Andrew ? Dieu seul savait de quelle couleur étaient ses cheveux au temps de sa jeunesse, mais elle avait depuis lors opté pour un orange pétard et une permanente bétonnée. Pas étonnant que M. le conseiller municipal se fût mis en quête d'un nouveau modèle et, bien qu'à regret, Logan se dit que Steel avait peut-être raison, et que les choses ne se réduisaient pas forcément à « coupable » ou « non coupable ». Peut-être fallait-il s'en remettre à la formule courante en droit écossais : « Absence de preuves ».

– Eh bien ? demanda Steel lorsqu'ils furent de retour au quartier général.

Assise derrière un bureau envahi de papiers, les pieds sur une pile de PV d'interrogatoires, elle avait jeté sa veste sur le dossier de sa chaise, montrant ainsi à chacun qu'elle n'avait pas pris la peine de repasser son chemisier.

– La voiture a été livrée mardi soir, après la fermeture du hall d'exposition qui a lieu à 18 heures, en sorte qu'il a dû la recevoir à 18 h 30, 18 h 45 au plus tard.

— Excellent. Vous avez une déposition ?

— Oui.

— Bon, vous pourrez taper votre rapport pendant que Rennie ira préparer le café.

— Encore ? fit ce dernier, visiblement mécontent. Pourquoi est-ce qu'il faut toujours que ce soit moi qui…

— C'est la hiérarchie, monsieur l'agent. (Elle lui adressa un clin d'œil.) En plus, vous vous débrouillez toujours pour piquer des biscuits au chocolat.

Voyant qu'il s'apprêtait à protester de nouveau, elle l'expédia sans ménagement.

— Et cette fois, n'oubliez pas de laver les tasses !

Lorsqu'il eut quitté la pièce, elle alla ouvrir la fenêtre et demanda à Logan de fermer la porte, le temps qu'elle fume une clope. La fumée s'échappa vers le ciel couleur de charbon.

— Bon, fit l'inspecteur, vous avez quelque chose à me dire ?

On y était. Rassemblant tout son courage, il présenta ses excuses pour l'avoir dénoncée à Insch, tandis qu'elle écoutait sans un mot, crachant la fumée comme un volcan sur le point d'entrer en éruption.

— En fait, dit-elle lorsqu'il eut terminé, je pensais au Comité d'éthique. Je suis intervenue en votre faveur et c'est pour ça qu'ils vous ont laissé repartir sans même une réprimande. Pour Insch, je n'étais pas du tout au courant.

Logan se raidit. Il aurait mieux fait de la boucler.

— Je ne voulais pas vous causer d'ennuis, je…

— Peu importe ce qu'on veut faire, sergent ! Ce qui compte, c'est ce qu'on fait ! Même un débile comme vous est capable de le comprendre, non ?

— En tout cas, je ne lui ai pas parlé d'Andrew Marshall ! s'emporta Logan, piqué au vif.

— Trop aimable de votre part…

— Et comment ! Qu'aurait dit le Comité d'éthique en découvrant que vous le faisiez chanter ?

Steel lui lança un regard glacial.

— Je vous demande pardon ?

Il était trop tard pour faire machine arrière.

— Ne pas révéler ses « petites indiscrétions » a dû lui coûter une fortune.

Les mâchoires de Steel se crispèrent plusieurs fois de suite.

— Je n'ai pas touché un penny de cet homme. Vous voulez savoir ce que j'ai « exigé » en échange de mon silence ? Ça vous intéresse ? Eh bien, qu'il arrête de nous incendier dans la presse, qu'il arrête de dire que la police des Grampian est une bande de nuls ! Rien d'autre.

Cela expliquait le soudain changement d'attitude de Marshall. Logan n'eut pas le temps de présenter ses excuses à Steel.

— Et maintenant, hors de ma vue, avant que je ne commette l'irréparable !

L'inspecteur Insch était assis à sa place habituelle lorsque Logan pénétra dans la salle des opérations. Près de la fenêtre, on avait dressé un nouveau tableau, recouvert de photos de Karl Pearson.

Sur l'une on le voyait souriant lors d'un match de football et, sur une autre, ce qui restait de lui dans un appartement de Seaton.

Logan s'efforça de ne pas regarder le gros plan en Technicolor des testicules broyés de Pearson.

— Euh... monsieur, est-ce que je pourrais vous parler de l'inspecteur Steel ? (Le visage d'Insch s'assombrit.) Je me demandais ce que vous aviez fait, hier, à propos des suspects qui ont été relâchés.

— Ça vous regarde pas ! (Il tira de sa poche un paquet de Fizzy Fish et engloutit l'un après l'autre des petits bonbons jaunes.) Elle a capturé son tueur en série, alors aux yeux de notre bien-aimé chef elle ne peut qu'avoir raison.

Visiblement, Steel avait revendiqué toute la gloire pour l'opération Neil Ritchie.

— Vous comptez les arrêter, Chib et son copain ?

— Pour quel motif ? Parce qu'ils sont originaires d'Édimbourg et qu'ils ont l'air un peu bizarres ? (Il froissa le paquet de bonbons dans son poing et l'expédia dans la corbeille à papier la plus proche.) Deux fois ce matin j'ai eu droit à la visite de

M. Gros-Malin Bushel, qui voulait établir un profil psychologique de l'assassin de Karl, et surtout tirer un peu de gloriole personnelle de cette histoire. Apparemment, le chef est ravi que quelqu'un d'aussi connu et d'aussi compétent assiste le malheureux inspecteur Insch. Comme si proclamer que ces incendies avaient un caractère sexuel pouvait nous aider à arrêter le salopard qui les a allumés ! En quoi ça peut me servir, des conneries pareilles ? Faut que je passe une annonce dans la rubrique messages personnels des journaux ? « Je recherche un homme blanc, environ vingt-cinq ans, qui incendie des maisons avec des gens à l'intérieur et qui se masturbe en contemplant le spectacle. Condamnation à une longue peine envisagée dans les prisons de Sa Majesté. Authentiques cinglés seulement. Plaisantins s'abstenir. » Je suis sûr que ça marchera. Oh, et avant que j'oublie : on a reçu les résultats d'ADN pour les mouchoirs, identiques dans les deux cas. Je fais faire une recherche dans la banque de données, mais le système est un peu encombré à cause de cette affaire de violeur en série à Dundee.

– Et le mode opératoire ? Il est très particulier.

– Brillante déduction, sergent. Je n'avais pas songé à mener une recherche sur une donnée aussi évidente. (Il le fusilla du regard.) Qu'est-ce que vous croyez que j'ai fait ? Que j'ai passé mon temps à descendre le Don sur des capotes usagées ? Évidemment que j'ai vérifié ! Il y a eu trois autres incendies où les entrées avaient été vissées… La Lothian and Borders Police m'a envoyé les rapports.

– Ils ont une idée de qui a pu faire le coup ?

Insch lui lança le même regard.

– Je ne sais pas, j'ai pas pensé à demander. Pourquoi, vous croyez que ça pourrait être important ?

– C'est bon, c'est bon, inutile de vous en prendre à moi. Je cherchais à me rendre utile.

Insch fourragea dans ses poches, en vain. Il soupira.

– Je sais, je suis simplement furieux parce qu'il ne se passe rien. On a un type qui crame des gens dans leurs baraques et

279

on n'a pas le moindre indice. (Il descendit de son coin de table.) Si on me demande, je suis allé acheter des bonbons.

Logan le regarda s'éloigner, et avec lui l'espoir de se réfugier quelque temps dans le service d'Insch en attendant que Steel se calme. Finalement, le mieux était encore de se faire rare. Il signa le bon pour une voiture et se glissa dans la circulation au moment même où les premières gouttes de pluie de cette fin de matinée commençaient à tomber. Il brancha la radio sur Northsound Two, mais la musique perdit la bataille face au frottement des essuie-glaces sur le pare-brise. Il roula plus ou moins au hasard, cherchant comment il pourrait occuper le reste de la journée. Steel était furieuse, alors mieux valait oublier l'affaire de la prostituée assassinée. Il ne pouvait pas faire grand-chose pour contrer Chib et son pote. Même si la police parvenait à persuader Jamie de faire une déclaration à propos de l'introduction forcée de drogue dans son rectum, il n'irait jamais témoigner en justice contre les deux tueurs de Malk the Knife. Autant s'envelopper les roubignolles de bacon et danser tout nu dans une cage pleine de rottweilers enragés. Ne restait plus que la disparition. Il avait déjà parlé à sa femme et à ses collègues, restaient la danseuse nue et les voisins. La boîte de strip était plus près.

Le Secret Service se trouvait presque en bas de la ruelle, et des planches ornées de silhouettes de femmes nues obstruaient les fenêtres, empêchant les passants de voir à l'intérieur. Logan se gara en face et avisa aussitôt la porte ouverte, avec le seau et la serpillière posés entre le trottoir et le petit guichet où l'on achetait les tickets d'entrée. Le désinfectant dilué dans l'eau ne parvenait pourtant pas à dissiper la puissante odeur de vomi de la nuit précédente.

La boîte se présentait telle qu'il l'avait imaginée : une longue salle obscure sur trois niveaux, avec un comptoir sur un côté, et de l'autre une estrade de danse ornée de quatre mâts en métal et de miroirs du sol au plafond, histoire de ne rien manquer. Et puis des petites tables rondes sur lesquelles étaient posées des chaises à l'envers pour permettre à une jeune fille boutonneuse de passer la cireuse. Le ronronnement de la machine était de temps à autre ponctué d'un bruit sourd lorsqu'elle heurtait le pied central des tables. Un homme de haute taille, une bouteille de détergent à la main, surgit alors de derrière le bar et se mit à hurler.

– Combien de fois faudra te dire d'y aller doucement ? C'est pas une course de bagnoles, merde ! (Il aperçut alors Logan, qui se tenait dans l'encadrement de la porte.) On est fermés !

– Je vois bien. (Il sortit sa carte.) Inspecteur chef McRae. Il y a bien une danseuse nommée Hayley qui travaille ici ?

L'homme ne bougea pas.

– Pourquoi ? Qu'est-ce qu'elle a fait ?

Logan traversa la salle au sol encore humide et vint s'appuyer au comptoir.

– Elle n'a rien fait. Je voulais simplement savoir quand vous l'avez vue pour la dernière fois.

– Ça dépend, hein.

– De quoi ?

– De pourquoi vous voulez le savoir.

Logan lui montra alors une photo que Mme Cruickshank avait jointe au dossier.

– Cet homme a disparu depuis mercredi après-midi. Quelqu'un m'a dit que Hayley et lui avaient une liaison, et je voudrais lui demander si elle sait où il est parti.

– Vous avez pas de pot ! Elle n'est pas venue pour son spectacle mercredi soir, et on ne l'a pas revue depuis.

– Mercredi ?

– Ouais. Mais elle fait comme ça environ tous les deux mois. Dès qu'elle a assez de fric, elle fiche le camp à Ibiza ou un de ces machins à touristes. Elle prend un de ces vols de dernière minute sur Internet et elle se tire sans prévenir. On est au courant quand on reçoit une carte postale.

– Donc, il n'est pas inhabituel qu'elle disparaisse de cette façon ?

– De temps en temps, une des pouffiasses d'ici part avec elle, d'autres fois elle emmène un gars, ça dépend avec qui elle baise.

Logan lui montra de nouveau la photo.

– Vous le reconnaissez ?

– Ah, Gav. Il vient ici presque chaque soir quand Hayley danse. Elle se le tape depuis environ deux mois.

Logan reprit la photo en se disant que le dénommé Gavin Cruickshank était encore plus fortiche qu'il ne l'avait cru : se tirer à Ibiza avec une strip-teaseuse !

– Vous avez l'adresse de Hayley ?

– Je pourrais revoir votre carte ?

Logan la lui tendit et il l'examina avec attention.

– Bon.

Il plongea sous le comptoir et en ressortit avec un carton plein de cartes postales.

– J'ai fait tirer ces photos des plus belles filles. On les distribue dans les pubs à l'heure de la fermeture, pour que les gars rappliquent chez nous.

Il griffonna une adresse et un numéro de téléphone au dos de l'une des cartes et la lui tendit. La photo montrait une très belle femme d'environ vingt-cinq ans, de grands yeux bruns, le sourire aguicheur, longs cheveux noirs, Bikini en cuir noir, bottes de même couleur à hauteur du genou, un petit crucifix en diamants sur le nombril. D'abord Ailsa, puis la réceptionniste de ScotiaLift et maintenant celle-ci. Comment diable Gavin Cruickshank y arrivait-il ?

L'homme sourit.

– Pas mal, hein ? Avec elle, on n'a pas envie de péter au lit.

Logan lui tendit une carte de visite.

– Appelez-moi si elle vous donne de ses nouvelles, d'accord ?

Dehors, la pluie tombait plus fort et il dut courir jusqu'à sa voiture. D'après ce qui était écrit au dos de la carte postale, Hayley vivait à l'extrémité de Seaforth Road. Il s'y rendit donc, sans grand espoir, pensant à la nuit précédente, se demandant si finalement les choses n'étaient pas en train de s'arranger avec Jackie. La soirée avait été des plus agréables, bonne cuisine, bon vin, et s'était terminée de façon plus délicieuse encore. C'était l'heure des infos et il monta le son : un accident de voiture à Torry, une nouvelle manifestation prévue pour lundi, et l'histoire du jour. Quelqu'un aidait la police dans son enquête sur les meurtres de prostituées. Et pour couronner le tout, M. Marshall, le conseiller municipal en personne, venait déclarer à la radio que la police des Grampian accomplissait un travail formidable et que les citoyens pouvaient dormir tranquillement sur leurs deux oreilles. Le petit chantage de l'inspecteur Steel se révélait payant.

L'appartement de Hayley se trouvait au deuxième étage d'un immeuble en granit qui en comptait trois. De sa fenêtre, elle devait avoir une vue imprenable sur le cimetière de Trinity et sur le Pittodrie Stadium, qui abrite le calamiteux Aberdeen Football Club. Un vrai régal.

Il sonna à la porte. Pas de réponse. À vrai dire, il n'en attendait pas. Il essaya alors les appartements voisins, mais personne n'avait vu Hayley depuis mercredi matin. Il se promit d'appeler l'aéroport dans l'après-midi, afin de vérifier si Gavin et elle n'étaient pas partis sous des cieux plus cléments. Et s'il n'obtenait rien de ce côté-là, il restait toujours les aéroports d'Inverness, Édimbourg, Glasgow, Prestwick...

De toute façon, ils ne tarderaient pas à revenir. Lui, bronzé et épuisé d'avoir trop fait l'amour, alors que sa femme se faisait un sang d'encre à la maison. Quelle poisse ! Logan n'avait aucune envie d'aller annoncer à Mme Cruickshank que son cher mari était probablement en train de s'envoyer en l'air avec une autre, quelque part au soleil. Il faudrait confier cette tâche à quelque femme policier compatissante.

Il venait à peine de faire demi-tour au volant de sa voiture que la sonnerie de son mobile retentit. Rennie l'appelait de la part de l'inspecteur Steel, visiblement trop furieuse pour lui parler directement. Jamie McKinnon était mort.

31

Logan devait prendre Rennie au quartier général, puis se rendre à la prison, recueillir les dépositions et s'assurer que les procédures étaient suivies à la lettre. La pluie martelait toujours le toit de la voiture lorsqu'il se gara devant le commissariat et appela Rennie sur son mobile. Deux minutes plus tard, Rennie se jetait à l'intérieur en frissonnant.

– Quelle belle journée ! Tenez, c'est pour vous.

Il lui tendit une pile de Post-it jaunes : Mme Cruickshank voulait savoir si l'on avait retrouvé son mari. Elle avait dû appeler une demi-douzaine de fois depuis la veille. Logan les fourra dans sa poche. Elle attendrait qu'ils en aient fini avec la prison.

Rennie avait beau se tenir tranquille, Logan remarqua qu'il ne cessait de le regarder à la dérobée.

– Allez-y, accouchez !

Il rougit.

– Excusez-moi, monsieur, mais je me demandais ce que vous aviez bien pu faire pour rendre aussi furieuse l'inspecteur Steel.

– Pourquoi ?

– Euh… (Son visage se crispa. Visiblement, il cherchait une façon élégante de s'en sortir.) Elle m'a dit de vous dire : « Foirez pas sur ce coup-là, sans ça c'est moi qui vous baise. » Je vous le jure, monsieur, elle m'a fait promettre de répéter ça mot pour mot. (Il lui jeta un nouveau regard en biais.) Excusez-moi...

– Je vois. Bon... parlez-moi de Jamie : que s'est-il passé ?

– Il a quitté l'hôpital hier matin, il a été présenté au tribunal pour possession de drogue et ramené aussi sec à Crainginches. On l'a retrouvé il y a une demi-heure dans la cour de promenade. Apparemment, ça serait une overdose.

– En prison ? Comment il aurait fait ?

Rennie haussa les épaules.

– Vous savez comment ça se passe, de nos jours. Quand on veut vraiment quelque chose, on l'obtient.

– Il l'a quand même pas amenée de l'hôpital !

– Non. J'ai vérifié. Après qu'on a trouvé la drogue dans son cul, il avait même pas le droit d'aller couler un bronze tout seul. Super-boulot, hein ? Rester debout dans un coin pendant que l'autre est en train de chier et s'assurer qu'y récupère pas quelque chose dans la cuvette pour se le remettre dans le cul.

Logan se gara sur le parking de la prison, entre une voiture de police et une Mercedes haut de gamme.

– Et merde, dit-il en voyant la voiture d'Isobel.

Il ne manquait plus qu'elle !

Ils la trouvèrent au bout de la cour de promenade, vêtue (comme tout le monde) d'une combinaison blanche jetable, penchée sur les restes mortels de Jamie McKinnon. La police scientifique avait tendu des fils entre les murs de la cour et jeté par-dessus la bâche en plastique bleu, tentant ainsi de protéger le corps de la pluie qui tombait à verse.

Il était allongé sur le côté, un bras tordu derrière le dos, l'autre replié sur le visage. Les pansements sur ses doigts brisés étaient sales et tachés de vomissures, son genou gauche ramené sur la poitrine, la jambe droite tendue de côté.

– Bon, dit Isobel à l'un des techniciens armé d'un gros appareil photo numérique. Je veux qu'on photographie tout. Notamment les mains et la plante des pieds. (Elle releva la tête en voyant Logan plonger rapidement sous l'abri de la tente.

Elle lui lança un regard venimeux.) Quand les photos seront terminées, emmenez-le à la morgue.

Le photographe se mit aussitôt au travail, incendiant avec son flash les gouttes de pluie avant qu'elles ne s'écrasent sur le sol. Isobel se releva, prit son sac et gagna la sortie, accompagnée d'une montagne de muscles en uniforme de gardien de prison. Probablement pour qu'elle n'aille pas disséquer un prisonnier au hasard.

– Isobel ? lança Logan.

– Oui ? fit-elle sans détourner le regard.

Elle avait une tête affreuse, comme si elle n'avait pas dormi depuis une semaine.

– J'ai besoin de savoir ce qui s'est passé.

Elle le toisa, consulta sa montre et tourna les yeux vers le corps de Jamie McKinnon.

– Il est mort. Apparemment d'une overdose, mais je ne pourrai le confirmer qu'après l'autopsie. Tu recevras le rapport préliminaire dès qu'il sera prêt. (Le ton était encore plus glacial que d'habitude.) En attendant, si tu veux bien m'excuser, j'ai d'autres affaires à traiter.

Et sans attendre la réponse, elle s'éloigna d'un pas rapide, faisant bruisser sa combinaison en papier blanc.

Rennie et Logan enfilèrent à leur tour une combinaison semblable et pénétrèrent sous la tente au moment où le photographe terminait son travail et où l'équipe s'apprêtait à envelopper le corps dans un sac.

– Vous voulez qu'on attende un peu ? proposa le chef de l'équipe, la moustache grise dégoulinante d'eau. Mais ça ne pourra pas être long, parce que la pluie risque d'effacer toutes les traces.

Il replia le sac en plastique sous son bras et courut se mettre à l'abri avec son équipe sous l'un des murs de la prison.

Logan s'accroupit près de Jamie. Les ecchymoses qu'il avait déjà vues s'étaient un peu estompées, mais d'autres avaient pris leur place. Jamie faisait figure de véritable punching-ball. On apercevait dans ses cheveux et sur son chandail des traces de vomissures dont l'odeur âcre se mêlait à celle de l'urine.

Rennie s'accroupit à son tour à côté du corps.

– Qu'est-ce qui peut leur faire croire qu'il s'agit d'une overdose ?

– Vous plaisantez ?

– Hein ? fit-il, interloqué. Est-ce que c'est parce qu'il a été drogué que...

Il s'interrompit lorsque Logan lui montra une petite seringue jetable fichée au creux du bras gauche de Jamie.

– Mon Dieu, c'est macabre !

– Euh... sergent ?

C'était à nouveau M. Moustache grise, qui tenait son sac en plastique comme une bouillotte.

– Maintenant, il faut absolument qu'on le transporte à la morgue.

Logan le laissa opérer.

À l'intérieur de la prison, la travailleuse sociale qui s'occupait de Jamie et de tant d'autres détenus était occupée à griffonner des têtes de mort et des tibias croisés sur un bloc-notes. Elle était seule dans son bureau. La prison dans son ensemble était, certes, sale et déprimante, mais la palme revenait sans conteste au local des travailleurs sociaux, cagibi à la peinture écaillée, éclairé au néon, un faux plafond de dalles grises et des carrés de moquette usés jusqu'à la trame. Seule concession à la vie, quelques plantes vertes aux feuilles jaunissantes qui semblaient elles aussi succomber à l'atmosphère sinistre du lieu. Logan s'assit de l'autre côté de la table et demanda à l'employée de lui parler de Jamie McKinnon.

La femme avait l'air fatiguée, des cernes sous les yeux, et le bout du nez rouge comme si elle se mouchait depuis des années.

– Super, hein ? Comme si j'avais pas suffisamment de paperasse à faire ! (Soupir.) Excusez-moi, dit-elle en se frottant le visage des mains, on manque de personnel en ce moment... enfin, comme d'habitude : une collègue est en congé de maternité, deux autres en maladie à cause du stress, une autre a démissionné il y a quatre mois et n'a toujours pas été remplacée !

Logan compta les bureaux. Il n'y en avait que six.

– Vous êtes donc toute seule.

– Il y a moi et la malheureuse Margaret, mais elle ne sert pratiquement à rien. (Elle renifla bruyamment, sortit du tiroir un immense mouchoir en papier et se moucha avec plus de bruit encore.) Que voulez-vous savoir ?

– Apparemment, Jamie est mort d'une overdose : vous croyez qu'il aurait pu le faire volontairement ?

Son visage s'assombrit.

– Il était spécialement surveillé pour risque de suicide. Mais on manque de personnel. Il n'y a que...

– Je ne cherche pas à faire de reproches, je voudrais seulement savoir si à votre avis c'est un accident ou un suicide.

– Ç'a été dur pour lui, dit-elle d'un air las. Il a souvent été tabassé... Je ne sais pas pourquoi, mais il y a plein de gars qui lui en voulaient. Il faut dire qu'il était accusé du meurtre de sa maîtresse et qu'en plus il semblait l'aimer. Et la dernière fois qu'on a parlé, il venait d'apprendre qu'elle était enceinte de lui. Il n'arrêtait pas de pleurer... (Elle haussa les épaules.) Alors, oui, ça me paraît vraisemblable. Qu'est-ce qu'il avait à perdre ? L'amour de sa vie était mort, son enfant à naître aussi, et tout ce qu'il avait comme perspective, c'était de se faire tabasser par les autres détenus tous les jours pendant des années, disons, entre treize et vingt ans.

Logan acquiesça d'un air sombre.

– Il y a des témoins ? Quand même, en plein jour, dans la cour de promenade, quelqu'un a bien dû le voir opérer.

Elle ricana.

– Vous plaisantez ! Des témoins ? Ici ? Il ne faut pas rêver !

– Et les caméras de sécurité, alors ? Il doit...

– Hors service. On devait venir les réparer jeudi dernier, mais rien du tout ! Les seules qui fonctionnent se trouvent à l'intérieur du bâtiment, et la moitié sont bousillées. (Nouveau haussement d'épaules.) Vous savez ce que c'est.

– Je commence, oui. Comment s'est-il procuré la drogue ?

– Vous seriez surpris de voir ce qu'on peut acheter, ici. On fait tout ce qu'on peut pour arrêter le trafic, mais ils trouvent toujours de nouveaux moyens. Certains jours, ici, on se croirait dans une pharmacie en libre-service.

Logan s'enfonça dans son siège et se mit à contempler le plafond. Quelles questions pouvait-il bien poser, à présent ?

– A-t-il reçu des visites, depuis son retour de l'hôpital ?

Celle de deux grands costauds d'Édimbourg, par exemple ? Elle n'en savait rien mais pouvait se renseigner. La réponse lui vint après un coup de téléphone. Oui, hier, sa petite amie était venue. Cela paraissait absurde, ce qu'il fit valoir.

– Sa petite amie ? Comment ça ? L'amour de sa vie venait de se faire tabasser à mort.

Heureusement, le parloir était l'un des rares endroits où les caméras de surveillance fonctionnaient encore. Logan et Rennie se rendirent donc dans la salle de sécurité pour visionner les bandes de la veille. Sur l'écran, on voyait une salle vide, des tables alignées et une rangée de chaises en plastique. Logan appuya sur le bouton d'avance rapide et des lignes horizontales strièrent aussitôt l'image. Comme par magie, un garde apparut dans un coin, suivi du premier prisonnier, puis de deux autres ; tous choisirent une place le plus loin possible de ses voisins. Logan lâcha le bouton et l'image se stabilisa. Jamie McKinnon était assis le plus à gauche, sous l'affiche avertissant les visiteurs qu'ils n'étaient pas autorisés à s'approcher des prisonniers. Puis la petite amie fit son apparition, dos à la caméra. Mais Logan n'avait pas besoin de voir son visage pour la reconnaître : veste en cuir noir, jean déchiré, cheveux roses en épis. Il tapota l'écran du bout du doigt.

– C'est Suzie McKinnon, la sœur de Jamie. Comment se fait-il qu'on l'ait prise pour sa petite...

Suzie se pencha au-dessus de la table et embrassa son frère sur la bouche.

– Ah, je vois !

Après un long baiser, le frère et la sœur s'essuyèrent les lèvres d'un revers de manche.

– Elle lui glissait autre chose que la langue, fit Rennie. Un petit peu de drogue.

Logan acquiesça.

– Venez, on va aller lui rendre une petite visite. Après tout, c'est sa plus proche parente.

Les lumières étaient allumées dans l'appartement en sous-sol. Suzie était chez elle.

– Bon, dit Logan en détachant sa ceinture de sécurité. Voici le plan. Je vais dans l'immeuble et je frappe à la porte. Rennie, vous attendez devant, comme la dernière fois. Je ne veux pas qu'elle saute par la fenêtre et disparaisse dans la mousson. (Il se tourna vers l'agent chargé des relations avec les familles qu'ils avaient pris au passage au quartier général ; le même jeune homme nerveux assigné à la grand-mère Kennedy.) Vous, vous passez par le jardin de derrière.

La porte d'entrée de l'immeuble n'était pas verrouillée et Logan descendit l'escalier plongé dans l'obscurité jusqu'à l'appartement en sous-sol, écrasant au passage des débris d'ampoule qui crissèrent sous ses pas. Depuis la dernière fois, la porte de l'appartement avait été fracturée et on voyait une empreinte de botte près de la serrure. Logan frappa et la porte s'ouvrit d'elle-même jusqu'à ce que la chaîne la bloque. Des éclats de bois entouraient le verrou arraché. Un visage effrayé apparut dans l'entrebâillement, puis on entendit un bruit de course : Suzie McKinnon prenait ses jambes à son cou. On entendit claquer la porte du salon. Elle sortait par la fenêtre de devant. Il la retrouva à l'extérieur, se débattant contre Rennie, ses cheveux roses plaqués sur le crâne, son maquillage blanc commençant à couler sous la pluie. Elle planta ses dents dans l'avant-bras de Rennie, qui hurla : « Ah ! salope ! » avant de lâcher prise un bref instant, ce qui permit à Suzie de lui balancer un coup de genou dans les parties. Livide, Rennie parvint cependant à la maîtriser.

Logan la saisit par le bras avant qu'elle ait pu infliger d'autres dommages.

– Jamie est mort, Suzie.

Elle se figea et le considéra d'un air incrédule. De plus près, il se rendit compte que son maquillage, que la pluie faisait rapidement disparaître, dissimulait coupures et ecchymoses.

– Comment ? finit-elle par articuler avec difficulté.

– Apparemment, c'est une overdose. Mais on ne sera vraiment fixé qu'après... (Il s'interrompit, peu désireux de s'étendre sur ce qu'Isobel allait faire au corps de Jamie.) On ne le saura que plus tard. Venez, rentrons.

La porte étant toujours bloquée par la chaîne, ils durent rentrer par la fenêtre du salon et laissèrent des traces mouillées sur la moquette. Tandis que Rennie allait dans la cuisine pour préparer du thé, en se plaignant du coup de genou qu'il avait reçu dans les parties, Suzie ne cessait de ronger ses ongles peints en noir.

– Qu'est-il arrivé à la porte d'entrée ? lui demanda Logan.

Elle fronça les sourcils, comme si ces mots lui parvenaient de très loin.

– La porte ? Oh... (Elle détourna le regard.) J'avais oublié ma clé.

– J'imagine que vous êtes également tombée dans l'escalier. Il faut dire qu'il y fait très sombre.

Suzie ferma les yeux et des larmes se mirent à couler sur ses joues meurtries. Logan soupira.

– Nous savons bien, vous et moi, que ce sont des conneries, tout ça. Quelqu'un a enfoncé la porte à coups de pied, et s'en est pris à vous ensuite. Et je vous parie tout ce que vous voulez que vous savez qui c'est.

– Il est... Il est vraiment mort d'une overdose ?

– Apparemment. Mais on ne sait pas encore s'il l'a fait exprès ou pas.

– Oh, mon Dieu. (Elle s'enfouit le visage dans les mains et se balança d'avant en arrière en sanglotant.) Je l'ai tué !

Pendant un moment, Logan la regarda pleurer.

– Où l'avez-vous trouvée, Suzie ?

Mais déjà elle ne l'écoutait plus.

– Mon Dieu, Jamie...

Ce fut seulement dix minutes plus tard qu'ils se rappelèrent l'agent chargé des relations avec les familles, debout sous la pluie dans le jardin de derrière.

32

Ils s'en retournèrent au quartier général. Rennie avait beau conduire, il portait la main à son entrejambe toutes les trente secondes, comme pour s'assurer que tout était toujours là. Logan, lui, regardait d'un air las les gens et la circulation. Au moins la pluie avait-elle cessé, laissant place au ciel bleu qu'on apercevait entre les déchirures des nuages bas. Rennie s'arrêta à un feu derrière un gros 4 × 4 BMW. Encore une somptueuse voiture avec une plaque personnalisée... c'était une véritable épidémie à Aberdeen. Logan fronça les sourcils. Une somptueuse voiture, une somptueuse voiture... ça lui rappelait quelque chose.

Le feu passa au vert, le 4 × 4 démarra en trombe et tourna à gauche dans Springbank Terrace, suivi des yeux par Logan. Comme décidément le souvenir ne lui revenait pas, il prit son mobile et consulta ses messages ; il n'y en avait qu'un, de Brian, l'assistant d'Isobel. L'autopsie de Jamie McKinnon était repoussée à 16 heures. Le Dr MacAlister ne se sentait pas très bien. Logan referma son appareil et se mit à regarder par la vitre en tapotant l'engin contre son menton d'un air pensif. Cette faiblesse ne ressemblait pas à Isobel. Pour repousser une autopsie, il fallait qu'elle soit à l'article de la mort. 16 heures... Il était presque 14 heures.

– Bon, lança-t-il en remettant le téléphone dans sa poche et en sortant la pile de messages de Mme Cruickshank. On a deux heures à tuer avant qu'ils ne découpent Jamie en morceaux. J'ai un petit cadeau pour vous. On va à Westhill.

Westhill est une banlieue en expansion permanente à dix kilomètres environ d'Aberdeen. Au départ, il n'y avait là qu'une série de fermes vouées à l'élevage de porcs, mais les promoteurs avaient fini par mettre la main dessus et le quartier envahissait à présent la colline, encerclant lentement le terrain de golf de ses tentacules de brique claire. Le temps que Rennie franchisse le rond-point de la zone industrielle pour se diriger vers Westhill proprement dit, la pluie avait cessé et le paysage scintillait dans la lumière du soleil retrouvé. Ils passèrent devant un minuscule centre commercial et, en haut de la colline, se dirigèrent vers Westfield Gardens où vivait M. Gavin Cruickshank, le mari infidèle. La maison se trouvait au milieu de l'impasse, tournant le dos à Westhill Academy. Le jardin de devant était joliment arrangé, avec des parterres ronds de roses jaunes et roses qui scintillaient au soleil après la pluie ; il y avait un garage, une porte partiellement vitrée peinte en rouge, et une plaque en bois portant l'inscription « Refuge des Cruickshank ». Dans la rue, les lampadaires portaient tous des écriteaux plastifiés de format A 4, avec la photo d'un gros labrador accompagnée d'une légende : « Moppet a disparu ». L'adresse était celle de la maison voisine des Cruickshank, de construction identique mais moins bien tenue.

— Bon, c'est quoi, l'histoire ? demanda Rennie en verrouillant la voiture.

Logan montra le « refuge » des Cruickshank.

— Le mari a disparu depuis mercredi dernier, et la malheureuse épouse pense que la voisine est impliquée dans cette disparition. Elle ne sait pas que son cher Gavin baise un peu partout en ville, y compris avec une strip-teaseuse qui a l'habitude de filer en vacances sans prévenir.

— Vous croyez qu'il est simplement parti avec elle ?

Logan lui donna la carte postale du Secret Service.

— À votre avis ?

Rennie s'attarda sur le corps magnifique.

– Ouah ! Pas mal du tout ! Elle peut venir danser chez moi tant que… Hé ! (Logan venait de lui reprendre la carte.)

– Venez, on va d'abord rendre visite à la voisine avant d'aller dire à l'épouse que son mari la trompe.

Logan appuya sur le bouton de la sonnette mais n'obtint qu'un bruit sourd et il dut frapper à la porte. Une silhouette titubante finit par apparaître derrière le verre dépoli.

– J'espère que c'est pas encore vous, bande d'enfoirés…

La porte s'ouvrit et une femme en robe de chambre les dévisagea sans aménité.

– Et merde. C'est quoi, ça ?

Sous ses cheveux qui arboraient dix centimètres de racines blanches, un visage bouffi, des poches sous les yeux, des joues et un nez striés de couperose.

– J'l'ai déjà dit au commissariat, l'assurance est à la poste.

– Nous ne sommes pas venus pour ça, madame…

Son regard trahit d'abord la panique, puis la méfiance.

– Qu'est-ce que vous voulez, alors ?

– Mardi dernier, vous avez eu une altercation avec votre voisine, Mme Cruickshank.

– Qui c'est qui l'a dit ? demanda-t-elle en refermant doucement la porte.

– Je voudrais que vous m'en parliez, avant que je vous arrête et vous conduise au commissariat. (Il lui adressa un sourire forcé.) C'est à vous de voir.

Elle ferma les yeux et grommela : « Bon, bon » avant de fourrer les mains dans les poches de sa robe de chambre et de s'enfoncer dans le couloir, laissant la porte ouverte à leur intention. Ils la suivirent jusqu'à la cuisine, où une fenêtre sale donnait sur un rectangle de gazon défraîchi parsemé de jouets pour chien et bordé de tas de boue et de mauvaises herbes. Dans la cuisine s'entassaient boîtes de pizzas, barquettes de plats à emporter dégoulinants de graisse, bouteilles de bière vides, linge sale débordant d'un panier, et il y flottait une odeur nauséabonde venue de l'évier.

Sur la table, Logan avisa une pile de factures non ouvertes et il en prit une. La lettre était adressée à Mme Claire Pirie, et à travers la fenêtre translucide de l'enveloppe on lisait « Dernier avis avant poursuite ».

– Où est donc M. Pirie, Claire ? demanda Logan.

Elle lui arracha l'enveloppe des mains et la fourra dans un tiroir déjà plein.

– Ça vous regarde pas. De toute façon, ça fait des années qu'y s'est tiré, ce salaud-là.

Elle alluma la bouilloire électrique et prit un sachet de thé dans une pile de sachets desséchés.

– Pas pour nous, merci. Vous vivez donc ici toute seule ?

– Non… euh, enfin, oui… toute seule.

Mal à l'aise, elle poursuivit la préparation du thé sous l'œil inquisiteur de Logan.

– Bon, d'accord, admit-elle finalement. Mon ami vivait ici. D'accord ? On devait le signaler aux impôts locaux, mais on s'est séparés. Voilà. Satisfait ? Ce salaud m'a quitté.

Elle jeta le sachet desséché dans une grande tasse d'une propreté douteuse et versa dessus de l'eau bouillante.

– Parlez-nous de vos voisins, Claire.

– Elle s'mêle de tout, celle-là ! Elle fout des annonces pour les chiens des autres sur les lampadaires, c'te salope ! Et lui, c'est un trou du cul. Y rapplique ici sans arrêt pour se plaindre. Jamais content.

– C'est pour ça que vous l'avez frappé ?

Un sourire fugace apparut sur ses lèvres.

– C'est lui qu'a commencé. Il est venu ici en gueulant comme un putois. C'est un sans-manières !

Elle ouvrit la porte du réfrigérateur et en sortit une brique de lait. Aussitôt, une effroyable odeur de fromage et de viande avariée envahit la cuisine, mais Claire ne sembla pas y prendre garde.

– Vous savez qu'il a disparu ?

Elle se figea avant que la tasse n'ait atteint ses lèvres.

– Ah bon ?

– Depuis mercredi. Le lendemain du jour où vous l'avez agressé. (Logan observa les yeux de la femme et se dit qu'ils trahissaient bien quelque chose. Mais quoi ?) Curieuse coïncidence, vous ne trouvez pas ?

Elle haussa les épaules.

– J'ai rien à voir avec ça, moi. De toute façon, il a dû se tirer avec une de ses putes en abandonnant sa conne de femme. (Elle ôta le sachet de thé avec une fourchette et le jeta dans l'évier sale.) C'est ce que vous faites toujours, vous les hommes, hein ?

Une fois dehors, dans la lumière du soleil, Rennie prit une profonde goulée d'air.

– Mon Dieu ! Qu'est-ce que ça puait ! Je comprends que son mari l'ait quittée. Cette bonne femme est une infection... Quoi ? demanda-t-il en s'apercevant que Logan observait la maison.

– Vous voulez bien me rendre un service ? Je voudrais que vous appeliez le Central et que vous leur demandiez tout ce qu'ils ont sur Mme Claire Pirie.

– Vous croyez qu'elle est liée à la disparition de Cruickshank ?

– Non. Je parie toujours pour Ibiza et la strip-teaseuse. Mais elle cache quelque chose.

Ils gagnèrent ensuite le « refuge » des Cruickshank. Ailsa fit son apparition, avec un tablier rayé bleu et blanc, des gants de caoutchouc, ses cheveux blonds ramenés en arrière. En apercevant Logan, elle pâlit.

– Mon Dieu. (Elle frotta l'une contre l'autre ses mains gantées en faisant crisser le caoutchouc.) Il s'est passé quelque chose !

Logan s'efforça d'arborer un sourire rassurant.

– Ne vous inquiétez pas, madame Cruickshank, il ne s'est rien passé. Nous sommes seulement venus pour une petite conversation. Vous voulez bien nous laisser entrer ?

– Bien sûr. Excusez-moi... Voulez-vous une tasse de thé ?

Elle les installa dans son salon immaculé et s'en alla brancher la bouilloire électrique. Dès qu'elle fut hors de vue, Rennie se pencha vers Logan.

– Ouaaaaaah ! Quel canon !

– Quand donc deviendrez-vous adulte ? Son mari a disparu, quand même !

– Je sais, mais il faut être con pour laisser une femme pareille ! Elle est superbe ! Moi, si elle me le demandait gentiment... Pas vous ?

– Fermez-la ! Elle va vous entendre.

Rennie jeta un regard éperdu vers la cuisine.

– Pour moi, elle pourrait garder ses gants en caoutchouc, ça ne me...

– Monsieur l'agent ! Je vous préviens...

Rennie baissa les yeux.

– Excusez-moi, monsieur. C'est le soulagement. Je me suis rendu compte que ça marchait encore malgré la vasectomie pratiquée par Suzy McKinnon.

Logan ne put s'empêcher de sourire.

Ailsa Cruickshank revint avec des tasses de thé et des biscuits au chocolat sur un plateau. Tandis que Rennie prenait un Penguin, elle se percha sur le rebord du canapé et se mit à jouer nerveusement avec un coussin. Logan s'éclaircit la gorge, visiblement gêné.

– Euh...

Comment lui expliquer que son cher Gavin était probablement en train de se la couler douce avec une strip-teaseuse ?

– Avez-vous eu des nouvelles de votre mari, madame ?

Elle soupira.

– Non, aucune.

– Je vois. (*Vas-y*, se disait-il, *dis-le-lui*.) Euh... quand vous avez signalé la disparition de votre mari, vous a-t-on demandé si des objets avaient également disparu ? Sa brosse à dents, des vêtements, son passeport, ce genre de chose ?

– Vous ne pensez quand même pas que... Gavin ne serait pas parti ainsi sans rien me dire. Impossible !

Logan se mordit les lèvres.

– Eh bien, simplement comme ça, pour en être sûrs, est-ce que vous nous autoriseriez à jeter un coup d'œil ?

Ailsa les conduisit à la chambre à coucher, à l'étage, sans se rendre compte que dans l'escalier l'inspecteur Rennie ne quittait pas ses fesses du regard. Tous les murs de la maison étaient peints de couleurs douces, le mobilier soigneusement assorti. Le dessus-de-lit s'harmonisait avec les rideaux, la moquette et les gros coussins posés sur le fauteuil en osier. Seul élément de désordre dans cette chambre, la vaste collection de romans policiers, tous à elle, expliqua-t-elle avec un sourire d'excuse, car Gavin n'aimait pas la lecture. Elle fouilla dans les tiroirs de la commode et en sortit deux passeports de l'Union européenne, de couleur bordeaux. Un à elle, l'autre à Gavin. La brosse à dents de ce dernier se trouvait toujours dans la salle de bains, de même que son rasoir, son après-rasage et son gel coiffant. Mais cela ne prouvait rien. Étant donné son mode de vie, Gavin Cruickshank devait posséder le même attirail chez toutes les femmes avec qui il baisait. Et de nombreux cadres de l'industrie pétrolière possédaient un deuxième passeport, fort utile lorsqu'il s'agit d'aller négocier des contrats en Azerbaïdjan, en Angola ou au Nigeria. Donc, tout cela se révélait parfaitement inutile et servait seulement à Logan à repousser l'inévitable et à Rennie à contempler les fesses de la dame. De retour au salon, Logan prit une profonde inspiration et lui annonça la mauvaise nouvelle. Elle resta immobile pendant presque une minute avant que les larmes se mettent à jaillir. Logan et Rennie s'en allèrent.

Dans la voiture, Logan se mit à réfléchir tandis que Rennie jetait un regard nostalgique vers la maison.

– Vous ne pensez pas que je devrais retourner là-bas pour la consoler, monsieur ? Lui offrir mon épaule pour s'épancher...

Il s'interrompit en voyant l'expression de Logan.

– Bon, d'accord, fit-il en démarrant.

En jetant un dernier coup d'œil par-dessus son épaule, Logan ne fut pas surpris de découvrir une paire d'yeux porcins qui les observait depuis chez la voisine. Oui, elle cachait quelque chose.

***

Logan arriva à la morgue sept minutes avant l'heure prévue pour l'autopsie de Jamie McKinnon. Il y régnait une étrange odeur de fromage et d'oignon, et l'hôte d'honneur était déjà allongé sur la table de dissection, nu comme au jour de sa naissance. Mais, en dehors de lui et de Jamie, les lieux étaient déserts. Après tout, il ne s'agissait que du suicide d'un junkie. Ne devaient assister à l'autopsie que Logan et Rennie, sans même la compagnie du substitut du procureur. Quant à savoir où avait bien pu partir Rennie... Isobel fit son apparition à 15 h 58 en étouffant un gigantesque bâillement. Sans même dire bonjour, elle alla se laver les mains à l'évier.

Logan soupira. Autant faire le premier pas.

– La nuit a été dure ?

– Mmmm ? (Elle lui jeta le même regard hostile que le matin.) Je préfère ne pas en parler.

– Entendu.

L'autopsie promettait d'être joyeuse.

– Si tu veux le savoir, Colin n'est pas rentré la nuit dernière.

Par-dessus sa combinaison de chirurgien, elle enfila un tablier en plastique vert qui recouvrait le bout de ses bottes en caoutchouc.

– Ah bon ? Et pour quelle raison ?

Le regard d'Isobel se fit encore plus dur.

– Je ne lui ai pas encore parlé. (Elle jeta un plateau d'instruments de chirurgie près du corps de Jamie.) Il est 16 heures. Où sont-ils tous ?

Brian, l'assistant d'Isobel, fut le premier à apparaître, en s'excusant platement, rapidement suivi de Rennie. Le Dr Fraser arriva en dernier avec huit minutes de retard, et sans s'excuser le moins du monde. Il était prêt à 15 heures, expliqua-t-il, mais quelque chose d'imprévu était arrivé, et puis était-elle d'accord pour lui signer ses vacations, parce que cela faisait deux mois qu'on ne lui avait rien réglé et qu'il avait besoin d'argent ? Prenant le silence d'Isobel pour un acquiescement, il déballa papiers et factures sur la table en acier inoxydable.

Avec un soupir exaspéré, Isobel commença l'examen préliminaire. Tournant autour du corps, elle découvrit les traces d'au moins une dizaine de violences. Les contusions les plus récentes n'avaient même pas eu le temps de développer complètement les hématomes. Apparemment, on avait maintenu Jamie pendant que quelqu'un le bourrait de coups de poing dans le ventre. Il y avait même de petites marques autour des lèvres, probablement parce qu'on lui avait plaqué une main sur la bouche pour étouffer ses cris. Pas étonnant que le malheureux ait voulu se supprimer.

Vint ensuite le moment de l'ouverture du corps, mais cette fois Logan eut l'impression qu'Isobel exécutait les gestes de façon mécanique. Elle incisait les tissus d'un air distrait, comme si son esprit était ailleurs. Peut-être songeait-elle à ce qu'elle ferait subir à Colin Miller lorsqu'elle mettrait la main sur lui. La sonnerie du téléphone retentit alors qu'Isobel prélevait des organes dans l'abdomen de Jamie. Brian alla décrocher et expliqua en chuchotant que l'anatomo-pathologiste était en plein travail et qu'il fallait rappeler d'ici à une heure. Pause. Puis, une main sur le micro du combiné, il lança, à l'intention d'Isobel :

– Excusez-moi, docteur MacAlister, mais il y a un appel pour vous.

Le foie de Jamie en main, elle répondit entre ses dents :

– Je suis occupée. Prenez le message.

Le visage de Brian se contracta en un sourire douloureux.

– Excusez-moi, docteur, mais apparemment c'est urgent.

– Qu'est-ce que c'est ? grommela Isobel.

Brian lui apporta le téléphone et le tint collé contre l'oreille d'Isobel tandis qu'elle achevait de trancher les tissus conjonctifs pour soulever le foie.

– Oui, docteur MacAlister à l'appareil... Quoi ? Non, il faut parler plus fort. (Entre ses doigts gantés de caoutchouc, le foie de Jamie ressemblait à une grosse limace d'un violet sombre.) Il est quoi ? (Ses yeux s'agrandirent au-dessus du masque.) Oh, mon Dieu !

Le foie tomba avec un bruit mat sur la table en acier avant de glisser à ses pieds sur le sol carrelé.

Isobel quitta en courant la salle de dissection, se débarrassant au passage de ses gants en caoutchouc souillés de sang, de son masque et de son tablier. Logan se précipita derrière elle et la rejoignit au moment où elle grimpait les premières marches de l'escalier menant au parking.

– Isobel ! Isobel !

Elle pointa une clé électronique en direction de sa grosse Mercedes et s'installa au volant. Elle portait encore sa combinaison verte de chirurgien. Logan saisit la poignée de la portière avant qu'elle ait pu la refermer.

– Isobel, attends ! Que se passe-t-il ?

– Il faut que j'y aille !

Elle claqua violemment la portière et enfonça la pédale d'accélérateur, laissant deux traces de caoutchouc noir sur le sol.

33

Lorsque Logan revint à la morgue, il trouva le Dr Fraser occupé à enfiler une combinaison verte, tandis que Brian nettoyait par terre quelques sécrétions issues du foie de Jamie McKinnon.

– Vous avez une idée de ce qui a pu se passer ? demanda-t-il à Brian.

– Pas la moindre, dit Brian en déposant la serviette en papier dans un haricot en acier. C'était l'hôpital et ils disaient que c'était urgent, mais à part ça, rien.

– Bon, messieurs, lança le Dr Fraser, enfilant ses gants en latex avec un claquement sec. Si ça ne vous dérange pas, on va terminer ça vite fait, bien fait. Je dois encore remplir toutes ces notes de frais.

Le reste de l'autopsie se déroula comme dans un brouillard. Le Dr Fraser coupa, souleva, soupesa, examina les entrailles de Jamie, prélevant pour Brian des échantillons qu'il déposait dans de minuscules tubes en plastique remplis de formol. Bientôt, Brian remit en place les organes et, avec dextérité, referma le corps au moyen d'agrafes.

– Bon, dit le médecin en jetant ses gants dans une poubelle dont il souleva le couvercle grâce à une pédale. Il va falloir que j'écoute la bande de la Reine des Glaces avant de vous donner un rapport complet, mais apparemment notre jeune homme n'est pas mort d'une overdose. Évidemment, le malheureux s'était injecté tellement de merde qu'il n'aurait jamais pu y survivre, mais ce sont les carottes râpées qui l'ont tué. (Logan eut l'air interloqué.) J'ai l'impression que depuis quelque temps il avait cessé de boire, et les effets de l'héroïne ont été amplifiés. Et de l'héroïne, il en avait absorbé des sacrées quantités ! Il y a encore beaucoup de diamorphine dans son sang ; votre gars en a sniffé avant que son organisme n'ait pu l'absorber en totalité. Il s'est évanoui et s'est étouffé dans ses propres vomissures. La mort classique de la rock star.

Logan acquiesça d'un air triste. Cela expliquait pourquoi on l'avait retrouvé avec une seringue encore fichée dans le bras. D'ordinaire, une overdose d'héroïne ne fait d'effet que deux heures après l'injection. Logan se rappela alors les ecchymoses récentes, la main plaquée sur la bouche de Jamie, les marques aux poignets, prouvant qu'on l'avait maintenu pendant qu'on le bourrait de coups de poing... Ou bien peut-être s'était-on contenté de l'immobiliser, courbé en avant, pendant qu'un type lui enfonçait une seringue dans le bras en disant : « On ne balance pas Malk the Knife ! » Il frissonna. Chib Sutherland semblait tout trouvé pour ce genre de travail.

– Se pourrait-il qu'il ne l'ait pas fait lui-même ?

Le médecin, occupé à se laver les mains, interrompit son geste.

– Je ne me rappelle pas qu'Isobel ait évoqué ça...

Il demeura un instant songeur, puis demanda à Brian de ressortir Jamie du frigo.

Il fallut au Dr Fraser douze minutes et demie pour déterminer si Jamie s'était injecté lui-même la surdose d'héroïne. Il y avait au creux du coude une série de points d'injection, avec au beau milieu une petite tache noire entourée d'un halo violet. Jamie n'était qu'un utilisateur occasionnel, mais jamais il n'aurait enfoncé l'aiguille jusqu'à l'os en traversant la veine et le muscle. Le Dr Fraser fouilla la petite plaie avec une pince fine et en ressortit un morceau de métal qui correspondait à l'extrémité de l'aiguille retrouvée dans le corps. Il n'y avait qu'une piqûre, expliqua-t-il, parce que l'aiguille cassée n'avait été que partiellement retirée du trou avant d'être enfoncée comme il faut dans la veine. Le Dr Fraser semblait gêné d'avoir manqué cette observation la première fois ; il pensait qu'Isobel avait déjà exploré la zone de l'injection, alors que, visiblement, elle se l'était réservée pour la fin de l'autopsie.

Logan lui dit de ne pas s'en faire et passa le reste de l'heure à rédiger la paperasse obligatoire en cas de mort suspecte. Il comptait déposer discrètement le rapport dans la corbeille de Steel quand il n'y aurait personne, évitant ainsi la confrontation. Mais, en grimpant l'escalier, la mauvaise conscience prit le dessus : Jamie McKinnon avait été assassiné, et, que cela lui plût ou non, Logan devait bien mettre en route la machinerie. En soupirant, il gagna la salle des opérations de l'inspecteur principal. Il y trouva une queue de collègues en uniforme, un rapport à la main. La pièce était encombrée de tableaux blancs mobiles sur lesquels étaient fixées des cartes striées de traits bleus et rouges ; des téléphones sonnaient sans répit, tout le monde parlait en même temps. Et, assise dans l'œil du cyclone, l'inspecteur Steel. Rassemblant tout son courage, Logan remonta la file des policiers et fourra son rapport sous le nez de sa supérieure. Elle le lui arracha des mains et parcourut les deux premières pages en grommelant.

– Comment ça, une « suspicion de meurtre » ? Je croyais que ce petit minable s'était suicidé.

– Apparemment, on l'a un peu aidé.

– Et merde, manquait plus que ça, une autre enquête sur un meurtre ! (Elle fit la grimace, faisant naître une infinité de rides autour de son nez.) Et en plus, c'est à Craiginches ! Qui acceptera de nous parler, là-bas ? Autant interroger les pavés ! Quelle perte de temps ! (Pendant un moment, elle se mâchonna pensivement l'intérieur des joues.) Rennie ! s'écria-t-elle finalement. Ramenez votre fraise !

– Oui, madame ?

– Je vais vous donner une chance de bousiller quelque chose tout seul, comme un grand. (Elle lui fourra dans les mains le rapport de Logan.) Lisez ça, puis allez à Craiginches et trouvez-moi l'assassin de Jamie McKinnon. Je veux des aveux écrits et un paquet d'Embassy Regals sur mon bureau demain à la même heure.

La frayeur apparut sur les traits de Rennie.

– Mais… madame ?

Steel lui envoya une bourrade dans l'épaule, si forte qu'elle le fit grimacer.

– Je vous fais toute confiance. Et maintenant, fichez le camp. J'ai du boulot.

Rennie obtempéra, hochant la tête d'un air incrédule.

– Euh…, commença Logan, sachant pertinemment qu'il allait s'attirer un peu plus les foudres de l'inspecteur. Vous êtes sûre que c'est une bonne idée ? Après tout, il est inexpérimenté, et…

– Et vous, vous n'êtes qu'un traître qui poignarde dans le dos, et pourtant je continue à vous laisser jouer aux gendarmes et aux voleurs, n'est-ce pas ?

Logan ne répondit pas. Steel descendit de son perchoir, fourra les mains dans ses poches et finit par y trouver un paquet de cigarettes froissé.

– Qu'est-ce qu'il peut bousiller de plus ? reprit-elle. Personne ne reconnaîtra avoir vu quelque chose. Et, évidemment, personne n'avouera. C'est bien pour Rennie, ça lui fera un peu d'expérience. Ce dossier est déjà pourri, il ne pourra pas le flinguer plus qu'il ne l'est. Et puis soyons francs, personne ne va regretter un petit salaud comme Jamie McKinnon. (Elle remarqua l'expression dégoûtée de Logan.) Oh, ne me regardez pas comme ça ! C'était une ordure, ce gars-là. Souvenez-vous de Rosie Williams. C'est peut-être pas McKinnon qui l'a tuée, mais il l'a quand même suffisamment tabassée pour qu'elle le foute dehors à coups de pompe dans le cul. Et vous croyez vraiment que c'était la première fois qu'il avait un coup dans l'aile et qu'il la cognait ? Regardez son dossier : McKinnon se soûlait régulièrement et il tapait sur les femmes. Des salauds comme ça n'ont que ce qu'ils méritent. Et maintenant, ajouta-t-elle sèchement, si vous voulez bien m'excuser, sergent, j'ai du boulot.

***

« Un traître qui poignarde dans le dos... » Logan descendit l'escalier quatre à quatre en grommelant dans sa barbe. Steel semblait avoir opportunément oublié que c'était lui qui avait remarqué la voiture dans laquelle se trouvait la prostituée disparue. Et que, sans lui, elle n'aurait personne en garde à vue... Ce n'était pas sa faute si Insch était sur le sentier de la guerre ; si elle s'était conduite en véritable inspecteur de police et avait informé Insch qu'elle détenait Chib et son copain, tout cela ne serait jamais arrivé. Au diable Steel et sa croisade personnelle pour gratter un peu de gloriole !

Jackie ne rentrerait qu'après minuit et tout ce qui l'attendait, c'était un appartement vide, un plat tout fait et une bouteille de vin. Peut-être deux bouteilles. De toute façon, pour le régime, c'était foutu. Il pourrait toujours s'y remettre le lundi suivant, quand les choses se seraient un peu arrangées. Mais il y avait trois mois qu'il se disait ça et qu'il ne le faisait pas...

Il était arrivé devant le marchand de liqueurs lorsque la sonnerie de son mobile retentit. Et merde ! Quoi, encore ?

Une voix rugueuse, désagréablement familière, retentit à son oreille.

– Où est-ce que vous avez foutu le camp ?

Logan étouffa un juron. Encore Steel !

– Mon service est terminé, je rentre chez moi.

– Soyez pas con ! Dans la vie, y a autre chose que la bière et les nichons. L'équipe de recherche numéro 3 vient de m'appeler, ils ont trouvé quelque chose.

– Holly McEwan ? Ils ont trouvé le corps de la quatrième victime ?

– Non. Une valise rouge, qui pue comme un cadavre de chien dans un sauna. (Il entendit un bruit de conversation étouffée.) Ramenez votre cul au commissariat. Faut qu'on s'occupe d'un corps démembré.

34

À nouveau le bois de Garlogie. Logan gara la vieille voiture banalisée sur le bas-côté herbeux, à une centaine de mètres de la petite aire de stationnement, déjà pleine. Steel avait passé tout le trajet à fumer en maugréant, tandis que Rennie, à l'arrière, s'étant ménagé une place au milieu des boîtes de pizzas héritées de l'opération Cendrillon, avait découvert le matériel pornographique. Faisant preuve d'une force de caractère peu commune, il avait choisi de l'ignorer pour se plonger dans le rapport de Logan sur le meurtre de Jamie McKinnon.

Sans un mot, Steel descendit de voiture et gagna la petite aire de stationnement où se trouvaient déjà une unité canine, diverses voitures et camionnettes, un minibus de l'équipe de recherche et la voiture du Dr Wilson. Pour une fois, Logan fut soulagé de travailler avec Steel et non avec Insch. Étant donné la façon dont s'était passée leur dernière rencontre, il préférait ne pas être là lorsque les deux inspecteurs seraient à nouveau mis en présence.

Rennie tira du coffre des gants en latex et des sachets en plastique pour recueillir les éléments de preuve, puis Logan verrouilla la voiture et lui demanda ce qu'il faisait là.

– Je croyais que Steel vous avait demandé d'enquêter sur la mort de Jamie McKinnon.

Rennie retrouva l'air embarrassé que Logan lui avait vu au quartier général.

– L'inspecteur m'a dit que je devais me former aux tâches les plus diverses. Et puis que pour une histoire comme celle-ci, elle ne faisait confiance qu'à vous et à moi.

Logan eut un rire amer. Le mot « confiance » ne lui paraissait guère approprié pour qualifier l'état de ses relations actuelles avec Steel.

La barrière du chemin était ouverte et l'on distinguait des traces de pneus toutes fraîches sur le chemin escaladant la colline. Un agent en uniforme vérifia leurs cartes de police avant de les laisser passer. Le chemin boueux était bordé sur la droite de buissons de plus en plus touffus au fur et à mesure qu'ils avançaient, et dont le vent agitait les branchages comme autant de serpents venimeux. Du côté gauche, le sol était presque noir à cause de la pluie. De grands pins s'élevaient au milieu d'un tapis d'aiguilles, de bouquets de fougères phosphorescentes et de champignons rouges.

– Vous y allez, demain ? demanda soudain Rennie.

– Demain ?

– Aux obsèques. Celles de Trevor Maitland.

Merde. Logan fit la grimace. Il avait complètement oublié. Mais comment regarder en face la veuve de Maitland ? Que lui dire ? Désolé d'avoir fait tuer votre mari ? Sacré réconfort !

– À quoi ont abouti vos recherches sur Mme Pirie ? demanda-t-il alors pour changer de sujet.

– Hein ? Ah oui… (Il hocha la tête.) Quelle tordue, celle-là ! Les Cruickshank ont déposé une vingtaine de plaintes contre elle depuis Noël, essentiellement pour agressions et insultes. Ils ont même essayé d'obtenir une injonction judiciaire pour incivilité, en vain. Il y a trois mois, on lui a retiré son permis pour conduite en état d'ivresse. (C'était M. Cruickshank qui avait refilé le tuyau au commissariat.) Condamnée l'année dernière pour agression, et malgré deux autres inculpations pour détention de drogue, elle s'en est tirée avec un avertissement. Le bruit a couru qu'elle était impliquée dans une sorte de réseau pédophile. C'était une dénonciation anonyme, mais le commissariat de Westhill a reconnu la voix…

– Gavin Cruickshank, encore ?

– Exactement ! Il y a encore plein d'autres choses, mais pour résumer, c'est une horrible poivrote et M. Cruickshank n'a pas cessé d'avoir des ennuis avec elle depuis qu'elle s'est installée. La dernière plainte a été déposée mardi soir, parce qu'elle l'avait frappé.

Pas étonnant, se dit Logan, qu'Ailsa ait pensé que cette femme avait pu être impliquée dans la disparition de son mari. Elle avait pour ça d'excellentes raisons. Sauf que Gavin était en train de baiser une strip-teaseuse sur une plage, quelque part à l'étranger.

– Et Ritchie, le chasseur de Shore Lane ?

Rennie haussa les épaules.

– Faudra demander à l'inspecteur. Elle garde tout pour elle.

Steel n'avait visiblement pas l'intention de partager la moindre parcelle de gloire...

La forêt laissa soudain place à un large fossé rempli d'eau. La camionnette de l'identité judiciaire n'était pas allée plus loin. Ses roues arrière enfoncées dans la boue, ses flancs couverts de projections de terre montraient pourtant qu'ils avaient tenté de le faire. Un peu plus haut, un ruban bleu de police courait entre les arbres ; Logan et Rennie le suivirent. Deux cents mètres plus loin, ils tombèrent sur un autre ruban, délimitant les lieux du crime. Une policière à l'air maussade, une planche à pince à la main, leur demanda d'enfiler une combinaison jetable et des protège-chaussures avant de les laisser passer. L'identité judiciaire avait accroché une bâche en plastique bleu aux arbres bordant la clairière ; au centre de cette clairière trônait une valise en toile rouge, identique à la précédente, vaguement dissimulée par un amas d'aiguilles de pin et de fougères.

L'un des agents de l'identité judiciaire s'accroupit à côté de la valise et commença à verser délicatement dans un grand sac en plastique l'amas de feuilles, de terre et d'aiguilles de pin.

– Je ne comprends pas, fit Logan. Pourquoi acheter une valise rouge vif, si on compte la cacher dans la forêt ? Elle sera visible comme le nez au milieu de la figure. Pourquoi ne pas en acheter une verte ou une noire ? Pourquoi rouge ?

311

Rennie haussa les épaules.

– Pour qu'on la trouve ?

– Dans ce cas, pourquoi l'apporter en pleine forêt et la cacher sous un arbre tombé ? Pourquoi la recouvrir de terre et de feuilles ?

Rennie réfléchit un moment.

– Peut-être pour qu'on la trouve, mais que ça ait l'air difficile à trouver, comme ça, on la trouve, mais on croit que c'était pas fait pour, sauf qu'en fait on l'a trouvée parce que quelqu'un voulait vraiment qu'on la trouve.

– Quand vous avez réfléchi à tout ça, c'était clair, dans votre tête ? Parce que, apparemment, y a quelque chose qui s'est perdu en route.

Le Dr Fraser était là, son sac posé à ses pieds sur un morceau de plastique. Il leva les yeux de la page agricole du *Press and Journal* et leur adressa un sourire.

– Salut à vous, messieurs, dit-il avec un accent anglais affecté. Belle soirée pour contempler un corps dépecé, vous ne trouvez pas ?

– Pas de nouvelles du procureur ? demanda Logan.

Non, elle n'était pas là. L'inspecteur Steel non plus, qui en toute logique aurait dû arriver avant eux. Le bougon Dr Wilson, en revanche, se trouvait déjà sur place, mais il n'avait pas cherché à lier conversation et devait être quelque part dans la forêt en train de téléphoner. On entendit alors des craquements de branches mortes, et Steel fit son apparition sur le chemin, l'air embarrassée, remontant sa combinaison jetable.

– Des besoins naturels, annonça-t-elle en promenant un regard autour de l'arbre abattu. Bon, dit-elle finalement au médecin, vous comptez passer la journée à lire le journal ou bien vous vous mettez au travail ?

La serrure de la valise fut arrachée d'un seul coup et un technicien de l'identité judiciaire la déposa précautionneusement dans un sachet en plastique.

– Vous savez, commenta Steel alors que le Dr Fraser s'apprêtait à soulever le couvercle, on aura tous l'air malins s'il s'agit d'un cocker.

Fraser ouvrit la valise.

L'odeur n'était pas aussi insoutenable que celle du labrador dépecé, mais elle les fit quand même suffoquer. Dans une mare de liquide putride, on apercevait un gros morceau de viande d'un blanc grisâtre. Il ne s'agissait pas d'un cocker. Le nom d'Ailsa était tatoué sur la poitrine.

Tandis que Rennie fonçait pied au plancher sur les routes de campagne en direction de Westhill, Logan téléphonait à l'inspecteur de la police de l'environnement qui s'était occupé de l'affaire du tronc de chien. Avait-il parlé à Mme Claire Pirie dans le cadre de son enquête ? Non, lui répondit le policier, parce qu'elle n'avait pas signalé la disparition de son chien. Steel, elle, était assise à l'avant, un large sourire éclairant son visage. Ravie, le procureur lui avait promis un mandat d'arrêt et de perquisition, et le parquet avait annoncé qu'il serait faxé au commissariat de Westhill avant leur arrivée là-bas. Alpha 29 les suivait mais avait du mal à tenir le rythme infernal de Rennie.

Le parquet avait tenu parole, et dix minutes plus tard Rennie se garait en face de la maison de Claire Pirie, à Westfield Gardens. Alpha 29 était garée derrière, au croisement de la route menant à la Westhill Academy, au cas où. À côté, le « Refuge des Cruickshank » était plongé dans l'obscurité. Aucune voiture sur l'allée, et personne ne répondit au coup de téléphone de Logan. Mais, dans le salon de Claire Pirie, la télévision était allumée, jetant des ombres bleutées sur le papier peint.

– Bon, fit Steel en tendant une main ouverte vers Rennie. Les mandats. (Le policier lui donna les documents envoyés par fax, tous dûment signés et tamponnés.) Allez, on y va.

Ignorant la sonnette cassée, Rennie frappa à la porte puis recula d'un pas. Derrière lui, Steel, au comble de l'excitation, dansait d'un pied sur l'autre comme une enfant attendant son tour devant un marchand de glaces. Finalement, Claire Pirie ouvrit la porte en maugréant, aperçut Rennie et la referma violemment.

– Allez vous faire foutre ! hurla-t-elle derrière le verre dépoli. J'suis pas chez moi !

Steel écarta Rennie et se pencha vers la porte.

– Ne soyez pas idiote. Ouvrez cette porte ou je la fais enfoncer.

– Vous n'avez pas le droit de faire ça !

– Ah bon ? (Elle tira un papier de sa poche et le plaqua sur la porte vitrée.) Claire Pirie : j'ai ici un mandat de perquisition. Soit vous... Et merde !

La haute silhouette avait disparu. Steel empoigna sa radio.

– En avant, les gars ! Elle s'enfuit ! (Elle administra une claque sur l'épaule de Rennie.) Et alors, à quoi vous servez, là ? Enfoncez-moi cette porte !

Rennie ouvrit le battant d'un bon coup de pied. À l'extrémité du couloir, par la fenêtre de la cuisine, on apercevait le jardin et le postérieur de Mme Pirie escaladant la barrière. Elle s'immobilisa un instant sur le faîte, puis bascula dans la plate-bande, bientôt rejointe par un agent en uniforme de l'unité Alpha 29.

– Parfait, dit Steel en souriant.

La camionnette de l'identité arriva à 21 h 20, directement depuis le bois de Garlogie. Le torse de Gavin Cruickshank était à présent en route pour la morgue. Ils commencèrent par la salle de bains. C'est toujours un endroit très prisé pour la découpe des cadavres. En général, les gens n'aiment pas salir.

La salle de bains était dans un état effroyable : une pile de serviettes sales dans un coin ; des emballages de tampons hygiéniques sur le sol, près des toilettes ; des bouts de savon achevant de se décomposer dans une soucoupe à côté de la douche ; des toiles d'araignées au-dessus de l'armoire à pharmacie, et, pour parachever ce riant tableau, un carrelage autrefois rose qui avait pris une teinte verdâtre sous l'effet du calcaire.

– Quelle souillon...

Agenouillé à côté de la baignoire, Grosse Moustache frottait le trou de la baignoire avec un Coton-Tige, qu'il ressortit plein de poils pubiens.

Apparemment, on n'avait pas utilisé la baignoire pour découper un cadavre, mais, soumis à un test sanguin, le Coton-Tige se mit à briller comme un arbre de Noël. On trouva des traces d'hémoglobine dans le tuyau de vidange, dans le trop-plein, sous les poignées de la baignoire, derrière les robinets au chrome écaillé.

Steel laissa échapper un gloussement de joie, dévala l'escalier et rejoignit au salon Mme Pirie, assise sur un canapé à motifs floraux.

– Vous savez quoi ? lui lança-t-elle avec un grand sourire. Vous l'avez dans le cul !

***

Steel était bien décidée à mener seule l'interrogatoire de Claire Pirie. Logan avait, certes, identifié le corps, ce qui leur avait donné un suspect, mais il devait rester sur place avec Rennie et veiller au bon déroulement de la perquisition, tandis qu'au quartier général elle tirerait tout le bénéfice de l'opération. Comme d'habitude.

L'équipe de recherche explorait déjà le grenier, et, plutôt que de se tourner les pouces, Logan et Rennie décidèrent de procéder eux aussi à une fouille de la maison, en commençant par le salon. Ils ne trouvèrent que deux mégots de joint derrière le canapé qui sentaient encore un peu la résine de cannabis. L'équipe scientifique travaillant encore dans la cuisine, Logan gagna le garage par une porte intérieure non verrouillée. Ensuite, ils durent se mettre à deux pour refermer le portail rouillé, se protégeant ainsi de la foule qui avait commencé à se rassembler. L'*Evening Press* avait été le premier à envoyer un journaliste, mais jusque-là, par bonheur, ils échappaient aux caméras de télévision. Curieusement, nulle trace de Colin Miller, d'ordinaire l'un des premiers à réagir dès qu'apparaissait un ruban de police.

Rennie examina une pile de débris amoncelés contre le mur du fond, tandis que Logan contemplait, songeur, le congélateur auquel des années de crasse et de nicotine avaient conféré une indéfinissable teinte grisâtre piquetée, çà et là, d'inquiétantes taches de rouille. Après deux tentatives, il parvint à soulever le couvercle, faisant tomber des paquets de glace sur le sol en ciment du garage. À la différence du congélateur de Chib, celui-ci était rempli de mystérieux paquets de viande et de maïs. Il en était arrivé au tiers, les doigts engourdis de froid, lorsque Rennie lui cria qu'il avait découvert quelque chose derrière une pile de vieux *Daily Mail* : un couteau à désosser avec une lame de dix-huit centimètres, resserrée près du manche et courbée à l'extrémité.

Logan sortit son mobile et appela Steel. Répondeur. Il laissa un message relatant la découverte du couteau. Sur ça, plus le corps et le sang dans la salle de bains, Mme Pirie allait avoir du mal à s'expliquer. Même Sid le Serpent ne pourrait la tirer ce mauvais pas. Il appela ensuite Jackie, espérant, l'espace d'un instant, ne plus parler ni de travail ni de séries télé avec Rennie. Pas de réponse. Il composa alors le numéro de Colin Miller et, appuyé contre la table de la cuisine, se mit à contempler par la porte-fenêtre la masse silencieuse de la Westhill Academy, éclairée par une rangée de lampadaires. La sonnerie retentit plusieurs fois jusqu'à ce qu'enfin, avec son fort accent de Glasgow, la voix de Miller lui dise que s'il laissait son nom, son numéro de téléphone et un court message, il le rappellerait dès que possible.

– Colin, c'est Logan. Je voulais savoir si vous étiez encore vivant, après qu'Isobel a mis la main sur vous, espèce de lâcheur. Je...

Un rectangle de lumière s'alluma dans le jardin de derrière de la maison voisine. Ailsa Cruickshank était de retour.

– Merde.

Il coupa la communication. Elle ignorait encore la mort de son mari. Et, comme l'inspecteur principal Steel était partie, il était l'officier le plus gradé sur place.

En soupirant, il se rendit chez elle et lui apprit la nouvelle le plus doucement qu'il put, non sans avoir emmené avec lui une policière en guise de soutien moral. Son mari ne se trouvait pas sur quelque plage lointaine en compagnie d'une strip-teaseuse ; son torse reposait à la morgue sur une table de dissection. Mais au fond, qu'est-ce qui était le plus dur, découvrir que son mari était menteur et infidèle, ou découvrir un corps démembré ?

35

Au quartier général, l'ambiance était optimiste. L'inspecteur Steel n'avait pas encore obtenu d'aveux de la part de Mme Pirie, mais ce n'était qu'une question de temps. À 22 h 30, le reste de l'équipe gagna le pub. L'Archibald Simpson's se trouvait à l'extrémité est d'Union Street, à un jet de pierre du quartier général. Le procureur paya la première tournée, félicita tout le monde pour l'excellent travail accompli en aussi peu de temps, soulignant que Claire Pirie allait moisir à l'ombre très, très longtemps. Elle leva son verre, que choquèrent tour à tour Logan, Rennie et Rachael Tulloch, mal à l'aise. Le procureur les quitta ensuite, mais son substitut demeura sur place et, un large sourire aux lèvres, offrit la deuxième tournée. Puis ce fut au tour de Rennie de payer à boire aux autres, et la conversation commença de dériver loin du travail. Au moment où Logan s'en revenait du comptoir avec deux bières et un grand gin-tonic, les objets autour de lui commençaient à se brouiller sur les bords... effet du manque de sommeil et de trois pintes de bière dans un estomac vide. À table, Rachael raconta une blague où figuraient deux nonnes en vacances dans une Mini et se mit à glousser un peu trop fort. Rennie raconta alors la blague de deux nonnes dans une usine de préservatifs, et Logan crut que le substitut du procureur allait se pisser dessus. Secouée par un rire, elle administra une claque sur la cuisse de Logan et y laissa sa main en essuyant les larmes qui coulaient sur ses joues.

Il finit par revenir chez lui après minuit, péniblement, éparpillant ses vêtements sur le sol en se rendant aux toilettes. Puis il se brossa les dents et avala un litre d'eau avant de gagner sa chambre d'un pas incertain et de se glisser sous la couette. Quelques minutes plus tard, il ronflait comme une locomotive. Lorsque Jackie arriva, une heure plus tard, il ne l'entendit même pas.

Lentement, au son de l'orgue, les policiers remplissaient la nef de l'église, mais la musique, censée être consolatrice, ne faisait qu'ajouter au caractère sinistre de cette journée. Assis au fond, Logan tentait de dissimuler son malaise. Ce lundi matin avait débuté sur fond de nausée et de gueule de bois. Il n'avait pas encore vomi, mais il sentait la chose toujours possible. 8 h 30, c'était quand même trop tôt pour des obsèques !

Profitant de la fin d'un hymne, Jackie leva les yeux de son recueil : « Il y a beaucoup de monde. » De fait, l'église était remplie. En faisant débuter la cérémonie à une heure aussi matinale, on avait en effet permis à l'équipe de nuit d'y assister. L'agent Trevor Maitland ayant passé beaucoup de temps dans cette équipe, ses collègues étaient venus en nombre s'asseoir sur les bancs sombres de la Rubislaw Church en compagnie de ses amis et des membres de sa famille. Et de l'homme qui l'avait conduit à la mort. Soudain, un « chut » murmuré parcourut l'assistance : le prêtre montait en chaire et les remerciait de leur présence.

La cérémonie se révélait aussi déprimante que l'avait craint Logan et, tandis qu'on faisait l'éloge du défunt, son estomac menaçait de le conduire à la débâcle. Puis le chef de la police se leva et prononça un discours sur les dangers de la vie de policier et le courage dont faisaient preuve tous ceux qui acceptaient de relever un tel défi. Et tandis que la veuve de Maitland pleurait doucement, il ajouta que le courage et le sacrifice de leurs familles étaient tout aussi dignes d'éloges. Puis la musique s'éleva, Whitney Houston entonna *I Will Always Love You*, tandis que les employés des pompes funèbres ramassaient les bouquets de fleurs et les empilaient sur le cercueil avant de le sortir de l'église pour le mettre dans le fourgon mortuaire.

Charmante façon de commencer la semaine !

Logan rejoignit le quartier général, les ongles noircis par la poignée de terre qu'il avait jetée sur le cercueil, et trouva la salle des opérations de l'inspecteur Steel en proie à la plus vive excitation. La veille, ils avaient découvert un corps dans une valise et arrêté une suspecte. Aujourd'hui, les équipes de recherche avaient repris leur travail dans les bois. L'espace était immense, mais ils faisaient de rapides progrès, comme en témoignaient les cartes sur les murs, recouvertes de hachures colorées. Encore deux jours tout au plus et ils en auraient fini. Ensuite, ils poursuivraient par les autres bois figurant sur la liste de l'inspecteur, jusqu'à ce que le cadavre de Holly McEwan termine dans l'une des armoires frigorifiques d'Isobel.

Sur un mur, quelqu'un avait affiché la une du *Press and Journal* de ce matin : « Un torse humain dans une valise ! Une femme arrêtée ! », avec en dessous une photo du cordon de police dans le bois de Garlogie et une autre de Steel, apparemment prise un des rares jours où sa coiffure ne ressemblait pas à des plumes de mouette mazoutée. Selon l'article accompagnant les photos, l'inspecteur principal Roberta Steel avait résolu l'une des affaires les plus ténébreuses de l'histoire criminelle écossaise. On citait même les propos du conseiller municipal Andrew Marshall expliquant à ses concitoyens combien la police était redevable à l'inspecteur Steel, et à quel point Aberdeen avait de la chance de compter sur un policier de cette trempe. Logan et Rennie n'étaient pas cités.

En grommelant, Logan se rendit au bureau des affectations où on lui apprit que l'inspecteur principal se trouvait encore dans la salle d'interrogatoire numéro 3 avec la dénommée Pirie et qu'elle ne voulait pas être dérangée. Logan étouffa un juron. Saleté d'inspecteur ! Saleté de Steel ! Que faire d'utile, en attendant ? Apparemment, il ne restait plus rien. Des équipes recherchaient le corps de la prostituée disparue, Steel interrogeait la femme... Restaient l'incendiaire d'Insch, le tortionnaire de Karl Pearson et le tueur de Jamie McKinnon. Or, il savait presque à coup sûr qui se trouvait derrière la mort de Jamie : Brendan « Chib » Sutherland. La mort de McKinnon signifiait la fin de l'affaire de drogue. Ils n'avaient plus ni témoins ni éléments de preuve et le procureur ne renverrait pas l'affaire devant le tribunal, cela n'en valait pas la peine.

Donc, pour coincer Chib, il ne restait que le meurtre de Jamie McKinnon. Aucun élément tangible ne le liait à l'affaire Karl Pearson, rien, en tout cas, qui pût être défendu en audience, mais, si Logan parvenait à prouver que c'était Chib qui avait ordonné la mort de McKinnon, il en irait tout autrement.

Rennie revint dans la salle des opérations avec un plateau de cafés et de biscuits au chocolat. La tasse de café de Logan s'accompagnait de deux cachets de paracétamol.

– Je me suis dit que ça ne vous ferait pas de mal.

Puis Rennie s'installa à son bureau et se plongea dans la lecture du rapport d'autopsie de Jamie McKinnon qu'il n'avait pas pu terminer la veille, avec toute cette excitation et ce long séjour au pub. *Pauvre gars*, pensa Logan en avalant ses cachets avec un mouvement de tête en arrière. Rennie se plaignait d'être toujours obligé de servir les cafés, mais chaque fois il le faisait à merveille, avec biscuits et tasses appropriées. Il ne semblait pas comprendre que, tant qu'il agirait de la sorte, Steel l'utiliserait comme garçon de café. Si Rennie ne voulait plus... Logan eut une soudaine révélation et il poussa un juron. Si lui-même continuait de résoudre les affaires de Steel à sa place, elle aurait tout intérêt à le garder à ses côtés. Jamais elle ne reconnaîtrait suffisamment ses mérites, ce qui lui permettrait de le conserver indéfiniment dans l'équipe des Branleurs. Et dire que depuis le début il expliquait à Jackie que le meilleur moyen pour échapper aux griffes de la vieille sorcière manipulatrice, c'était de se rendre indispensable ! Quel con ! Insch lui avait pourtant dit que, pour se dégager de la fabrique de branleurs, il fallait s'attaquer à l'affaire des incendies. Mais il n'avait rien écouté ! Il avait continué de bosser comme un malade pour que Steel en tire tous les bénéfices.

– Ça va bien, monsieur ?

Logan sortit de ses pensées et vit l'agent chargé des affectations qui le considérait avec inquiétude.

– Non, ça ne va pas. (Il abandonna son siège.) Je sors. Si on me cherche, vous ne savez pas où je suis.

– Mais... je ne sais vraiment pas où vous allez, et... monsieur ?

Mais Logan était déjà parti.

Il signa un bon pour une voiture, sans reconnaître le numéro d'immatriculation, mais en arrivant au parking il vit qu'on lui avait donné la même guimbarde pleine de déchets que la veille. La voiture sentait le fast-food rance et la fumée de cigarette.

Une voiture de patrouille s'immobilisa à ses côtés, alors qu'en maugréant il remplissait d'emballages de chips la corbeille à papier près de la porte. Une silhouette familière émergea du siège arrière, le copain de Steel, l'inspecteur des stups aux grandes mains. Il salua Logan d'un signe de tête puis aida une vieille dame à sortir de la voiture – la grand-mère de Graham Kennedy, qui semblait plutôt secouée. Pauvre vieille, se dit Logan, son appartement avait dû être à nouveau vandalisé.

– Ça va, madame Kennedy ? demanda Logan, les bras chargés de boîtes de pizzas graisseuses.

Elle refusa de croiser son regard, mais l'inspecteur Grandes Mains répondit à sa place, en souriant.

– Non, aujourd'hui ça ne va pas. Les gentilles vieilles dames ne devraient pas organiser de trafic de drogue chez elles, en utilisant des petits enfants comme passeurs. N'est-ce pas, madame Kennedy ? (Pas de réponse.) Il y avait deux petits garçons qui travaillaient pour elle en poussant leur petite sœur dans une poussette remplie de drogue. Mignons tout plein. Le grenier était plein d'équipements hydroponiques, avec un gros appareillage chimique permettant la culture du cannabis et la fabrication de PCP. Un cartel de la drogue à elle toute seule. N'est-ce pas, madame ? (Le regard baissé, la vieille femme gardait un silence obstiné.) Rien à déclarer, hein ? Eh bien, on verra si vous êtes plus bavarde après une exploration complète des cavités corporelles !

Il la conduisit à l'intérieur du bâtiment, suivi de la policière qui conduisait la voiture et tenait à présent à la main un grand sac en plastique contenant un ours en peluche à l'oreille mâchonnée.

– Et merde ! lança Logan.

Il aurait dû s'en douter. Et cette satanée bonne femme qui l'avait regardé droit dans les yeux pendant tout ce temps ! Il avait même découvert un gros sac d'herbe dans son frigo ! *Merde !* Il fourra les boîtes de pizzas dans la poubelle. Tous ces gamins qui surveillaient la maison, attendant que la police se tire pour pouvoir reprendre leur trafic comme de gentils petits Télétubbies. *Merde !* Et toute cette histoire de prof de chimie ! La porte du grenier fermée. Le petit-fils trafiquant de drogue. Tout était là, sous ses yeux, et il n'avait rien vu ! *Merde !* Il recula d'un pas et balança sur la corbeille à papier un coup de pied qui parvint à la tordre. Puis il regagna la voiture en boitant, appela Rennie sur son mobile et lui demanda de se grouiller : ils partaient.

Lorsqu'ils arrivèrent sur le parking de Craiginches, il n'y avait pas un nuage dans le ciel d'un bleu éclatant, le soleil tapait dur et seul un halo de brume à l'horizon rappelait qu'il était encore tôt. Mais l'été ne semblait pas avoir franchi les murs de la prison. Dans le hall, un homme vêtu d'une combinaison crasseuse tapait en jurant sur un radiateur avec une clé à molette, croyant peut-être le réparer avec ce mélange de violence et de grossièretés. Logan demanda à une femme à l'air las, assise derrière un guichet, de lui donner la liste de tous les prisonniers censés se trouver dans la cour de promenade au moment de la mort de Jamie McKinnon. Dès qu'elle se fut éloignée, il se tourna vers Rennie.

– Voici comment on va procéder. Vous menez l'interrogatoire, moi j'observe. Je n'interviens que si j'ai envie de poser une question. D'accord ?

Rennie bomba le torse et acquiesça. C'était là l'occasion de briller...

Quatre interrogatoires plus tard, ils n'étaient pas beaucoup plus avancés. Personne n'avait vu quoi que ce soit. Lorsque le quatrième prisonnier sortit de la salle, Logan étouffa un bâillement. À sa grande surprise, Rennie avait révélé un véritable talent dans l'interrogatoire et lui-même n'avait dû intervenir que deux fois pour obtenir une clarification, et encore, uniquement au cours du premier entretien.

Pourtant, tout cela ne menait à rien.

Frustré, Logan vérifia de nouveau la liste que leur avait transmise l'administration, celle des vingt-sept prisonniers présents dans la cour lorsqu'un individu avait immobilisé Jamie McKinnon tandis qu'un deuxième lui plaquait la main sur la bouche et qu'un troisième lui enfonçait une seringue dans le bras. Et personne n'avait rien vu ?

– Euh, monsieur... (Rennie se dandinait sur sa chaise.) On pourrait faire une pause ? Je tiens plus.

– Bonne idée. Une pause pipi et une tasse de thé.

Rennie acquiesça d'un air résigné.

– Entendu. Deux thés, dont un avec du lait et pas de sucre.

– Vous savez quoi ? Cette fois-ci, c'est moi qui vais faire le thé.

La salle de repos du personnel était petite, jaunie par des décennies de fumée de cigarette ; l'affiche « Merci de ne pas fumer » avait été modifiée au marqueur noir de façon que la cigarette barrée dans un cercle rouge ressemble à un pénis laissant couler du sperme. Enfin, le mot « fumer » avait été remplacé par « se branler ». Très classe.

Logan remplit d'eau la bouilloire électrique et appuya sur le bouton. Il n'y avait pas de tasses propres dans le placard, mais quelqu'un avait dissimulé une boîte de biscuits au chocolat Wagon Wheels derrière des filtres à café. Logan en prit deux, mais, en entendant renifler bruyamment derrière la porte, il se hâta de les glisser dans sa poche. Au même instant, la porte s'ouvrit, livrant passage à la travailleuse sociale qu'ils avaient rencontrée à leur précédente visite. Elle semblait toujours sur le point de mourir de son rhume et Logan accrocha un sourire à son visage.

– Bonjour, je cherche des tasses propres, dit-il pour tenter de dissimuler son vol de biscuits.

– Ici ? Aucun risque. (Elle se moucha bruyamment dans un affreux mouchoir gris.) Il faudra que vous en laviez.

Logan en prit deux parmi les moins douteuses et les rinça sous le robinet d'eau chaude.

– Toujours toute seule ? demanda-t-il tandis que la bouilloire chauffait.

– Comme d'habitude. (Elle versa dans une tasse une quantité impressionnante de café soluble.) Margaret ne peut pas venir aujourd'hui. Margaret a la grippe. (Elle ajouta au café une montagne de sucre en poudre.) Plutôt une gueule de bois, je dirais, moi...

Ils sortirent tous les deux dans le couloir.

– Pourquoi êtes-vous venu, exactement ? demanda-t-elle.

– Vous vous souvenez de Jamie McKinnon ?

– Et comment ! Je dois me farcir une enquête pour mort accidentelle. (Elle prit une voix nasillarde.) « Pourquoi le détenu n'était-il pas surveillé de plus près ? Pourquoi l'a-t-on laissé se suicider à l'intérieur même de l'établissement ? Comment a-t-il pu se procurer de la drogue ? » Comme s'il avait rempli un formulaire pour cantiner !

– Si ça peut vous consoler, on pense qu'il a été assassiné. Nous sommes en train d'interroger toutes les personnes présentes dans la cour de promenade à ce moment-là.

Elle éclata de rire.

– Je vous souhaite bonne chance ! Il vous en faudra ! (Ils avaient atteint la salle d'interrogatoire.) Bon, moi, j'ai une pile de rapports à envoyer. Chaque détenu doit être à nouveau examiné sous l'angle des « tendances suicidaires ». (Nouveau rire amer.) Et vous croyez qu'on me remercie de faire toute seule le boulot d'un service tout entier ? Pensez donc !

Logan fit une grimace identique à la sienne.

– À qui le dites-vous ! Cette satanée Steel et son... (Une pensée traversa soudain son esprit.) Et Neil Ritchie ? Est-ce qu'on le surveille particulièrement, au cas où il tenterait de se suicider ?

Elle sembla étonnée.

– Ritchie... ? Oh, le chasseur de Shore Lane. Et comment ! Il est complètement effondré. Un mort en détention par semaine, ça suffit.

Un sourire carnassier apparut sur les lèvres de Logan. L'inspecteur principal Steel ne parvenait pas à obtenir d'aveux de la part de Ritchie, mais si lui obtenait que Ritchie se mette à table, alors ils seraient obligés de le retirer de l'équipe des Branleurs.

– Je pourrais m'entretenir avec lui ?

Elle haussa les épaules.

– Pourquoi pas. Après tout, ça ne peut pas faire de mal.

Non, pensa Logan, *ça ne peut pas faire de mal.*

— 36 —

Neil Ritchie avait une allure épouvantable : voûté, des cernes violets sous ses yeux injectés de sang, les cheveux en bataille, il se balançait d'avant en arrière sur sa chaise en plastique. Par-delà les murs, on entendait le bruit routinier de la prison surpeuplée, tandis qu'un radiateur asthmatique ahanait dans un coin de la pièce. Pour la postérité, toute l'entrevue devait être enregistrée. L'homme, tremblant, était assis devant la tasse de thé que Logan avait préparée pour Rennie et un biscuit au chocolat. Il n'avait touché à rien.

– Bon, fit Logan en se penchant en avant, comme pour imiter la posture de Ritchie. Comment vous sentez-vous, Neil ?

Hébété, l'homme contemplait la mince peau qui se formait à la surface du thé.

– On... On m'a mis dans une cellule avec un criminel, murmura-t-il. Il a poignardé quelqu'un ! C'est lui qui me l'a dit... (Il refoula ses larmes.) C'est pas ma place, ici ! Je n'ai rien fait !

Il avait utilisé le même système de défense avec Steel : protester *ad nauseam* de son innocence. Logan s'efforça de conserver un air compatissant.

– Et Holly McEwan, Neil ? On a trouvé des cheveux à elle dans votre voiture, sur le siège passager. Comment sont-ils arrivés là ? Aidez-moi à comprendre et je pourrai peut-être vous aider. Vous l'avez prise en stop ?

– Non ! gémit-il. Je n'ai jamais rien fait avec ces femmes, je l'avais promis à Suzanne. Plus jamais. Jamais.

– Mais on a trouvé ses cheveux dans votre voiture, Neil.

Logan s'enfonça dans son siège et se mit à siroter son thé, laissant le silence s'installer.

De l'autre côté de la table, Ritchie frissonna.

– Je lui ai dit, à elle, à l'inspecteur... Je lui ai dit que ça avait dû se produire avant que j'aie la voiture ! (Il fixa sur Logan ses yeux remplis de larmes.) C'est quelqu'un d'autre qui l'a fait monter dans cette voiture ! C'était pas moi... C'était pas moi...

– Votre voiture est flambant neuve, Neil. Le garage vous l'a livrée à 19 heures, le soir où Holly a disparu. Sur une vidéo, on la voit dans votre voiture cinq heures et demie plus tard.

– Non ! Non ! La voiture n'est arrivée que le lendemain matin ! Quand je me suis réveillé, elle était dans l'allée, elle devait être là mardi soir... J'ai dû prendre ma moto pour faire les courses. Je voulais me plaindre au garage, mais ils m'ont laissé un message et une bouteille de champagne...

Mensonges. Comme le pervers tout à la fois passif et agressif qu'il était, Ritchie poursuivit sur le thème « je n'aime pas me plaindre ». Curieux, quand même, se dit Logan, que ce type tremblant de tous ses membres ait pu tuer trois femmes. Et tabasser Agnes la pouffiasse à mort.

– Qu'est devenue votre vieille voiture, Neil ? Quand vous avez acheté l'Audi, qu'avez-vous fait de l'autre ?

L'homme le regarda, stupéfait.

– Je... je n'en avais pas. Ça faisait des années. J'avais une moto. Je n'ai acheté cette saleté d'Audi que parce que Suzanne arrêtait pas de dire qu'il fallait grandir... (Sanglots.) Oh, mon Dieu, pourquoi est-ce que je l'ai écoutée ?

Logan le considéra un long moment, puis, lentement, comme avec considération, il dit :

– Et merde...

Cinq minutes plus tard, Logan revint au pas de charge dans la salle d'interrogatoire et ordonna à Rennie de laisser tomber ce qu'il était en train de faire. Le policier, éberlué, lui montra le personnage graisseux assis en face de lui.

– Mais je suis en plein interrogatoire !

Logan hocha la tête.

– Eh non, c'est terminé. De toute façon... (il lança un coup d'œil en direction du prisonnier) Duncan le Cochon n'est pas votre homme. Vous feriez pas de mal à une mouche, hein, Dunky ?

L'homme sourit d'un air gêné et bafouilla quelques excuses tandis que sa main s'agitait sous la table.

– Mais..., protesta Rennie.

– Il n'y a pas de mais ! De toute façon, Dunky était trop occupé à se palucher pour voir quoi que ce soit. Pas vrai, Dunky ?

Duncan Dundas, dit « le Cochon », acquiesça timidement, les épaules agitées par le mouvement de sa main sous la table. Ils sortirent avant qu'il ait pu terminer.

– Je ne comprends pas, se plaignit Rennie, tandis qu'ils regagnaient la voiture. Que se passe-t-il ?

– On a salement merdé, voilà ce qui se passe, expliqua-t-il en montrant du doigt la prison derrière lui, par-dessus son épaule. Cette voiture que Neil Ritchie a achetée, la voiture neuve, eh bien, c'était la première qu'il avait depuis des années ; d'habitude, il roulait à moto, et sa femme a une petite voiture.

– Et alors ?

– Agnes la pouffiasse. Sa colocataire a dit que celui qui l'a tabassée conduisait une super-BMW. Ça ressemble à une Renault Clio, pour vous ?

Rennie réfléchit un instant.

– Putain, merde !

– Exactement ce que j'ai dit !

– Donc, retour à la case départ !

– Non, fit Logan en souriant. Certainement pas.

Dans la lumière du soleil, le verre et l'acier du bâtiment de Wellington Executive Motors le disputaient aux carrosseries lustrées des voitures garées devant. Le même concerto de

Vivaldi les accueillit lorsqu'ils pénétrèrent dans le hall d'exposition, mais la commerciale garda ses distances ; elle avait appris la leçon, McRae et Rennie n'étaient pas venus dépenser de l'argent.

Le directeur, M. Robinson, ne sembla pas plus enchanté de les revoir. Il les fit rapidement entrer dans son bureau avant que des clients n'aient la mauvaise idée de renoncer à leur achat.

– De quoi s'agit-il, à présent ? demanda-t-il en fermant les stores donnant sur le hall d'exposition.

– Est-ce qu'en dehors des heures de travail le personnel a accès aux voitures ? demanda Logan.

M. Robinson se passa la langue sur les lèvres avant de répondre.

– Euh... de temps en temps. Nous encourageons les commerciaux à conduire les modèles de démonstration et à étudier les manuels, de façon à pouvoir répondre aux questions. (Petit sourire contraint.) Chez Wellington Executive Motors, nous nous engageons à...

– Le type qui a livré la voiture de Neil Ritchie... (Logan consulta son calepin)... Michael Dunbar... Quelle voiture conduit-il ?

– Euh... (Des gouttes de sueur perlaient au front de M. Robinson.) Il va falloir que je vérifie.

– S'il vous plaît. Et tant que nous y sommes, je voudrais la liste de toutes les voitures qu'il a conduites au cours des deux derniers mois. Et je veux également voir son dossier professionnel. (Logan s'installa dans l'un des confortables fauteuils en cuir réservés aux clients importants et sourit en voyant la sueur dégouliner sur les joues de M. Robinson.) Ah... et nous accepterions volontiers un cappuccino.

***

D'après les registres de la société, Michael Dunbar avait bénéficié d'une voiture différente chaque semaine : Lexus,

330

Porsche, Mercedes, mais, la semaine où Agnes la pouffiasse avait été agressée, il conduisait une BMW gris métallisé.

– Où est-il, aujourd'hui ? demanda Logan.

M. Robinson passa une main sur les rares cheveux recouvrant sa calvitie.

– Je ne vois pas où vous voulez en venir. Aucun membre de mon personnel...

– Où est-il ?

– Euh... Eh bien, il a appelé ce matin pour dire qu'il était malade, il avait une migraine. Depuis son divorce, Michael souffre souvent de migraines...

Logan examina les feuilles de présence des commerciaux.

– Apparemment, il était malade aussi mercredi dernier.

Le lendemain du jour où Holly McEwan avait disparu.

– Là aussi, une migraine ?

M. Robinson acquiesça.

Logan étudia avec plus d'attention la feuille de présence. Chaque fois qu'une prostituée était enlevée et tuée, Michael Dunbar se faisait porter pâle le lendemain. Et, aujourd'hui, il avait une nouvelle migraine. Cela voulait probablement dire un nouveau cadavre.

La radio est allumée dans le garage. Sur Classic FM, Janet Baker chante la *Lamentation de Didon* et chaque mot semble suspendu dans l'air comme un joyau à l'agonie. Fredonnant avec la musique, il range le tuyau de l'aspirateur et va remettre l'appareil dans la maison, dans le placard situé sous l'escalier. Depuis que Tracy... Depuis le divorce, il a gardé la maison dans un état impeccable. Chaque chose à sa place.

C'est une grande maison, suffisamment grande, en tout cas, pour un couple et trois enfants. Suffisamment grande pour s'y sentir lui-même creux et vide maintenant qu'il est seul. En soupirant, il appuie le front contre le mur et ferme les yeux. Quelle tristesse !

Dans le garage, la musique se termine, laissant place à une

publicité vulgaire pour des doubles vitrages et gâchant la magie du moment. Mécontent, il s'en retourne et éteint la radio.

La voiture, au milieu du garage, est à présent aussi propre que la maison. C'est un coupé BMW haut de gamme, gris métallisé, intérieur cuir et garnitures en ronce de noyer. Très classe. Il l'a encore pour trois jours. Ensuite, peut-être essaiera-t-il une Lexus, qui possède un gros coffre. Il faut dire que, cette fois, ça manquait un peu d'espace. Il referme le coffre de la BMW en prenant garde de ne pas coincer la bâche en plastique dans la serrure. Tout à l'heure, il trouvera un bel endroit éloigné, où personne ne risquera de le voir.

Un dernier regard à la voiture avant de regagner la maison.

La cave est plus vaste qu'elle n'en a l'air. Avant le divorce elle abritait tout un bric-à-brac : cadeaux de mariage oubliés, jouets d'enfants, boîtes à chaussures pleines de photos, meubles que Tracy avait hérités de ses parents... Mais à présent il n'y a plus rien. Tout a disparu en même temps que Tracy. Maintenant, le sous-sol est vide et mort ; il le balaie tous les jours et passe la serpillière un jour sur deux. La propreté, c'est important. C'est très important. On risque toujours d'attraper quelque chose.

La sonnette retentit et il lève les yeux au plafond. Et s'il l'ignorait ? Mais la sonnerie se fait de nouveau entendre, froide et vide dans une maison froide et vide. Il soupire mais remonte quand même son pantalon. Il pourra toujours revenir. Il n'y a pas urgence.

Il grimpe l'escalier et verrouille la porte de la cave derrière lui. La sonnette retentit à nouveau. « C'est bon, c'est bon, j'arrive. » Il suit le couloir, s'arrête une seconde pour contempler son reflet dans le miroir et se compose une tête de migraineux, au cas où un collègue serait venu voir s'il avait besoin de quelque chose. Ils sont gentils, ses collègues. Mais lorsqu'il ouvre la porte, clignant des yeux dans la lumière du soleil comme si sa tête était prise dans un étau, il découvre un inconnu vêtu d'un complet gris qui aurait bien besoin d'un nettoyage à sec. Un homme qu'il a déjà vu quelque part...

— Monsieur Dunbar ? demande l'homme en brandissant une sorte de carte. Inspecteur chef McRae. Ça vous ennuie si on entre ?

37

Ils découvrirent le corps dans le coffre d'une BMW flambant neuve. Celui d'une femme nue, enveloppée dans une bâche en plastique transparent, les membres raides et froids. La peau constellée d'ecchymoses, la tête entourée d'un sac de congélation en plastique bleu.

Rennie toucha le corps froid et pâle de sa main gantée.

– Mon Dieu, elle est dure comme de la pierre...

Logan se retourna et regarda Michael Dunbar, obstinément muet. L'allure banale, il ne devait pas avoir plus de trente ans, pantalon chino et chemise en jean, tous deux repassés à la perfection ; cheveux coupés court, un visage légèrement rectangulaire, rasé de près. Un tueur.

– Eh bien, monsieur Dunbar, dit Logan en s'efforçant de dissimuler sa colère, pourriez-vous nous expliquer pourquoi vous avez le cadavre d'une femme nue dans le coffre de votre voiture ? (Dunbar se mordit les lèvres et secoua la tête en signe de dénégation.) Je vois. Vous savez quoi ? Peu importe que vous répondiez ou pas. On vous a pris sur le fait. Dès que nous aurons fini de fouiller les lieux, nous irons tous ensemble au commissariat. Là, on relèvera vos empreintes digitales, on procédera à un prélèvement d'ADN, et les résultats du laboratoire confirmeront que vous êtes impliqué dans le meurtre de deux autres femmes...

– Vous... (Abandonnant Logan, le regard de Dunbar se porta sur le cadavre, dans le coffre de la voiture.) Je... Je ne veux pas y aller. Je veux parler à un avocat.

– J'imagine bien. (Il se tourna vers Rennie, qui, bouche bée, contemplait toujours le coffre ouvert.) Rennie, prenez votre téléphone. Je veux un médecin de permanence, un médecin légiste et le procureur. Tout de suite !

Rennie tira son mobile de sa poche, tandis que Logan conduisait le suspect dans le couloir de la maison, où l'on entendait du bruit à l'étage. C'étaient quatre policiers en uniforme du quartier général qui passaient les lieux au peigne fin.

On frappa à la porte et une moustache grise familière apparut dans l'encadrement avant de gagner le couloir. Son propriétaire tenait une grosse mallette à la main.

– Où faut qu'on aille ?

Logan leur dit de commencer par le corps dans le garage, puis fit mine de ne pas remarquer la cohorte de techniciens en combinaison blanche qui sifflaient « hé-ho, hé-ho, on revient du boulot » en avançant dans le couloir.

Lorsque la dernière mallette grise fut hors de vue, Logan fit le tour du rez-de-chaussée, emmenant avec lui Michael Dunbar. Dans le vaste salon, on ne pouvait manquer les innombrables photos de Dunbar en compagnie d'une femme et de trois enfants (deux garçons et une fille), non plus que la moquette impeccable et le manteau de la cheminée dépourvu de la moindre décoration. La même propreté méticuleuse régnait dans la cuisine, suffisamment vaste pour accueillir une table de salle à manger et un comptoir pour le petit déjeuner. Dans l'office jouxtant la cuisine, il découvrit un congélateur rempli de plats cuisinés industriels, un lave-vaisselle, un évier et des placards. Il voulut ouvrir une porte située au fond de la pièce, mais elle était verrouillée.

– Où donne cette porte ? (Dunbar évitant de croiser son regard, Logan lui envoya une bourrade dans la poitrine.) Donnez-moi vos clés.

– Vous… Vous ne pouvez pas faire ça ! Je veux un avocat. Vous n'avez pas le droit de fouiller comme ça partout. C'est mon domicile !

– Mais si, j'ai le droit, j'ai un mandat. (Rachael Tulloch le lui avait donné en un temps record.) Et maintenant, donnez-moi vos clés.

– Je… Je ne me sens pas bien, j'ai besoin de m'allonger…

– Putain, donnez-moi vos clés !

D'une main tremblante, Dunbar sortit un trousseau de sa poche. Logan le lui arracha puis essaya les clés une à une jusqu'à ce que la porte s'ouvre sur un escalier descendant dans l'obscurité. Il appuya sur l'interrupteur et une faible lumière éclaira le bas des marches.

– Rennie ! s'écria-t-il d'une voix forte.

Le policier arriva d'un pas rapide, le téléphone collé à l'oreille, expliquant à son interlocuteur qu'il leur fallait un médecin légiste sur-le-champ et non la semaine prochaine. Logan poussa Dunbar en direction de Rennie.

– Qu'est-ce que vous voulez que je fasse de lui ?

– Offrez-lui à dîner et emmenez-le danser. À votre avis, qu'est-ce que j'attends de vous ? Surveillez-le !

Logan descendit les premières marches, regrettant déjà de s'être montré désagréable avec Rennie. Il s'immobilisa, s'excusa auprès de l'inspecteur et lui dit qu'il pouvait venir aussi, mais qu'il devait prendre garde à ce que Dunbar ne fasse pas une chute accidentelle.

La cage d'escalier était bordée des deux côtés de carreaux de plâtre et de chevrons en bois brut, et l'on apercevait des poutrelles métalliques grises entre les joints. En débouchant dans la cave, Logan sentit une bâche en plastique crisser sous ses pas.

– Et merde !

– Quoi ? Qu'y a-t-il ? fit Rennie.

– Je ne me sens vraiment pas bien, dit alors Dunbar. Il faut que j'aille m'allonger…

La lueur de l'ampoule nue pendue au plafond donnait aux ondulations de la bâche en plastique translucide des allures de vagues à la surface d'un lac. Maintenue par des longueurs de ruban adhésif argenté, la bâche recouvrait la totalité du sol. En son centre gisait une femme nue, les jambes écartées, la peau pâle recouverte d'ecchymoses d'un jaune violacé, le visage tuméfié, ensanglanté, méconnaissable, les bras liés au-dessus de la tête et maintenus au mur par une chaîne et un cadenas. Avec cette bâche, aucune tache à redouter sur le sol de la cave.

La femme ne bougeait pas.

On entendit comme une bruyante inspiration (ce devait être Rennie) puis, de nouveau, la voix de Dunbar :

– Je... vraiment, je ne me sens pas bien...

Logan le saisit au collet et le poussa violemment contre le mur du fond.

– Espèce de salopard ! Espèce d'ordure !

Dunbar avait l'air à ce point terrifié que Logan relâcha son étreinte et recula. Pourtant, il éprouvait une furieuse envie de le passer à tabac.

Tremblant de colère, il s'approcha du corps martyrisé en s'efforçant de ne pas écraser d'éléments de preuve sous ses pas. En tant qu'officier le plus gradé, il lui fallait s'assurer que la victime n'avait pas besoin de soins médicaux, bien que de toute évidence elle fût déjà morte. Une moissonneuse-batteuse l'aurait écrasée qu'elle n'aurait pas eu plus vilain aspect. Pas un centimètre carré de peau qui ne présentât d'ecchymose ou de contusion. Finalement, ce ne serait peut-être pas plus mal si Michael Dunbar faisait une mauvaise chute dans l'escalier ! En grimaçant, Logan enfila une paire de gants en latex, s'agenouilla près du corps et examina le visage ravagé, cherchant à y reconnaître l'une des nombreuses femmes croisées dans le quartier chaud d'Aberdeen. Mais au lieu d'argent en échange d'un petit coin de septième ciel, elle n'avait reçu que la mort et...

Une bulle de sang apparut entre les lèvres gonflées. Elle vivait encore !

L'odeur désagréable qui régnait dans la salle d'interrogatoire numéro 4 semblait gêner considérablement Michael Dunbar. Il était assis sur le rebord de la chaise, tandis que

Rennie se chargeait de l'enregistrement et des propos introductifs. Ils avaient ramené Dunbar au commissariat et l'avaient conduit en salle d'interrogatoire sans en référer à l'inspecteur principal Steel. D'après le gros Gary, elle était encore occupée avec Claire Pirie et ne voulait pas être dérangée. Cette déclaration fut suivie de la phrase sarcastique, « si vous voyez ce que je veux dire... », ce qui impliquait que Logan devait se débrouiller seul.

– Bien, Michael, ou bien puis-je vous appeler Mikey ? demanda Logan en se calant dans son siège.

– Michael, s'il vous plaît, Michael. Pas Mikey.

– D'accord, ce sera donc Michael. (Logan lui sourit.) Voulez-vous nous parler des deux femmes que nous avons découvertes aujourd'hui dans votre maison ? Si vous préférez, vous pouvez commencer par celle qui est encore en vie.

– Je ne vois pas du tout de quoi vous voulez parler, dit Dunbar en contemplant d'un air sombre les bobines du magnétophone qui tournaient derrière la vitre.

– Ne soyez pas idiot, Michael, nous les avons trouvées chez vous ! Vous étiez présent, rappelez-vous.

Il prit une profonde inspiration.

– Je ne me sens vraiment pas bien.

– Ah bon ? En tout cas, le médecin de permanence n'a rien décelé d'anormal chez vous. Pas comme la malheureuse que nous avons découverte dans votre sous-sol : fracture du crâne, fractures des bras, des jambes, des côtes, des doigts, hémorragie interne... Vous pouvez m'interrompre quand vous voulez, hein !

– Elle avait une liaison. (Les mots furent débités d'un ton monocorde.) Elle... (Il prit une longue inspiration puis laissa filer l'air de façon saccadée.) Il s'appelait Kevin, et il était consultant. Je suis revenu un soir, et ils étaient en train de baiser dans notre lit, alors que les enfants étaient en bas et regardaient la télévision... Elle ne s'est même pas aperçue que j'étais là. (Il eut un rire amer et une larme perla à ses paupières, qu'il essuya d'un revers de main.) Alors je me suis vengé. Je suis sorti, j'ai ramassé une pute plutôt moche sur les quais et je l'ai baisée. Ensuite, je suis rentré et j'ai baisé Tracy. Exactement comme lui l'avait baisée...

– Mais elle s'en est rendu compte, c'est ça ?

Nouveau rire amer.

– Trois jours plus tard, du pus jaune a commencé de couler de ma queue, et quand je pissais j'avais l'impression de pisser des barbelés. Évidemment, elle l'a attrapée aussi. Comme le cher Kevin. (Cette fois, le rire fut plus franc.) Ça lui apprendra, à cette salope ! (Dunbar s'interrompit et contempla un moment le magnétophone.) Elle m'a quitté. Elle a pris ses affaires, les enfants et elle est partie...

Logan posa alors une photo sur le capot du magnétophone, juste sous le nez de Dunbar. Une femme nue, allongée sur le dos, au milieu d'une ruelle sombre.

– Parlez-moi de Rosie Williams.

Dunbar se tourna un peu de façon à ne pas avoir à regarder le corps meurtri, mais Logan lui présenta un autre cliché. Une autre femme nue, mais cette fois-ci allongée sur le côté, dans une forêt.

– Et Michelle Wood ?

Nouvelle photo, un cadavre enveloppé dans une bâche en plastique, dans un coffre de voiture.

– Ou bien Holly McEwan ? Non ? Et celle-ci ?

Un visage tuméfié, recouvert de sang. La photo avait été prise une heure auparavant, alors qu'ils attendaient l'ambulance. La dernière photo, prise dans le fichier de la police, représentait Agnes Walker, dite Agnes la pouffiasse, de face et de profil. Dunbar se raidit.

Logan tapota la photo du bout du doigt.

– C'était la première, hein ?

– Une salope..., murmura-t-il de façon presque indistincte.

Un long silence suivit ces derniers mots, rompu seulement par le bourdonnement de la machine et le crissement des pas sur le lino du couloir, derrière la porte.

– Celle de la cave, c'est Tiffany. Elle a dit qu'elle s'appelait comme ça. Je l'ai ramassée la nuit dernière, avec une voiture toute neuve, et je l'ai amenée à Balmedie Beach. (Un petit sourire apparut sur ses lèvres à l'évocation du souvenir.) Je l'ai payée pour qu'elle me suce, et quand elle a terminé je l'ai frappée sur l'arrière du crâne avec un marteau. Après, je l'ai fourrée dans le coffre et je l'ai ramenée chez moi. Je l'ai descendue à la cave et je l'ai ligotée. Ça tombait bien, vous savez pourquoi ? (Il se pencha et se mit à chuchoter.) Parce que la dernière était morte.

Logan sentit son sang se glacer.

– La dernière était morte ?

– Morte. Elle a duré trois jours entiers. Vous voyez, après les deux premières, je me suis dit : pourquoi se presser ? Pourquoi pas, tout simplement, la ramener à la maison et lui faire payer la saleté de maladie qu'elle m'avait refilée ? Prendre mon temps. Lui faire payer le fait qu'elle m'ait quitté…

Rennie devint livide.

– Putain de Dieu !

Il n'en resta pas là. Une fois les digues ouvertes, Michael Dunbar eut à cœur de tout leur raconter par le menu, ne leur épargnant aucun détail sur la façon dont il les avait passées à tabac avant de les violer, puis de les battre à nouveau. Leur sauter à pieds joints sur les côtes, leur briser bras et jambes, leur faire payer tout ce qu'elles avaient fait à leur couple et à ses enfants, à sa vie. Il les dénudait pour qu'il ne reste plus de traces. Puis il jetait les corps lorsqu'ils étaient devenus trop froids pour qu'il puisse encore s'en servir…

Dans le couloir, l'interrogatoire terminé, Logan dut s'appuyer au mur, pris de nausée, tandis que Rennie conduisait Dunbar en cellule. Il serait présenté au tribunal à 9 heures le lendemain matin. On lui refuserait la liberté sous caution, il serait alors incarcéré à la prison de Craiginches en attendant son procès. Étant donné ses aveux et l'accumulation de preuves matérielles, il ne faisait aucun doute qu'il serait déclaré coupable. Toutes les procédures avaient été scrupuleusement respectées.

Logan se redressa, finalement, avec un long soupir, et aperçut alors Steel qui s'avançait vers lui à grands pas, visiblement furieuse.

– Où est-il ? s'écria-t-elle en se plantant devant lui.

– Qui ça ?

– Vous savez bien qui je veux dire ! Le salaud que vous avez amené ici sans même me consulter !

– Vous étiez occupée à interroger Mme Pirie...

– Me racontez pas de conneries ! Vous savez très bien que j'aurais interrompu cet interrogatoire à la con ! (Elle lui enfonça l'index dans la poitrine.) Vous avez procédé à l'interrogatoire de Dunbar sans mon accord. Comment avez-vous osé ?

Logan se redressa de toute sa hauteur, la dominant de la tête et des épaules.

– Il a avoué, d'accord ? Quatre meurtres et deux tentatives de meurtre. C'est moi qui l'ai interrogé parce que vous, vous ne vouliez pas qu'on vous dérange. Et il a avoué.

– Qu'est-ce que c'est que ces explications ? Vous avez agi derrière mon dos, vous...

– Je n'ai fait que mon travail !

– Votre travail consiste à faire ce que je vous dis de faire, espèce de traître, petit ambitieux qui recherchez la publicité...

– Moi ? (Logan n'en croyait pas ses oreilles.) Et vous ? Vous avez vu l'éditorial de ce matin, dans le *Press and Journal* ? « L'inspecteur principal Steel a résolu l'une des affaires criminelles les plus retentissantes de toute l'histoire de l'Écosse... »

– Ce n'est pas moi qui rédige ces articles, et vous le savez très bien !

Jusque-là, ils avaient tous les deux élevé le ton, mais soudain Steel se mit à chuchoter d'une voix glaciale, tira une enveloppe de sa poche et l'ouvrit.

– Vous savez ce que c'est ? demanda-t-elle en sortant une feuille de papier. C'est la lettre de recommandation que j'avais écrite pour vous et Rennie à l'intention du chef de la police. (Elle la déchira en petits morceaux qu'elle lui jeta au visage.) Croyez-moi, sergent, la prochaine fois que vous vous mettrez en travers de mon chemin, je vous briserai ! Il ne vous restera plus que vos yeux pour pleurer.

Elle tourna les talons et partit comme une tornade, tandis que Logan ramassait les bouts de papier.

38

Ils étaient censés faire la fête, mais Logan n'était pas d'humeur. La sonnerie de son téléphone avait retenti cinq ou six fois, mais chaque fois, sur l'écran, s'affichait le numéro de Steel, et, plutôt que d'essuyer une nouvelle salve d'invectives, il avait choisi de laisser répondre sa messagerie avant d'éteindre l'appareil pour de bon. Son service était terminé ; si elle voulait continuer à l'accabler, elle n'avait qu'à le faire pendant les heures de travail. De toute façon, il se sentait trop coupable pour l'affronter en ce moment. Il faut dire qu'il avait passé dix minutes à reconstituer la lettre et que les louanges de Steel envers Rennie et lui étaient confondantes.

Il était 19 h 30, et Rennie revenait du comptoir avec les boissons. Un gin-tonic pour Rachael, une pinte de Stella pour lui-même et pour Logan, une Irn-Bru, une pinte de spéciale et deux Coca-rhum pour les quatre membres de l'équipe qui avaient fouillé la maison de Michael Dunbar. Rennie se lança dans un discours improvisé sur leur réussite qui avait empêché Dunbar de tuer de nouveau, et termina par un toast en l'honneur de l'inspecteur chef Logan McRae, sans qui rien n'aurait été possible.

Ovation générale, verres entrechoqués. Rachael expliqua alors à l'une des policières le nombre de démarches qu'elle avait dû accomplir pour que le mandat d'arrêt et de perquisition soit prêt aussi rapidement, mais elle savait que ça valait le coup parce que Logan était un homme extraordinairement brillant. Deux affaires criminelles résolues en quelques jours. D'abord le torse dans la valise, et maintenant le tueur de prostituées.

Le Dr Fraser apparut à temps pour la deuxième tournée. Il semblait éreinté et il avala une longue gorgée de Guinness avant d'essuyer en soupirant la moustache de mousse blanche accrochée à sa lèvre.

– Ouh ! J'en avais bien besoin !

– La journée a été dure ?

Le Dr Fraser acquiesça et avala une nouvelle gorgée de bière.

– C'est peu dire. Comme Isobel ne vient plus, je dois faire seul tout le boulot. Si vous saviez le nombre de junkies que j'ai découpés cette semaine... (Soupir.) Oh, et, avant que j'oublie, ce torse puant que vous m'avez amené hier, mêmes coups de couteau et mêmes antidépresseurs dans l'estomac que votre carcasse de chien pourrie. (Il s'enfonça dans son siège et fronça les sourcils.) Maintenant que j'y pense, tous les cadavres en décomposition que j'ai autopsiés au cours des six derniers mois, c'est vous qui me les avez envoyés. Vous le saviez ?

– Ah, je vois que vous aimez votre travail, fit Logan en souriant. Mais comment se fait-il que vous fassiez toutes les autopsies ? Où est passée Isobel ?

Le médecin avala sa dernière gorgée de bière et haussa les épaules.

– Aucune idée. Elle n'est pas venue aujourd'hui. Je lui ai laissé un message, mais elle ne m'a pas rappelé. Il faut dire que ça fait des semaines qu'elle se comporte comme une fouine enragée, alors peut-être qu'on a fini par l'interner en hôpital psychiatrique ? Peut-être qu'on lui a donné une jolie cellule capitonnée où elle peut bouffer des crayons toute la journée ?

L'atmosphère s'assombrit quelque peu lorsqu'un inspecteur de la brigade des stups, arrivé tardivement, leur annonça que Steel avait fini par arrêter le véritable tueur. Rennie bondit alors sur ses pieds, exigeant de savoir qui avait osé raconter que c'était Steel qui l'avait cravaté.

– C'était nous ! s'écria-t-il en se frappant la poitrine. C'est nous qui avons attrapé ce salopard, pas elle ! Elle n'était même pas là !

Logan offrit la quatrième tournée. Il revint à la table avec un plateau rempli de verres et d'amuse-gueule, frites pour les gens normaux, couennes de porc frites pour le Dr Fraser. Il distribuait les verres lorsque quelqu'un le tira par la manche et lui montra le poste de télévision, placé en hauteur dans un coin de la salle. L'air sérieux, l'inspecteur principal Steel le regardait dans les yeux en parlant, mais ses propos étaient rendus inaudibles par le brouhaha du pub. Une série d'éclairs de flash illumina son visage taillé à coups de serpe, puis elle s'assit, laissant place à l'écran au chef de la police qui prononça une sorte d'allocution. Puis l'on vit des images de Shore Lane et des photos des victimes, prises avant que Michael Dunbar n'ait mis la main sur elles.

Logan ferma les yeux et étouffa un juron. Personne ne le féliciterait pour le succès de l'affaire du tronc dans la valise, et Steel se débrouillerait pour que son nom n'apparaisse pas non plus dans celle du tueur de Shore Lane. Le moment était venu de se soûler.

Logan sortit en titubant du taxi et réussit à ne pas tomber. Il remit les pans de sa chemise dans son pantalon et gagna d'un pas qu'il voulait décidé le domicile du Dr Isobel MacAlister. Miller avait autrefois un appartement dans ce quartier, mais il l'avait vendu pour s'installer avec la Reine des Glaces.

– Qu'ils soient heureux pour le restant de leurs jours, lança-t-il d'une voix pâteuse à l'adresse d'un gros buisson de rhododendrons.

Il s'appuya contre le bouton de la sonnette, déclenchant un carillon tout ce qu'il y avait de convenable de l'autre côté de la porte vitrée. Rubislaw Den était un quartier friqué. Des immeubles de quatre étages, en granit, qui bien souvent demeuraient dans la famille pendant des générations. Avocats, consultants, cadres supérieurs dans l'industrie du pétrole. Des gens qui prenaient quatre fois par an des vacances à l'étranger et envoyaient leurs enfants dans des écoles privées. Logan s'appuya de nouveau à la sonnette.

Au-dessus de la porte, la lumière était allumée, ils devaient donc être là.

Il s'accroupit pour regarder par la fente de la boîte aux lettres, tomba assis sur ses fesses mais se releva à temps en apercevant une ombre à travers la porte vitrée. Une voix inquiète se fit entendre :

– Qui est-ce ?

– Isobel ? C'est moi... (Un moment de pause.)... moi, Logan.

Après tout, ce n'est pas parce qu'ils avaient partagé une tentative de meurtre et un lit pendant sept mois qu'elle devait forcément se souvenir de sa voix.

La porte ne s'ouvrit pas.

– Tu es seul ?

– Si je suis seul ? (Il fit un pas en arrière et faillit tomber à la renverse dans l'escalier du perron.) Eh bien... je vis toujours avec Jackie Watson, mais je crois que je plais bien aussi au nouveau substitut du procureur... (Il sourit. Deux femmes. Gloussement.) Est-ce que Colin peut venir dehors ?

La porte s'entrouvrit et le visage d'Isobel apparut, pâle, des valises violettes sous les yeux, des rides au coin des lèvres. Comme si elle avait pris dix ans depuis leur dernière rencontre.

– Tu es soûl.

Logan lui adressa un profond salut.

– Et toi, tu tripotes des cadavres pour de l'argent. Mais je peux comprendre. Où est Colin ?

– Tu n'es pas au courant ?

– Au courant de quoi ?

Colin Miller était couché dans son lit, recroquevillé sur lui-même, le corps parcouru de tremblements, le teint gris, les mains entourées de bandages blancs. Instantanément, Logan se sentit dessoûler.

– Que vous est-il arrivé ?

Miller leva les yeux vers lui. Le journaliste avait le visage tuméfié, couvert d'ecchymoses, la joue gauche parcourue d'une cicatrice rouge foncé bordée de vert, le menton également, le nez plus tordu que quelques jours auparavant.

– À moi ? Ce qui m'est arrivé ? Je vais vous le dire, moi. Tout ça, c'est à cause de vous !

Logan se raidit.

– Mais... Je n'ai rien fait !

– Fallait absolument que vous jouiez les grands flics, hein ? Que vous fourriez votre nez là où y fallait pas ! (Il était à moitié sorti du lit, agitant ses mains bandées comme s'il voulait frapper.) Il vous a reconnu, espèce d'abruti ! Vous l'avez fait chier dans le pub, alors même que je vous avais dit de ne pas le faire, et il vous a reconnu ! (Miller enfonça ses pieds nus dans l'épaisse moquette bleue et se rua sur Logan, les mains levées.) Après, vous l'avez arrêté et il a compris que je l'avais balancé !

– Colin, je...

– Il m'a coupé les doigts ! hurla-t-il.

Il pleurait, le visage cramoisi sous les ecchymoses, postillonnant à travers ses lèvres tordues, révélant des dents manquantes ou cassées.

– Mes doigts... (Il s'enfouit le visage dans ses mains bandées et se mit à sangloter.) Mes doigts...

Sur la table de la cuisine, il y avait une bouteille ouverte de Bowmore et trois verres, bien que Colin ne fût pas présent. L'agonisante lueur du couchant teintait d'ambre le bois verni de la fenêtre et projetait des ombres violettes dans la pièce. Effondrée sur sa chaise face à Logan, Isobel étreignait son verre que Logan remplissait de whisky *single malt*. Lui-même se contentait d'eau.

– Que s'est-il passé ?

Isobel avala une longue rasade de whisky et frissonna en sentant le liquide brûlant dans sa gorge.

– Il m'a raconté qu'ils se sont emparés de lui devant la maison, qu'ils l'ont fait monter dans une voiture et l'ont conduit quelque part dans une forêt. Ils l'ont ensuite ligoté sur une chaise et lui ont sectionné les doigts, phalange après phalange, avec un sécateur. (Elle parlait d'un ton monocorde, sans émotion apparente, comme elle s'exprimait dans son Dictaphone lors des autopsies.) Main gauche, petit doigt, phalange distale, moyenne et proximale ; annulaire, distale et moyenne. Main droite, phalange distale du petit doigt, tous les os de l'annulaire. Chaque doigt sectionné à l'articulation de la phalange. Un os à la fois. (Elle avala une nouvelle gorgée, vidant presque le verre.) Ils... Ils ont appelé une ambulance sur son mobile et l'ont abandonné sur une aire de stationnement. (Elle réprima un frisson.) Les chirurgiens ont réussi à greffer trois morceaux. Ils ne savent pas encore si la greffe va prendre.

Logan lui versa une nouvelle rasade de whisky.

– Je regrette.

Miller avait raison, c'était sa faute.

Elle le regarda comme si elle le voyait pour la première fois, puis se leva, gagna le frigo et en revint avec une boîte en plastique bleue qu'elle déposa sur la table. Logan souleva le couvercle et découvrit des petits tubes gris-blanc, semblables à des chipolatas albinos. Puis il reconnut un ongle.

– Mon Dieu !

– Il a vomi ça sous anesthésie.

– Vomi... ? Il les avait mangés ?

Silence. Il remit le couvercle sur la boîte.

– Écoute, Isobel, je n'ai jamais voulu une chose pareille...

– Ah bon ? Je veux que tu les retrouves et que tu leur fasses payer ça. Compris ?

– Colin acceptera de témoigner ?

– Ils lui ont dit que s'il racontait l'histoire à la police ils reviendraient finir le travail. (D'une main tremblante, elle se versa un autre verre, répandant un peu de Bowmore sur la table.) Tu le tiens à l'écart de ça. Tu les retrouves et tu leur fais payer ce qu'ils ont fait.

– Mais...

– C'est ton ami ! Tu lui dois bien ça. Tu me dois bien ça.

Logan ne prit pas de taxi pour retourner en centre-ville et choisit de marcher. Colin Miller avait perdu presque la moitié de ses doigts à cause de lui. Le journaliste avait raison, il ne pouvait s'empêcher de fourrer son nez partout. Il avait fallu qu'il accoste Chib au pub pour savoir de quoi il retournait. Soudain, un groupe de filles plutôt alcoolisées et pas assez vêtues sortirent du Windmill Inn en beuglant des chansons, se retenant aux lampadaires, sifflant les voitures qui passaient.

« Trouve-les et fais-leur payer ce qu'ils ont fait », avait dit Isobel. Facile à dire, mais il était inspecteur de police. Il ne pouvait pas se pointer comme ça et les descendre... On était à Aberdeen, pas à New York. Si Colin Miller n'était pas prêt à témoigner, il ne pouvait pas faire grand-chose...

Sauf s'il les prenait sur le fait. Mais, même dans ce cas, Isobel ne serait pas satisfaite. Elle ne voulait pas la justice, elle voulait la vengeance. Il tira son téléphone de sa poche, l'alluma et constata qu'il avait reçu trois nouveaux messages, tous de Steel. Il n'en fit aucun cas et composa un numéro.

39

— Tu es vraiment sûr qu'on doit faire ça ? demanda Jackie pour la millième fois depuis une demi-heure.

Il faisait froid dans la voiture garée dans un espace sombre, entre deux lampadaires. Pour la millième fois, Logan répondit que non, il n'en était pas sûr, et recommença à observer la maison de Chib. Une surveillance non officielle dans une voiture de service ? Évidemment, ils n'auraient pas dû se trouver là. Surtout qu'en principe Jackie était encore en service pendant vingt-quatre minutes.

On entendit un faible grognement sur le siège arrière et Rennie se redressa en se tenant la tête à deux mains.

— Comment vous sentez-vous ? demanda Logan en découvrant le visage verdâtre du policier dans le rétroviseur.

— Horriblement mal... (Il jeta un regard en biais à la maison.) Où il est allé, Steve ? Merde !

Jackie se retourna à moitié sur son siège.

— Fous-lui la paix. Lui, il s'est pas bourré la gueule.

— Putain, c'est quoi cette humeur de chienne ?

— Vous allez la fermer, tous les deux ? grinça Logan.

Il jeta un regard furibond dans le rétroviseur et Rennie leva les mains, en signe d'apaisement. Le silence revint dans la vieille Vauxhall. Jackie faisait la tête et Rennie feuilletait l'un des magazines pornographiques de M. Marshall.

Logan se retourna et le lui arracha des mains.

– Hé, c'est moi qui le lisais ! lança Rennie.

– Où avez-vous dégotté ce machin-là ?

Rennie haussa les épaules.

– Il était là, sous le tas de cartons de Burger King et de KFC.

Logan lui rendit le magazine. C'était ridicule, ils ne se trouvaient même pas dans la voiture utilisée le soir où ils avaient coincé Marshall. Apparemment, tous les policiers, hommes et femmes, de Stonehaven à Fraserburgh, se repassaient en ricanant les objets de la collection pornographique.

– Tu sais, n'est-ce pas, que je dois aller pointer à minuit, pour la fin de mon service, dit Jackie en jetant un coup d'œil au magazine de Rennie.

– Écoute, dès que l'agent Jacobs sera là, vous irez pointer, tous les deux ; vous reviendrez ensuite. D'accord ?

– Qu'est-ce que tu feras si Sutherland quitte la maison pendant qu'on est partis ?

– Je le suivrai.

– Tu peux pas le suivre, t'as bu.

– On aura peut-être de la chance et... oh, oh, voilà de la compagnie.

Deux phares trouant la nuit s'avançaient vers eux, et la voiture vint se garer de l'autre côté de la route. Quelques secondes plus tard, les phares s'éteignirent. Aucun signe de vie dans la maison de Chib. L'agent Steve Jacobs, encore vêtu de son uniforme, descendit de la vieille Fiat, les bras chargés de plats à emporter. Il grimpa à l'arrière, à côté de Rennie.

– 'soir, tout le monde, lança-t-il en ouvrant le couvercle d'un carton rempli de morceaux de poulet. J'ai aussi apporté de l'aspirine... Hé, attends ton tour ! (Rennie s'était déjà servi.) L'inspecteur vous a déjà contacté ? ajouta-t-il en tendant à Logan un sachet de frites. Elle a dit que c'était urgent. C'était à propos de la conférence de presse.

– On l'a vue au pub, répondit Rennie en mâchonnant son poulet. Cette vieille bique s'est attribué tous les mérites de l'opération.

Logan rougit dans l'obscurité mais ne dit rien. On n'entendit plus dans la voiture qu'un bruit de mastication. Une bouteille de Pepsi passa de main en main. L'un après l'autre, ils empilèrent dans le sac os de poulet, emballages vides et serviettes en papier, puis Steve le jeta à ses pieds avec le reste des déchets.

– Et maintenant ? demanda Rennie en avalant deux aspirines avec une longue gorgée de Pepsi.

Jackie consulta sa montre.

– Maintenant, il faut aller pointer.

– C'est pas la peine, annonça Steve. J'ai demandé au gros Gary de le faire pour nous. Ça m'a coûté trois Mars, mais on est tranquilles pour toute la nuit.

Ils passèrent un moment à jouer à « Elle crache ou elle avale », mais Logan se tint en dehors du jeu, qui lui rappelait trop les doigts de Colin. Puis on se lança dans une discussion philosophique sur les mérites comparés des strings et des caleçons, avant de passer à des monologues tirés de la série *EastEnders*. De temps à autre, Steve proposait un sujet de discussion : « À votre avis, qui gagnerait un match de lutte à poil dans la boue : Marge Simpson ou Wilma Flinstone ? », ce qui ramenait, immanquablement, à une nouvelle manche d'« Elle crache ou elle avale ». Apparemment, Betty Rubble crachait. Mais le silence et l'ennui finirent par l'emporter.

À 1 h 30, le salon de Chib était toujours plongé dans l'obscurité. Logan s'étira sur son siège. Après plus de deux heures passées dans cette voiture, il avait mal au dos. Et, si son ivresse s'était dissipée, elle avait laissé un mal de crâne et une vague nausée. Un léger ronflement se faisait entendre aux places arrière, mais, devant, Jackie parcourait le magazine de Marshall, inclinant les pages pour mieux les voir à la faible lueur du lampadaire.

– Tu sais, dit Logan, au moment même où une lumière s'allumait au premier étage de la maison, finalement, ça n'est peut-être pas une si bonne idée.

Jackie leva les yeux de ce qui ne pouvait être qu'une photo truquée.

– Tu avais pourtant dit que c'était l'unique manière de faire quelque chose contre Chib et son pote.

– Je n'en sais rien. (Soupir.) Pour être franc, je ne suis plus sûr de rien...

Il lui raconta alors l'histoire de Colin Miller, telle que la lui avait rapportée Isobel. Et comment il pensait que c'était sa faute.

– Arrête ! Tu dis n'importe quoi ! (Elle jeta un coup d'œil sur le siège arrière, où Rennie et Steve, recroquevillés comme deux cockers, dormaient paisiblement, et baissa la voix.) Comment est-ce que ça pourrait être ta faute ? C'est quand même pas toi qui as coupé les doigts de Miller ! Tu es un bon flic, Logan. C'est toi qui as arrêté Dunbar et cette Mme Pirie, et cette vieille bique de Steel aurait foiré ces affaires comme elle foire tout d'habitude. Ce qui est arrivé à Miller, c'est la faute à pas de chance. (Voyant qu'il ne répondait pas, elle lui étreignit la main.) Je vais te dire, on arrête. Demain, on demandera à Insch de mettre en place une surveillance. Cette vieille bique ridée ne reconnaît pas le mérite des autres, mais Insch le fera. Résous l'histoire de Karl Pearson et il te fera quitter l'équipe de Steel comme ça ! (Elle claqua des doigts, et les ronflements s'interrompirent brutalement sur le siège arrière.)

L'agent Steve Jacobs avança la tête entre les deux places avant et demanda ce qui se passait. Logan s'apprêtait à répondre qu'ils laissaient tomber lorsqu'une lumière s'alluma au-dessus de la porte de Chib et qu'une silhouette s'enfonça dans la nuit, tenant à la main un fourre-tout.

– Réveillez-vous, lança Logan, il se passe quelque chose...

Il regrettait que Steve n'eût pas amené une paire de jumelles à vision nocturne. La silhouette passa sous un lampadaire : manteau, jean, chapeau, cheveux et moustache noirs. Le copain de Chib, le Boiteux, gagna l'extrémité de la rue et tourna à droite dans Countesswells Avenue.

– Super ! lança Jackie, visiblement heureuse de passer enfin à l'action. Bouclez vos ceintures, messieurs !

Mais Logan l'arrêta d'un geste avant qu'elle ait pu tourner la clé de contact.

– On ne peut pas. Et Chib ?

– Quoi, Chib ? C'est le Boiteux qui est parti. Il faut le filocher, sans ça on va le perdre !

– Bon, bon... (Logan passa rapidement en revue les différents scénarios.) Tu prends Rennie avec toi et vous le suivez, Steve et moi on reste derrière et on surveille la maison.

– Pourquoi est-ce que je prends Rennie ? Pourquoi pas Steve ?

– Parce que Rennie et moi, nous avons bu. On ne peut pas conduire.

– Dans ce cas, c'est toi qui viens avec moi.

– Et laisser ces deux-là s'occuper de la maison ? Je préfère qu'il y ait au moins une personne raisonnable par équipe, si ça ne te dérange pas.

Steve fit la grimace.

– Merci, j'ai tout entendu !

– C'était pas méchant. (Logan ouvrit la portière et se glissa hors de la voiture.) Allez, ramenez votre fraise.

Dix secondes plus tard, accroupis dans l'obscurité, ils regardaient s'éloigner la voiture de Jackie poursuivant le Boiteux.

– Euh... monsieur, vous croyez vraiment qu'ils doivent rester seuls pour suivre le violeur d'enfants ? demanda Steve tandis qu'ils gagnaient sa voiture.

– Tranquillisez-vous. Il est probablement parti se branler dans un parc public ou quelque chose comme ça. De toute façon, ajouta-t-il en montrant la maison, où une ombre bougeait derrière une fenêtre du premier étage, c'est celui-là qui est inquiétant.

En tout cas, s'il fallait en croire Colin Miller.

***

La nuit était sombre et calme, exactement comme il les aimait. Ce soir-ci resterait dans les annales, marqué au fer rouge. Étouffant un petit rire, il traversa la route et accéléra le pas en contournant les terrains de jeu, goûtant l'alternance d'ombre et de lumière entre les lampadaires. Airyhall Avenue était bordée de belles maisons bourgeoises, papa, maman, 2,4 enfants par famille. Ah ! heureuses familles bien au chaud sous la couette, aux rêves douillets, qui se retrouveraient le lendemain matin pour un petit déjeuner tous ensemble. En dépit du froid, il commençait à transpirer sous les bras et se mit à passer le lourd fourre-tout d'une main à l'autre. Ce soir, ce serait bien puisqu'il mêlerait l'utile à l'agréable. Et, cette fois, Brendan ne lui en voudrait pas. Finis les yeux au beurre noir. De toute façon, ils devaient quitter Aberdeen bientôt et rentrer à Édimbourg. Cette seule perspective le fit sourire. Le temps, ici, était trop imprévisible. À un moment c'est grand soleil, et cinq minutes plus tard il pleut à verse. Parfois, c'est les deux en même temps.

Au bout de l'avenue, il s'immobilisa, le cœur battant, en contemplant le panneau indicateur, sur l'autre trottoir : « Maison d'enfants d'Airyhall ». Il était allé trop loin, il n'aurait pas dû venir par cette route. Il aurait dû s'en tenir au chemin initial... Cette maison d'enfants était plus petite que celle où il était lui-même allé, là où Brendan avait poignardé pour lui, mais cela ne la rendait pas moins effrayante.

Frissonnant légèrement, il fit demi-tour et prit la direction du centre-ville, s'éloignant le plus possible de cet endroit. Une seule fois, il jeta un regard en arrière vers la grosse bâtisse et ses silencieux pensionnaires, plongés dans le sommeil.

Il lui fallut dix minutes pour gagner le cimetière (dès qu'il vit le panneau, il se mit à siffloter le thème des Simpson) ; puis il tourna à droite pour rejoindre Anderson Drive. À cet endroit, il s'arrêta sous un lampadaire et posa son fourre-tout sur le bas-côté herbeux. Pourquoi avoir emporté tout ce bataclan ? Il sortit la carte que lui avait donnée Brendan sur laquelle un petit smiley souriant suivait des flèches jusqu'à une tête de mort et deux tibias entrecroisés entourés de flammes. La maison qu'ils avaient saccagée en profitant de l'absence de la vieille dame. Ce soir, elle n'aurait pas cette chance.

Soudain, le hululement d'une sirène déchira le ronronnement étouffé de la circulation automobile, plutôt tranquille à cette heure de la nuit. Il crut que son cœur allait s'arrêter. Une voiture de patrouille, gyrophare bleu tournoyant, fit le tour du rond-point sans ralentir et disparut dans l'obscurité. Ce n'était pas lui qu'ils cherchaient.

Avec un large sourire, il empoigna le fourre-tout, regarda à droite et à gauche, traversa la route et se dirigea vers le centre-ville.

Quittant l'arrière de la voiture, Rennie vint s'installer à l'avant, manquant écraser le bras cassé de Jackie, qui bataillait avec le changement de vitesse.

– Tu crois qu'ils mijotent quelque chose ?

– Bouge ton cul de là et assieds-toi ! Putain, j'aurais pu m'arrêter, t'avais qu'à demander.

– Je voulais pas que tu le perdes.

– Comment tu voulais que je le perde, il est à pied ! Tu crois qu'il allait courir plus vite que nous ?

– Bon, bon, excuse-moi.

Il boucla sa ceinture de sécurité et guetta la silhouette qui, deux cents mètres devant, peinait sous le poids d'un fourre-tout porté à l'épaule.

– Tu sais, depuis que tu t'es cassé le bras, t'es devenue vraiment chiante.

– Je ne me suis pas cassé le bras ! On me l'a cassé, nuance !

– Peu importe, t'es quand même chiante.

Elle voulut répondre, se ravisa et se contenta de hausser les épaules. En toute honnêteté, il avait raison.

– À part ça, dit-elle, c'est sûr qu'il mijote quelque chose. Sans ça, on le suivrait pas.

Elle se gara sur le bas-côté, éteignit les phares et laissa leur homme prendre un peu d'avance.

– À ton avis, qu'est-ce qu'y mijote ? Habillé en noir, un fourre-tout, tu crois qu'il est parti pour un casse ?

– Non... Son sac est trop lourd pour ça, après y pourrait plus rien emporter. Une livraison de drogue ? Il vient livrer ça à ses revendeurs ?

Lorsqu'elle estima que le copain de Chib se trouvait suffisamment éloigné pour ne plus les remarquer, Jackie ralluma les phares, démarra, longea lentement les terrains de jeu, tourna autour du rond-point et s'engagea dans Union Grove.

– Tu sais, dit Rennie, aujourd'hui ils ont coffré une vieille dame, par ici. Elle utilisait des enfants comme livreurs de PCP, de cannabis et d'autres trucs.

– Ah bon ? Notre bonhomme cherche peut-être à prendre sa place.

Rennie sourit.

– Super ! T'imagines les gros titres, « Des policiers hors service coincent un baron de la drogue d'Édimbourg » !

Jackie lui rendit son sourire.

– Ça me va bien, ça.

40

Le Boiteux s'immobilisa devant un immeuble miteux d'Union Grove et observa la rue avec attention pour s'assurer que personne ne le regardait. Jackie alluma la radio et poussa le son à fond, aux limites du supportable ; les basses de la musique de danse firent vibrer la carrosserie. Puis elle passa tranquillement devant l'homme au fourre-tout, sans lui prêter la moindre attention. Rennie, lui, l'œil vissé au rétroviseur extérieur, vit le Boiteux tirer une clé de sa poche et pénétrer dans le bâtiment. Il frappa le tableau de bord du plat de la main.

– Ça y est, il est entré !

– Parfait.

Jackie éteignit la radio, fit demi-tour et alla se garer non loin de l'immeuble. Phares éteints, ils observèrent la façade de l'immeuble.

– Et maintenant ?

– Maintenant, on attend.

Rennie se mit à siffloter l'air d'*Emmerdale*, rompant le silence qui s'installait dans la voiture.

– Euh, Jackie, dit-il lorsqu'il eut terminé, est-ce qu'on ne devrait pas l'agrafer tant qu'il a la marchandise avec lui ? S'il a pas de drogue, pour quel motif on l'arrêterait ?

Jackie se gratta le crâne d'un air perplexe et lâcha un juron. Rennie avait raison. Elle ouvrit la portière et descendit de voiture. Debout dans la rue déserte, en uniforme de la police des Grampian, on ne voyait qu'elle.

– Allez, viens, qu'est-ce que t'attends ?

Aucune lumière ne filtrait par la porte vitrée de l'immeuble. Cela n'avait d'ailleurs rien d'étonnant puisqu'il était 2 heures du matin et que tout le monde devait dormir. Sauf le Boiteux et celui ou ceux avec qui il avait rendez-vous. D'un air soupçonneux, Jackie observa l'immeuble crasseux en granit.

– Tu crois qu'elle vivait là, cette femme qui a été arrêtée pour trafic de drogue ?

Comme Rennie n'en savait rien, elle appela le Central par radio. La voix du sergent Eric Mitchell résonna dans le poste qu'elle portait accroché à l'épaule. Pourquoi utilisait-elle la radio de la police ? Elle n'était pas en service. Prise au dépourvu, Jackie tenta d'inventer un mensonge plausible.

– Euh… eh bien, je raccompagnais Rennie en voiture quand on a vu un individu suspect pénétrer dans un immeuble d'Union Grove. (Elle s'exprimait comme si elle témoignait devant un tribunal, mais il était trop tard pour reculer.) J'ai reconnu cet individu, on l'avait déjà arrêté pour suspicion de trafic de drogue, alors je voudrais savoir s'il s'agit de la même adresse.

– Vous vous rendez compte que c'est du boulot de trouver ce renseignement ?

– Écoutez, c'est un dur, ce gars-là, et il transporte un gros fourre-tout, ça pourrait être plein de drogue. Alors vous allez me la donner cette adresse, oui ou non ?

Il lui fallut une bonne minute, mais finalement le sergent Mitchell confirma qu'il s'agissait bien du même immeuble.

– Vous voulez que je vous envoie du renfort ?

– Non, ça ira. Mais préparez les lettres de félicitations. D'accord ?

Le sergent Mitchell répondit qu'il verrait ce qu'il pouvait faire.

La porte de l'immeuble n'était pas verrouillée et ils pénétrèrent dans le hall au sol recouvert d'un tapis en coco. L'obscurité qui régnait à l'intérieur s'épaissit encore lorsque Rennie referma la porte derrière lui. La seule lueur provenait désormais de la vitre au verre dépoli au-dessus de la porte. Sentant quelque chose lui frôler les cheveux, Jackie faillit hurler mais elle se rendit compte à temps que ce n'était que la main de Rennie, qui tâtonnait dans le noir.

— Mais qu'est-ce que tu fabriques ? murmura-t-elle.

— Je cherche l'interrupteur, répondit-il sur le même ton.

— Mais t'es dingue, ou quoi ? Tu veux qu'on se fasse repérer ?

— J'y vois rien !

— Alors ferme ta grande gueule et écoute !

Silence. Puis quelques bruits étouffés leur parvinrent des étages supérieurs. Ils grimpèrent sans bruit les marches, s'immobilisant lorsqu'une large fenêtre crasseuse leur procura un peu de lumière. Jackie leva les yeux, s'efforçant de déterminer d'où provenaient les bruits, et aperçut alors la lueur d'une lampe électrique en haut de l'escalier et la silhouette d'un homme penché en avant, se livrant à une activité suspecte.

Elle se remit en marche et avait presque atteint l'entresol lorsque la rampe émit un craquement sous sa main. Le bruit cessa d'un coup au-dessus. Elle n'entendait plus que le sang battre à ses oreilles. Puis le faisceau de la torche balaya les marches derrière eux et remonta, éclairant en plein le visage de Rennie. Quelqu'un s'écria « Et merde ! », et l'enfer se déchaîna.

Une bouteille en verre explosa au-dessus d'eux, inondant le mur d'un liquide qui sentait l'essence.

— Police ! Ne bougez plus ! hurla Jackie.

Mais elle dut bondir de côté, car une autre bouteille vint s'écraser sur la rampe, arrosant d'essence la moquette de l'escalier.

En poussant un cri de douleur, Rennie s'affala sur elle et l'entraîna dans sa chute jusque sur le palier. Comme un boulet de canon, le Boiteux se précipita alors vers eux. Jackie voulut se relever, mais Rennie, à moitié couché sur elle, se débattait comme un beau diable. Elle lui balança une gifle.

— Pousse-toi, abruti !

Le Boiteux passa à côté d'eux à toute allure. Jackie lui balança un coup de pied dans le genou. L'homme poussa un cri de douleur et dégringola dans l'escalier.

– Bouge-toi ! s'écria Jackie en administrant une nouvelle claque à Rennie, qui jurait comme un charretier.

Elle dévala les marches en direction de la silhouette recroquevillée plus bas, près de la fenêtre. Elle tomba sur lui au moment où il se relevait et ils se retrouvèrent tous deux projetés dans le coin, dans un fracas de bouteilles en verre. La tête de Jackie heurta le mur et des éclairs jaunes dansèrent devant ses yeux. Elle tituba en arrière, glissa sur une marche et heurta la rampe au moment même où le Boiteux se relevait.

Elle lui balança un coup de pied mais le manqua. Le Boiteux, en revanche, ne manqua pas le sien et l'atteignit dans les côtes. Elle fut à nouveau projetée contre la rampe. Pliée en deux par la douleur, elle vit le Boiteux s'enfuir.

Sur le palier du premier étage, Rennie appuya une main ensanglantée sur l'interrupteur. La lumière inonda la cage d'escalier. Le Boiteux était presque arrivé en bas. Jackie se releva et évita de justesse une autre bouteille qui explosa contre le mur, projetant de l'essence tout autour.

– Salopard !

Elle se rua vers lui mais s'immobilisa brutalement en voyant ce qu'il tenait à la main : un Zippo. Elle avait les cheveux trempés d'essence.

Du sang coulait sur le visage du Boiteux jusque dans sa moustache. Il sourit. Les flammes jaillirent en rugissant.

– Putain, qu'est-ce qu'on s'emmerde !

L'agent Steve Jacobs posa les bras sur le volant de sa Fiat et laissa échapper un long soupir théâtral.

– On joue à « Elle crache ou elle avale » ? (Logan refusa.) À « C'est ça ou tu meurs » ? (Nouveau refus.) À « Tu tues, tu baises ou t'épouses » ?

– Non. Je ne veux jouer à rien du tout. Compris ?

– C'est bon… Je cherchais seulement à passer le temps.

Le silence dura deux bonnes minutes avant que Steve ne revienne à la charge.

– Vous avez entendu parler du petit ami de Karen ?

– Qui c'est, Karen ?

– Mais si, vous savez, Karen Buchan, la policière. La grande. Elle était avec moi quand on a découvert le corps de Rosie Williams.

Logan fit la moue.

– Ah... elle.

– Oui... enfin. (Ils avaient beau être seuls dans la voiture garée dans une rue déserte, il baissa la voix et prit un ton de conspirateur.) On raconte que son mec – l'agent Robert Taylor, au cas où vous le sauriez pas –, y batifole à droite et à gauche.

– Bien fait pour elle !

– Ouais, faut dire que c'est une pétasse. En tout cas, on l'a vue pratiquer la chose sur les quais ! Pratiquer ! Vous vous rendez compte ? J'ai dit à Jackie que...

Mais Logan ne voulait pas en savoir plus et il se remit à observer la maison silencieuse et plongée dans l'obscurité, tout en se disant que tout cela était une perte de temps monumentale. Encore une demi-heure, et il enverrait tout le monde se coucher. Demain, il parlerait à Insch et... Au-dessus de la porte, la lumière s'alluma.

– ... après tout, elle est comme les autres, lui, il est chauve comme un œuf, alors j'ai dit...

Logan lui lança un coup de coude dans les côtes.

– Aïe ! Qu'est-ce qu'il y a ?

– Y a du nouveau.

Un mobile collé à l'oreille, Chib Sutherland sortait en courant de la maison. Il se rua vers la Mercedes gris métallisé garée dans l'allée et démarra dans un rugissement de moteur. En poussant un juron, Steve démarra à son tour et le suivit en s'efforçant de garder la distance pour ne pas être repéré.

– Qu'est-ce qui lui prend, à votre avis ? demanda Steve en voyant Chib griller le feu rouge de Springfield Road.

– Aucune idée.

361

Des flammes bleues sautaient de marche en marche sur la moquette imbibée d'essence. Jackie s'enfuit. Derrière elle, des volutes de fumée noire envahissaient la cage d'escalier. Elle s'immobilisa sur le palier du premier étage, où Rennie tambourinait à une porte en hurlant :

– Ouvrez, pour l'amour de Dieu, ouvrez !

– Défonce-la !

Rennie recula de deux pas et balança un violent coup de pied dans la porte qui ne céda pas.

– Encore !

Cette fois, le bois explosa, entraînant dans sa chute une partie du montant. Accompagnée de morceaux de moquette enflammés, une soudaine bouffée de chaleur brûlante venue des étages supérieurs envahit soudain le palier. Une épaisse fumée noire obscurcissait à présent l'escalier, chargée d'odeurs d'essence et de Nylon brûlé. Ils se ruèrent à l'intérieur de l'appartement où quelqu'un ne cessait de hurler « Au voleur ! Au voleur ! ». Puis le détecteur de fumée se mit en route, ajoutant sa sirène aiguë au rugissement des flammes.

Jackie arracha la radio de son épaule et demanda les pompiers et une ambulance avant de suivre Rennie dans la pièce suivante. Les cris se muèrent en hurlements incohérents. Dans la chambre, ils découvrirent une vieille dame dans son lit, serrant contre elle une couverture remontée sur sa poitrine, son dentier dans un verre posé sur la table de nuit ; son mari, zizi ridé pointant à travers la braguette de son pyjama, brandissait une canne d'un air menaçant.

Rennie claqua la porte derrière lui.

– Nous sommes de la police, espèce de vieux fou ! Y a-t-il d'autres habitants dans l'immeuble ? (Le vieil homme abaissa sa canne en hochant la tête en signe de dénégation.) Et la porte à côté ?

– C'est M. et Mme Scott. (Il toussa. La fumée, déjà, envahissait la pièce.) Ils ont une petite fille et un chien…

– Ouvrez la fenêtre. Jetez le matelas dehors et sortez d'ici avec votre femme. L'agent Watson va vous aider.

Jackie, pendant ce temps, donnait au Central la description de leur agresseur et leur demandait de le coincer et de lui foutre la plus belle branlée de sa vie. Soudain, Rennie se rua dans le couloir et claqua derrière lui la porte de la chambre.

Jackie ne s'en rendit compte qu'une fraction de seconde trop tard.

– Rennie ! Rennie, espèce de cinglé !

Mais le temps pressait. Elle rejoignit le vieil homme et l'aida à relever la fenêtre qui s'ouvrit en grinçant. Le matelas à deux places tournoya dans l'air avant d'atterrir en bas, tandis que la couette restait accrochée à une antenne parabolique. Le vieil homme contempla d'un air perplexe le rectangle blanc. Ils n'étaient, certes, qu'au premier étage, mais cela faisait tout de même une certaine hauteur ! Jackie le saisit par le bras et le poussa vers l'ouverture.

– Allez-y ! Il faut que vous y alliez en premier. Ensuite, j'aiderai votre femme à descendre et vous la réceptionnerez. D'accord ?

Elle devait crier pour couvrir le rugissement de l'incendie d'où n'émergeait que le hurlement de la sirène. Il hésita et elle jeta un regard au matelas gisant sur le trottoir, quatre mètres cinquante plus bas.

– Ne vous inquiétez pas, mentit-elle. Il n'y a rien à craindre.

– Ne me parlez pas comme à un enfant !

Il se glissa par la fenêtre et se laissa pendre le plus bas possible avant de lâcher prise et de lancer une bordée de jurons en touchant le sol. La vieille dame était beaucoup plus inquiète et beaucoup plus lourde, mais Jackie parvint à la pousser par la fenêtre. En tombant sur le sol, elle faillit écraser son mari.

Une explosion retentit dans l'immeuble, faisant trembler la porte de la chambre. De la rue montait le hululement lointain des sirènes. Jackie prit une profonde inspiration et sauta à son tour.

41

En arrivant à Union Grove, Chib ralentit considérablement l'allure, comme s'il cherchait quelque chose. Steve ralentit lui aussi pour conserver la même distance entre les deux voitures. Au loin, on entendait une sirène. Puis ils virent la lueur orangée dans le ciel. Un incendie.

La Mercedes s'immobilisa au milieu de la route et une silhouette jaillit de l'obscurité, pliée en deux, boitant, un vieux fourre-tout à la main. L'homme monta dans la voiture, qui redémarra quelques secondes plus tard.

– Merde...

Sur son mobile, Logan composa le numéro de Jackie. Occupé.

– Allez, décroche !

Douze sonneries plus tard, il entendit l'annonce de la boîte vocale, coupa la communication et appuya sur *bis*.

Steve, lui, suivait toujours Chib sur Union Grove, en direction du croisement avec Holburn Street.

– Putain de Dieu !

Des flammes gigantesques s'échappaient du toit d'un immeuble, projetant dans la nuit des spirales d'étincelles jaunes, tandis qu'un épais nuage de fumée noire se répandait comme un brouillard. Les deux étages du haut étaient la proie des flammes. Chib passa devant l'immeuble sans ralentir ni accélérer.

Logan poussa un juron en entendant de nouveau la voix de Jackie annoncer qu'elle était occupée, qu'elle n'allait quand même pas se déranger et qu'il fallait laisser un message. Raccrocher. Rappeler. Il prit alors la radio accrochée à l'épaule de Steve et demanda qu'on lui passe l'agent Watson, mais on lui répondit d'attendre son tour. Elle avait appelé depuis le lieu d'un gros incendie mais ne répondait plus sur sa radio.

– Arrêtez-vous ! s'écria Logan.

Steve enfonça la pédale de frein. Logan bondit hors de la voiture et se rua vers l'immeuble en flammes en hurlant le nom de Jackie. La plainte des sirènes se rapprochait.

Des gens étaient rassemblés autour d'une personne allongée par terre, et sur qui on pratiquait une réanimation cardio-pulmonaire.

– Jackie ! hurla-t-il.

Un visage noirci de suie se tourna vers lui. C'était Rennie, qui pratiquait le bouche-à-bouche. La victime était une femme d'âge moyen, vêtue d'un tee-shirt trop grand portant le logo de l'université d'Aberdeen, et qui laissait voir une culotte grise et un ventre affligé de bourrelets.

– Là-bas, dit-il en montrant une silhouette accroupie devant l'immeuble.

– Jackie ?

Elle était penchée sur le corps d'un golden retriever baignant dans une mare de sang et caressait doucement sa fourrure. Une particule incandescente vint se poser sur le flanc de l'animal, dégageant une odeur âcre de poil brûlé. Logan s'agenouilla à côté de Jackie et lui posa doucement la main sur le bras.

– Jackie ? Ça va ?

Elle avait le visage noirci de fumée, comme son chemisier d'uniforme, autrefois blanc. Sans lever les yeux sur lui, elle chassa la cendre d'un revers de main.

– Il bougeait encore quand Rennie l'a descendu par la fenêtre.

– Viens, dit-il en l'aidant à se remettre debout. C'est dangereux, ici.

Il l'entraîna un peu plus loin mais elle gardait la tête tournée vers le chien et ne revint à la réalité qu'en voyant la voiture Alpha 36 freiner brutalement à leur hauteur, suivie d'un gros camion de pompiers qui dégorgea immédiatement sur le bitume hommes et matériel. Un deuxième camion arriva presque en même temps.

– Il s'est enfui ! hurla-t-elle pour couvrir le tintamarre. C'était le copain de Chib. Il a répandu de l'essence partout. (Un pompier passa en courant à côté d'eux, déroulant un tuyau d'incendie.) Il s'est enfui !

– Je sais, Chib l'a ramassé. On était en train de le suivre et…

– Tu peux pas le laisser partir comme ça ! Y vont s'enfuir, ces salauds !

Elle le saisit par le col et l'entraîna vers la vieille Fiat de Jacobs, laissant Rennie sur les lieux de l'incendie.

– Vas-y, fonce ! ordonna-t-elle à Steve en s'installant à côté de lui, tandis que Logan prenait place à l'arrière.

La voiture gagna à toute allure l'extrémité de la rue, croisant au passage une ambulance.

– À droite ou à gauche ?

Logan n'en avait pas la moindre idée. Steve réfléchit une seconde et prit sa décision :

– À droite !

Il s'engagea dans Holburn Street. Au loin, on distinguait deux feux arrière ; aucun autre véhicule en vue. Steve écrasa l'accélérateur. La Mercedes avait presque atteint le rond-point de Garthdee et roulait très raisonnablement à moins de cinquante kilomètres-heure lorsque la Fiat la dépassa dans un rugissement de moteur et se rabattit brutalement avant de piler. L'ABS de la Mercedes laissa sur le bitume des traces noires semblables à des caractères de morse. Jackie bondit hors de la voiture, suivie de Logan et de Steve, et, utilisant sa matraque comme une batte de base-ball, l'abattit sur le pare-brise, y faisant naître instantanément comme une toile d'araignée. Elle s'apprêtait à porter un nouveau coup lorsque la portière côté passager s'ouvrit à la volée et que le Boiteux bondit dehors.

Logan eut à peine le temps de hurler : « Il est armé ! » qu'un coup de feu partit et que Steve s'écroula en hurlant.

Logan et Jackie plongèrent à terre. Nouveau coup de feu. La balle creusa un trou dans le bitume, à côté de la jambe de Logan, qui recula vivement pour se mettre à l'abri derrière la Fiat. Une autre balle toucha le capot, une quatrième la carrosserie, tout cela au milieu des gémissements de Steve. Rugissement du moteur et crissement des pneus. La Mercedes recula, s'immobilisa une fraction de seconde et bondit en avant dans un nuage de fumée noire, manquant écraser Jackie au passage. Un nouvel aboiement de pistolet força Logan à s'aplatir, et la voiture disparut. Quelques instants plus tard, les feux de freinage s'illuminèrent, les jantes en alliage éraflèrent la barrière de sécurité du rond-point de Garthdee, faisant jaillir une gerbe d'étincelles, puis la Mercedes s'engagea sur le pont de la Dee et s'enfonça dans la nuit.

Steve gisait au milieu de la route, blanc comme un linge, une tache rouge qui s'élargissait sur la poitrine, des bulles sanguinolentes moussant à ses lèvres. Jackie se précipita vers lui, étouffa un juron et appuya fortement sur la blessure pour tenter de stopper l'hémorragie. Logan appela une ambulance. Avec un peu de chance, il serait encore vivant à son arrivée.

Jackie leva les yeux vers Logan.

– Putain, mais qu'est-ce qui s'est passé ?

Les cris du policier s'étaient mués en halètements dont chacun amenait plus de sang dégoulinant de ses lèvres à son menton.

Logan s'agenouilla à côté de Jackie.

– Comment va-t-il ?

– À ton avis ?

Steve laissa échapper un gémissement et un flot de sang coula le long de sa joue. Elle s'efforça tant bien que mal d'en essuyer la plus grande partie.

– Allez, Steve, il est pas question que tu meures ! Si tu me laisses seule avec cet imbécile de Rennie, je te tue !

– As-tu...

– Quoi ?

– Je viens seulement d'y penser. On a affaire à une guerre de gangs. Malk the Knife a décidé de conquérir Aberdeen. Il envoie Chib pour s'imposer sur le marché... Ils savent que Karl Pearson est un dealer, alors ils le torturent jusqu'à ce que le malheureux balance ses copains. Ensuite, le Boiteux les fait brûler vifs. Même chose pour la grand-mère de Kennedy. (Il indiqua la lueur orangée au-dessus de Holborn Street.) Ils ont essayé de l'effrayer, mais comme ça n'a pas marché, ils sont passés à l'étape suivante. Apparemment, Chib et son copain se débarrassent de la concurrence.

Il appela le Central sur son mobile et leur demanda d'envoyer deux voitures de patrouille, rapido.

Jackie changea sa main de place sur la poitrine de Steve, trempée de sang.

– Bon Dieu, elle arrive, cette ambulance ?

– Ils seront là bientôt. Tout va bien se passer, assura-t-il en feignant la confiance. Comment va-t-il ?

– Tu vas bien, n'est-ce pas, Steve ?

Le ton joyeux était aussi forcé que le sourire.

On entendit soudain le hululement plaintif d'une ambulance.

– Il était temps ! lança Logan. (Il prit dans la sienne la main froide et tremblante de Steve.) C'est bon, ils arrivent. Tu vas t'en sortir.

Mais le regard de Steve était perdu dans le vague et sa respiration devenait de plus en plus laborieuse. Plus de mousse sanglante à ses lèvres, elle sourdait à présent entre les doigts de Jackie.

42

Éclairé par le gyrophare bleu de l'ambulance, le bitume réfléchissait les vitres des voitures et des immeubles bordant cette portion de Holburn Street. Aux fenêtres dont ils avaient rouvert les rideaux, tirés dès les premiers coups de feu, les silhouettes des habitants se détachaient contre les lumières intérieures.

Assise sur le capot de la Fiat, troué par une balle, Jackie écarta d'un geste agacé le doigt qu'un infirmier promenait devant ses yeux pour tester ses réflexes visuels.

– Je vais très bien, foutez-moi la paix !

Allongé sur un brancard, Steve avait une perfusion dans le bras, un masque à oxygène sur le nez et des bandages compressifs sur la poitrine. On poussa le brancard à l'arrière de l'ambulance, on referma les portières, et, dans un hurlement de sirène, l'ambulance fonça à toute allure en direction de l'Aberdeen Royal Infirmary.

Logan était en communication téléphonique avec le quartier général, leur demandant de dresser des barrages sur toutes les routes au sud d'Aberdeen. Chib se débarrasserait certainement de la voiture à la première occasion, car une Mercedes gris métallisé avec un pare-brise étoilé ne passe pas inaperçue ; alors les équipes avaient pour consigne de rechercher deux hommes de haute taille, à l'accent d'Édimbourg, l'un avec les cheveux blonds coupés court, l'autre moustachu, les cheveux bruns et longs. Les deux individus étaient armés et extrêmement dangereux. Il coupa la communication et, peu désireux d'affronter Steel en cet instant, composa le numéro d'Insch.

– Quelque chose ? demanda Jackie lorsqu'il eut terminé.

– Pas très content d'être réveillé à 2 h 30 du matin, mais il arrive.

La poussée d'adrénaline était retombée, laissant place à l'épuisement et à la nausée. Logan se frotta le visage des mains d'un geste las.

– Il va appeler le chef de la police et lui apprendre la mort de Steve.

Encore un policier abattu dans les rues d'Aberdeen. Cela promettait un nouveau tollé. On aurait droit aux conférences de presse, réunions de service, assemblées du personnel, etc. Mais rien de tout cela ne rendrait la vie à l'agent Steve Jacobs.

– Qu'a dit l'équipe de l'ambulance ? demanda Logan.

– Pas grand-chose. (Elle baissa la tête.) Le salaud !

– Il faut qu'on... (Il s'interrompit en entendant une sirène.) On y va.

Alpha 27 se gara de l'autre côté de la route, et deux policiers en uniforme descendirent de voiture. Ils écoutèrent Logan les mettre au courant de ce qui s'était passé, sans pouvoir détacher leurs yeux de la flaque de sang sur le bitume. Après quoi, il leur ordonna de boucler la rue et d'appeler l'identité judiciaire.

La nouvelle se répandit rapidement. En quelques minutes, trois nouvelles voitures de patrouille arrivèrent sur les lieux. Livides, les policiers écoutèrent le récit de la mort de leur collègue. Tous, sauf l'agent Buchan, qui affectait un air supérieur du genre « je vous l'avais bien dit », murmurant à qui voulait l'entendre que cette affaire était exactement semblable à celle de l'agent Maitland et que, comme par hasard, dans les deux cas, c'était l'inspecteur chef McRae qui dirigeait l'opération. Mais cette fois, Logan était trop exaspéré pour ne pas riposter.

– Vous ! Venez ici tout de suite !

La policière se raidit, traversa la route et se planta devant Logan, l'air méprisant.

– Oui... sergent ?

Logan lui administra une bourrade dans l'épaule.

– Vous avez quelque chose à dire, lança-t-il entre ses dents. Hein, madame l'agent ? Allez, je vous écoute ! Et dites-le d'une voix forte et intelligible, que tout le monde puisse vous entendre ! (Elle leva les yeux sur lui, le visage tendu. Logan attendit un instant avant de reprendre, d'une voix grondante :) C'est pas parce que votre petit copain va baiser à droite, à gauche que vous devez vous en prendre à moi. Compris ?

Le visage de Buchan s'empourpra.

– Ça n'a rien... Il ne...

– Steve Jacobs est mon ami et j'ai suffisamment de boulot à essayer de capturer le salopard qui lui a tiré dessus sans avoir en plus à m'occuper de vous !

– Mais je...

– Retournez à votre bagnole et restez-y !

L'agent Buchan regarda ses collègues, quêtant un soutien, mais tous semblaient soudain très occupés. Elle se tourna de nouveau vers Logan, qui la dominait de toute sa hauteur.

– Je vous donne l'ordre de quitter les lieux du crime, agent Buchan. Et attendez-vous à ce que je fasse un rapport écrit sur vos propos et votre comportement. (Il se pencha, de façon que son visage touche presque celui de la jeune femme.) Et maintenant, disparaissez de ma vue.

– Comment ça, on ne trouve aucune trace de leur passage ? Il doit bien y en avoir une !

Logan faisait les cent pas sur la route sans prendre garde à ce qui l'entourait, forçant les techniciens de l'identité judiciaire à l'éviter pour photographier les douilles et les taches de sang.

– Ils arrêtent bien toutes les voitures ?

Exaspérée, la femme à l'autre bout du fil répondit oui à Logan et qu'ils fouillaient aussi les coffres, parce que, aussi curieux que cela paraisse, ils avaient l'habitude de le faire ! Logan s'excusa et raccrocha. Ça n'avançait pas ! Ils avaient bloqué tous les grands axes et la plupart des routes secondaires, ce qui n'était pas chose facile dans les zones rurales où il existait un véritable entrelacs de petites voies desservant fermes et lotissements. Il suffisait de connaître un peu la région pour pouvoir emprunter des centaines de chemins différents. Cela dit, Chib, originaire d'Édimbourg, ne devait pas avoir une grande connaissance du Lower Deeside. C'était plutôt le genre à emprunter les grands axes.

– Mais, enfin, où est-ce qu'ils se planquent ?

Logan s'immobilisa devant la voiture et contempla Jackie, recroquevillée sur un siège, bouche ouverte, qui ronflait doucement. Elle était crasseuse, le visage noirci de suie, les joues tachées du sang de Steve, son uniforme aussi, une énorme bosse sur le front, au-dessus de l'œil gauche, causée par sa chute dans la cage d'escalier. Il laissa échapper un soupir. Ce soir, ils ne pouvaient rien faire de plus. Chib avait commis une grosse bêtise en descendant un policier devant témoins. Même Malk the Knife ne pourrait escamoter ça.

– Mais putain, qu'est-ce qui s'est passé ? hurla Chib, les deux mains agrippées au volant, tremblant de rage. Je t'avais donné une chose à faire, une seule… (Il administra une claque à la silhouette effondrée sur le siège à côté de lui. L'homme poussa un cri de douleur.) D'où ils venaient, les flics ?

– J'en sais rien, j'en sais rien !

Greg se protégea la tête de ses bras, mais Chib le frappa de nouveau. En pestant, il gara la camionnette dans un cul-de-sac qui avait l'air tranquille, coupa le moteur et resta un moment silencieux. Il avait bien aimé sa Mercedes, mais à présent elle n'était plus qu'un tas de ferraille calciné, abandonné dans un chemin le long de la Dee.

Serrant les dents, Chib prit une profonde inspiration et compta jusqu'à dix. Ce n'était pas la faute de Greg.

– Bon, dit-il enfin, je regrette de t'avoir frappé. J'ai eu tort. J'étais furieux, mais je n'aurais pas dû m'en prendre à toi. (Il lui tapota le bras d'un geste affectueux.) Et maintenant, tu peux me raconter ce qui s'est passé ?

Greg se tortilla sur son siège et s'essuya le nez d'un revers de manche.

– Je... J'étais dans la maison et tout se passait bien. J'avais vissé la porte de la vieille, et au moment où je versais l'essence, j'ai entendu quelque chose dans l'escalier ! Il y avait deux flics, ils m'ont crié dessus et j'ai essayé de m'enfuir, mais y a un des deux flics, une femme, qui m'a frappé dans le genou et ça a fait très mal, et puis elle s'est jetée sur moi, elle m'a donné des coups de poing, des coups de pied, elle m'a mordu, alors j'lui ai balancé un coup de pied, j'me suis enfui et avant de sortir j'ai foutu le feu à l'escalier et puis je t'ai appelé...

Chib lui tapota le genou.

– Tu as bien fait, Greg, tu as bien fait. (Le visage de Greg s'éclaira.) Mais comment ils savaient que tu étais là ? Ils t'avaient suivi ?

– J'ai regardé ! Je t'assure ! Mais j'ai vu personne.

Encore ce salopard d'inspecteur McRae, pensa Chib, furieux... C'était lui qui avait bondi hors de la voiture, avant que cette salope ne bousille le pare-brise de la Mercedes, il l'avait reconnu. Putain de McRae ! Un petit sourire naquit sur ses lèvres. La police penserait sûrement qu'il quitterait Aberdeen par le sud, pour retourner le plus rapidement possible sur son terrain habituel. Mais en ce moment ils se dirigeaient vers le nord ; ils contourneraient Inverness avant de descendre la côte ouest, direction Oban, Glasgow, et enfin Édimbourg. En roulant pied au plancher, ils pouvaient être de retour chez eux le lendemain avant la fermeture des pubs. Mais, avant, il restait quelque chose à faire.

Se venger.

43

L'inspecteur principal Insch avait la tête de quelqu'un qu'on vient de tirer du lit à 2 h 30. Il écouta en silence le récit de Logan, depuis le coup de téléphone de Jackie signalant l'incendie, jusqu'à l'actuelle disposition des barrages routiers. Insch prit alors un bonbon à la réglisse et le mâchonna pensivement, tandis que son crâne chauve luisait sous la lueur bleue du gyrophare de l'identité judiciaire.

– Bon, dit-il enfin. Tout le monde rentre chez soi. (Il montra Jackie, qui dormait à l'avant de la voiture de patrouille.) Et emmenez avec vous la Belle au bois dormant. On se revoit demain à midi et demi. Il y aura une enquête sur cette fusillade. (Nouveau bonbon à la réglisse.) Ils voudront savoir ce que vous faisiez là.

Logan rougit.

– Euh, eh bien, vous savez...

Le visage de marbre, Insch leva la main pour l'interrompre.

– Non, je ne veux pas le savoir. Mais à votre place, je prierais le ciel pour que toutes vos histoires concordent. Maitland a été abattu en service, mais là il s'agit d'une opération semi-officielle que vous avez foirée.

Une voiture de patrouille les conduisit sur Union Grove, de façon qu'ils puissent récupérer la voiture utilisée par Jackie. Il ne restait pas grand-chose de l'immeuble où vivait

Mme Kennedy. Les deux étages supérieurs avaient disparu et l'on ne voyait plus qu'une coquille vide en granit, des poutres calcinées et un toit en partie effondré. Sans sa providentielle arrestation pour trafic de drogue, se dit Logan, la vieille dame serait morte à cette heure.

Il s'installa au volant, mais Jackie lui intima l'ordre de bouger son cul. Pas question qu'il conduise.

Elle tourna la clé de contact et batailla pour boucler sa ceinture de sécurité.

– Insch sait que t'avais picolé ?

– J'crois pas... En tout cas, il n'a rien dit.

– Tant mieux. (Elle prit la direction de leur immeuble.) Qu'est-ce que tu lui as dit ?

– Tout... Enfin, je ne lui ai pas parlé des doigts de Colin et je ne lui ai pas dit non plus qu'on surveillait la maison de Chib sans autorisation officielle. Je crois qu'il aurait pas bien pris la chose.

Jackie s'engagea dans Holburn Street.

– Bon Dieu, pourquoi est-ce qu'on a accepté de te suivre là-dedans ?

Logan s'enfonça dans son siège.

– Merci. Comme si je ne me sentais pas suffisamment mal comme ça !

Il alluma la radio de police, attendant des informations sur les barrages ou sur l'état de Steve. Rien. Il sortit alors son mobile et appela le Central. L'agent Jacobs était en chirurgie, dans un état critique. On en saurait plus dans quelques heures.

Logan appuya sa tête contre la vitre froide. Une journée extraordinaire. Le matin, il a assisté aux obsèques d'un homme qu'il avait fait tuer ; l'après-midi, il capture un tueur en série, mais quelqu'un d'autre tire tout le bénéfice de cette opération ; et maintenant, c'est encore à cause de lui qu'un collègue se fait tirer dessus. Sans parler d'un de ses amis qui s'est fait trancher les doigts, et qu'il en est responsable. Pas étonnant qu'on l'ait affecté à l'équipe des Branleurs. Il en était membre de droit. D'ailleurs, il ferait aussi bien de... Il écouta les messages de Steel, de plus en plus déprimé au fur et à mesure de leur défilement. « Logan, mais enfin, où êtes-vous ? La conférence de presse doit se tenir dans une demi-heure... Il faut que vous soyez là ! Biiiiiip. C'est encore moi... Vous boudez, ou quoi ? Allez, ramenez-vous, le chef de la police veut que vous prononciez une allocution, ou un machin comme ça. Biiiiiip. Putain, Logan, pourquoi faut-il que vous jouiez à ce point les évaporés ? Allez, venez ! Biiiiiip... » Et les messages se succédaient, jusqu'au dernier, plus sec : « J'espère que vous avez une bonne raison de n'être pas venu ! »

Loin de vouloir tirer la couverture à elle, Steel avait cherché à le mettre en valeur. De mieux en mieux ! Il effaça tous les messages. De toute façon, il était trop tard. Là aussi, il avait foiré, comme pour tout le reste !

Et il ne savait toujours pas quoi faire pour Miller. Maintenant que Chib était en cavale, Isobel ne le lâcherait plus. Il aurait dû faire ci, faire ça, pourquoi ne les avait-il pas encore rattrapés, et si jamais ils revenaient, et... Logan poussa un juron.

– On fait demi-tour !

– Quoi ? Mais on est presque arrivés, protesta-t-elle en montrant le carrefour.

– Fais demi-tour, je te dis !

Elle poussa un soupir théâtral et fit demi-tour au beau milieu d'Union Street.

– Où allons-nous, ô mon lion fort et généreux ?

– Et si Chib n'était pas parti vers le sud ? Et s'il avait encore un boulot à terminer ?

Ce fut au tour de Jackie de jurer.

– Les doigts de Colin Miller !

– Exactement. Chib sait qu'on est après lui, et il doit se dire que c'est la faute de Miller.

Elle appuya à fond sur l'accélérateur, descendit Union Street à toute allure, grilla les feux rouges sur Union Terrace et l'orange devant Music Hall. Rues désertes et vitrines de magasins défilaient de façon vertigineuse des deux côtés de la voiture.

– Tu vas appeler du renfort ou quoi ?

Logan agrippa la poignée de maintien lorsque Jackie négocia sur les chapeaux de roues le carrefour en haut de Holburn Street avant de gagner Albyn Place.

– Et si je me trompe ?

– Dans ce cas, t'auras l'air d'un con. Mais si tu as raison ?

– Miller ne veut pas qu'on sache, pour ses doigts, il...

– Quel con ! Steve, lui, il avait pas envie de se retrouver à l'hosto avec une balle dans le buffet ! Si ce crétin avait prévenu plus tôt, ça ferait des jours que Chib serait en cabane. Au lieu de ça, on est en train de lui courir au cul !

Elle avait raison. Logan appela le Central mais s'entendit répondre qu'il n'y avait personne de disponible. Tout le monde était sur les barrages. Il raccrocha et appela Insch sur son mobile.

– Il va me virer pour ça, tu le sais, hein ? dit-il à Jackie tandis que la sonnerie retentissait. Inspecteur ? C'est Logan. J'ai besoin de renforts.

– Des renforts ? Mais pour quoi faire ?

Logan lui raconta alors l'histoire des doigts de Miller et la menace de Chib de revenir s'il s'apercevait qu'il avait de nouveau prévenu la police.

– Vous croyez qu'il est suffisamment dingue pour revenir ? Vous êtes fou ? Il doit être en train de détaler, la queue entre les jambes !

– Et si c'est pas le cas ?

En grommelant, Insch répondit qu'il verrait ce qu'il pouvait faire et coupa la communication. Jackie ralentit avant de s'engager dans Forest Road, voie d'accès au quartier chic d'Aberdeen.

– Alors ?

– Peut-être.

– Comment ça, peut-être ?

– C'est ce qu'il m'a répondu, voilà tout. (Il désigna l'entrée de Rubislaw Den North.) Prends à gauche, là, et tourne au coin.

Pas un bruit dans la rue. La lueur jaune des lampadaires filtrait à travers le feuillage des vieux hêtres. La maison était aussi sombre et silencieuse que le reste de la rue.

– Gare-toi ici.

Jackie s'insinua entre une grosse Ford Transit bleue et une Porsche décapotable.

– Bon, dit-elle en tirant le frein à main. Qu'est-ce qu'on fait ?

– On va jeter un œil. S'il ne se passe rien, on revient à la voiture et on attend.

– Super ! Manquait plus que ça. Encore des heures cloîtrés dans ce tas de ferraille.

Ils descendirent de voiture et firent quelques pas, mais Logan s'immobilisa brusquement en regardant la Ford Transit et demanda à Jackie si elle ne lui rappelait rien.

– Tu rigoles, ou quoi ? Des Transit crasseuses dans ce genre-là, y en a partout. Je croyais qu'on était pressés.

Logan gagna alors la maison d'Isobel, mit sa main en coupe sur la fenêtre du salon et regarda à l'intérieur. Rien n'avait changé dans la pièce obscure. Et pas moyen d'aller voir derrière.

– Qu'est-ce qu'on fait, maintenant ? demanda Jackie.

– On peut toujours sonner.

Logan appuya sur le bouton et le carillon résonna à l'intérieur. Ils attendirent. Longtemps, mais en vain. Il était 3 h 30 du matin et leurs deux voitures se trouvaient dans l'allée. Ils étaient forcément là.

Jackie regarda par la fente de la boîte aux lettres.

– On dirait un cimetière, là-dedans.

– C'est moi, ou bien toi aussi tu as un mauvais pressentiment ?

– Ils sont peut-être inconscients. Tu m'as dit que quand tu y es allé, le Dr MacAlister forçait sur le whisky... Quant à Miller, il a dû prendre des calmants.

Logan recula d'un pas et examina la maison plongée dans l'obscurité.

– Qu'est-ce qui peut nous arriver de grave si on entre et qu'il n'y a rien ?

– Tu te fais bouffer les couilles pour violation de domicile avec effraction.

– Pas si on a une clé...

378

Il fouilla dans un pot de pensées à côté de la porte mais finit par retirer sa main pleine de terre sans avoir rien trouvé. Il essaya le pot placé de l'autre côté. Rien.

– Et merde ! Avant, elle cachait une clé là-dedans.

– Dans le pot de fleurs à côté de la porte ? Pourquoi ne pas mettre un écriteau dans le jardin : « Je suis bête, venez me cambrioler » ?

– T'as une lampe électrique sur toi ?

Oui, elle portait sa torche réglementaire puisqu'elle était encore en uniforme, bien qu'il fût taché de boue et de sang et qu'il en émanât une faible odeur d'essence et de brûlé. Elle s'apprêtait à lui tendre la lampe lorsqu'une lumière s'alluma dans le couloir, illuminant la vitre de la porte.

– Il était temps, grommela Jackie.

On entendit un bruit de chaîne et de verrou, et la porte s'ouvrit en grand.

C'était Isobel, l'air hagard, les cheveux plaqués d'un côté du crâne, les yeux injectés de sang, une écorchure toute fraîche sur la joue gauche. Elle portait un pyjama bleu layette orné de pingouins.

– Que voulez-vous ? demanda-t-elle d'une voix pâteuse.

Logan s'avança sur le seuil.

– Isobel, ça va ? Qu'est-ce que tu as sur la joue ?

Elle porta maladroitement la main à l'écorchure et tenta en vain de sourire.

– J'ai dû... tomber, en allant vomir. (Elle recula d'un pas et lui tendit la main.) Entre, entre, toi et ta jolie femme Daphné. (Elle agita un doigt en direction de Jackie.) Je dois avoir du Pernod, quelque part, je sais que vous aimez ça, tous les deux.

Logan voulut lui répondre qu'il détestait le Pernod, mais elle battait déjà en retraite dans le couloir.

– Daphné ? chuchota Jackie.

Logan haussa les épaules. Isobel devait être encore plus bourrée qu'il ne l'avait cru. C'était quand même curieux, parce qu'elle n'avait pas l'habitude de boire. Ils la suivirent jusque dans la cuisine, au fond de la maison, où toutes les lumières étaient allumées. Là, devant le comptoir servant au petit déjeuner,

Colin était attaché sur une chaise, nu, un bâillon enfoncé dans la bouche, écartant ses mâchoires, du sang dégoulinant sur sa poitrine à l'endroit où manquait le mamelon.

Un bruit derrière eux, dans le couloir ; Logan se retourna et se retrouva face au canon d'un pistolet. C'était le Boiteux, la moitié du visage recouvert de sang séché. Il fit signe à Logan d'entrer dans la cuisine.

La porte se referma derrière eux.

– Inspecteur chef McRae, dit une voix familière à l'accent d'Édimbourg. Quelle bonne surprise !

44

Avec nonchalance, Chib s'approcha de Colin Miller. Le journaliste était livide, tremblait et gémissait sous son bâillon. Chib tira de sa poche une paire de pinces plates dont les poignées recouvertes de caoutchouc noir tranchaient sur le latex blanc de ses gants de chirurgie.

– Bon, dit-il avec un charmant sourire alors que Colin commençait à pleurer. Inspecteur McRae, je voudrais que vous et... Excusez-moi, ma chère, mais je ne connais pas votre nom. (Jackie considéra avec horreur le pistolet dans la main du Boiteux.) Non ? Vous avez perdu votre langue ? Peu importe, je voudrais que vous vous asseyiez, tous les deux, tranquillement, et comme ça nous pourrons parler de ce qui va se passer ensuite. D'accord ?

Le Boiteux désigna une chaise vide et Logan s'y assit lorsqu'il lui appuya le canon de son arme contre l'oreille ; puis il ordonna à Isobel de l'attacher à sa chaise avec du fil électrique récupéré sur le comptoir. Elle le lia de façon très lâche, mais le Boiteux tira si fort sur le fil que Logan laissa échapper un cri de douleur.

Jackie, elle, recula en chancelant dans le coin de la pièce, près du casier à bouteilles, les mains sur les lèvres, en gémissant : « Oh non, mon Dieu, non, non... »

– Allez, on commence, annonça Chib en tordant le bras gauche de Colin derrière son dos.

On lui avait ôté ses bandages aux mains, exposant des morceaux de chair gonflée, agrafés aux phalanges. Chib ouvrit les pinces sur l'un des doigts réparés.

– Comme ça, tout le monde saura qu'on plaisante pas.

Il ferma les pinces et tourna, arrachant les agrafes, détachant le morceau de doigt. Du sang frais jaillit de la blessure, et sous son bâillon Colin se mit à crier. En souriant, Chib traversa la cuisine, souleva du pied le couvercle à pédale de la poubelle et jeta le bout de doigt.

– Ça fait plus de dégâts quand on est obligé d'y aller au sécateur.

Livide, des larmes roulant sur ses joues, Isobel contemplait la scène tandis que le Boiteux lui attachait les mains à sa chaise, comme pour Logan.

– Bon, là, ce n'était qu'un tout petit bout de doigt. Colin a encore, disons... quatre doigts entiers, deux pouces et tous ces moignons... (Chib remua les lèvres en procédant à l'addition.) Il reste vingt-trois morceaux ! Dites donc, on pourrait rester ici encore des heures, vous ne croyez pas ?

Logan s'efforça d'adopter un ton calme et mesuré.

– Vous n'arriverez à rien comme ça, Chib, pourquoi ne pas...

– Non ! C'est Brendan, pas Chib ! Brendan ! (Logan reçut un coup violent sur le côté de la tête et du sang inonda son visage.) Chib, c'est un surnom qui fait vraiment gamin, vous trouvez pas ? (Il rectifia son nœud de cravate et afficha de nouveau un sourire confiant.) Contrairement à la croyance populaire, la torture et la violence gratuite se révèlent très utiles. Vous voyez, quand nous en aurons fini ici, on découvrira ce qui reste de vos corps et on saura qu'avec nous il ne faut pas plaisanter. Les junkies, les petits revendeurs de came et les putes apprendront comme ça à filer droit. Avec la peur, on réalise de grandes choses.

– C'est comme ça que vous faites filer droit le Boiteux ? demanda Logan entre ses dents serrées. Vous le passez à tabac de temps en temps ? Vous lui montrez que c'est pas bien de violer les enfants ?

– Ça n'est pas un violeur d'enfants ! hurla Chib en se ruant sur Logan et en lui balançant son poing sur la figure. Compris ? Je ne le redirai pas deux fois !

Logan bascula en avant, crachant du sang ; la pièce tourbillonnait devant ses yeux, au rythme du martèlement dans son crâne. Finalement, ce n'était peut-être pas une bonne idée de rendre fou Chib. Ce dernier saisit une poignée de cheveux de Logan, lui releva la tête et hurla :

– Tu veux voir un violeur d'enfants ? Alors, passe ton enfance dans un foyer pour enfants ! Passe six ans dans une maison de redressement !

Recroquevillée dans un coin, près des bouteilles de zinfandel et de syrah, Jackie sanglotait de plus en plus fort, et ses sanglots finirent par se muer en une longue plainte incohérente : « Ohnonohnonohnonohnon... » Elle avait les genoux ramenés sur la poitrine, le visage dissimulé derrière le plâtre de son bras cassé, lui-même taché de suie et de sang.

– Oh, putain de Dieu ! (Chib lui tourna le dos avec un mouvement de dégoût.) Greg, fais cesser ce boucan à la con !

Le Boiteux s'avança vers elle, brandissant son pistolet comme une matraque, prêt à lui ouvrir le crâne. Jackie, alors, lui balança un formidable coup de poing dans les parties. Le Boiteux n'eut même pas le temps de crier, Jackie lui administra un coup de pied dans le genou qui l'envoya rouler sur le sol de la cuisine. Elle bondit alors sur lui et abattit son plâtre sur son visage à coups redoublés. En hurlant, Chib se précipita sur elle, mais Jackie fut la plus rapide. Elle s'écarta et l'homme alla s'écraser contre le casier, faisant voler les bouteilles. Elle se retrouva debout, pistolet à la main, tandis que son plâtre fracassé exhibait des teintes de sang frais. Le Boiteux ne bougeait plus.

Toute la scène n'avait pas duré plus de quatre secondes.

Elle sourit. Toute trace d'hystérie avait disparu.

– Ah, les femmes ! On peut pas leur faire confiance, hein ?

Chib se passa la langue sur ses lèvres, son regard allant du canon de pistolet au visage ensanglanté de son ami.

– Greg ?

– À terre ! Mains derrière la tête, jambes croisées !

Chib s'avança à quatre pattes et posa une main sur le corps inanimé de son ami.

– Greg, ça va ?

– J'ai dit : mains derrière la tête !

– Il ne respire plus ! Il faut appeler une ambulance !

– Tant mieux ! dit-elle en donnant un coup de pied dans la jambe du Boiteux. Ce salaud a descendu mon ami !

Logan cracha une grosse quantité de sang et fit la grimace.

– Jackie, il faut appeler une ambulance pour lui.

– Ah bon ? Pourquoi ? (Elle se tourna vers lui avec colère.) Pourquoi ce salopard devrait vivre alors que Steve va mourir ?

– Pourquoi est-ce que ces deux-là devraient vivre ? demanda alors Isobel d'une voix brisée. Regardez ce qu'ils ont fait ! Vous les arrêtez... Et ensuite ? (Sa voix s'enfla.) Ils sont jugés, ils prennent combien ? Quatorze ans ? Avec les réductions de peine pour bonne conduite, ils seront dehors dans sept ans ! Vous croyez que ces ordures ne vont pas revenir, après ça ? Tuez-les !

Logan regarda Jackie, l'air perdu.

– Tu ne peux pas les abattre comme ça... Ce ne sont pas des animaux, ce sont des êtres humains !

– Non, ce ne sont pas des êtres humains.

D'un coup de pied au creux des reins, Jackie envoya Chib en travers du corps de Greg. Puis elle leva son arme, examina le mécanisme et fit monter une cartouche dans la culasse.

– Non, Jackie !

– Greg ? (Chib s'était remis à genoux.) Allez, Greg, respire !

– Allez-y ! lança Isobel, le visage tordu par la haine. Personne ne le saura. Colin connaît un type qui a une porcherie... On pourra se débarrasser des corps ! Si vous ne le faites pas, ils reviendront !

– Jackie !

Elle posa le canon de son arme à l'arrière du crâne de Chib.

45

Deux jours plus tard

— Qu'y a-t-il de vrai, là-dedans ? demanda Insch en jetant sur le bureau le rapport de Logan.

Quinze pages de mensonges et de demi-vérités imprimées le matin même, à son retour de l'hôpital. Dehors, le soleil du matin caressait la ville, faisant scintiller le monolithique tombeau de verre de Saint Nicholas House. L'été jetait ses derniers feux, à partir d'aujourd'hui la météo s'annonçait calamiteuse. Merci, Aberdeen, et bonne nuit...

— Tout. Le moindre mot.

Insch laissa le silence s'installer, attendant que Logan le comble avec quelque propos qui l'incriminât, mais celui-ci restait obstinément muet. Deux jours plus tard, le coup de poing de Chib se faisait encore sentir.

— Bon, dit finalement l'inspecteur principal, sachez quand même que le labo a rendu son rapport sur la balle tirée sur l'agent Jacobs. Aussi curieux que cela paraisse, eh bien, elle correspond à celle retrouvée dans le corps de l'agent Maitland. Même arme, mêmes rayures.

— Même arme ? (Logan ferma les yeux.) La camionnette.

— Quelle camionnette ?

— Devant la maison de Miller, une Transit bleue. C'est cette même camionnette qui est apparue à l'entrepôt quand Maitland a été abattu. Je le savais, je l'avais reconnue !

Il poussa un juron et se mit à contempler le plafond. Il n'y avait jamais eu de marchandises volées dans cet entrepôt, c'était tout simplement le lieu où Chib stockait la drogue. D'après Miller, c'était Graham Kennedy qui lui avait affirmé que l'endroit était plein d'appareils électriques volés, mais Kennedy cherchait seulement à ce que la police le débarrasse de la concurrence. Il suffisait pour cela qu'elle se pointe sur place, découvre la drogue et arrête les trafiquants récemment arrivés d'Édimbourg. Cela aurait pu marcher, mais Chib et ses copains avaient réussi à s'enfuir. Ensuite, ils avaient rendu la politesse, sauf que Chib, lui, ne se contentait pas de balancer anonymement, il pratiquait l'enlèvement, la torture et le massacre. Logan jura de nouveau.

– Ça va, sergent ?

– Pas vraiment, monsieur, non.

Insch hocha la tête, leva sa carcasse massive, froissa un paquet de bonbons vide et le jeta dans la corbeille à papier.

– Allez, l'enquête sur les causes de l'accident mortel ne débute que dans une demi-heure, je vous offre un sandwich au bacon et une tasse de thé.

Logan sentit son estomac se contracter.

– Merci, mais je ne me sens pas d'attaque pour du bacon. (Il ne pouvait s'empêcher de songer aux porcs de l'ami de Miller.) Si ça ne vous dérange pas, j'ai encore un problème à régler.

Il prit une voiture au parc automobile du quartier général et chercha un policier en uniforme pour l'accompagner. L'agent Buchan se trouvait près de la porte de derrière, fumant une cigarette et se rongeant les ongles. Elle semblait n'avoir pas dormi depuis deux jours, soit le moment où il l'avait chassée des lieux du crime.

– Il est 10 h 30, comment se fait-il que vous soyez encore là ? (Elle se raidit.) Je croyais que le service de nuit finissait à 7 heures.

Elle baissa les yeux.

– J'ai demandé un double service. Je me voyais pas attendre chez moi l'appel du Comité d'éthique. J'aurais grimpé au plafond...

– Venez, dit-il en lui jetant les clés. C'est vous qui conduisez.

Il dut attendre Hazlehead pour qu'elle craque et lui demande quand il comptait déposer son rapport contre elle.

– Vous savez que vous vous êtes comportée comme une vraie connasse, hein ? dit-il alors que les bâtiments disparaissaient derrière eux pour faire place à la campagne.

Elle se raidit, mais ne répondit pas.

– Si je pouvais revenir en arrière, reprit-il, et faire en sorte que Maitland et Steve ne se fassent pas tirer dessus, croyez bien que je le ferais. Je n'ai jamais cherché à ce que ça se passe comme ça. (Ils laissèrent sur leur gauche la route menant au crématorium. Le bâtiment lui-même était dissimulé par la colline et un rideau d'arbres. Il laissa échapper un soupir.) Je ne déposerai pas de rapport. Je vous donne une deuxième chance.

Elle lui jeta un regard en coin, soupçonneuse.

– Pourquoi ?

– Parce que... (Silence.) Parce que tout le monde a droit à une deuxième chance.

Ou, dans le cas de Logan, à une troisième, à une quatrième. Car avec l'inspecteur Steel, les relations ne s'étaient pas apaisées... Et le gros titre du *Press and Journal* de ce matin n'avait pas arrangé les choses...

Le silence revint dans la voiture et dura jusque bien après le rond-point de Kingswells. Désormais, il n'y aurait plus jusqu'à Westhill que l'herbe verte scintillant sous le soleil. C'était l'un des avantages d'Aberdeen ; on n'était jamais à plus d'un quart d'heure de la campagne. Sauf aux heures de pointe.

– Je... (L'agent Buchan s'éclaircit la gorge.) Au début, j'ai cru qu'il avait seulement une liaison, mais... (Son débit s'accéléra.) Mais je crois qu'il a couché avec ces femmes, sur les quais. Les prostituées... Il ne leur donnait pas d'amendes si elles...

Logan leva la main pour l'interrompre.

– Vous n'êtes pas obligée de me le raconter.

Mais il avait déjà compris. C'était pour ça que ni Michelle Wood ni Kylie n'avaient de casier judiciaire, et pour ça aussi que la petite Lituanienne lui avait proposé une passe gratuite, parce qu'il était policier.

— Je l'ai foutu dehors à coups de pompe dans le cul.

— Très bien.

Par la fenêtre de la cuisine, Ailsa observait les enfants qui jouaient dans la cour de l'école. Les plus jeunes couraient comme des fous, les plus âgés étaient allongés sur l'herbe, goûtant la chaleur du soleil. L'horrible femme d'à côté avait été incarcérée sans pouvoir demander sa liberté sous caution. C'est ce que disait le journal du matin. Incarcérée sans pouvoir demander sa liberté sous caution, inculpée du meurtre de Gavin Cruickshank. Il y avait même une petite photo de son visage hideux tordu de haine, au moment où elle quittait le palais de justice. Évidemment, la mort de Gavin n'était pas aussi importante qu'un scandale sexuel à Aberdeen. Gavin n'avait droit qu'à trois petites colonnes en bas de page, mais c'était suffisant pour faire savoir à tout le monde qui était vraiment cette salope de Claire Pirie. Ailsa réprima un frisson : Dieu merci, elle était partie.

Mais l'image des enfants se brouilla devant ses yeux, elle refoula ses larmes et se mordit la lèvre inférieure. Pas question de pleurer ! Pas question de... Un sanglot lui échappa. Gavin...

Face à l'évier de la cuisine, elle pleura son mariage et son mari, les enfants qu'ils n'auraient jamais ensemble, alors que d'autres enfants jouaient en face, dans la cour de l'école.

Elle agrippa à deux mains le rebord de l'évier, se pencha en avant et vomit. Abondamment.

Elle se lavait le visage dans la salle de bains, en haut, lorsque la sonnerie de la porte d'entrée retentit. *De nouveau les journalistes*, pensa-t-elle. Nuit et jour, les journalistes l'appelaient au téléphone, frappaient à sa porte, avides de mettre leurs mains poisseuses sur la douleur de la veuve. Comme si elle n'était pas suffisamment triste comme ça sans qu'on vienne jeter du sel sur la plaie ! « Madame Cruickshank, est-il vrai que votre mari avait une liaison ? » « Madame Cruickshank, a-t-on finalement retrouvé la tête de votre mari ? » « Madame Cruickshank, quel effet cela vous fait de savoir que c'est votre voisine qui a dépecé l'homme que vous aimiez ? »

De nouveau la sonnette, accompagnée cette fois d'un éclat de voix :

— Madame Cruickshank, c'est l'inspecteur chef McRae. Pourriez-vous ouvrir, s'il vous plaît ?

Elle glissa un peu de dentifrice dans sa bouche, se gargarisa un instant avec la mousse avant de l'avaler pour dissimuler l'âcre odeur de la bile, puis se précipita au rez-de-chaussée et ouvrit la porte.

L'inspecteur McRae se tenait sur le seuil, en compagnie d'une femme policier plutôt laide.

— Nous pouvons entrer ?

Logan la suivit jusqu'à la cuisine, où la fenêtre était ouverte et où un parfum d'ambiance tentait de lutter contre l'odeur acide des vomissures. Sur la table, un exemplaire du *Press and Journal* arborait en gros titre : « Un conseiller municipal a eu des relations sexuelles avec une prostituée de treize ans ! » Colin Miller avait réussi des unes plus accrocheuses, mais, avec la moitié des doigts en moins, on tape plus difficilement sur un clavier. Il parcourut l'article tandis qu'Ailsa préparait le thé. Nulle mention du responsable du développement de la ceinture verte, des maisons McLennan, et la découverte des faits était attribuée à un inspecteur de la brigade des mœurs qui tenait à rester anonyme... L'affaire était cependant suffisamment grave pour entraîner la suspension du conseiller Marshall et une enquête de la police des Grampian. L'inspecteur principal Steel devait être folle de rage.

Trois délicates tasses en porcelaine tintèrent sur la table, accompagnées d'une assiette de biscuits au chocolat. Ailsa prit un siège et se tourna vers Logan, attendant qu'il prenne la parole.

— Madame Cruickshank... Quelque chose me tracasse depuis quelques jours...

— Oui ?

– Dans le corps de votre mari, on a retrouvé une grande quantité d'antidépresseurs.

Elle sembla étonnée.

– Mais Gavin n'était pas dépressif… Il me l'aurait dit ! Je m'en serais aperçue !

– La question demeure. Comment se fait-il qu'on ait retrouvé autant de traces d'antidépresseurs ?

Ailsa désigna la photo de Claire Pirie, en première page du *Press and Journal.*

– C'est peut-être elle qui l'a forcé à les avaler. Elle a pu les réduire en poudre et les mélanger à quelque chose.

– Vous aimez les romans policiers, n'est-ce pas, madame Cruickshank ? Vous nous avez montré votre collection, lors de notre première visite, vous vous rappelez ? Est-ce que vous aimez bien cette partie, à la fin du livre, lorsque l'inspecteur débrouille tous les mensonges et démasque le véritable assassin ?

– Je… Je ne comprends pas. (Elle posa sa tasse.) Qu'est-ce que ça veut dire ?

Logan la regarda droit dans les yeux.

– Nous savons.

Elle soutint son regard. Le temps sembla s'étirer comme un chewing-gum. Elle voulut parler, se ravisa, et finit par y parvenir.

– Je ne comprends pas ce que vous voulez dire.

– Pourquoi utiliser une valise rouge vif si on veut la cacher dans la forêt ? Sauf si on tient absolument à ce qu'elle soit découverte. Pourquoi démembrer un corps mais laisser un tatouage avec le nom de la femme de la victime ? Même si je n'avais pas vu de photo de lui avec les filles de Hooters, on aurait fait une recherche dans la base de données et votre nom serait apparu grâce au signalement que vous aviez fait de la disparition de Gavin. Lequel Gavin menait apparemment trois liaisons de front. Mais par chance, votre voisine, dont vous cherchez à vous débarrasser depuis des années, laisse toujours ouverte la porte de son garage, ainsi que la porte qui donne ensuite chez elle ; en outre, elle passe le plus clair de son temps dans le jardin. Est-ce que ça aurait été très difficile de répandre du sang de Gavin dans la baignoire et de dissimuler le couteau dans le garage ?

– C'est ridicule.

– Vraiment ? Pourtant, d'un même mouvement, vous vous débarrassez d'un mari infidèle et de votre garce de voisine. (Logan sourit.) Mais l'erreur, c'étaient les cachets. Vous auriez dû vous contenter de l'assommer d'un bon coup sur la tête. Comment Mme Pirie aurait-elle pu lui faire avaler un demi-flacon d'antidépresseurs ? En lui préparant amoureusement un petit gâteau ?

– Il a appelé son bureau...

– Un texto. Vous pouviez l'envoyer de son téléphone, il n'avait pas besoin pour ça d'être vivant. Et Hayley non plus n'est pas partie en vacances, hein ? Vous l'avez tuée et avez dissimulé son corps quelque part, mais on finira par le retrouver, comme d'habitude.

Ailsa se leva brusquement, faisant racler sa chaise contre le carrelage.

– Je veux parler à mon avocat.

Logan hocha la tête.

– Vous lisez trop de romans policiers, madame Cruickshank. Nous sommes en Écosse. Vous verrez un avocat quand nous vous y autoriserons, pas avant.

L'enquête sur les causes d'un accident mortel fut suspendue à 18 h 30 et devait reprendre le lendemain matin à 8 heures. Jackie attendait Logan à la sortie de la salle de conférences. Son bras cassé s'ornait d'un plâtre tout neuf qui faisait oublier l'état dans lequel se trouvait le précédent lorsqu'ils avaient enfin pu se rendre à l'hôpital, le mardi, à l'aube.

– Alors, qu'est-ce qu'ils ont dit ?

Logan s'efforça de sourire.

– L'agent Maitland est mort en service, à la suite d'événements imprévisibles. On se retrouve demain pour tirer un bilan.

– Tu vois, je te l'avais dit que ça irait.

Après un rapide coup d'œil pour s'assurer que personne ne les observait, elle l'embrassa avec fougue.

– Hou là ! fit Logan en portant la main à sa lèvre gonflée. Doucement, j'ai une dent qui bouge, n'oublie pas.

– Oh, tais-toi, gros bébé. (Elle l'embrassa plus fort encore.) Allez, viens, dit-elle en acceptant finalement de s'écarter de lui, j'ai promis à Steve qu'on lui apporterait un chocolat fourré à la menthe et un puzzle porno.

– Dis-moi, Jackie, dit-il alors qu'ils descendaient les premières marches, est-ce que tu l'aurais vraiment descendu, Chib ? Tu aurais vraiment pu le faire ?

Elle sourit.

– Et comment !

Sans qui...

La vérité est chose malléable, surtout lorsque je mets la main dessus. Je dois donc des remerciements aux personnes délicieuses dont les noms suivent, et qui m'ont autorisé à tordre leur vérité, jusqu'à parfois la rendre méconnaissable : le parquet d'Aberdeen qui m'a enseigné le fonctionnement de la justice en Écosse ; George Sangster, de la police des Grampian, qui m'a guidé dans le labyrinthe des procédures de police ; ma « Première Dame de la morgue », Ishbel Hunter, médecin légiste en chef de l'Aberdeen Royal Infirmary, une authentique vedette.

Toute ma reconnaissance également à Philip Patterson, qui n'est pas seulement un extraordinaire agent littéraire, mais aussi un ami, et à tout le monde chez Marjacq Scripts ; merci à mes gourous de l'édition, Jane et Sarah ; à toute l'équipe de Harper Collins, notamment Amanda, Fiona, Kelly, Joy, Damon, Lucy, Andrea, et à tous ceux qui ont tant contribué à ce que ce livre voie le jour. Merci à Kelley chez St. Martin's Press et à Ingeborg chez Tiden, pour leur rôle dans la parution. Merci aussi à James Oswald pour ses suggestions et pour les photos de filles peu vêtues.

Je devrais probablement remercier aussi l'office du tourisme d'Aberdeen de ne pas m'avoir lynché à la parution de mon précédent roman. Si cela peut être de quelque consolation, sachez qu'au moins celui-ci se déroule en été.

Mais surtout, il me faut remercier ma méchante épouse Fiona – sinon, je risque de me faire taper dessus.

Composé par Nord Compo Multimédia
7, rue de Fives, 59650 Villeneuve-d'Ascq

Impression réalisée sur CAMERON par

C P I
Brodard & Taupin

La Flèche

pour le compte des Éditions Michel Lafon
en septembre 2008

Imprimé en France
Dépôt légal : octobre 2008
N° d'impression : 48906
ISBN : 978-2-7499-0804-5
LAF 1042